DU MÊME AUTEUR

Aux Éditions Gallimard

SILENCE EN OCTOBRE
BRUITS DU CŒUR
VIRGINIA
SOUS UN AUTRE JOUR
PIAZZA BUCAREST
LES MAINS ROUGES

Au Mercure de France

PASSAGES DE JEUNESSE

Aux Éditions Le Serpent à Plumes

ÉTÉ INDIEN

Du monde entier

JENS CHRISTIAN GRØNDAHL

QUATRE JOURS EN MARS

roman

Traduit du danois
par Alain Gnaedig

nrf

GALLIMARD

Titre original :

FIRE DAGE I MARTS

JEUDI

Elle a déjà mis une de ses boucles d'oreilles et cherche à se saisir de la seconde lorsque le téléphone sonne. Les pulsations de la tonalité lui semblent aussi étrangères que les meubles anonymes de la chambre. Elle reste devant le miroir. Son rouge à lèvres est trop vif, c'était un essai, d'habitude elle porte une nuance plus pâle. C'est sûrement Morten, son coordinateur de projet, qui, comme toujours, est en avance. Pourtant, il reste encore quelques minutes avant leur rendez-vous dans le hall de l'hôtel. Il sait où se trouve le restaurant. De toute façon, c'est lui qui règle les détails de logistique. Mais aujourd'hui, elle s'est bien débrouillée, encore une fois. La présentation s'est déroulée comme prévu, même les questions des maîtres d'ouvrage sont restées dans le cadre prévu, et elle s'est montrée claire et concentrée.

Elle s'autorise à continuer de regarder son reflet dans le miroir, puisqu'elle a décidé de faire comme si elle n'était pas là. Le bourdonnement intermittent du téléphone lui donne l'impression d'être surveillée. Elle ferait mieux de mettre sa deuxième boucle d'oreille, de prendre sa pochette, de poser son manteau sur le bras et de sortir dans le couloir silencieux. Elle croise son regard. Ingrid Dreyer, quarante-huit ans. Une femme célibataire, qui a réussi et, aux yeux de certains, encore belle. Du moins, aux yeux de ceux qui lui importent, mais elle a trop maigri. On le voit avec la robe qu'elle a choisie pour la soirée, on voit son âge. Il y a quelque chose à la clavicule et à la peau des bras, mais pas seulement.

Sa robe est belle, de style Empire, d'un vert passé comme les feuilles de sauge duveteuses. Étonnamment féminine, diront certains, et c'est bien le but recherché. Elle la porte afin de convaincre les représentants de Svensk Energi qu'elle est également une personne, une femme, et même une mère. Lorsque l'on est sur le point de lui confier un chantier d'un demi-milliard, c'est bien le moins que l'on peut attendre. D'ordinaire, elle porte des pantalons, des tailleurs et des T-shirts neutres. Pas de maquillage, pas de bijoux, à la rigueur des escarpins à bride avec des talons hauts, juste pour se différencier, mais lorsque le commanditaire invite, elle peut se permettre de céder à l'autre côté de sa personnalité. Car il est bien là. Son expérience lui dit qu'un soupçon d'humanité vulnérable ne fait que renforcer l'intégrité professionnelle, en tout cas si l'on est de sexe féminin. Le téléphone ne cesse pas de sonner.

De sa fenêtre du dix-septième étage, elle entrevoit au loin l'archipel comme des pointillés incandescents dans l'eau bleu foncé. Un groupe de hauts immeubles de bureaux lui bouche la vue, mais la façade vitrée de l'un d'eux envoie un reflet de la claire lumière de mars dans sa chambre capitonnée au plafond bas. Elle s'assoit sur le bord du lit et décroche le combiné, toujours une boucle d'oreille à la main. La perle blanche brille dans le soleil du soir. C'est un cadeau de Frank, son amant. Ce n'est pas lui qui appelle. Elle comprend qu'elle l'espérait quand elle entend la voix inconnue se présenter. Cela fait déjà bien des années qu'il lui a donné ces boucles d'oreilles à Rome. Elle se souvient que la première chose qui lui était venue à l'esprit avait été de se demander comment il pouvait dépenser une aussi grosse somme avec sa carte de crédit sans que sa femme ne s'en aperçoive. Elle n'avait pas encore découvert que Frank était un homme qui possédait de nombreux comptes en banque.

Après coup, cela l'agace de n'avoir pas demandé au brigadier du poste de Station City comment il a réussi à la trouver dans une chambre d'hôtel de Stockholm. Elle allume son portable après avoir raccroché et écoute les messages. Au moins, Jonas a essayé de l'appeler. Elle a la bouche sèche en écoutant sa voix bredouillante d'adolescent de quinze ans, toujours aussi brusque et tranchante. Il a été arrêté. À l'entendre, on a l'impression qu'il appelle pour dire qu'il ne rentrera pas dîner. D'habitude, il ne songe même pas à partager ce genre d'informations pratiques avec sa mère. Elle se demande soudain s'il n'a pas oublié qu'elle allait à Stockholm. Car elle le lui a bien dit, n'est-ce pas? Oui, bien sûr. Le téléphone sur la table de nuit sonne à nouveau, cette fois-ci, c'est Morten. Mais qu'est-ce qu'elle fait? Elle répond qu'elle descend tout de suite.

Elle était restée indifférente au ton décontracté du brigadier et elle avait deviné dans sa voix un accent de reproche enjoué. De fait, Jonas n'avait eu droit qu'à un seul coup de fil, mais comme elle n'avait pas répondu, on lui avait permis d'appeler son grand-père. Le gamin était encore mineur, même si on avait du mal à le croire. Le policier avait déclaré cela comme si l'âge de Jonas était une forme de tromperie eu égard à la pointure considérable de ses chaussures. Elle avait demandé ce qui s'était passé. Là, le brigadier était devenu plus neutre dans son rapport. Jonas avait été arrêté dans une ruelle près de Christiania. Une voiture de patrouille était passée par hasard au moment où Jonas et ses camarades encerclaient un garçon à terre et lui donnaient des coups de pied dans la tête et dans le ventre.

Jonas avait donné des coups de pied ?

Sa voix s'était affaiblie et elle avait entendu que le policier avait noté le léger changement de ton, la brève difficulté à respirer. Les jeunes gens n'étaient guère communicatifs, en outre, il était important que la victime n'ait aucun souvenir de qui avait fait quoi. Quoi qu'il en soit, ils n'avaient pas l'âge de la majorité pénale et l'affaire serait du ressort des services sociaux, cependant, elle devrait apprendre à son fils à choisir ses amis avec plus de soin. Plusieurs d'entre eux étaient bien connus de la police, et l'on ne parlait pas ici de graffitis et de petits larcins. Il était question de recel organisé et de trafic de hasch, et ce que l'on avait confisqué cet après-midi n'était pas de la petite bière. Il s'agissait de crans d'arrêt et de coups de poing, et s'il était à sa place, il aurait une discussion sérieuse avec le gamin, quand elle finirait par rentrer de Stockholm.

Y avait-il quelque chose dans la manière dont il avait dit « finirait par rentrer », ou était-elle hypersensible ? Elle avait demandé si Jonas connaissait la victime. On aurait dit que le policier souriait en donnant sa réponse. Il ne pouvait pas savoir qui son fils connaissait ou non et, de toute façon, il n'avait pas le droit de dévoiler l'identité du jeune homme. Cependant, l'affaire était d'autant plus délétère qu'il s'agissait d'un type dont les origines ethniques n'étaient pas danoises. Il serait donc possible que, à l'avenir, son fils soit obligé de bien regarder dans son dos quand il irait à l'école, au cas où il serait rattrapé par un cimeterre.

Ingrid avait demandé où il se trouvait. Le brigadier avait demandé si elle pensait à la victime. Dans ce cas, il pouvait la rassurer, les urgences avaient renvoyé le jeune homme chez lui en lui ordonnant de rester tranquille pendant deux ou trois jours. Il s'en était sorti avec une commotion cérébrale et, tant qu'il ne se mettait pas à se cogner le front contre les tapis de la mosquée, il avait une chance de s'en tirer sans séquelles. D'ailleurs, c'était un miracle qu'il n'ait pas été plus gravement touché, car son fils et les autres garçons n'y étaient pas allés de main morte. Le policier avait marqué une pause. Mais en ce qui concernait son rejeton, en ce moment précis, il attendait que son grand-père vienne le chercher.

Elle s'imagine Sven, qui gare sa petite Peugeot sur Halmtorvet, un peu déboussolé, ses boucles blanches ébouriffées, qui entre dans le poste de Station City, qui s'adresse au policier de garde, lequel pourrait être son fils, sauf qu'il est difficile de se représenter Anders avec une moustache bien taillée et des épaulettes. Bonjour, je viens chercher mon petit-fils qui, il n'y a pas longtemps, m'accompagnait à Tivoli, où je lui avais acheté un ballon en forme de Mickey qui s'était envolé au-dessus de Kalvebod Brygge avant que nous ayons eu le temps de dire ouf.

Quand Ingrid monte dans l'ascenseur, un jeune couple de Japonais s'y trouve déjà. Ils parlent à voix basse, et elle songe à son voyage au Japon, quand elle est allée voir le musée souterrain de Tadao Ando, et à la manière où tout, dans ce pays, paraissait à la fois familier et profondément différent. Même s'ils ne la regardent pas, elle se sent observée. Elle pense à Sven. Il a vécu au Danemark la majeure partie de son existence, pourtant, il parle encore avec ce même accent suédois bêcheur. Anders était reparti à Stockholm quand Ingrid l'avait quitté, et Jonas n'a guère vu son père pendant toutes ces années. Celui-ci s'est empressé de rencontrer une autre femme, de dix ans plus jeune que lui, tant qu'à faire. Ils ont réussi à avoir une fille et un garçon, mais Jonas ne voit sa sœur et son frère qu'une ou deux fois par an. En règle générale, c'est Anders qui vient à Copenhague, pour affaires ou autre chose, ce qui lui donne l'occasion de voir son fils de son premier mariage.

On pourrait croire que Sven a cherché à compenser l'absence d'Anders, mais elle sait qu'il n'en est rien. Jonas a été attaché à son grand-père dès la première fois qu'il s'est trouvé dans ses bras, et le divorce n'a fait que renforcer le fait que c'était un club pour deux. Elle lui doit beaucoup. En particulier, elle peut remercier le vieux monsieur d'avoir été là, alors que le père et la mère de Jonas, eux, étaient fort occupés qui à soigner ses blessures qui à dresser les plans de domiciles futurs. Bien entendu, le sentiment d'Ingrid d'avoir une dette à l'égard de Sven était d'autant plus renforcé que c'était elle qui était partie. Pourtant, au fil des ans, et comme maintenant dans l'ascenseur, elle ressentait quasiment le contraire de la gratitude quand Sven apparaissait une nouvelle fois à sa porte et se mettait à son service, attentif et effacé.

Le sol en granit poli du hall brille sous ses pieds comme un plan d'eau. Morten l'attend devant le guichet de la réception, il l'a déjà aperçue. En s'approchant de lui, c'est comme si la situation lui apparaissait enfin, à retardement : Jonas a donné des coups de pied dans la tête et le ventre d'un garçon. En tout cas, il n'a rien fait pour empêcher les autres. Il est détenu dans une cellule du poste de Station City, et c'est Sven, et pas elle, qui, dans à peu près une demi-heure, va venir le chercher. Ce ne sera pas elle qui aura la première possibilité de lui demander ce qui lui passe par la tête.

Évidemment, ce sera Sven. Cependant, lui posera-t-il même la question ? Avant tout, il aura sans doute de la peine pour Jonas, qui a été enfermé plusieurs heures dans une cellule minuscule qui sent le vomi. Dans plusieurs jours, il se mettra, peut-être, à creuser et à chercher ce qui a conduit Jonas dans un si mauvais pas. Ce qui l'a poussé à décocher des coups de pied dans la tête et dans le ventre d'un garçon à terre. Ce n'est pas la première fois que Jonas à affaire à la police, mais, là, cela marque ses débuts comme agresseur. Pourtant, Ingrid devine que c'est à elle de manifester une colère que Sven et Anders ne manqueront pas de considérer comme digne de l'Ancien Testament et parfaitement contreproductive. Cela l'exaspère d'autant plus, et sa mauvaise conscience tourne d'autant plus à plein régime.

Morten la dévisage de ses jolis yeux. Il fait partie de ces jeunes requins des écoles de commerce capables de vendre n'importe quoi et qui sont toujours les premiers à suivre les dernières tendances en matière de lunettes, pour que l'on ne croie pas qu'ils n'ouvrent jamais un livre. Il est grand, gentil et il inspire la confiance comme un gros nounours que l'on a gagné à la tombola, elle est sur le point de lui demander un câlin, mais elle se reprend. Elle soutient son regard tout en lui disant qu'elle est obligée de rentrer immédiatement. Il ne la lâche pas des yeux jusqu'à ce qu'il finisse par comprendre qu'elle n'a pas l'intention de donner des explications. Que veut-elle qu'il dise ? Elle jette un coup d'œil alentour dans le hall où les clients de l'hôtel parlent toutes les langues dans les fauteuils et les coins canapés. « Tu n'as qu'à dire que quelqu'un de ma famille est tombé malade subitement. »

Elle est soulagée de voir le dos de son manteau passer les portes à tambour mais, lorsqu'elle se retourne et regagne l'ascenseur, la situation lui apparaît encore plus urgente et fâcheuse. Son impuissance, aussi. En fait, elle sait fort bien que cela ne changera pas grand-chose si elle prend l'avion pour Copenhague ce soir ou si elle rentre avec Morten demain après-midi, comme prévu. Une demi-journée de plus ou de moins ne fera aucune différence, elle ne peut rien non plus. Ce constat froid l'éveille soudain. Elle a l'impression qu'il lui a fallu une demi-heure pour saisir vraiment la teneur de sa conversation avec le policier du poste de Station City. Comme si son contenu lui apparaissait seulement au moment où elle comprend que cela fait longtemps, honteusement longtemps, qu'elle n'a plus d'influence sur son fils.

Il s'agit d'autant plus de se dépêcher, et les tâches se présentent à elle dans leur suite raisonnable et active. Téléphoner à SAS et réserver une place sur le vol de la soirée. Faire les bagages, appeler Sven dans le taxi en route vers Arlanda, peut-être avoir Jonas au bout du fil. Mais peut-être devrait-elle attendre de l'avoir en face d'elle. Elle le voit déjà en train de baisser les yeux, de se mordiller la lèvre avec un air renfrogné et renfermé. Comme si c'était un outrage à son égard, et non à celui de sa victime, s'il a été pris sur le fait dans la position de l'agresseur.

Ils auraient pu blesser le garçon, en faire un invalide. Certes, ce n'est pas arrivé, mais cela aurait pu. D'avance, elle est énervée par la volonté d'apaisement pragmatique de Sven et d'Anders. Enfin, quoi, il ne s'est rien passé de grave. Une fois qu'ils auront reconnu le sérieux de l'acte, elle se retrouvera toute seule avec son « aurait pu », son hypothétique garçon en fauteuil roulant. En plus, un immigré. Elle rougit dans l'ascenseur, même si, cette fois-ci, elle est seule dans la cloche d'acier brossé qui bouge de manière tellement imperceptible que l'on ignore s'il monte ou s'il descend.

La honte. Pourquoi est-elle tellement sûre qu'elle sera seule à l'éprouver ? Aux yeux de Jonas, ce sera la faute du garçon étranger, il les aura provoqués à donner des coups, quant à Sven et Anders, tout à leur compréhension, le contenu moral de l'événement aura du mal à dépasser leur amour et leur pardon sans limites. Aime-t-elle Jonas moins qu'eux ? Elle a toujours eu peur de ne pas aimer assez. Une crainte étonnante, car peut-on être obligé d'aimer ? Si l'on est Ingrid Dreyer, oui. On respire, on est saisi par un sentiment spontané et incompréhensible d'être toujours en arrière par rapport à la vie, un sentiment profondément ancré, un sentiment démodé d'être toujours à blâmer.

Mais de qui le tient-elle ? Pas de ses parents, ce serait faux de le dire. Si Berthe lui a transmis autre chose qu'une peau faiblement pigmentée et sa tendance à une fougue intempestive, ce n'est pas en tout cas quelque chose d'aussi anachronique qu'un esprit de devoir. Au contraire, sa mère a passé les premières soixante-huit années de sa vie en tant qu'enfant trouvé de la liberté, un enfant un peu négligé et teigneux, et elle ne s'est jamais sentie obligée à rien, si ce n'est à faire comme si elle savait ce qu'elle voulait. Et son père ? Tout à son bel esprit chatoyant, Norman Dreyer, l'homme de lettres, se sentait dégagé de la moindre obligation. Dans son monde, les chemises n'exigeaient pas de repassage, car il était libre de les repasser lui-même. En fin de compte, c'est un mystère pour Ingrid de saisir pourquoi, derrière une façade moderne et émancipée, elle prend les choses aussi à cœur. Personne ne l'a jamais forcée à rien. Si seulement ils l'avaient fait.

Tout a été de son ressort, y compris tirer les conclusions morales. Et c'est encore le cas ce soir, où il lui importe de rentrer à Copenhague le plus rapidement possible. Cela est laissé à son appréciation, bien sûr, mais surtout à ce sentiment croissant qu'elle tente, en retard, de faire justice à quelque chose qui lui échappe. Quelque chose d'invisible, de ténu, de fragile, quelque chose qui, malheureusement, ne peut se dissimuler derrière le corridor dérobé et lustré de la religion, et qui ne relève pas davantage du civisme ou de l'autorité sanctionnée par l'usage.

Berthe et Norman Dreyer n'auraient même pas su à quoi elle faisait allusion, et Sven est aussi geignard qu'Anders. Aussi larmoyant et poisseux dans la manière dévote dont il se prosterne devant la souveraineté inviolable et gentille du petit bonhomme. Même si le gamin est devenu un adolescent, même s'il passe bien trop de son temps à traîner et à causer des malheurs aux autres et à lui-même. Ingrid, elle, est retournée dans sa chambre d'hôtel à Stockholm, et, avec le combiné du téléphone collé à son oreille qui transpire, elle attend que ce soit son tour de parler à un chargé de clientèle de SAS. Elle est tassée dans son siège par la pensée terrifiante qu'un garçon inconnu n'a pas été démoli, mais qu'il aurait pu être massacré par les coups de pied de son fils et de ses potes écœurants qui traînassent comme des bambins dangereux, avec leurs Nike gigantesques et leurs fringues clownesques de ghetto black.

Elle est désormais sixième dans la file d'attente. Après l'être restée pendant un quart d'heure, elle décide d'aller à Arlanda et de forcer la chance pour obtenir une place sur le dernier vol pour Copenhague. Entretemps, elle a essayé de joindre Anders sur son portable. Elle peut tout aussi bien lui dire ce qui est arrivé pendant qu'elle attend que son appel chez SAS aboutisse. D'ailleurs, elle avait songé à l'appeler, sans s'y résoudre

En fait, ce n'est pas plus naturel de lui téléphoner simplement parce qu'elle se trouve à Stockholm. Il ne lui vient pas davantage à l'esprit de composer son numéro quand elle est à Copenhague et, de toute façon, elle n'aurait pas le temps de le voir. Elle n'en aurait pas envie non plus. De quoi parleraient-ils ? De Jonas, naturellement, mais ils en viendraient rapidement à se disputer. Ils n'étaient jamais d'accord sur les questions d'éducation. La différence est que, désormais, après leur divorce, leur désaccord porte plus sur l'échec de leur mariage que sur leurs défaillances en tant qu'éducateurs.

C'est curieux de l'entendre parler suédois. Mais peut-être que, après toutes ces années, il fallait qu'Anders revienne à ce que son père avait quitté. Comme pour réparer une faute et, cette fois-ci, mener la vie que Sven aurait dû avoir. « *Tu es bien chez Olivia, Oscar, Birgitta et Anders...* » Évidemment, il mentionne les enfants en premier. C'est chez eux qu'ils habitent, Anders et sa Birgitta, tels les gardiens et serviteurs inquiets d'une enfance heureuse. Elle, Ingrid, avait réussi à être absente pour le douzième anniversaire de Jonas. C'était à l'époque du voyage au Japon. Il aurait été idiot de l'annuler rien que pour lui préparer le petit déjeuner dans l'appartement de Sølvgade au lieu d'être à bord du Shinkansen en route vers Kyoto. Jonas lui-même l'avait encouragée à partir. Ce n'était jamais qu'une journée comme les autres, comme il disait.

En moins de deux minutes, elle a fait son sac de voyage et l'a porté à l'ascenseur. Le réceptionniste est désolé, mais il doit lui facturer une nuit supplémentaire. Elle ne veut pas discuter et paie sa note et celle de Morten avec sa carte de crédit professionnelle. Des taxis attendent devant l'entrée principale de l'hôtel et, peu après, elle est dans un des tunnels qui relient le centre-ville aux rocades et aux voies express. Le ciel est encore clair, mais le soleil a disparu. Elle entraperçoit des immeubles aux fenêtres éclairées, avec les familles qui viennent de rentrer et vont bientôt dîner. Le chauffeur écoute une chanson de variétés arabe. Tandis que les lampadaires audessus de l'autoroute défilent dans son champ de vision, elle se dit que le garçon que Jonas et ses amis ont tabassé aime peut-être écouter ce genre de musique. Pourvu qu'il fasse ce que lui ont ordonné les médecins, et qu'il reste tranquille. Elle suit le rythme de disco saccadé et les strophes rauques et passionnées, accompagnées par des cordes abruptes. Cela parle sans doute d'amour.

A-t-elle suffisamment aimé ? Certainement pas. En tant que mère célibataire, elle a surjoué le rôle de flic et elle a eu un déficit constant de tout le reste. Cependant, ce n'était pas différent quand elle vivait avec Anders. Si, la seule différence, c'est que, désormais, elle ne peut plus se disputer qu'avec Jonas. Soudain, elle se rend compte qu'elle est encore habillée comme si elle devait sortir pour le dîner, en robe longue et talons hauts. Elle a l'intention d'aller directement chez Sven et de prendre Jonas, mais s'il n'était pas là ? Elle prend son portable et compose le numéro de Sven. Elle tombe sur le répondeur. On entend un aria en musique de fond tandis que son ex-beau-père, avec son accent stockholmois poli, l'invite à laisser un message, si elle le souhaite, après le petit signal sonore. *Maintenant.*

Elle s'empresse de raccrocher. Tout de même, Sven pourrait appeler. Elle est indignée qu'il ne l'ait pas fait. Elle regarde par la vitre les banlieues et les quelques bâtiments industriels, interrompus de temps en temps par un pan de rocher dénudé ou par un groupe de pins qui se détachent sur le ciel jaune et vert. Elle se ressaisit et appelle le portable de Jonas, mais il ne répond pas non plus. Ce ne devrait pas être un soulagement.

Où est-il en cet instant ? Est-il encore en garde à vue, ou bien Sven a-t-il réussi à le récupérer ? Il est terrifiant de s'imaginer la cellule exiguë où, d'après ce qu'elle sait, il n'y a rien d'autre qu'un lit, mais elle est encore plus terrifiée à l'idée que son fils se trouve dans un endroit que, même dans ses rêves les plus fous, elle n'aurait jamais imaginé que Jonas puisse découvrir de visu. Peut-être est-il en cet instant aux côtés de Sven dans la Peugeot enfumée. Elle l'espère, même si elle sent une pointe de jalousie en songeant que, mis à part la police, Sven est le premier à réagir à ce que Jonas a fait. Ce sentiment lui apparaît désagréablement égoïste, compte tenu de la situation, mais il est là.

Mais que peuvent-ils se dire ? Peut-être Sven a-t-il trop peur des conflits pour dire quoi que ce soit. Cela lui ressemblerait bien. En revanche, il pense sûrement que, comme d'habitude, c'est lui qui doit faire face à la place des parents quand il y a le feu au lac. Par le passé, il a déjà dû être la personne responsable, celui qui pensait avant tout à Jonas. Ce qu'il avait fait lorsque sa belle-fille impulsive était partie et avait laissé Jonas pendant plusieurs semaines, avant de se reprendre et d'assumer ses responsabilités. Il ne l'a jamais dit ouvertement, ce n'était pas nécessaire. Sa sollicitude infatigable et démonstrative valait en soi tous les discours. Cela n'aurait servi à rien si, au milieu de son sentiment de culpabilité paralysant, elle avait eu assez de présence d'esprit pour rappeler à Sven que son fils aurait pu assumer sa part des responsabilités communes, au lieu de disparaître à Berlin pour se bourrer la gueule pendant un mois.

Sven est un homme de devoir, et il a deviné très tôt qu'elle était comme lui. Il le lui faisait sentir par la manière directe dont il se mêlait des questions d'alimentation, des exercices scolaires et des chaussures de son petit-fils. Sa sollicitude exagérée aurait été digne de celle d'une belle-mère, mais Ingrid n'a jamais songé à se défendre des accusations implicites de trahison et d'égoïsme. Ce n'est pas le genre d'Ingrid de se défausser de sa responsabilité en pointant les faiblesses des autres. Pour Sven, Anders est sa chair et son sang, son point faible et sa tache aveugle. Quand Anders est rentré de Berlin, plein de repentir tardif, avec des cernes sous les yeux, c'était Sven qui l'avait appelée pour lui annoncer que le fils perdu était rentré à la maison. Elle se souvient qu'il y avait quelque chose de biblique dans l'emphase maîtrisée avec laquelle Sven avait prononcé le mot « maison ».

Il avait été inquiet, et Jonas aussi, bien entendu, lui qui avait dû se passer de ses deux parents pendant trois semaines. En ce qui concernait Ingrid, ce n'était déjà plus sa maison. Elle l'avait abandonnée à Anders sans rechigner, rien que pour pouvoir s'échapper en vitesse, mais elle avait été reconnaissante au grand-père de venir s'y installer quand Anders s'était affolé et avait disparu. Elle était venue maintes fois voir Jonas au cours de ces fameuses trois semaines. Il avait sept ans et était en CE1. Elle faisait ses devoirs avec lui, lui lisait des histoires et le mettait au lit.

C'était déjà assez pénible de se retrouver au milieu des murs et des meubles familiers, en cet endroit que, un mois plus tôt, elle considérait comme son chez-soi, mais ce n'était pas le pire. Ce n'était pas non plus de saluer Sven qui, lorsqu'elle arrivait, avait soudain fort à faire dans la cuisine, ce n'étaient pas davantage les larmes de Jonas quand elle devait partir. Pleurer, ils pouvaient le faire ensemble, et les sanglots étaient permis par son apitoiement sur elle-même, un sentiment qu'elle s'efforçait de tenir en laisse pour qu'il ne vienne pas trop renifler autour de sa pitié envers son gamin innocent. Non, le pire, cela avait été un soir, quand, après avoir enfilé son manteau, elle s'apprêtait à dire au revoir. Jonas s'était précipité vers elle avec un feutre et avait commencé à s'en peindre la main, tout en la dévisageant. C'était un regard qui ne l'avait pas lâchée pendant des années, même lorsque Jonas était venu s'installer chez elle, parce que son père avait trouvé un nouvel emploi et une nouvelle femme à Stockholm.

Sven continua de proposer son aide. Elle ne la lui demanda pas et, avec le temps, le besoin ne fut plus le même. Jonas fut assez grand pour aller seul à l'école, pour aller de l'école à la garderie, mais il adorait tant son grand-père. Au fil des ans, elle eut l'intuition que, pour Sven, c'était une façon de vivre que de mettre en avant son côté dévoué. Lui-même avait vécu seul après la mort de la mère de l'enfant, et il ne s'était pas remarié, même s'il n'avait que la soixantaine quand Anders avait quitté la maison. Comment avait-il fait l'amour, c'était là une des grandes questions sans réponse de l'enfance d'Anders. Les amies que Sven avait eues ensuite ne s'étaient jamais intégrées dans la famille, comme s'il ne voulait pas réellement d'elles. Était-ce un petit gène du martyre qui subodorait une amélioration quand il eut un petit-fils dont il pouvait s'occuper ? Cela avait été une cure de jouvence, comparé au moment où Ingrid avait quitté Anders, et quand Anders avait perdu la tête.

Sven est en retraite. Il a été grossiste en montres et agent de plusieurs marques suisses, mais son entreprise consistait seulement en un bureau poussiéreux avec un dépôt dans le quartier nord-ouest, et un break Volvo de société avec lequel il parcourait le pays en tous sens. On le connaissait dans les hôtels de province et chez les horlogers des rues piétonnières des petites villes venteuses, mais ce n'était pas sa carrière qui avait compté le plus dans sa vie. C'était Anders et le souvenir de sa mère. Une belle femme qui apparut de plus en plus exceptionnelle et fabuleuse au fil des années qu'elle aurait dû atteindre, et à mesure que ses robes sur les photographies posées sur le buffet du salon de Sven semblaient de plus en plus appartenir à des temps disparus.

L'histoire disait que Sven ne s'était pas remarié parce qu'il voulait se concentrer sur Anders. Ingrid ne comprenait pas pourquoi une belle-mère douce et affectueuse aurait pu l'empêcher d'être un père pour son fils, mais tant Anders que son père avaient paru perplexes quand elle avait posé la question. La chambre d'Anders dans l'appartement de Strandboulevarden n'a presque pas changé. Ces dernières années, il est souvent arrivé que Jonas téléphone pour dire qu'il dort chez son grand-père. Quand ce n'est pas Sven qui la prévient. Du reste, quand c'est Jonas qui appelle, elle ne peut pas être sûre qu'il passe vraiment la nuit chez Sven.

Elle pense au petit corps ramassé de Jonas, quand elle pouvait le porter sur la hanche en l'agrippant sous la couche, tandis qu'il se serrait contre elle avec ses genoux potelés. Il a les cheveux châtain foncé de son père et ses yeux clairs à elle. Le visage est le même, même s'il est devenu osseux alors qu'il était jadis joufflu, et même si une ombre légère a poussé sur la lèvre supérieure bien trop charnue et sensuelle pour son regard dur et fuyant. Il s'est éloigné, et elle savait bien qu'il avait commencé à fréquenter des types louches. Elle a plus d'une fois trouvé dans sa chambre des vêtements de marque flambant neufs et tenté de lui faire dire comment il les avait obtenus. Et comme il est incapable de produire le moindre ticket de caisse et de tenir les comptes pour son salaire d'aide-vendeur à la supérette, elle jette ces habits inconnus.

Il y a peu, il y avait dans sa chambre une chaîne hi-fi avec des enceintes aussi grosses que des cabanes à outils.

Pour commencer, c'était un ami qui la lui avait prêtée, ensuite, c'était le père de cet ami qui avait un magasin où l'on vendait du matériel d'occasion et très bon marché, mais il lui était impossible de se souvenir du numéro de téléphone de cet ami ou de celui de son père. Le lendemain matin, une fois Jonas parti à l'école, elle avait traîné le tout jusqu'à sa voiture, elle était allée au port et elle avait balancé la chose dans un bassin à l'écart. Il ne lui avait pas adressé la parole pendant plusieurs jours, mais, quand il avait recommencé à lui parler, il s'était comporté comme si rien ne s'était passé. Elle a pris cela comme un aveu tacite que quelque chose ne tournait pas rond du tout. Pendant combien de temps l'a-t-elle laissé glisser sur une mauvaise pente ? Elle ne compte plus le nombre de fois où elle a flanqué à la porte une bande de chenapans défoncés, après les avoir trouvés dans sa chambre en train de suçoter un joint dans un épais nuage d'indifférence ralentie et le regard hébété.

Ce n'était pas ce qu'elle avait à l'esprit quand, par un soir de novembre du début des années quatre-vingt-dix, elle et Anders étaient sortis du Rigshospitalet avec un petit bonhomme à la peau fraîche et rose dans un couffin. Un être inconnu et endormi qui, avec la plus grande évidence, s'était laissé transporter à l'arrière d'un taxi, de Tagensvej à Elmegade, jusqu'à l'appartement qu'habitait Ingrid depuis la fin de ses études à l'École d'architecture.

Avec Anders, ils n'avaient pas quitté ce logement quand le vieux quartier ouvrier avait été découvert par des étudiants en doctorat ambitieux et par des gens de la pub qui nourrissaient des ambitions artistiques. Anders était photographe à TV2, elle était employée à l'agence de Villads Jensen depuis quelques années. Elle avait été heureuse d'être prise chez l'un des meilleurs architectes du pays. Elle aurait été contente de préparer le café et de tailler les crayons rien que pour être proche de Villads Jensen mais, en quelques années seulement, elle s'était retrouvée au cœur de l'entreprise, avec la possibilité de participer aux grands projets et aux concours.

Pourquoi faut-il que les débuts soient les moments les plus heureux ? Comment est-ce arrivé ? Ah, leurs premières années. Ils n'avaient plus vingt ans, et après une série de relations malheureuses ou pas toujours durables, ils considéraient tous les deux qu'ils connaissaient le répertoire. Ils étaient taillés pour la vie, la vraie vie. Alors, pourquoi ne pas commencer maintenant la version stable et aboutie d'eux-mêmes ?

Quand elle repense à ces années-là, c'est comme utiliser un téléobjectif qui agrandit une fraction limitée en comprimant la distance, et en la voilant jusqu'à la rendre méconnaissable. Seul un point reste parfaitement net dans le couloir du regard en arrière, où s'entasse ce qui est à moitié oublié. Pour elle, c'est la fragilité de se retrouver un soir d'hiver avec un enfant anonyme dans un couffin. Se retrouver dans la première gelée d'hiver et comprendre clairement que la jeunesse a pris fin moins de vingt-quatre heures plus tôt. Enfin, l'amour avait pris une autre forme que le désir, il y avait là une bouffée d'air, une pesanteur confiante et tranquille avec cet enfant-là, et dans le fait de l'avoir voulu. Presque un constat. Anders a posé son gros manteau sur ses épaules, il lui a pris le couffin des mains et a ouvert la portière du taxi qui, un instant plus tard, allait les conduire vers cette vie.

Si on laisse libre cours à l'amour, il forme le monde à sa guise, et ce n'est pas un détail trivial qui vient adoucir et jeter une ombre délicate sur les choses. Le petit deux-pièces d'Ingrid, avec son chauffe-eau à gaz et son poêle à pétrole, devint le centre du monde. Un monde clair et limité où un dragon de mer chinois en papier de riz faisait office d'abat-jour au-dessus de la table à manger, et où les plaques en émail qu'elle avait rapportées d'un marché aux puces parisien les entouraient d'une ironie jeune et francophile. Quelques années plus tard, ils eurent les moyens d'acheter l'appartement de Bianco Lunos Allé où Anders est resté quand elle l'a quitté. Ingrid se demande si son domicile actuel à Söder est devenu pour lui le point central du monde.

C'est une question oiseuse, car il a bien eu d'autres enfants, tandis qu'elle ne peut pas en dire autant de l'appartement qu'elle a trouvé dans un immeuble sur cour dans Sølvgade. Même si elle et Jonas y habitent encore. Elle aurait pu avoir acheté depuis longtemps quelque chose de plus grand et de plus chic, mais elle a cette position ridicule qui veut qu'elle refuse d'avoir un crédit plus important que ce qu'elle est sûre de toujours pouvoir rembourser, et cela limite les envies de faire des expériences avec l'immobilier. En outre, elle s'est mise à apprécier son coin ombragé avec vue sur un figuier d'une vitalité étonnante, et en sachant aussi que Kongens Have attend derrière le long mur de l'autre côté de la rue. Elle se sent à sa place dans le quartier entre Sølvgade et Nyboder, et elle a son banc favori sur Sankt Pauls Plads, face à l'église communale de style médiéval italien en brique rouge. Seulement, ce n'est pas le centre du monde. Plus rien ne l'est.

Mais ces centres-là n'appartiennent-ils pas à l'enfance ? En réalité, ne cherche-t-on pas à se leurrer avec un pastiche de la maison de son enfance, tandis que le nouveau-né fait la sieste dans son couffin rembourré ? Pour elle, la rupture avait eu lieu quand ils avaient déménagé d'Elmegade pour Bianco Lunos Allé, comme si c'était une perte d'innocence que d'avoir le chauffage central et un plafond plus haut. Peut-être n'aurait-elle jamais quitté Anders si elle n'avait pas rencontré Frank. Ou peut-être que si. Elle avait en elle un manque, un vide caché qui aurait dû être bien plus rempli.

Frank. Elle a envie de l'appeler, mais il est rentré chez lui depuis un bon moment, et ils ont un accord, elle ne doit pas lui téléphoner à la maison. Il aurait dû la joindre dans la soirée, et, d'habitude il appelle quand il a dit qu'il le ferait. Elle a besoin d'entendre sa voix. Elle n'a jamais réussi à rester insensible à son effet paternel et apaisant, mais elle n'a pas non plus perdu de vue ce qui le différencie autant d'un substitut du distant Norman Dreyer. Il y avait une certaine coquetterie chez son père, comme s'il s'efforçait d'être difficile à cerner. On aurait pu attendre qu'il fasse un meilleur usage de sa liberté.

Même si Frank est marié, même s'il mène donc une double vie depuis huit ans, Ingrid ne peut que l'associer à la loyauté et à la sollicitude appuyée. C'est bien aussi pour cela qu'il n'a pas divorcé. Même elle, l'amante secrète, est l'objet de sa présence d'esprit consciencieuse, qu'il s'agisse de changer un joint du mitigeur de sa douche, ou de la restructuration correcte de son emprunt. Frank a vingt ans de plus, il pourrait être son père, mais Norman Dreyer est mort, et c'est une différence qui met la question de l'âge entre de fortes parenthèses. En vie ou non, c'est la seule différence qui importe. En outre, Frank est trop affectueux, trop compatissant et trop dévoreur de tout pour qu'elle puisse imaginer qu'il ne soit pas là.

Elle l'a rencontré un après-midi d'août, sur le ferry rapide entre Århus et Odden. C'était la dernière semaine des vacances d'été, Anders était resté à Tversted avec Jonas et un de ses camarades de classe. Ils avaient emprunté la maison de Berthe, un chalet en planches goudronnées entouré de pins et de prés entre la route et les dunes. Ingrid avait été obligée de rentrer à Copenhague avant les autres pour participer à une réunion de chantier. Elle avait aimé traverser le Jylland avec du sable sur les sièges et l'autoradio allumé. Anders rentrerait en train avec les garçons une semaine plus tard. Au moment où elle empruntait la rampe qui conduisait au pont supérieur des voitures du ferry, elle se rendit compte qu'ils venaient de passer ensemble trois semaines ininterrompues. Au quotidien, ils se retrouvaient seulement pendant quelques heures très occupées, du moment où ils rentraient à l'appartement jusqu'à l'heure de se coucher. Ils avaient fait l'amour le matin, pendant que Jonas et son camarade couraient dans les dunes, et ce n'était donc absolument pas une femme sevrée sentimentalement qui, âgée de trente-neuf ans, était montée sur le pont supérieur au moment où le ferry quittait le quai, et avait aperçu l'homme de sa vie.

Bien entendu, cela ne s'était pas passé ainsi, comme dans un film mais, quand elle y repense, cela en a pris les apparences, car c'est le coup d'œil rétrospectif qui compte. L'histoire que l'on raconte. Celle-ci troque les hasards de quelque chose de plus puissant contre un accessoire modeste sous forme d'oubli et de refoulement. Plus tard, toute cette activité peut paraître moins effective qu'elle ne l'est, mais on l'oublie également et, entre-temps, l'amour a eu le temps de métamorphoser et de façonner. Désormais, Frank fait partie d'elle-même. Il ne le faisait pas quand elle était sortie sur le pont arrière. Elle ne l'avait pas encore aperçu dans la foule des passagers qui, au bastingage, regardaient s'éloigner les grues à conteneurs et la flèche sévère de la cathédrale.

Quand le ferry a atteint la pleine mer, ils n'étaient plus que tous les deux dans les vapeurs de diesel. Il s'était assis et prenait le soleil, bras croisés. Sa chemise bleu clair semblait repassée de frais, alors que la température avait grimpé vers les trente degrés. Une cravate rayée battait sur son épaule, comme s'il était lui aussi un navire qui fendait les flots avec un pavillon flottant à la timonerie. Ses cheveux étaient déjà grisonnants à l'époque, et coiffés en arrière d'une manière soignée et résolue. La courbe imposante du nez dans le visage rouge brique lui donnait des airs de Sitting Bull, et sa personne soignée et masculine dégageait une aura d'after-shave et de détermination audacieuse. Elle a dû lui faire de l'ombre, car il a soudain levé la tête pour la regarder.

Le dernier vol pour Copenhague décolle dans un peu plus d'une heure, mais il est surbooké, déclare la jeune hôtesse avec un sourire indifférent. Ingrid regarde alentour dans le hall des départs la foule de voyageurs fatigués qui se réjouissent à l'idée de rentrer chez eux. Elle a l'impression de reconnaître un visage dans la file de passagers frustrés devant le guichet de SAS, mais c'est seulement lorsqu'elle franchit les portes automatiques qu'elle se souvient de qui il s'agit. Les portes coulissent, hésitantes, alors qu'elle s'immobilise et bouche le chemin à ceux qui aimeraient entrer. Les roulettes de leurs valises font un tic-tac empressé sur le tapis en caoutchouc rainuré. Elle revient en arrière de quelques pas.

Son front s'est dégarni, il a pris du poids, Peter, mais il a conservé ses presque deux mètres de dignité. L'âge et le manteau en poil de chameau n'ont fait que la renforcer. Il ressemble à un homme qui a du pouvoir. Il est sûrement venu à Stockholm pour acheter ou vendre quelque chose d'important, comme elle, d'ailleurs. Là, à vingt mètres et trente ans de distance, impatient de communiquer avec une des représentantes impassibles de SAS, elle peut l'observer librement et froidement.

Elle ne l'a pas revu depuis la fête de fin d'année au Zahles Gymnasium, et elle a décliné l'invitation qui est arrivée il y a quelques semaines, illustrée par des photos amusantes de la comédie jouée par la classe 2. g. Quelques-uns des camarades plus nostalgiques se sont organisés pour fêter l'anniversaire de leur bac dans une auberge, dans le Nord. Elle se souvient à peine de leurs noms, mais elle imagine déjà la chose. Une de ces fêtes où l'on ignore avec qui l'on va se retrouver à table, et où l'on finit par boire trop pour reprendre le volant. Elle dit presque toujours non lorsque cela se passe en dehors de la ville. Elle est nerveuse à l'idée de ne pas pouvoir s'éclipser quand ça lui chante, et la combinaison d'une auberge et des retrouvailles avec le passé avait d'avance tranché la question.

Peter doit avoir des problèmes de tension artérielle, il suffit de voir la rougeur de ses joues et de son cou. Déjà, à l'époque, il était loin d'être le genre d'homme qui pouvait lui plaire, mais c'est aussi le cas de Frank. Elle reste un moment à l'observer, un homme entre deux âges, en colère, qui gesticule face aux hôtesses arrogantes de SAS. Autrefois, il lui était également possible de le regarder fixement sans qu'il s'en aperçoive. Elle avait passé ses années de lycée à fantasmer sur lui, à faire l'intéressante de toutes les manières possibles. Il ne lui était pas venu à l'esprit qu'elle aurait peut-être dû reconsidérer les hautes idées romantiques qu'elle se faisait de lui, au vu des filles qu'il préférait. Elle ne songeait pas un instant qu'il était peut-être aussi bassement bourgeois et snob que les demoiselles en escarpins à boucle qu'il s'amusait à traîner aux fêtes, telles des femelles en chaleur. C'était à la fin des années soixante-dix, et l'ivresse effrénée et débridée fonctionnait encore comme une sorte d'autorité culturelle sur les cheveux défaits et les nichons débraillés, même dans un lieu aussi à l'écart du temps que Zahle, où, dans un passé pas si éloigné, la reine et les princesses avaient foulé le même escalier, autour du plâtre d'un quelconque héros grec.

Cela fait longtemps qu'Ingrid est perméable à des désirs qui l'auraient gênée si elle avait soupçonné quelle personne elle allait devenir. Dès la première année à l'Académie, après avoir trouvé sa place, il y avait quelque chose de comique à être en compagnie de quelqu'un du même âge qui disait « whisky-soda » et qui portait une cravate. Qu'avait-il donc, Peter ? Elle essaie de s'en souvenir alors qu'elle est dans un nouveau taxi qui la conduit d'Arlanda à la gare centrale de Stockholm. Cela la soulage agréablement de penser à Peter Vissing au lieu de ruminer sur des choses sur lesquelles elle ne peut rien tant qu'elle n'est pas rentrée à la maison. Il y a bien longtemps qu'elle ne peut plus rien changer à ses amours de lycée insensées, mais, à la différence du drame de ce soir, elles sont sans importance. On croirait qu'elle repense à une jeune fille qui n'est pas elle, alors qu'elle suit encore une fois la série de lampadaires au-dessus de la voie express. Elle entend que le chauffeur a laissé les pneus neige, les clous chantent sur l'asphalte.

Comment on passe du point A au point B, et ainsi de suite. Cela a l'air si simple, le temps passe de lui-même, il s'agit seulement d'attendre suffisamment longtemps. Pourtant, cet avenir qui est arrivé il y a longtemps paraît si inattendu, si imprévisible quand elle tente de l'observer avec les yeux du passé, en tant que lycéenne aux amours malheureuses. Et tant le passé que la jeune fille d'alors semblent tellement invraisemblables à Ingrid Dreyer qui, ici et maintenant, se trouve dans un taxi en route vers le centre de Stockholm. Le moi qu'elle était jadis ne correspond pas à celle qu'elle est devenue, et à la manière dont les choses se sont passées. Rien ne va. Peter, Anders, Jonas, Frank. Le temps n'est que la distance, le fossé béant où une expérience ou un sentiment ne parviennent jamais à entrer en contact avec un autre.

Ou bien le temps est peut-être exactement comme la cordelette avec les pierres dépareillées, qui pendent ainsi en vrac à son cou aux rides naissantes. Elle est fatiguée et sent le début d'un mal de crâne poindre à ses tempes. Mais qu'est-ce qu'il avait donc, Peter? Sans doute rien de plus que ses yeux bleus et une vague ressemblance avec Robert Redford. Un calme, une décontraction masculine, une attention prudente. Quelque chose d'étonnamment pudique et une assurance dans les mouvements qui pouvaient vous faire croire qu'il était sûr de lui. Ses mâchoires carrées, les poils blonds très abondants sur ses avant-bras. L'amour ne se réduit-il pas à ce besoin simple et fugace d'être ému par une apparition qui, dans toute son étrangeté, semble d'autant plus parfaite ?

Il n'en a jamais fallu davantage, mais, lorsque l'on n'a pas encore vingt ans, ce qui attire chez une autre personne ne fait que mettre en relief sa propre monstruosité. On se sent comme un lépreux qui a perdu le nez et la bouche à regarder fixement la perfection inaccessible de cette personne. Une fois, une seule, il avait dansé avec elle pendant une fête. Il y avait eu le frôlement habituel des doigts, mais comme le morceau suivant était lent, il avait été obligé, pour sauver les apparences, de poser les mains sur ses hanches. Elle n'aurait pas dû en profiter car, l'instant d'après, il les avait retirées, avec une chasteté démonstrative, comme si elles avaient été en contact avec un monstre.

Elle regarde les immeubles d'habitation qui s'attroupent le long de la voie express, des constructions monotones des années soixante séparées par des espaces ouverts avec pelouses, terrains de jeu et place bordée d'un centre commercial. Ici, on peut aller au supermarché, à la poste ou chez le dentiste, comme dans ces boîtes de construction en plastique aux couleurs primaires, avec des petits personnages joyeux, avec lesquels Jonas jouait autrefois. Il doit sûrement y avoir également un cabinet d'avocats, où l'on peut trouver de l'aide pour divorcer, quand tout devient trop régulier et trop dénué d'avenir.

Elle pense à un article qu'elle a lu récemment, et qui portait sur un ensemble en béton de Le Corbusier, dans la banlieue parisienne. On avait relogé les habitants et l'on avait tout fait sauter afin d'éliminer les problèmes sociaux et, qui sait, peut-être aussi la laideur. Elle est formée à considérer Le Corbusier comme un génie. C'était aussi un trait de génie que d'empiler les ouvriers en hauteur et de semer de l'herbe dans le vide ainsi créé, mais quelle était alors la perspective pour ces pauvres gens, hormis la lumière et le ciel? Au sens littéral, des biens élémentaires, mais profondément ennuyeux à la longue si tout ce que l'on voit de sa fenêtre est un bloc d'immeubles qui ressemble au sien à s'y méprendre.

Peut-être préférera-t-on le labyrinthe insalubre et branlant d'un vieux quartier ouvrier, où, au moins, on peut conserver le sens du chaos et de la fatigue de la vie. Ce savoir inquiet qu'elle peut se transformer d'un coup en quelque chose de pire, de meilleur, ou de tout à fait différent.

Peut-être sa vision est-elle romantique, mais celle de Le Corbusier l'était autant. Comme si la planification et la raison étaient en elles-mêmes libératrices. Elle n'a jamais cessé d'être frappée par la manière dont les hommes sont capables d'animer leur environnement, même le plus misérable et le plus dénué de charme. Les enfants le font tout le temps. Même s'il s'agit seulement de l'escalier vers les caves ou de buissons autour d'un transformateur, ils peuvent être le cadre des actes intrépides de l'imagination craintive. Quant aux adultes, ils le font avec toutes les sortes de nains de jardin dont ils disposent, et avec quelque chose d'aussi sous-estimé que la réceptivité du regard pour les phénomènes fugaces du quotidien. La pluie sur les carreaux, le bruissement des feuilles, le reflet du soleil sur l'assise d'un mur. L'imbrication, dans l'instant vivant, entre le temps, le lieu et l'esprit.

Derrière la mosaïque des fenêtres éclairées des immeubles, les familles avec enfants ont dîné depuis longtemps. L'un jette les restes de nourriture dans le sac-poubelle accroché à la porte du placard sous l'évier. L'autre fait la lecture d'un Winnie l'ourson sur la couchette inférieure d'un lit superposé en imitation bouleau. Un peu plus tard, ils vont s'installer dans le canapé et regarder un film avec du sexe, de la violence et des voitures brusquement défoncées. Sans le dire, ils vont peut-être penser que la vie est un peu insipide, mais il va attirer sa compagne contre lui, ou bien elle va poser les pieds sur ses genoux à lui, et, chacun de leur côté, ils vont en conclure que ce n'est déjà pas si mal d'être ensemble, mieux que pour beaucoup. C'est une vie, ça aussi, il n'y a rien à redire. Sur le lit du haut, la grande sœur écoute peut-être la respiration de son frère, alors que, dans le rai de lumière de la porte entrouverte, elle trouve que ce nœud dans le bois d'un pied du lit lui donne des airs de tête réduite de Nouvelle-Guinée. Ou peut-être va-t-elle trouver que l'éclat violet d'un des lampadaires devant l'entrée de l'immeuble ressemble au halo surnaturel d'un ovni, et elle ne l'oubliera jamais.

Quand on passe ainsi en taxi en venant d'Arlanda, on peut être tenté de se montrer ironique ou mélancolique en songeant aux vies parallèles dans le plan préconçu des ensembles de béton. Il est donc opportun de se rappeler que la capacité à réfléchir et à se représenter commence avec celle à imaginer à partir de ce qui est. Mais qu'en est-il de l'amour ? Que peut-il donc supporter de ce qui est ?

Vu de l'extérieur, leur solitude à trois dans Elmegade était aussi fragile, aussi anonyme que ce qu'elle peut imaginer des habitants des blocs d'immeubles sans imagination autour de Stockholm. Était-ce un regard étranger et ironique qui, un beau jour, avait percé l'enchantement de leurs vies ? Non pas pour l'anéantir d'un coup mais pour l'affaiblir avec le temps ? Peut-être n'y a-t-il pas de raison pour expliquer que, un jour, cet enchantement était passé. Peut-être s'était-il enfui, tout simplement.

C'est comme de se trouver à l'extérieur, à la périphérie de la vie et de passer à côté en étant en robe de soirée, sans possibilité de contact. Le taxi s'engage dans la lumière orangée d'un tunnel, et elle aperçoit son reflet dans le rétroviseur. Elle porte la main au lobe de son oreille gauche, la boucle d'oreille n'est pas là, elle a la gorge sèche. L'a-t-elle posée sur la table de chevet avant de téléphoner ou l'a-t-elle perdue dans l'autre taxi, en route vers Arlanda ? Elle hésite à demander au chauffeur de la conduire à l'hôtel, et décide de n'en rien faire. Elle ne sait même pas s'il y a un train pour Copenhague, et, s'il y en a un, à quelle heure il part.

Elle appuie sur la touche « contacts » et active le numéro de portable de Frank. Elle le fait en sachant qu'elle ne devrait pas. C'est elle tout craché de chercher un raccourci vers la confrontation avec son sentiment de culpabilité. Que va-t-elle dire, comment va-t-elle expliquer qu'elle a perdu la boucle d'oreille ? Il répond presque tout de suite. Elle s'éclaircit la gorge et a déjà l'impression de se dévoiler.

« C'est moi. »

Son contact à elle, c'est lui. Il n'y a personne avec qui elle s'est jamais plus sentie en contact, pourtant, soudain, elle ne sait plus pourquoi elle l'appelle. Elle ne peut pas lui parler de la boucle d'oreille. Peut-être finira-t-elle par refaire surface. Qui peut avoir l'utilité d'une seule boucle d'oreille ?

« Il faut que tu m'excuses de n'avoir pas appelé. »

Sa voix calme et civilisée trouve un chemin en elle par des canaux que ne connaît aucune autre voix. Elle fait vibrer quelque chose de lointain et profond, mais quelque chose d'autre se glisse aussi, un air inconnu. La froideur n'est pas due à la voix, mais à quelque chose qui l'entoure, qui la fait se contracter un peu. Comme s'il frissonnait.

« Ça ne fait rien. Tu peux parler ? »

Elle pense alors à leurs premières conversations téléphoniques, en tant qu'amants cachés. Même lui, qui avait l'expérience, laissait paraître dans sa voix une anxiété dévorée par les remords, quelque chose de frileux comme un soir venteux à un arrêt de bus désert. Elle ne l'a pas entendu depuis. Jusqu'à aujourd'hui. Mais pourquoi maintenant ? Pourquoi sa voix chaude et riche a-t-elle à nouveau cet accent acculé ?

« Je suis dans le jardin. »

Il n'a pas de jardin. Ils habitent un appartement bourgeois derrière Østerport Station, ils ont deux cent cinquante mètres carrés pour être malheureux, mais ils n'ont pas de jardin.

« Dans le jardin ? »

Elle est désolée que sa voix sonne d'un ton aussi inquisiteur.

« Nous sommes à Hornbæk. »

Peut-être est-il simplement en bras de chemise sous les pins, peut-être a-t-il la chair de poule, mais depuis qu'elle le connaît, elle sait qu'ils vont à leur maison de campagne seulement pendant le week-end et les vacances.

« Mais que faites-vous là-bas ? »

En quoi est-ce que ça la regarde ?

« Lisa a besoin de s'éloigner un peu de la ville. »

On dirait qu'il est étonné de devoir s'expliquer.

« Mais, d'habitude, vous ne… »

Ingrid s'entête, malgré elle. À quoi bon ?

« Excuse-moi un instant…, dit-il. Oui, je suis là. »

Lise est-elle à la porte ? Cherche-t-il à gagner du

temps? Pour quoi faire? Pendant deux ou trois secondes, elle a entendu le vent siffler dans les branches d'aiguilles raides des arbres. La nuit n'est pas encore complètement tombée, certainement pas à Hornbæk, et peut-être peut-il distinguer Kullen comme une bande striée entre ciel et mer au bout du chemin de sable étroit au milieu de la plantation.

Elle est venue ici une fois en semaine. Sur la pointe des pieds, elle a regardé à l'intérieur de la vieille maison de famille par les petits carreaux des fenêtres, elle a vu les fauteuils en osier, les lirettes et les tisonniers devant la cheminée chaulée. Une passante avec un chien l'a surprise, mais la femme a sans doute cru qu'Ingrid n'était qu'une curieuse assez culottée. Frank n'a rien dit quand elle a avoué sa petite escapade, et elle n'a plus jamais essayé de fureter dans sa vie.

Il ne lui a jamais raconté grand-chose, et certainement rien qui pourrait venir la soulager dans son rôle de femme d'à côté. Même au cœur de l'infidélité, il s'est montré loyal, presque honnête. S'il a ses raisons, il les garde pour lui, et elle doit endosser seule la responsabilité de s'être liée à lui. Sans avoir rien pour l'affirmer, elle a été obligée de se convaincre que, malgré les enfants et les petits-enfants, il est malheureux avec cette Lise qu'elle ne connaît pas.

« Tu peux appeler plus tard. Ou demain », dit-elle. Elle regrette de lui avoir téléphoné. Il y a quelque chose entre eux qui n'est pas là d'habitude.

« On peut parler un peu, répond-il après un silence.

— Tu as l'air fatigué. » Encore un silence.

« Vraiment? C'est vrai, je suis peut-être un peu fatigué. Il est arrivé quelque chose? »

Bien sûr, il l'a entendu, il l'a senti chez elle.

« On en parlera demain », dit-elle. Malgré toute son attention, malgré toute sa sollicitude, c'est comme s'il avait renvoyé la balle dans son camp.

« Qu'est-ce qu'il y a, Ingrid ? »

Comme s'il voulait masquer quelque chose par sa question pleine de sympathie.

Elle se rend compte qu'elle n'a pas la moindre idée de ce qui, dans la vie de Frank, tel un poids mort confus, empêche leur amour de suivre son libre cours. Tout simplement parce qu'elle ne sait pas grand-chose de la vie de Frank. En réalité, c'est Lise qui devrait connaître cela, mais elle est sûre que Lise ne se doute de rien, et qu'elle ne s'est jamais doutée de rien. Si Frank est capable de dissimuler toute sa vie à sa maîtresse, il est également capable de cacher une liaison durable à la femme qui partage sa vie.

« C'est Jonas. Non, je n'ai pas la force d'en parler maintenant. Excuse-moi d'avoir appelé. »

Une liaison. Ce mot n'a jamais été évoqué. Pourquoi lui est-il venu à l'esprit ? Il est le mari, même s'il n'est pas le sien. Pendant des années, elle a accepté l'existence de ce que l'on appelle des mondes parallèles. De fait, il est stupéfiant de penser à toute la vie qu'ils ont menée à côté de la sienne, à lui.

« Si tu as appelé, c'est bien parce que tu voulais en parler. Ingrid… »

Il est venu plusieurs fois par semaine à Sølvgade, il connaît Jonas, il lui a appris, il lui a montré des choses. Pour Jonas, il est tout à fait normal d'avoir un père de substitution qui a également une autre famille.

« Que fais-tu si tard dans le jardin ? »

Elle ne peut pas s'en empêcher. Pas ce soir.

« Je prends l'air. »

Elle se l'imagine en bras de chemise, devant la maison, au milieu des pins.

« Il y a quelque chose qui ne va pas ? »

Non, elle ne peut pas laisser passer.

« Ingrid, qu'est-ce qu'il y a ? »

Elle pourrait lui parler de Jonas, au lieu de lui parler de la boucle d'oreille. Loin. Elle se sent très loin.

« Rien. Je pourrais te demander la même chose. Je croyais que tu allais appeler. »

Ça ne lui ressemble pas. L'ambiguïté de son ton, cette disposition féminine à faire en même temps la victime et l'accusateur. Celui dont on a pitié, et celui qui, malgré tout, n'est pas assez affaibli pour jeter quelque chose à la figure.

« Pardon. »

Il a dit pardon. Pourtant, il n'est pas du genre à tomber dans ce piège.

« Tu n'as pas à t'excuser. C'est moi qui m'excuse. Non, ça devient complètement… »

Ce n'est pas de la voix de Frank dont elle a besoin maintenant, c'est de ses bras, de son étreinte.

« Ma chérie… »

Il est l'homme, le mari, parce qu'elle n'a jamais douté qu'il voulait, qu'il attendait quelque chose d'elle.

« On se voit demain ? »

Ah, petite fille. Pourquoi ne peut-on jamais être libéré de soi-même ?

« Bien sûr, ma chérie. Comme d'habitude. »

Là, elle est certaine que quelque chose ne va pas.

« Je t'aime. »

C'est tout ce qu'elle a à dire.

« Moi aussi, je t'aime. Tu le sais bien. »

Il y a quelque chose qui cloche avec son « bien ». Il y a soudain une distance qu'elle ne connaît pas.

« Vraiment ? »

Elle ne sait plus jusqu'où elle va s'abaisser avant la fin de cette conversation.

« Ingrid… »

Quelque chose se noue en elle, mais quoi ?

« Pardon, murmure-t-elle.

— Je t'appelle tôt demain matin, répond-il en baissant aussi la voix.

— Bonne nuit, alors. » Elle essaie de faire comme si elle souriait. A-t-il entendu son sourire ?

« Bonne nuit, mon amour. »

Frank avait réservé une chambre au Hassler, mais c'était elle qui connaissait Rome. À l'époque où Berthe y habitait, Ingrid était venue la voir pendant les vacances et, quand elle était étudiante en architecture, elle avait passé un hiver et un printemps à la Danske Akademi. Elle n'aurait jamais imaginé qu'elle descendrait un jour à l'hôtel d'un luxe inaccessible à côté de Trinità dei Monti. Elle l'avait aperçu presque chaque jour quand elle traversait le parc Borghèse pour descendre en ville. C'était une autre Rome que l'on découvrait au réveil et qu'elle contemplait tout en sirotant son *macchiato* sur la terrasse où le petit déjeuner était apporté par des serveurs en veste blanche. Les dômes écaillés et les toits de tuiles pourris avaient l'air plus élégants vus d'en haut, comme découpés dans un magazine de voyage chic. On en venait presque à regretter l'éloignement de la ville, alors que l'on se trouvait en plein cœur de celle-ci.

C'était par un de ces matins qu'il avait déposé le petit paquet sur la nappe fraîchement repassée, à côté de l'assiette d'Ingrid. Rien que les proportions minimes du paquet l'avaient mise sur la piste de ce qu'il pouvait contenir. Elle n'avait jamais reçu un cadeau si petit de la part d'un homme, et elle avait rougi tandis que, avec un sourire matois, il avait suivi ses doigts qui tiraient délicatement sur le ruban. Elle connaissait fort bien le nom gravé sur le couvercle de l'étui en cuir. Combien de fois n'était-elle pas passée devant la boutique Bulgari de la Via Condotti en notant le contenu étincelant des vitrines, comme l'on remarque en chemin quelque chose qui ne nous concerne pas, comme un berger de l'Âge d'or serait passé à côté d'une colonne de temple sur le Forum Romanum.

Elle l'avait dit à Frank, et il avait éclaté de son rire puéril. C'était la seule chose chez lui qui ne possédait pas son autorité et sa mesure. Il l'avait aidée à mettre les boucles d'oreilles et elle avait rougi à nouveau en tendant la joue droite puis la joue gauche. Deux perles en forme de goutte suspendues à leur chaîne d'or filigrané. Comme des larmes de joie. La métaphore ne l'enthousiasmait guère, mais le sourire de Frank était si large qu'elle semblait en percevoir la chaleur. Elle les porterait et, quand ils ne seraient pas ensemble, nul ne saurait qu'il les lui avait offertes. Ils se connaissaient alors depuis moins d'un an. Au début, c'était presque comme si les petites pierres coûteuses faisaient d'elle une autre femme, puis elle s'y était habituée.

Elle se souvient d'une de ces douces matinées de printemps où, de la terrasse de l'hôtel, elle avait aperçu une jeune femme qui s'avançait sous les arbres devant la Villa Medici. La jeune fille était grande, les cheveux blonds coiffés en une queue-de-cheval. De loin, elle ressemblait à Ingrid quand elle était boursière, vêtue simplement d'un T-shirt et d'un jeans, avec un sac en cuir sur l'épaule. Pendant un instant, elle crut que c'était elle, peut-être parce que le cadre avait si peu changé au cours de la décennie qui s'était écoulée, aussi peu qu'au cours des siècles précédents. Ingrid imagina le panorama que la jeune fille voyait au-dessous du parapet, encadré par la crête du mont Testaccio, de l'autre côté du Tibre.

Sous le liseré gris-bleu des monts Albains, derrière les dômes des églises, derrière le monument à Vittorio Emanuele de la Piazza Venezia et derrière le maquis d'antennes de télé sur les toits de tuiles, la jeune fille devinerait les constructions cylindriques de l'usine à gaz près de la Stazione Trastevere. Si elle tournait son regard un peu vers la gauche, elle verrait peut-être l'hôtel Hassler, derrière l'obélisque, et à la balustrade de la terrasse, elle apercevrait la silhouette d'une femme qui regarderait dans sa direction. Une femme qui, tout de suite après, se tournerait vers l'homme grisonnant qui s'approcherait d'elle et poserait les mains sur ses hanches.

Lorsque Ingrid avait baissé les yeux vers l'Escalier d'Espagne, la jeune femme était si proche que toute ressemblance s'évanouit, et elle disparut au milieu des touristes sur l'escalier. Ingrid avait repensé à elle pendant le déjeuner pris sous un store de la Piazza San Ignacio et, plus tard encore, quand ils déambulaient main dans la main dans la Via Giulia. La jeune inconnue ressurgissait dans ses pensées chaque fois qu'elle posait les doigts sur une des boucles d'oreilles de Frank, car elle n'était pas encore habituée à les sentir se balancer aussi librement aux bouts de ses oreilles. Elle les portait chaque jour, même si, en fait, elles auraient exigé une robe de bal. Cette sensation aurait certainement été aussi inhabituelle pour la jeune femme en jeans et T-shirt. Tant de choses l'auraient été. Tant de choses de ce qui s'était écoulé entre maintenant et le moment où Ingrid flânait devant la Villa Medici, plongée dans ses pensées.

Mais ce qui est fait est fait, et cela ne vaut pas seulement pour les malheurs. Il y avait eu du bonheur et des joies, c'étaient des faits, même quand ils avaient pris fin, suivis par d'autres joies et d'autres malheurs. Il y avait eu Anders, et Jonas, et désormais Frank. Alors qu'elle l'entraînait dans des ruelles sombres pour lui montrer une fontaine ou une façade baroque, elle fut soudain incapable de se rappeler le nom du gars qu'elle avait laissé au Danemark, à demi-mot, quand elle était partie à Rome pour six mois afin d'étudier les églises en rotonde romanes.

Cela non plus n'avait pas d'importance. Ç'avait été une période chaste où elle s'était oubliée elle-même, et rétrospectivement elle avait été aussi pure intérieurement que les tourbillons et les pampres des mosaïques cosmatiques, ou que les oiseaux et les dauphins stylisés sur les voûtes des églises anciennes. Des espaces simples et accueillants qui rassemblaient la lumière chiche pour lui donner la forme de quelque chose qui ressemblait à un clin d'œil, à un effleurement apaisant. Elle attira Frank dans un bus bondé en haut de la Via Nomentana afin d'aller voir les mosaïques à petits carreaux de Sant'Agnese, et il la comprit, il comprit sa passion pour la simplicité. En contrepartie, elle saisit que cela appartenait au passé, le sien et celui de Rome quand, plus tard, il passa la main sur sa nuque et suggéra qu'ils aillent prendre un campari Via Veneto.

Il avait eu l'air soucieux lorsque, six mois plus tôt,

assise sur le lit d'une autre chambre d'hôtel, elle lui avait déclaré qu'elle venait de quitter son mari. Il était à côté d'elle, il avait encore son manteau, et il avait posé la main sur la joue d'Ingrid. Elle avait pris son poignet et croisé son regard. Elle n'attendait pas qu'il agisse de manière aussi radicale. Plus tard, elle avait trouvé que c'était une chose singulière à dire. À cette date, ils se connaissaient seulement depuis deux mois. Ils s'étaient retrouvés dans des hôtels, tout à fait selon les règles du genre, même si c'était la première fois qu'elle les suivait. Lui, de toute évidence, il savait comment faire, mais cela ne lui était venu à l'esprit que bien des années plus tard. Elle dit qu'elle n'attendait rien, mais elle ne pouvait pas continuer à vivre dans le mensonge. C'était une manière de parler où les mots étaient comme emportés par une longue vague ondoyante. Dans son souvenir, elle ne s'était jamais exprimée de la sorte, sauf la veille au soir, quand Anders, bouche bée, avait encaissé une tirade similaire.

Elle avait besoin de clarté dans sa vie, avait-elle dit à Anders, et elle le répéta à Frank tout en le regardant dans les yeux et en maintenant sa main contre sa joue. L'hôtel était près de l'aéroport, et ils y étaient déjà venus quelques fois. Ils s'étaient amusés à imaginer où l'on pouvait fuir tandis que le grondement des réacteurs passait au-dessus du toit. « Clarté ? » C'était le point d'interrogation dans le ton de Frank qui l'avait amenée à lui assurer une fois encore qu'elle n'avait aucune attente. Elle l'avait rencontré, et elle n'avait jamais rencontré un homme comme lui. Cela avait changé quelque chose, quoi que ce fût. Entre eux. Cela avait changé quelque chose en elle, et ce changement était une réalité, que

Frank soit là ou non à l'avenir. Il la dévisagea. « Ce n'est pas par défaut, avait-elle murmuré. Alors, plutôt... » Il avait dû l'embrasser pour la faire taire.

Rome avait été leur premier voyage ensemble et dans les espaces ocre de la ville, après un automne et un hiver, la rupture avec Anders n'était plus d'une actualité aussi urgente. Elle était devenue une histoire, plus qu'une, d'ailleurs, et chacun s'était accommodé de son rôle différent. Ingrid avait emménagé dans l'appartement de Sølvgade après avoir passé quelques mois à profiter de l'hospitalité chez l'une ou l'autre de ses amies, et elle avait Jonas une semaine sur deux. Même s'il souffrait, elle constatait qu'il avait lentement commencé à dépasser sa peine. Ce ne fut pas pire que ça.

Le dernier séisme qu'il devait connaître eut lieu la première fois que Frank passa une nuit à la maison. Jonas prit à peine le temps de croiser le regard du nouveau compagnon de sa mère qu'il était déjà sorti. Une heure plus tard, il téléphonait pour dire qu'il dormait chez un camarade. Mais il l'avait surmonté. La poignée de main et l'échange masculin de constats polis comme reconnaissance que sa mère avait bouleversé son monde pour faire de la place à une sorte d'être humain, malgré tout. D'ailleurs, Frank restait rarement pour la nuit, il « voyageait beaucoup », comme il disait, et Lise avait apparemment cessé de suivre le cheminement de ses voyages d'affaires. Il s'était écoulé plusieurs mois avant qu'Ingrid ne découvre que son épouse s'appelait Lise. Elle avait été obligée de lui poser la question.

Il parlait de son enfance, de sa jeunesse, de ses premiers voyages et de ses conquêtes, mais il ne disait rien de sa vie de famille. Il l'amena à parler, mais il ne l'interrogea jamais sur Anders et Jonas. Quand ils se regardaient dans les yeux, dans une chambre d'hôtel aux rideaux tirés, on aurait dit qu'il contemplait une des ramifications possibles de l'existence, comme s'il pouvait la replacer ailleurs, à un stade antérieur, et modifier la direction que les choses avaient prise. Que s'était-elle donc imaginé quand elle avait scié la branche sur laquelle elle avait été assise si longtemps, au point de croire que sa vie allait de pair avec celle de son mari et du garçon ?

Au lieu de donner des détails sur sa famille, Frank parlait de tout ce qu'il aimait, sans jamais un mot de dénigrement sur quelqu'un ou quelque chose. Il parlait des sonates pour piano de Beethoven, de domaines particuliers de bourgogne ou du revers de John McEnroe. Et il parlait d'elle. Il n'avait aucun mal à décrire le corps d'Ingrid, elle avait alors envie d'être elle-même et, en même temps, elle se demandait ce qu'il voyait, ce qu'il avait donc en tête.

Berthe était venue à Sølvgade pendant qu'Ingrid était à Rome avec son « amant ». C'était la première fois que Berthe endossait le rôle de grand-mère. Bien sûr, elle avait gardé Jonas de temps en temps, elle avait fait une sortie à Tivoli avec lui, une fois par an, mais elle était toujours tellement occupée par sa propre personne que cette tâche était presque impossible. Berthe n'était jamais vraiment parvenue à se voir comme la mère de quelqu'un, car elle était avant tout la fille de quelqu'un. Du reste, elle était la première à employer le mot « amant » pour parler de Frank. Comme si Ingrid n'avait pas été très honnête de se libérer d'Anders. Comme si elle n'avait pas le droit de sortir avec tous les hommes qu'elle souhaitait sans demander la permission.

Cependant, il n'y avait pas le moindre soupçon de reproche dans la voix de sa mère, au contraire. Berthe avait presque jubilé de ravissement quand Ingrid avait annoncé qu'elle quittait son Suédois taciturne. De toute évidence, sa mère n'avait pas songé qu'Anders paraissait peut-être si silencieux parce qu'elle, Berthe, parlait si fort et sans s'arrêter. Il ne lui était pas davantage venu à l'esprit que ce serait peut-être un détail problématique que l'amant d'Ingrid soit marié. Ingrid avait l'intuition que Berthe se retrouvait en elle, qu'elle s'y reflétait. Car n'avait-elle pas, en son temps, quitté son mari pour obéir à ses sentiments inflexibles ?

Ingrid appelait la maison matin et soir de sa chambre du Hassler, et elle avait mauvaise conscience chaque fois qu'elle composait son propre numéro. Curieusement, elle n'y pensait guère au cours de la journée, en revanche, ce sentiment de culpabilité montait en elle comme la marée quand elle faisait quelque chose pour être en contact avec son fils. Tout le contraire du père de ce dernier, qui avait mariné un mois entier dans la gnôle et l'apitoiement sur son sort avant de se rappeler qu'il avait un fils. Jonas répondait seulement par des monosyllabes et des petits grognements quand elle essayait de déterminer comment les choses se passaient à la maison.

Tandis que Berthe, elle, ne demandait qu'à parler, et, surtout, à parler de Rome. Elle voulait savoir ce qu'ils avaient vu, où ils étaient allés, car Rome était toujours sa ville. De fait, elle se comportait comme l'hôte de Frank et d'Ingrid *in absentia*, elle corrigeait, elle prenait les devants avec le zèle scrupuleux du connaisseur qui tient à faire savoir ses secrets. Le Caffè Sant'Eustachio, oh oui, bien sûr, et le vieux troquet avec les nappes brodées au coin de la Via Frattina et de la Piazza di Spagna. Et puis, étaient-ils allés manger chez le juif de Flaminio ? Cela faisait déjà longtemps que Berthe avait passé plusieurs années à Rome comme correspondante free-lance du *Berlingske Tidende*, mais c'était son heure de gloire. Cela l'avait été, mais c'était terminé. Elle avait abandonné son mariage et son rôle de mère raté pour enfin voler de ses propres ailes et, pendant un moment, cela avait semblé réussir. Mais combien de temps cela avait-il duré ? Cinq, six ans. L'océan des possibles du futur n'était donc pas inépuisable.

Ingrid pensait parfois à sa mère quand elle arpentait le *centro storico* avec Frank, et lui montrait des endroits dont elle se souvenait, de l'époque de ses études à l'Académie et de ses séjours chez Berthe, dans le petit appartement avec terrasse du Trastevere. C'était l'époque où l'on pouvait encore trouver un toit-terrasse à l'intérieur des murs de Rome. En entendant cela, Frank avait souri d'une manière qui disait qu'il suffisait de connaître ses priorités. Quand il lisait l'*International Herald Tribune*, elle avait noté qu'il s'intéressait particulièrement aux pages d'annonces présentant des logements et des locations de luxe dans les grandes villes européennes. Son monde à lui était un autre monde, elle n'en faisait pas encore partie, et peut-être n'y prendrait-elle jamais part que sous forme d'une ombre, d'un secret.

Avec Frank, Rome n'était pas celle de Berthe, ni la sienne à elle ni, d'ailleurs, celle de Frank. La ville était un lieu inconnu, mais cela ne signifiait pas que tout pouvait arriver. Elle ignorait simplement ce qui allait arriver. Naturellement, elle ne l'avait jamais su. La différence, c'était qu'elle n'y avait pas songé non plus. Elle était plus âgée que ne l'était Berthe quand celle-ci avait abandonné son mari et sa fille pour partir à Rome. Ingrid s'était déjà aventurée sur l'océan des possibles. Là, elle était dans le bar de la Piazza Sant'Eustachio avec aux oreilles des perles offertes par un inconnu. Et elle se rendit compte que le café familier, avec son sol en travertin et ses percolateurs sifflants, avait toujours été aussi étranger et aussi local que n'importe quel endroit. Désormais, tout n'était plus qu'une question de chemin d'un point à un autre. Partir au hasard n'était plus une possibilité.

Elle referme son téléphone portable et le range dans la poche de son manteau. Anders ne répond toujours pas. Sait-il seulement ce qui est arrivé ? Sven a dû l'appeler. Mais pourquoi personne ne l'appelle-t-elle ? Elle soulève son sac et avance. Le quai et la rame de voitures forment une perspective de longues lignes ininterrompues qui convergent vers le point de fuite.

Elle ignore si cela aurait vraiment changé quelque chose qu'Anders n'ait pas disparu de la vie de Jonas. Elle réfléchit sur lui, sur son rôle d'autorité paternelle. Ce n'est peut-être pas une grande perte. N'était-il pas un peu trop jovial comme père ? Parfois, elle se disait qu'il cherchait presque à amadouer Jonas, à se faire bien voir de lui dans son désir de passer pour l'ami adulte compréhensif. Elle se demande également si elle n'aurait pas pu empêcher les errements moraux de son fils en restant mariée, au lieu de fuir la tâche commune. Ou, plus exactement, la communauté de cette tâche. Mais Anders ne voulait pas entendre parler de morale. Elle devine qu'il lui donne raison uniquement pour ne pas avoir à s'occuper plus activement du résultat turbulent de leur vie commune manquée. Il est vrai qu'il a autre chose à faire. Jonas et lui se parlent en moyenne deux fois par mois.

Elle trouve sa voiture et sa place. Il n'y a pas encore d'autres passagers, le train ne part que dans vingt bonnes minutes. Peut-être est-elle la seule qui va traverser les bois de sapins dans la nuit de l'hiver suédois. Elle n'a même pas un journal gratuit sous la main pour se concentrer sur autre chose que les sièges vides du compartiment qui se reflètent dans les vitres teintées. Un des tubes fluorescents au plafond est sur le point de lâcher, et elle change de siège pour ne pas avoir sous les yeux ce tremblotement agaçant. Une valise à roulettes s'approche sur les dalles du quai, elle voit passer quelques silhouettes en manteau. Peu après, c'est Peter Vissing qui arrive à son tour. Elle reconnaît le manteau en poil de chameau avant d'apercevoir son visage bouffi, rougi par la tension et peut-être aussi la colère, en se disant qu'il pourrait déjà être dans un taxi et s'éloigner de l'aéroport de Kastrup. Il ne la voit pas et, heureusement, il ne monte pas dans le wagon d'Ingrid. Il ne manquerait plus que ça. Le hasard aveugle bat parfois les cartes d'une manière qui — comment dire ? — manque de « style ». Mais ce n'est pas le mot idoine, disons que la présence de Peter Vissing semble aussi déplacée qu'un nez de clown au milieu de la figure. La prétention rougeaude dans le poil de chameau.

La sonnerie de son téléphone lui parvient du porte-bagages au-dessus du siège, assourdie par la laine de son manteau. Elle se lève d'un bond. C'est Sven, et avant même qu'elle puisse placer un mot, il s'est déjà aplati devant elle — comme une carpette. Il faut vraiment qu'elle l'excuse de n'appeler que maintenant, il a essayé plus tôt, mais c'était occupé. Il a peut-être appelé pendant qu'elle parlait à Frank, quand elle lui parlait et se taisait. Elle lui demande de lui passer Jonas. Sven déclare qu'il dort. « Eh bien, réveille-le ! » Sven pose le combiné, ses pas s'éloignent et le silence se fait au bout du fil. Elle sait ce qu'elle va dire, et elle sait ce que Jonas va répondre. Elle entend déjà son « Alors ? », parfaitement incompatible avec ce qui s'est passé aujourd'hui, scandaleux et paralysant dans son défi. C'est comme si la conversation était déjà derrière elle au moment où elle entend des pas qui s'approchent. Sven dit que Jonas ne veut pas lui parler. Mais bien sûr que si, non mais ! Sven repose le combiné. Ingrid regarde une affiche de publicité, un torse d'homme en noir et blanc, sous un éclairage qui fait penser à un *film noir*. Les veines gonflées de l'armure de muscles et la perfection des côtes dégagent une impression à la fois homo et fascisante.

Sven reprend l'appareil. Jonas est couché, la tête tournée contre le mur et il ne répond même pas quand on lui parle. Pourquoi ne pas le laisser tranquille jusqu'à demain matin ? Heureusement, il n'est rien arrivé de grave. Et voilà, c'est dit, exactement comme prévu. « Qu'est-ce que tu veux dire par là ? » Elle ne s'est jamais disputée avec son ex-beau-père, mais cela peut encore se faire. « Eh bien, il s'en est juste sorti avec une *petite* commotion, Abdel. » Elle déglutit. « Abdel ? » Est-ce donc elle qui cherche la petite bête ou bien est-ce pour marquer le coup que Sven attend une seconde pour répondre ? « Oui, il s'appelle Abdel. » Elle se maîtrise. « Comment connais-tu son nom ? » Abdel, il s'appelle

Abdel. « Ben, je l'ai demandé. » Sven a l'air déconcerté. « Tu l'as rencontré ? »

Le train démarre et glisse le long des publicités, des bancs et des lampadaires qui garnissent le quai. « Non, j'ai demandé à Jonas. Apparemment, ils se connaissent. » Elle demande à Sven comment c'était. Une nouvelle fois, il a l'air confus. « Comment c'était de récupérer Jonas à Station City, précise-t-elle. — Eh bien… C'était comme on peut le prévoir dans un cas pareil. Jonas avait l'air très déprimé. » Oh, le pauvre trésor. Mais ils l'avaient traité correctement, et la confiance de Sven à l'égard des forces de l'ordre en était sortie pleinement confirmée. « Vraiment ? » Si Sven était en face d'elle, elle lui mettrait une claque. « Mais si, Ingrid, je dois le dire. » Il y a quelque chose d'insupportablement condescendant dans son « Ingrid », et elle est sur le point de couper la conversation sans lui dire au revoir. « Sven, je vais raccrocher. » Il n'a pas le temps de répondre.

Elle pose le coude sur l'accoudoir du siège et appuie la joue contre la paume de sa main, elle sent la perle froide accrochée à son oreille. Elle pense à sa jumelle, qui traîne quelque part à Stockholm. Le train ne tarde pas à sortir de la ville. Il faut qu'elle téléphone à l'hôtel et demande s'ils l'ont trouvée. Si elle est là. Elle prend le téléphone portable. Il faut qu'ils envoient quelqu'un vérifier dans la chambre. Elle a honte de l'avoir perdue, et elle a honte de se soucier de ça, étant donné la situation. Toute cette honte qui ne mène nulle part. Mais qui dit qu'elle doit servir à quelque chose ? Elle pose le téléphone sur ses genoux et regarde par la vitre. C'est l'impudence qui, soudain, lui rend son fils tellement étranger. Comment la distance a-t-elle commencé à s'installer entre elle et le garçon, lui qui a été une sensation animée dans son ventre qui grandissait ? Si proche, proche comme aucun autre ne le sera jamais.

Elle ne sait pas. Brusquement, elle ne se souvient de rien. Il a dû s'éloigner d'elle pendant qu'elle était occupée à autre chose. Pour une personne de devoir, elle est bien distraite. Un sentiment en aura masqué un autre, et peut-être sa proximité a-t-elle commencé à se défaire un jour d'été, sur le ferry rapide entre Århus et Odden.

Frank l'avait appelée à l'agence quelques jours plus tard. Ils avaient parlé de leur travail, ce que l'on fait lorsque l'on se rencontre pour la première fois. Il possédait une usine qui fabriquait des meubles de jardin en bois exotique, une entreprise familiale dont il avait hérité. Ils exportaient dans le monde entier, l'activité était en expansion constante depuis qu'ils étaient cotés en bourse, et il envisageait de faire construire un nouveau siège sur un terrain sur lequel il avait des vues, un peu en dehors de Copenhague. Elle lui avait donné sa carte. Ils avaient également parlé d'autre chose, ils avaient même parlé de la vie en général. Il s'était montré étonnamment ouvert et communicatif quand il avait évoqué son père, un tyran irascible qu'il n'avait jamais pu satisfaire. Il avait confié le soulagement éprouvé quand le vieux avait fini par manger les pissenlits par la racine, et du paradoxe de se sentir encore obligé d'avoir à prouver quelque chose. Même avec des bureaux dans les cinq continents.

Elle avait parlé de son travail, naturellement, il connaissait très bien Villads Jensen. La Bibliothèque nationale du Qatar, la salle de concert à Lahti et le nouvel hôtel de ville dans cette ville hollandaise. Elle avait précisé le nom. Avait-elle dessiné ce projet ? Il avait eu l'air impressionné, mais aussi étonné d'une manière qui l'avait un peu agacée. Il s'y connaissait en architecture, il n'était pas bête, mais pourquoi restait-elle sur le pont venteux d'un ferry à se donner autant de peine pour un inconnu ? Comme si elle avait quelque chose à prouver. Le siège de l'entreprise n'est toujours pas d'actualité, son conseil d'administration a des doutes, mais il a appelé. Entre-temps, elle a dessiné un transat pour lui. Il est disponible en chêne et en teck, et les riches y perdent leur temps de Juan-les-Pins à East Hampton. Cela l'avait amusée de se pencher sur les esquisses, le soir, à la maison, elle n'avait pas peu cédé à la nostalgie des transatlantiques de l'entre-deux-guerres, par plaisanterie, surtout. Mais il se vend.

Elle l'avait presque oublié quand il avait téléphoné, mais il n'y avait rien de surprenant à ce qu'il propose un rendez-vous. Elle n'avait pas cillé lorsqu'il avait insisté pour l'inviter à déjeuner, il était bien du type galant, d'une correction un peu surannée dans ses manières avec une femme plus jeune. Pas une seconde elle n'avait associé leur discussion sur le ferry avec le sexe et l'amour. Le sexe avait un visage, suédois, quant aux amours, elles ne comptaient plus parmi ses desiderata. L'amour d'Ingrid, l'amour véritable et concret, avait triomphé des caprices prétentieux des jeunes années. Les digressions dédaigneuses de la fatuité, avant de rencontrer Anders et de prendre le raccourci vers la joie et la tranquillité de la maturité. Vers l'affinité libératrice, qui permet de trouver du sens même dans un panier de lessive.

C'était ainsi, et il ne sert à rien de dénigrer l'idylle pour enjoliver la rencontre avec Frank. Idyllique, elle l'était, Frank n'était qu'un inconnu sympathique sur un ferry. Elle voulait Anders et leur vie jusqu'à cet instant ; et puis, elle n'en voulait plus. C'est ça le mystère. Sa vie ressemble à des tuyaux posés côte à côte sur le sol et, huit petites années plus tard, elle ne saurait expliquer comment elle est sortie de l'un pour entrer dans l'autre. Ces tuyaux ont-ils vraiment une seule longueur ? Et dans ce cas… Elle regarde au-delà de son reflet voilé dans la vitre du compartiment, et la nuit hivernale est comme l'intérieur d'un tunnel. Elle n'a aucune sensation de la vitesse à laquelle elle couvre la distance entre Stockholm et Copenhague.

Leur deuxième rencontre eut lieu dans un des restaurants le long de Gammel Strand. Elle se souvenait de l'intérieur traditionnel qu'elle avait vu dans son enfance, les murs sombres avec leurs tableaux dans des cadres dorés. Ada et Per l'y emmenaient parfois quand ils la gardaient. Lorsqu'elle était une petite fille, il y avait des périodes où sa grand-mère se prenait pour la Gentille Mamie, mais Ingrid a l'impression que, à dix ans déjà, elle était capable de sentir le côté théâtral dans l'esprit de famille occasionnel d'Ada. Peut-être parce qu'elle pouvait comparer avec Per.

Là où Norman Dreyer avait plus d'une fois oublié de venir la chercher à la crèche, Per déployait un monde fabuleux et joyeux d'excursions, d'attentions, d'histoires, de petits dessins et de découpages ingénieux. Elle possède encore la maison de poupée qu'il lui avait fabriquée avec des tapisseries peintes de sa main et des meubles bricolés à partir des matériaux de récupération les plus improbables. Elle ignorait qu'il buvait, elle n'aurait pas su ce que cela voulait dire. Elle ne sut rien non plus quand on le trouva pendu à un crochet du plafond dans l'appartement bourgeois d'Esplanaden, mais le simple fait de sa disparition marqua pour elle la première déchirure, le premier signal que la confiance finit toujours par être trahie.

Tout cela lui revint à l'esprit en éclairs inopportuns au moment où elle entra dans le restaurant et s'assit en face de ce Frank qui voulait l'inviter à déjeuner et discuter du siège de son entreprise. Elle n'arrivait pas à décider si elle devait se montrer conciliante, parce qu'il était un client possible, ou réservée, parce que, avant tout, il était un inconnu bien plus âgé, mais surtout un homme étonnamment masculin. Il s'était levé pour lui tirer la chaise. Ils furent un peu gênés au début, et elle fut surprise qu'il doive chercher ses mots, sans cesser de l'éviter du regard. Puis il sourit, et cela passa presque pour un commentaire de leur embarras initial.

Il venait fréquemment ici, à certaines périodes, c'était même son deuxième bureau. Le charme de la vue sur une usine de Valby avait tout de même ses limites. Elle avait noté la mine complice du serveur quand celui-ci avait apporté les menus. Elle aurait pu saisir au bond la mention de Valby, mais répondit à la place qu'elle était venue souvent, enfant. Il voulait en savoir davantage et, cette fois-ci, il ne détourna pas les yeux. La chaleur dans son regard bien élevé lui fit oublier tout le côté vulnérable qu'il y avait à parler ainsi d'elle-même à quelqu'un qu'elle ne connaissait pas. Avant même de s'en rendre compte, elle avait parlé de Per et d'Ada, de Berthe et de ce père que, adulte, elle n'était jamais parvenue à désigner autrement que par son nom de famille. La seule chose constante et durable qu'il lui avait laissée.

Le critique ? Elle acquiesça, étonnée qu'il sache qui était Norman Dreyer. Mais il n'écrivait plus, n'est-ce pas ? Cela faisait longtemps qu'il n'avait vu une de ses critiques. Elle sourit. Non, il était mort d'un cancer. Frank la dévisagea sans rien dire et sans le moindre signe de compassion poisseuse. Cela la fit se sentir plus proche de lui, mais la surprise était que cette confession ne paraissait pas désagréable. Elle venait d'une famille très littéraire, dit-il après une pause. D'ailleurs, c'était curieux qu'elle soit devenue un architecte et non une femme de lettres. Elle haussa les épaules et soutint son regard. Il y avait un je-ne-sais-quoi de drôle dans ce mot « femme de lettres », ou était-ce la manière dont il le prononçait ? Avec une petite distance et un soupçon d'arrogance. Comme chez quelqu'un qui n'a pas besoin de trop peser ses paroles, parce que, de toute évidence, son domaine est bien plus sérieux et raisonnable. D'un autre côté, cela faisait longtemps qu'elle n'avait rencontré quelqu'un qui savait qu'Ada et son mari avaient été écrivains, qu'ils avaient été connus et respectés dans le monde littéraire de l'époque.

D'ailleurs, il avait lu autrefois un livre de sa grand-mère. Ingrid haussa les sourcils en se disant en même temps que c'était peut-être un peu prétentieux. Il n'y avait que peu de gens à la lire encore. Elle dit cela avec un sentiment étrange de prendre les devants, de prévenir une certaine gêne, comme si cela faisait la moindre différence que quelqu'un connaisse encore Ada Hvidbjerg. Comme si elle avait peur qu'il ne croie que cela avait de l'importance pour elle. Il lisait beaucoup quand il était jeune. Maintenant, c'était difficile de trouver le temps. Il ne se rappelait plus le titre. Était-elle encore vivante ?

Ingrid parla de l'énorme appartement avec vue sur Kastellet, qu'Ada, malgré deux hémorragies cérébrales, continuait d'arpenter en fauteuil roulant. Comment s'appelait-il déjà, le mari d'Ada ? Per Weincke, oui. Peut-être n'était-il pas son grand-père biologique ? Hélas, Frank n'avait jamais eu la patience pour lire de la poésie. Et sa mère, habitait-elle toujours Rome ? Il avait suivi les articles qu'elle écrivait d'Italie. Ingrid dit que ce n'était pas nécessairement une question de patience. Il eut l'air confus, puis il sourit, comme pour s'excuser. Il posait trop de questions. Il y eut un moment de silence. Elle lui demanda de lui parler du terrain à construire qu'il avait en tête. Pendant une seconde, on aurait dit qu'il ne comprenait pas à quoi elle faisait allusion. Il préférait le lui montrer, finit-il par dire. Un jour, quand elle aurait le temps. Si elle avait le temps. Elle s'amusa de la confusion momentanée de Frank. Cela ressemblait à une faille qui dévoilait quelque chose qu'il montrait rarement. Elle lui dit que c'était son travail. Il la regarda un instant avant de répondre, et la conversation repartit sur de bons rails.

Ils se séparèrent devant le restaurant, elle partit le long du canal et il passa à côté d'elle dans la vieille Jaguar verte qu'elle avait vue descendre de la rampe du ferry. Elle n'eut pas le temps de faire un signe de la main. Elle leva la tête vers la frise du musée Thorvaldsen, où l'artiste rentre d'Italie avec ses sculptures en marbre monumentales pour être accueilli sur le quai par une troupe de Copenhagois éminents. Pour la première fois depuis longtemps, elle repensa à la période que Berthe passa à Rome, et à son terme, six mois plus tard, quand Per avait décroché avec précaution le lustre vénitien du plafond pour en prendre la place.

À la maison, tout était normal. Anders avait promis de chercher Jonas. Elle resta assise une demi-heure dans le salon silencieux. Ils allaient rentrer bientôt, et la routine de la soirée allait commencer, tel un vieux manège de tâches fixes et de bruits familiers. Bientôt, mais pas encore. Ils s'étaient levés en retard ce matin-là. Cela avait été le tumulte, et elle n'avait pas eu le temps de ranger le linge sec. Les pantalons et les pulls de Jonas gisaient un peu partout, et, dans leur chambre, il y avait encore certains vêtements à elle sur le lit qui n'était pas fait. Elle n'avait pas su quoi se mettre. Elle faisait toujours un effort pour s'habiller si elle avait une réunion ou un rendez-vous en ville, mais, une fois prête, quand elle s'était regardée dans le miroir, elle avait soudain trouvé qu'elle en avait trop fait, sans parvenir à comprendre pourquoi.

Normalement, elle aurait commencé à ranger tout de suite, mais, ce jour-là, elle resta à méditer. Peu à peu, leur appartement avait pris de l'allure, ce n'était plus un bric-à-brac estudiantin, comme à Elmegade. Grâce à l'agence, elle avait eu des prix sur plusieurs meubles classiques des années cinquante, et, posé sur le parquet, l'ensemble avait un air très aéré et éclatant dans les pièces au plafond haut. Elle avait elle-même mélangé la couleur des murs, et n'avait rien envie de changer.

Elle ne songeait pas à Frank, non, elle pensait à Ada et à Berthe. Elle les avait pourtant parquées à bonne distance, à la périphérie de sa vie, mais, là, elles ressurgissaient sur la scène avec Berthe dans son rôle de pensionnaire abandonnée, totalement figée par l'absence d'Ada qui, elle, avait le regard braqué sur la reconnaissance du parnasse de l'époque, dont elle avait joui pendant deux saisons dans les années cinquante. Ada ne s'était jamais remise d'avoir jadis pris le thé avec Karen Blixen, et si la descente avait duré plus longtemps que son ascension fugace, son égoïsme enflammé était resté intact. La brutalité d'une volonté impitoyable.

Quand Ingrid avait accouché de Jonas, elle avait décidé de ne plus participer à leur tragédie, pleine de trahison, de culpabilité et de quête larmoyante d'un peu de chaleur et de tendresse. Même si Ingrid avait ses raisons de se sentir trahie, elle se dit que cela suffisait. Elle ne voulait ni être une victime ni sacrifier sa famille à sa carrière. Elle ne divorcerait jamais, la chaîne était rompue, la malédiction levée. Elle n'avait pas ressemblé à Ada, tout à son autopromotion digne d'un missile. Elle n'avait pas repris les éternelles pleurnicheries nombrilistes de Berthe sur son enfance malheureuse, ni sa négligence pour ce qui aurait pu être son salut. Une responsabilité libératrice envers quelqu'un et quelque chose d'autre que ses fesses. Ingrid avait été présente pour son petit garçon et pour le père de ce dernier et, mieux encore, ce n'était même pas un fardeau. Il y avait même tout à fait la place pour s'efforcer de devenir un collaborateur de confiance et indispensable de l'agence de Villads Jensen.

Comme une écolière ravie, elle avait téléphoné à sa mère et à sa grand-mère quand, après un entretien, elle avait été la seule à se voir proposer une place parmi la bonne centaine de postulants. « Formidable ! Épatant ! » s'était exclamée Ada dans son sociolecte d'emprunt qui devait sonner comme si elle n'était pas née à Hjørring, mais dans les environs de Rungstedlund. Berthe avait failli verser des larmes de joie, mais il n'avait pas fallu longtemps à Ingrid pour faire comprendre clairement à sa mère qu'il n'était absolument pas question de lui obtenir un entretien avec le discret Villads Jensen.

Alors qu'Ingrid, adolescente, avait du mal à trouver le sommeil tant sa mère lui manquait, c'était Berthe qui, après la naissance de Jonas, s'était sentie oubliée. Mais Berthe avait appris à se dominer, de crainte de taper sur les nerfs d'Anders. Elle avait cessé d'appeler à n'importe quelle heure avec ses soupirs et ses gémissements. Quant à Ada, ils ne la voyaient que deux ou trois fois par an. Qu'Ingrid soit obligée de tenir sa mère à distance pour pouvoir respirer l'attristait d'autant plus en songeant que Berthe resterait à jamais la fille dédaignée d'Ada.

C'était tout cela qui lui était revenu en mémoire quand, lors du déjeuner avec Frank, il avait mentionné avoir lu un livre d'Ada. Il n'en fallait pas davantage pour troubler son calme, elle n'avait pas de distance avec cela. Pas autant qu'elle l'aurait espéré. Il avait parlé d'Ada avec un certain respect. Comme d'une personne dont les livres peuvent paraître intéressants lorsque, jeune homme, on avait le temps de cultiver son enthousiasme littéraire. Mais, en même temps, dans son étonnement qu'Ingrid ne soit pas devenue une « femme de lettres » elle aussi, une dose d'arrogance venait à pointer. N'était-ce pas simplement bourgeois de réduire ainsi un métier par cette expression un peu spécieuse et patinée ? N'était-ce pas une allusion subtile à l'image de l'artiste, qui est et reste un Auguste ? Frank n'avait sûrement pas imaginé que le choix de ses mots serait perçu avec une telle susceptibilité, Ingrid elle-même en était étonnée. Peut-être n'aurait-elle pas été aussi ombrageuse dès que l'on parlait d'Ada si elle n'avait pas elle-même présenté la même vulnérabilité.

Il y avait une raison à la timidité de Villads Jensen. Il ne lui serait pas venu à l'esprit d'entretenir sa légende en se montrant distant ou reclus, comme le prétendaient de mauvaises langues. Du reste, il n'en avait pas besoin. Cela faisait maintes années qu'il était compté parmi les plus grands architectes, mais, en chemin, il y avait laissé des plumes. Peu à peu, Ingrid était devenue si proche de lui que c'était elle qu'il appelait dans son bureau pour discuter le brouillon d'une esquisse, et il l'écoutait avec un air qui disait que l'avis d'Ingrid avait une influence déterminante pour lui. Parfois, il lui demandait de rester un moment après le travail pour boire un verre avec lui, et l'étonnement d'Ingrid d'être ainsi choisie finit par céder la place à l'impression qu'il voyait en elle une fille.

Il s'en sortait mal avec ses fils déjà grands et il n'avait pas eu d'enfants avec sa deuxième femme, mais Ingrid était au courant uniquement parce que certains, à l'agence, le lui avaient dit. Lui, il ne parlait jamais de sa vie privée. Ils parlaient d'architecture, bien entendu, mais aussi de musique, d'art et de sciences naturelles. Des structures organiques ou minérales qui le mettaient sur la voie de solutions et d'astuces nouvelles. Quand ils étaient ensemble sur un chantier, il lui arrivait de la prendre par la main et de s'éloigner avec elle. Son enthousiasme paraissait presque naïf, mais il émanait un calme rassurant de ses grosses mains d'artisan et de ses traits doux et ridés.

Il avait été plus d'une fois humilié par des maîtres d'œuvre puissants qui lui avaient laissé croire qu'ils respectaient son intégrité artistique, pour passer outre à ses visions quand la forme des façades ou le choix des matériaux n'était pas à leur goût. Même après avoir obtenu une stature internationale, il avait dû accepter que ceux qui payaient pouvaient également choisir la partition qui était jouée. C'était ce qu'il disait avec un sourire résigné, quand il rentrait à l'agence après avoir lutté en vain pour sa maison. Toutefois, la maison n'était pas la sienne. En tant qu'artiste, on était au service des gens. Et, en fin de compte, on était le bouffon et à vendre.

Elle pensa à la dernière apparition publique d'Ada. Jusqu'alors, pendant des années, elle avait seulement participé à quelques rares soirées dans des bibliothèques de province où, en règle générale, le public se comptait sur les doigts d'une main et demie. Un peintre célèbre, qu'elle connaissait de loin, devait être l'objet d'une rétrospective importante à Sophienholm, et, pour des motifs impénétrables, on demanda à Ada de prononcer un discours lors de l'inauguration. À cette date, elle n'avait rien publié depuis quatorze ans et ses livres étaient introuvables, non parce qu'ils étaient épuisés, mais parce que, après une brève survie dans les bacs des soldeurs, ils avaient été pilonnés.

Naturellement, Ingrid et Berthe avaient été réquisitionnées, et son discours était assez drôle, voire intelligent par endroits, même si tant les blagues que les mots d'esprit étaient soulignés de manière un peu trop théâtrale. C'était après, pendant la réception, qu'Ingrid avait grincé des dents. Ada était là, isolée, en retrait, portant turban, caftan en brocart et fard bleu, attendant que quelqu'un vienne la trouver. Elle ressemblait au Génie de la Lampe qui, penaud, constate que c'est un chat vagabond qui est venu se frotter contre sa cachette, car, sinon, il n'y avait personne. Seulement sa fille et sa petite fille qui faisaient cercle autour du brave soldat et tentaient de donner le change en ayant l'air de se tenir un peu à l'écart. En ce qui concerne le grand peintre, il avait disparu sans même lui avoir serré la main. C'était à fendre l'âme, mais, bien entendu, Ada aurait pu décliner, et dédaigner l'invitation. Seulement, elle en était incapable, son empressement farouche était trop fort.

Lorsque Frank avait demandé si elle était encore vivante, Ingrid avait éprouvé un mélange contradictoire de honte et d'envie de défendre Ada contre le « femme de lettres » légèrement condescendant. La honte l'avait emportée. Le sentiment d'appartenir à une famille teigneuse de ratés, de perdants obtus. Le revers de la posture littéraire d'Ada n'était pas son égoïsme, mais sa laideur, non pas sa vanité, mais le snobisme balourd du provincialisme. Elle était toujours la jeune femme ambitieuse de Hjørring qui voulait entrer dans le monde à tout prix et qui, à l'âge de quatre-vingts ans, était obligée de regarder en face le fait qu'elle n'en avait jamais trouvé la clef.

Frank n'en avait pas la moindre idée. Anders, en revanche, savait tout cela. Sans sa loyauté discrète, Ingrid n'était pas sûre qu'elle aurait pu se libérer de l'univers de mégères rabougries dans lequel elle avait grandi. Là où Ada caquetait, il ménageait ses paroles, là où Berthe pleurnichait, il restait froid, même si, enfant, il avait déjà connu le chagrin, non pas en cherchant en vain à intéresser une mère distante, mais en se recueillant sur sa tombe.

Elle y songeait, dans leur salon spacieux et chic de Bianco Lunos Allé, quand elle entendit les voix d'Anders et de Jonas sur le palier. Il lui fallait accepter qu'il en sache autant sur son passé, parce que, pour tout, il était de son côté, et parce qu'elle lui donnait raison quand il hochait la tête. Mais, aujourd'hui, elle avait déjeuné avec un homme pour qui Ada Hvidbjerg était seulement un nom fané, tout à fait respectable. Elle était étonnée par son sentiment d'avoir à la fois quelque chose à cacher et quelque chose à défendre. L'ignorance de Frank lui avait fait l'impression d'une offre qu'elle ne pouvait accepter.

Dans la semaine suivant leur déjeuner, Ingrid et Frank allèrent voir le terrain qu'il avait l'intention d'acheter. Il passa la prendre chez elle, le matin ; elle attendait devant l'entrée de son immeuble. C'était le plus pratique, car ils avaient convenu qu'il la ramènerait en ville après la visite. Pourtant, elle était contente qu'Anders réussisse à s'éclipser avec Jonas sur le cadre du vélo avant que la Jaguar verte ne se glisse dans Bianco Lunos Allé.

Elle s'évertuait à séparer strictement le travail et la vie privée. À l'agence, on ne savait pas grand-chose sur elle, sinon qu'elle était mariée à un photographe de télévision suédois et qu'elle avait un fils qui venait de passer en CE2. Elle sentait que les femmes, en particulier, la trouvaient bizarre et un peu froide parce qu'elle ne leur jetait pas les morceaux attendus d'informations sentimentales. On ne voyait pas sur son bureau de photo de Jonas avec une canne à pêche et coiffé d'un bonnet. Elle voulait être reconnue pour ses réalisations professionnelles, et elle avait compris depuis longtemps qu'il faut être un homme pour faire étalage de tous les bons moments passés avec les enfants sans que cela soit perçu comme une chose risquant de contrarier sa carrière. C'était donc également une entorse à ses règles que Frank passe la prendre. Elle avait déjà suffisamment tort de lui permettre de savoir où elle habitait, mais il ne verrait strictement rien de ceux qu'elle aimait.

Elle fut surprise en s'asseyant à côté de lui. Au lieu du blazer, de la chemise bleu clair et de la cravate club rayée, il portait un vieux jeans et un T-shirt sous sa veste. Seuls le parfum de l'after-shave et les cheveux sobrement peignés en arrière étaient inchangés. Curieusement, sa tenue décontractée lui donnait l'air plus âgé, plus fragile. Plus humain, pouvait-on dire, si cela n'avait pas été contraire à Ingrid de classer ainsi l'apparence des gens selon des degrés d'humanité plus ou moins élevés. Elle se sentit soudain trop pomponnée dans le chemisier en soie et le tailleur qu'elle avait choisis, parce qu'il s'agissait d'une sorte de rendez-vous, quoique en plein air.

L'endroit que Frank avait envisagé se situait dans la plaine de Lundtofte, coincé entre l'autoroute de Helsingør et un pré où il y avait des chevaux. Pas vraiment le terrain le plus évident pour une entreprise qui fabriquait des biens destinés à l'exportation, en particulier parce que Frank insistait pour ne pas séparer la production et l'administration. On voyait déjà des entreprises le long de la voie qui venait d'être aménagée, des constructions anonymes et rudimentaires bâties avec la seule volonté de trouver la solution la moins coûteuse pour répondre au besoin de volume et de places de parking. La voie se terminait en cul-de-sac dans le fouillis de mauvaises herbes, de genêts et d'arbres spontanés où Frank avait l'intention de construire.

Le temps avait changé subitement et l'on aurait cru

que c'était déjà l'automne. Il avait plu pendant la nuit, la terre était molle et un de ses talons s'y enfonça quand, une fois descendus de voiture, ils s'avancèrent dans les hautes herbes trempées. Il dit qu'il y avait une paire de bottes en caoutchouc de sa femme dans le coffre. Elles lui iraient peut-être. Elle déclina sa proposition et retira son talon avec un bruit de succion agaçant. C'était la première fois qu'il laissait entrapercevoir cette vie qu'il devait avoir à côté des meubles d'extérieur en bois tropicaux.

Elle prit des photos du terrain sous des angles différents. Il descendait en pente raide de la petite colline d'où l'on apercevait les voies de l'autoroute et, à l'arrière-plan, le château d'eau de la gare de Jægersborg. Dans la direction opposée, on avait vue sur une série de pylônes à haute tension et sur des chevaux qui broutaient le long d'une clôture blanche. Il lui vint tout de suite à l'esprit que, en creusant dans le terrain, on pouvait aménager l'ensemble sur une succession de niveaux, comme un amphithéâtre, de sorte que l'usine et l'entrepôt donnent sur le pré, tandis que les bureaux seraient rassemblés dans la partie supérieure de la structure.

Lui-même avait imaginé quelque chose dans ce goût-là. Il afficha un sourire satisfait, comme si Ingrid était un cheval sur lequel il avait eu la chance de parier. Elle battit un peu en retraite, il y avait de nombreux aspects à prendre en considération, sous-sol, plan d'aménagement local, sans parler des voies d'accès, qui, de toute manière, étaient délicates. Car il y aurait des allées et venues de très gros camions, n'est-ce pas ? Elle remarqua qu'il s'étonnait des mots qu'elle choisissait, il n'y avait pourtant pas de quoi. En tant que petite-fille d'Ada Hvidbjerg, elle était dans son bon droit d'utiliser un mot comme « délicat ». Après tout, elle aurait fort bien pu devenir une « femme de lettres ».

Ingrid se débattit avec l'idée de défendre son domaine, et cela l'énerva. Si l'idée était bonne, elle l'était aussi dans la tête de Frank. Il s'était mis à crachiner, et quand la pluie redoubla, ils coururent jusqu'à la voiture. Il lui demanda si elle avait vu ce dont elle avait besoin. Elle répondit qu'elle aimerait bien prendre des photos dans le pré. Elle regretta immédiatement ses paroles. Il y avait quelque chose d'angoissant à être assise à côté de lui sans être en mouvement. La buée se forma sur les vitres, il démarra et mit en marche la ventilation. C'était une belle voiture ancienne, avec des baguettes chromées et des boiseries vernies. Elle le complimenta, rien que pour dire quelque chose. Il répondit, un peu confus, qu'il en avait deux. Une pour rouler, une comme réserve de pièces détachées. Il dit ces mots avec un sourire en biais, comme s'il confessait une plaisanterie de gamin. Elle lui demanda si cela ne coûtait pas trop cher en essence. En fait, cela ne l'intéressait guère de le savoir, mais il lui fallait bien entretenir la conversation jusqu'à ce qu'il cesse de pleuvoir.

Elle songea qu'il y a des situations avec des étrangers où l'on s'en sort uniquement en faisant comme si on était intéressé de savoir quelque chose sur eux. Il déclara qu'il s'agissait de connaître ses priorités. Elle ne savait pas encore que c'était pour lui une sorte de slogan, de règle de vie. Et comment aurait-elle pu savoir qu'ils allaient se connaître ? Elle était au travail, avec un homme qui était un étranger pour elle, et elle lui faisait la conversation afin d'atténuer la gêne qu'il y avait à être si proches l'un de l'autre, tandis que le moteur tournait au ralenti, en attendant la fin de la pluie. Était-ce pénible pour lui également ? Les cheveux humides d'Ingrid s'étaient défaits de la queue-de-cheval et, en voulant les renouer, elle fit tomber sa barrette. Il se baissa spontanément pour la ramasser, et leurs mains s'effleurèrent devant le levier de vitesses. Il retira la sienne d'un geste brusque et, quand elle lui sourit, il regarda immédiatement le voile d'eau sur le pare-brise et mit en marche les essuie-glaces, comme si elle l'avait pris sur le fait en train d'être indiscret. Peut-être la situation était-elle pour lui aussi inattendue, ou, même, délicate. Se retrouver dans sa voiture dans un endroit isolé avec une jeune femme à ses côtés et les bottes de sa femme dans le coffre.

Elle regrettait d'avoir arrangé sa queue-de-cheval avec lui à côté d'elle. Elle ne savait pas quelle impression elle faisait sur lui. Ce n'était pourtant pas son genre de spéculer là-dessus. Elle n'était ni coquette ni vaniteuse, mais cette idée s'insinuait en elle, bien que ce fût de la gaminerie malvenue. Peut-être se disait-il malgré lui, bien sûr, qu'une telle situation, dans d'autres circonstances, recelait des possibilités. Ingrid fut agacée contre elle-même, en même temps, elle pensa à ce jour où elle et Anders avaient fait l'amour sur une aire de stationnement. Cela avait été une aventure dont ils étaient sortis rompus et courbatus, et le côté romantique avait été obscurci par la difficulté à nettoyer les taches sur la housse de la voiture de location.

Les essuie-glaces se mirent à grincer, la pluie s'était arrêtée. Elle s'empressa de ramasser son appareil photo sur le plancher et d'ouvrir la portière, soulagée.

Ingrid était de méchante humeur quand, quelques semaines plus tard, elle dut rencontrer Frank à l'agence pour lui montrer ses premières esquisses. C'était en fin d'après-midi, la plupart des employés étaient rentrés chez eux, et elle n'avait rien à faire en attendant. Elle avait déjà préparé du café et posé des bouteilles d'eau sur la longue table de la salle de réunions. Elle était assise devant la grande fenêtre panoramique et contemplait la flèche vert-de-gris qui, tel un colosse rogné, se dressait au premier plan de la vue sur les toits et les tours de la ville. La veille au soir, elle s'était disputée avec Anders et ils n'avaient pas réussi à se réconcilier avant de partir au travail, le matin.

Comme toujours, c'était une petite chose idiote qui avait déclenché la querelle, et, comme toujours, elle était d'ordre pratique. Même s'ils vivaient ensemble depuis près de dix ans, Ingrid ne supportait pas qu'un homme puisse être aussi peu débrouillard. Cela ne la contrariait pas à cause des tracas quotidiens que cela faisait naître. En revanche, ce qui la rendait folle, c'était que, avec sa maladresse, il affaiblissait le respect qu'elle éprouvait pour lui, sa confiance en lui en tant qu'homme. Malgré ses préjugés égalitaires, elle avait été surprise de ne pas seulement attendre de lui qu'il change autant de couches qu'elle ou qu'il soit aussi habile à la cuisine, mais aussi que, contrairement à elle, il sache manier une perceuse à percussion. Seulement, elle n'allait pas se changer. Leur problème, c'est qu'elle ne pouvait pas non plus le changer.

La veille, ils avaient eu des invités, de vieux amis qu'ils n'avaient pas vus depuis longtemps. Ingrid voulait préparer un osso-buco, et ils avaient convenu qu'il ferait les courses, mais il avait oublié d'acheter le safran pour le riz. Encore une fois, il avait réussi à aller à la supérette Irma avec une liste qui disait clairement *safran*, et ne pas le mettre dans son panier. Parfois, elle se demandait s'il n'était pas partiellement aveugle, ou si, purement et simplement, il n'y mettait pas une mauvaise volonté caractérisée. Elle n'acceptait pas l'excuse de son étourderie. D'ailleurs, il n'était pas distrait quand, derrière sa caméra, il couvrait un match entre Brøndby et le FCK. La semaine précédente, en plus de l'oubli de la veille, il était parvenu à perdre sa robe Armani noire en rentrant à vélo du teinturier et, le samedi d'avant, il avait failli mettre le feu à l'appartement parce qu'il s'était endormi sur le canapé en laissant chauffer la casserole de pâtes.

Elle en était presque à expliquer ses gaffes répétées comme des caprices d'enfant gâté. Il ne se souciait tout simplement pas d'être attentif quand il s'agissait des tâches répétitives, et personne ne l'y avait jamais obligé. Pas avant qu'elle, Ingrid, ne fasse apparition dans sa vie, avec son esprit pratique et sa patience limitée. Depuis la mort de sa mère, Sven l'avait élevé dans du coton et traité comme un prince. Au début, un prince en peine, mais, au fil des ans, un cossard blasé qui avait dû tout apprendre de zéro quand, à vingt ans, il avait enfin eu le courage de quitter la maison.

Elle voyait bien à sa tête qu'il était désolé quand il avait fait une bourde de plus, mais cela lui semblait trop facile de s'excuser, comme si, en soi, cela arrangeait tout. Cela la faisait réagir, et elle savait exactement où appuyer pour faire mal. Elle ne pouvait pas se retenir. C'était comme d'être mariée à un enfant, et elle ne pouvait pas lui courir après et être sa mère. Le premier constat blessait son amour-propre masculin, le second le blessait profondément. La mère d'Anders était disparue depuis longtemps, et Ingrid pensait qu'elle n'avait pas à y prêter attention, si c'était ainsi qu'elle le percevait.

Le scénario se répétait à chaque fois. Il faisait une connerie ; elle l'engueulait. Il s'excusait, elle insistait en ressortant des exemples passés, et il finissait par s'en aller en claquant la porte. Cela se reproduisait à peu près toutes les trois semaines, au bout desquelles elle n'en pouvait plus. Dans l'intervalle, tout était idyllique, et elle croyait qu'il avait enfin appris sa leçon. Mais que croyait-il donc ? Qu'elle ne chercherait plus jamais à « l'humilier », comme il disait, quand il jouait à la thérapie de couple et faisait de la communication non violente à la table de la cuisine ? Ce n'était pas son genre de « discuter des choses », elle n'y croyait pas. Comme si, par ce genre de discussion, on pouvait être autre que ce que l'on était.

En tout cas, hier soir, il n'avait pas pu claquer la porte, car il serait tombé sur leurs invités. Ils avaient fait comme si de rien n'était et ils avaient passé une soirée très agréable, mais dès qu'ils avaient dit au revoir à leurs invités, c'était comme si la lumière avait été éteinte. Il s'était chargé de débarrasser et de ranger, peut-être pour compenser, mais, dans ce cas, sans dire un mot, et avec une concentration farouche. Ensuite, il s'était vautré sur le canapé avec un magazine, alors qu'ils devaient se lever tôt. Quand elle s'était réveillée, il était déjà en train de préparer le porridge de Jonas, et ils avaient juste réussi à se faire la bise, en se frôlant, pour faire comme d'habitude. C'était d'ailleurs le cas, pour le meilleur comme pour le pire. Ils s'étaient habitués au cours des choses et, quand ils ne se disputaient pas, ils étaient toujours les meilleurs copains au monde. Autant elle était sûre qu'il recommencerait à oublier ou à casser quelque chose, autant elle savait qu'il serait là si elle avait besoin de lui. Elle était certaine qu'il ne lui viendrait même pas à l'esprit de la tromper et, pour elle, l'idée lui était aussi étrangère que du swahili.

Elle avait refoulé leur dispute pendant la journée, mais elle y repensa en attendant Frank dans l'agence désertée. Elle avait dit à Anders qu'elle rentrerait tard. Elle songea à l'appeler sous un prétexte quelconque pour voir s'il était toujours vexé. Lui faire sentir qu'elle n'était plus fâchée. Elle venait de prendre le téléphone quand elle entendit la sonnerie dans le hall. À la porte de l'ascenseur, la situation délicate dans la voiture de Frank, à Lundtofte, lui revint à l'esprit. À la réflexion, il n'y avait absolument rien eu d'équivoque. C'était elle qui se faisait des idées, et elle s'en voulut d'avoir envisagé que, pendant un instant, Frank l'avait peut-être considérée comme un possible objet de désir. C'était trop idiot. En outre, il n'était pas le genre d'homme qu'elle regardait de près, et cette petite idée ne la concernait pas, ne l'intéressait pas. Arrête, se dit-elle quand les portes de l'ascenseur s'écartèrent. Elle sentit une vague de chaleur lui passer sur les joues et le cou.

Il sourit et lui serra poliment la main, comme les fois précédentes. Son regard vacilla-t-il une seconde ? Il était de nouveau l'homme d'affaires en costume-cravate, avec les plis du pantalon bien nets. Elle le précéda dans la grande salle avec l'éclairage zénithal, où la plupart des collaborateurs avaient leur table de travail. Les derniers rayons du soleil faisaient rougeoyer la flèche verte sur le fond de ciel violet. Il dit que c'était une vue impressionnante, et elle approuva. C'était saisissant. Ils étaient côte à côte quand elle déplia les feuilles sur la table et expliqua comment il fallait comprendre les esquisses rapides. Il les observa soigneusement tout en écoutant les paroles d'Ingrid et en posant quelques questions. Lorsqu'elle recula d'un pas, il regarda longuement par la fenêtre, comme s'il pensait à autre chose et l'avait totalement oubliée. Puis il se retourna soudain et la chaleur dans son regard était presque surprenante.

Il était rare de rencontrer une sœur d'esprit, dit-il, mais il ne pouvait pas décrire la chose autrement. C'était le genre de mot qu'Ada aurait pu utiliser. Face à ses dessins, il lui semblait qu'elle avait exactement donné forme aux idées encore confuses dans son esprit. Il commenta des détails de ses dessins. Ingrid se dit que si elle avait vraiment visualisé les idées de Frank, lui, en revanche, il parvenait à formuler ce qu'elle visait à atteindre, et pas seulement à propos de son usine. Elle avait l'habitude de travailler en équipe, et même si, avec le temps, elle avait eu la possibilité de laisser davantage son empreinte sur les projets, c'était fondamentalement les idées d'un autre qu'elle contribuait à réaliser. Cet autre était un génie, et elle n'aurait jamais rêvé de se comparer à lui. Elle préférait être l'assistante effacée de Villads Jensen qu'avoir sa petite agence où elle soignerait son amour-propre chatouilleux.

Elle n'était donc pas habituée à ce que l'on décrive ce qu'elle faisait comme quelque chose qui venait d'elle. Quelque chose de personnel, une expression propre. Anders ne comprenait pas son travail, même s'il se donnait la peine de l'écouter gentiment. Il possédait un sens visuel, mais il pensait en termes d'atmosphères, pas d'espaces, et les mathématiques lui étaient étrangères. Cela l'avait frustrée au début, jusqu'à ce qu'elle choisisse de le rencontrer sur le terrain où ils pouvaient se retrouver, plutôt que d'attendre quelque chose de lui sur les points où c'était peine perdue. Il ressentait sûrement la même chose dans d'autres domaines, et ce qu'une amie lui avait dit était exact, même si cette sagesse de bonne femme sonnait un peu simple. On ne pouvait pas tout avoir, du moins pas chez le même homme. C'était donc d'autant plus agréable d'entendre ce que Frank avait à dire de sa voix assurée de P.-D.G. Il demanda s'il pouvait l'inviter à prendre un verre. Anders était certainement déjà en train de préparer le dîner, mais elle accepta quand même.

C'était une de ces semaines de l'arrière-saison où une haute pression inattendue parvenait à se stabiliser assez longtemps pour donner à la ville des lubies subtropicales. Dans la soirée bleutée, juste avant que l'on allume les lampadaires, l'air semblait plus accommodant que d'habitude, comme si la pesanteur avait desserré son étreinte et permettait aux gens et aux vélos de flotter à quelques centimètres au-dessus des pavés tièdes. Les cafés s'étaient ouverts l'un après l'autre dans les rues étroites le long du canal, et les bougies tremblotantes sur les tables des terrasses lui firent penser à une nuit qu'elle avait passée jadis dans un village marocain sans électricité. Elle avait dormi sur une terrasse, à la belle étoile, et dans l'obscurité chaude et dense, elle avait contemplé les constellations rouges des braseros proches et lointains, tout en écoutant les voix et les chants.

Elle décrivit la scène à Frank et il écouta en souriant, comme s'il était avec elle sur cette terrasse. Il avait une autre manière d'écouter qu'Anders, si sérieux, qui voulait tant l'assurer de sa solidarité. Frank écoutait d'une façon plus légère, plus fantaisiste, qui contrastait avec son allure d'homme d'affaires. Ouvert à tout, mais pas naïf. Prêt, tout simplement. Anders était un moraliste, même si, logiquement, il n'était pas rasé et ne repassait jamais ses chemises. Et Frank ? Elle sentit, elle comprit que cela ne servait à rien de comparer Anders avec l'homme en face d'elle dans la ruelle, où les cyclistes et les piétons en tenues d'été passaient juste à côté de leur table.

Elle avait faim et le vin blanc fit son effet. Elle mangeait seulement des fruits le matin et, ce jour-là, elle avait sauté le déjeuner, si bien que l'offre de Frank de la reconduire chez elle lui convenait tout à fait. Il lui prit même le bras quand elle faillit trébucher sur le bord d'un trottoir. Dans la voiture, les silences s'allongèrent. Cette voiture freinait curieusement leurs conversations. Elle remarqua qu'il conduisait avec assurance et attention, et elle pensa à Anders qui, lui, oubliait une fois sur deux de regarder par-dessus son épaule quand il changeait de file ou tournait à droite. Frank dit qu'il allait demander à son conseil d'administration de dégager un budget pour un véritable avant-projet, et tout ce qu'il fallait. Elle se contenta de répondre « bien » et se tassa dans le large fauteuil en cuir, tandis que la Jaguar filait dans Gammel Kongevej. Soudain, ils s'arrêtaient devant la porte de son immeuble.

Eh bien, elle le remerciait pour cette soirée. Pouvait-elle lui faire la bise ? Oui, visiblement, car après une petite hésitation, il approcha son visage. L'instant suivant, il l'embrassait sur la bouche, très vite, très légèrement. Elle le regarda brièvement, son regard n'avait pas changé, toujours aussi calme, Dieu merci. Cela aurait été pénible s'il avait cillé ou détourné les yeux. Mais que voulait-il donc ? Tirer un petit coup rapide dans la voiture ? Elle ne posa pas de question. À la place, sans y réfléchir, elle posa la main sur la joue de Frank et l'effleura doucement. Elle ne savait pas ce que sa main faisait là, et il ne se passa rien de plus. Une fois grimpé l'escalier, une fois ouvert la porte de l'appartement, il ne s'était presque rien passé.

Elle pose le front contre la vitre froide et tente d'imaginer ce que recèle la nuit. Les bois de pins, les rochers dressés, une ouverture soudaine avec une maison rouge et une boulaie. Des lacs au milieu de la forêt, ou l'un des recoins de l'archipel aux eaux immobiles. De loin en loin, une ville aux rues et aux maisons éclairées, une gare aux quais déserts, avec les mêmes affiches de publicité au-dessus des mêmes bancs. Ils ont déjà passé Norrköping, Linköping est la prochaine grande ville. Le reste n'est que nuit et espace invisible, mais elle connaît le trajet, cette monotonie verte, ce scintillement de l'eau derrière l'obscurité.

Ce voyage, Anders et elle l'ont fait en train et en voiture. Il avait une tante à Stockholm, dont il n'était pas particulièrement proche. Elle habitait un grand appartement dans Strandvägen, une femme distinguée avec des bijoux anciens et un chignon, qui s'était prise d'affection pour Ingrid, et qui avait été le motif pour traverser l'Øresund et monter vers le nord. Elle et Ingrid prenaient le thé sur le balcon tout en contemplant le château et les petits ferries. Elle lui avait raconté qu'elle avait habité Vienne, elle est sûrement morte maintenant. En tout cas, cela appartient à une autre époque. Oui, on dirait vraiment qu'une époque a chassé l'autre et demande à être mesurée avec un calendrier différent. Dire avant ou après Frank ne suffit pas.

Qu'est-ce qui cloche ? Quelle sorte de distance, quelle sorte d'empêchement s'est donc insinué pendant qu'il lui parlait, devant la maison de Hornbæk ? Étaient-ils déjà présents avant qu'elle ne trouve le courage de composer son numéro ? Était-ce parce qu'elle appelait à une heure où elle n'aurait pas dû ? Il avait été surpris que ce soit elle au bout du fil, cependant, le surprenait-elle aussi dans un coin, un état où elle était plus à la périphérie qu'elle n'ose le penser ?

Elle n'a jamais éprouvé ce sentiment-là. Il l'a amenée à sentir qu'il est à elle, même s'il n'est pas légalement son mari. Si on lui avait dit que, à partir de son trente-neuvième anniversaire, elle allait s'installer dans le rôle de la maîtresse d'un homme bien plus âgé… Il lui tarde de passer Linköping, Mjölby, Växjö pour arriver à Hässleholm où elle va changer de train. Elle attend avec impatience le lever du soleil, une nouvelle journée où Frank l'attend à Sølvgade, avec le thé prêt quand elle arrive. Leur moment, leur niche presque quotidienne dans la vie de Frank, en fin d'après-midi, avant qu'il rentre chez lui. Il s'écoule parfois des semaines sans qu'elle ne l'ait deux nuits de suite, cependant, elle le voit tous les deux ou trois jours, dans ce moment bref et concentré. Si elle est toujours éprise, c'est peut-être grâce aux obstacles et à l'absence. Bien entendu, son plus grand désir est de le voir davantage, mais ce désir est une chose qu'elle doit réfréner et parfois refouler comme une partie du prix à payer.

Anders, elle l'avait sous les yeux dès qu'elle les ouvrait le matin. À la place, cela s'appelait l'amour, et ce l'était, pendant longtemps. Contrairement à la passion des débuts, l'amour était un fait et non seulement un sentiment vibrionnant, mais un fait n'est ni plus ni moins réel qu'un autre. Le temps pâlit et patine les faits du quotidien au même rythme, et l'idée, avec l'amour, c'est qu'il ne devienne pas quotidien et ordinaire. C'était ça qu'ils avaient en tête, avec Anders. Parfois, ils prenaient le train ou empruntaient la voiture de son père, ils roulaient à travers la Suède interminable et déserte, et tout était différent, même les choses les plus banales. Pendant un moment, ils étaient également différents l'un avec l'autre, légers, à nouveau épris. Et puis, Jonas était arrivé. Et lui, si petit, il était porteur d'un sens, un sens plus grand, plus important que ce qu'elle avait jamais vu chez personne.

À quoi est-ce que cela rime, Jonas? C'est pour cela qu'elle a pris le train de nuit, pour lui poser la question. C'est cette question qui ne peut attendre. Elle doit sans cesse se le rappeler, car elle se sent impuissante, et l'impuissance fait vagabonder ses pensées tandis que le train creuse son chemin à travers l'obscurité. Jonas est arrivé, et sa fragilité et son innocence infinies firent apparaître quelque chose en elle. Elle ne pouvait plus assister à la messe de Noël sans avoir les larmes aux yeux, elle ne supportait plus d'entendre parler d'enfants qui souffraient. L'enfant dans la crèche, sa situation périlleuse et la douceur inattendue dans son histoire, et toutes les images de la télé sur les antichambres de l'Enfer dans le tiers-monde constituaient autant de témoignages différents de sa chance à elle. Tout cela lui signifiait à quel point elle devait veiller sur ce qui venait de lui être confié. À quoi est-ce que cela rime lorsque l'enfant que l'on a aimé, choyé et protégé se métamorphose en petite brute butée ? Peu importe, au fond, que sa victime semble s'en être tirée avec plus de peur que de mal. C'est quelque chose en lui, quelque chose entre eux que Jonas a brisé avec ses coups de pied.

Jonas était un enfant doux et raisonnable pour son âge, aux cheveux châtains et beau comme son père, très loquace et raisonneur comme Ingrid. À onze ans, il avait acheté *L'Histoire du monde* de Grimberg chez un bouquiniste avec son argent de poche économisé, et il en avait lu presque tous les volumes. Il était capable de réciter les grands traits de celui consacré à la Révolution française et à Napoléon sans se tromper d'une seule date. C'était un garçon spécial, celui autour de qui les autres se rassemblaient à cause de son autorité naturelle, et il était sensible. Quand son meilleur camarade de jeu eut une méningite et oscilla pendant des semaines entre la vie et la mort, il changea son nom et ne répondait que si on l'appelait Arthur. C'est seulement lorsqu'un Arthur pâlichon mais rétabli revint au jardin d'enfants que Jonas se permit de redevenir Jonas. Lorsqu'elle lui lut les aventures de Georges le petit curieux, elle observa son petit buste efflanqué sous la veste de pyjama délavée, et elle sut pour la première fois de sa vie ce que voulait dire être prêt à mourir pour quelqu'un. Pourtant, elle ne put attendre les dix ans qu'il aurait fallu pour qu'il note le divorce de ses parents avec une facilité prudente ou un simple haussement d'épaules résigné. Avec tout, sauf une douleur désarmée et brutale. Une autre ère avait commencé à ses dépens.

Jonas aurait pu avoir un frère ou une sœur quand il avait un an et demi. Ce n'avait pas été un drame, Ingrid n'était tout simplement pas prête pour une nouvelle grossesse si peu de temps après, et ils étaient d'accord. Villads Jensen venait de l'impliquer dans son premier grand projet où elle n'était pas seulement l'assistante des assistants. Un congé de maternité l'aurait renvoyée des années en arrière et aurait peut-être constitué le bâton dans les roues qui aurait freiné sa carrière à tout jamais. Elle avait vu des amies épouser des hommes ambitieux et s'enliser dans de belles villas du nord de Copenhague, où elles s'occupaient des enfants, taillaient leurs rosiers et préparaient des pains à l'épeautre, sans plus se servir de leurs études que pour faire la conversation. De plus, elle venait d'avoir trente-cinq ans, elle avait encore le temps, mais, quand elle y repense, cet avortement est toutefois resté un tournant dans le dessous des choses.

Ils n'en parlèrent pas, ils laissèrent passer le temps mais quand, quelques années plus tard, ils essayèrent à nouveau, ils n'y arrivèrent pas. Ils envisagèrent l'insémination artificielle, Anders remit plusieurs fois la chose sur le tapis. Mais ils avaient déjà un enfant, et ce projet paraissait interminable à Ingrid, avec ses déceptions prévisibles et son bombardement hormonal. Ils connaissaient un couple qui avait échoué, pour finir par se séparer. Ils surent se satisfaire de Jonas. Et puis, n'était-il pas assez adorable à lui tout seul ?

Elle commence à sentir qu'elle n'a pas mangé et se lève pour gagner le wagon-restaurant. Il devrait au moins être possible d'avoir un café. Elle doit se tenir aux dossiers quand le train passe dans un virage, et elle se donne la peine de ne pas se cogner dans les pieds de ceux qui ont les jambes étalées jusque dans l'allée centrale. Les adultes ne sont pas toujours beaux à voir quand ils dorment. Elle pense à Jonas dans le lit à barreaux, où un nounours et un éléphant veillaient sur lui. Son visage duveteux et totalement détendu semblait rempli de la vie à venir. Quand les gens se laissent aller ainsi, mâchoire tombante, cela ressemble plutôt à une répétition de l'épreuve finale, mais peut-être est-ce seulement sa mauvaise humeur et les néons encastrés dans leurs armatures en plastique qui donnent un reflet cadavérique aux passagers.

Dans ce train, la voiture-restaurant n'est autre qu'un bar tout en longueur avec quelques tabourets hauts boulonnés au plancher. Le volet en aluminium est baissé devant le comptoir, mais, effectivement, il y a une machine à café juste à côté. À l'extrémité de la voiture, il y a Peter Vissing avec un gobelet en carton et un journal. Son manteau en poil de chameau a été jeté négligemment sur le comptoir. Il n'y a personne d'autre. À l'instant où elle se retourne, il lève la tête et sourit. « C'est toi, Ingrid ? » Oui, il n'en croit pas ses yeux. Elle lui rend son sourire et s'approche, tout en se demandant à toute vitesse ce que l'on dit à quelqu'un que l'on n'a pas vu depuis trente ans.

En fait, elle devrait être flattée qu'il l'ait reconnue tout de suite, mais elle aurait préféré qu'il la laisse tranquille. Il pose le journal sur le comptoir et enlève son manteau. Elle s'assied sur le tabouret à côté du sien tout en faisant attention à son gobelet plein à ras bord. Ils se serrent la main, elle boit une gorgée du café brûlant, et ils ont déjà échangé des banalités et les premières questions. Quel hasard étonnant. Comment vont-ils ? Bien, naturellement. Ils décrivent ce qu'ils font et, tout en se communiquant leurs CV respectifs, Ingrid songe à ce mystère insondable qui faisait qu'elle ne rêvait de rien d'autre que de coucher avec cet homme rougeaud au cheveu rare.

Villads Jensen ? Il hausse les sourcils avec un air qui trahit à la fois l'approbation et l'incrédulité. On dirait que le renvoi d'une aigreur d'estomac va faire jaillir ses yeux de leurs orbites. Ils sont vitreux et humides, et il ressemble à quelqu'un qui boit trop, et qui est persuadé qu'il contrôle la chose. Elle en a vu, des buveurs qui, comme lui, sont d'un soin maniaque avec leur apparence. Les cols de chemise de Peter Vissing sont plus blancs que ceux des réclames pour la lessive Valo de leur enfance. Cependant, son visage bouffi et irrité ressemble à un organe mis à nu qu'il faut veiller à ne pas effleurer ne fût-ce avec un brin d'herbe.

Elle pose des questions pour ne pas avoir trop à en dire sur elle-même, pourtant, rien ne l'intéresse moins que ce que Peter Vissing a à raconter. C'est comme lorsqu'elle se trouvait dans la Jaguar de Frank à attendre que la pluie cesse. Elle ne saisit pas très bien ce qu'il fait, Peter, mais il est directeur d'une société au nom à rallonge et il siège dans plusieurs conseils d'administration. Il dit cela avec une modestie tellement appuyée que l'on croirait qu'il a une influence sur tout, du loyer de l'argent à la pluie et au beau temps. Est-ce qu'elle va venir à leur anniversaire du bac ? Non ? Ah bon ? Lui, il ne sait pas non plus s'il est en forme pour ça. Sa femme vient de se tirer, c'est-à-dire que c'est lui qui a été flanqué à la porte. Elle couchait avec un palefrenier, *no joke.* Oui, ils ont un canasson dans une écurie à Klampenborg, près de là où ils habitent, mais son psychologue lui a dit qu'elle l'avait fait en désespoir de cause. Maintenant, elle veut garder la villa, la Land Rover et leur maison de campagne à Gammel Skagen. Et les enfants, bien entendu. Lui, il aura le droit de garder sa Polo à elle et l'appartement à Cagnes-sur-Mer. Il regarde Ingrid d'un air presque triomphant. Ils en ont trois. Enfants. Camilla a treize ans, Fiona neuf et Sebastian six. Oui, elle a en face d'elle un type à qui on va faire la peau comme un putain de lapin.

C'est exactement à quoi il ressemble, d'ailleurs. Ingrid lui demande s'il a un bon avocat. Peter ricane. Même s'il faisait appel à tous les avocats d'O. J. Simpson, cette salope parviendrait à ses fins. « Pardon. » Il donne un coup de journal sur le bord de la table, le repose et, pendant un instant, il ne sait pas quoi faire de ses mains. Le pire, bien sûr, c'est les enfants. Punaise, il adore les enfants. Ses mains sont pâles et pâteuses, avec des fossettes aux jointures. Il a trouvé quelque chose de temporaire, un appartement meublé à Østerbro.

« Je suis vraiment désolée pour toi », dit Ingrid, avec sincérité. Il a l'air d'être d'accord avec elle. Et elle, a-t-elle des enfants, est-elle mariée, divorcée ? Les questions se bousculent. Il est impatient qu'elle donne quelque chose en échange de sa franchise, même si elle n'a pas demandé à être mise au courant de ses malheurs. Elle répond chichement. Non, elle n'a pas eu d'autre enfant. Non, elle vit seule depuis. On s'y fait. Elle sourit. On prend ses habitudes. Peut-être devient-on têtu avec les années. « Têtu ? » On dirait qu'il a envie d'écrire le mot sur un coin de son exemplaire roulé d'*Expressen* pour s'en resservir une autre fois.

Ils regardent la ligne discontinue de lumières de ce qui se révèle être la périphérie d'une ville. Une partie de ces points qui défilent lentement se trouvent plus haut, l'éclairage de la voirie suit ce qui doit être une colline. Ce sont d'abord les villas isolées, puis les blocs d'immeubles et les rues avec leurs maisons anciennes. Ils passent la gare sans s'arrêter, Ingrid n'a pas le temps de lire le nom qu'ils sont déjà de nouveau dans le noir.

« Tu te souviens de Jiffy ? demande-t-il soudain. Ben, il est mort. » Elle le regarde d'un air vide. Elle n'a pas pensé à Jiffy depuis le lycée. « Comment ça ? » Ce n'était pas indiqué dans l'annonce de décès. C'était quand même un peu un voyou. Il avait fait de la prison pour escroquerie. Peter l'a appris par hasard, parce qu'une de ses relations avait été commise d'office pour le défendre. Oui, un voyou. Comme marqué, pas vrai ? Dès le départ. Un oiseau de malheur. On est en droit de se demander ce qu'il fichait à Zahle, mais son père avait du fric, se souvient Peter. Un Danois qui vivait à l'étranger, en Angleterre. Jiffy le connaissait à peine. Ingrid se rattrape au comptoir en laminé. A-t-elle le vertige, ou est-ce le train qui aborde une nouvelle courbe ?

Elle repense à une nuit d'été de 1977, l'année où ils ont passé le bac. Il y avait une fête dans une villa de Greve Strand, juste au bord de l'eau. Une maison opulente de plain-pied aux tuiles marron, avec une piscine intérieure et un bar dans la salle à manger. Elle appartenait à un petit patron qui avait décroché la timbale avant le début de la crise pétrolière, et qui trouvait que rien n'était trop beau pour marquer l'examen de sa fille. Xenia portait un blouson de motard, comme Jiffy. C'était quelque chose qu'ils avaient en commun, une sorte de prise de position prolétaire à l'égard de la vénérable institution, même s'ils ne sortaient pas ensemble. Jiffy était à la fête, mais ce n'est pas à cause de lui qu'Ingrid s'en souvient. Elle ne sait même plus quel était son vrai nom, et elle ne le demande pas à Peter. Il était là, lui aussi. Il avait dansé avec la même fille pendant toute la soirée. C'était la dernière fête avant les vacances, avant que la classe ne se disperse aux quatre vents, et Ingrid avait compris qu'elle n'aurait pas Peter, mais elle ne parvenait pas à se résoudre à partir. Le jour allait déjà se lever et les gens avaient commencé à s'amuser à se pousser dans la piscine. Soudain, elle n'avait plus vu Peter et l'inconnue nulle part.

Elle aurait pu laisser tomber, mais elle s'accrochait. Dans son ivresse, elle avait l'impression d'être au micro d'une tour de contrôle, impuissante, tandis que le corps qui aurait dû obéir à ses ordres n'en faisait qu'à sa tête.

Elle les trouva dans la chambre des parents, et elle parvint à voir son cul blanc pomper à fond entre des genoux bronzés et pointus avant de sortir en hâte pour vomir. Mais elle ne rentra toujours pas chez elle. Au bord de la piscine, quelqu'un avait mis un morceau d'Otis Redding et un gars qu'elle ne connaissait pas s'approcha d'elle pour danser. *Sittin' on the Dock of the Bay.* Un gars banal en polo jaune canari, parfaitement mignon, gentil et bourré, elle le laissa la peloter comme il voulait. Au moins, il ne la balança pas à la flotte. Il posa le bras sur ses épaules et l'entraîna dehors, dans le petit matin, ils traversèrent le jardin et prirent un chemin entre des églantiers.

Peu importe. Peu importe qui il était. Elle ne se souvient plus s'ils se sont adressé la parole. La Baltique était aussi lisse qu'un parquet ciré, et les vaguelettes venaient laper le sable du rivage. C'était froid, mais pas désagréable. Le simple fait d'être allongée était un luxe de calme inerte, seulement troublé par la main qui fouinait dans sa culotte. D'ailleurs, elle n'était pas prête quand il sortit prestement un préservatif de la poche de son New Man serré. Elle n'avait même pas eu le temps de se rendre compte que ce serait maintenant, et avec lui. Un mioche avec qui elle n'avait jamais parlé. C'était même en soi un scandale secret qu'elle n'ait pas déjà réglé la chose en seconde ou en première, mais avec qui ? Elle le savait très bien, et elle gémit de douleur tandis que, surpris, il besognait sa virginité, comme si c'était dans la Banque Nationale qu'il essayait de pénétrer.

D'une manière ou d'une autre, ils sont retournés à la maison, mais elle ne se souvient pas si son partenaire canari était encore là. Peut-être a-t-elle refoulé sa présence, peut-être a-t-il tout simplement disparu de sa vie aussi vite qu'il y est entré, et essoufflé. La fête n'était plus que débandade, et, bien entendu, Peter n'était plus là. Ceux qui restaient étaient regroupés autour d'une table de jardin en plastique. Elle se rappelle la table à cause de Jiffy. Il était là, lui aussi, avec son blouson en cuir et ses cheveux mi-longs et gras. Il était le seul à ne pas porter la traditionnelle casquette blanche. Quelqu'un renversa une bouteille de bière, et le liquide se répandit sur la table et dégoulina sur le bord. Jiffy se pencha et se mit à le lécher. Elle se rappelle clairement la langue rose qui disparaissait dans le visage pâle et maladif pour ressortir aussitôt. Les autres rigolaient, ils hurlaient, et Jiffy continuait, encouragé par leurs acclamations, même si, aux oreilles d'Ingrid, elles sonnaient comme du mépris. C'est la seule image nette qu'elle ait de Jiffy, et, là, il est mort. L'oiseau de malheur, le perdant-né, complètement déplacé dans un endroit comme Zahle.

Dans la voiture-restaurant, à côté de Peter Vissing, l'image de Jiffy vient se placer de manière tout à fait absurde à côté de l'image plus récente qu'elle a d'Ada, une Ada âgée, perdue dans son coin à un vernissage, qui attend que quelqu'un vienne la féliciter pour son discours. Mais elle ne pensait ni à Jiffy ni à Ada ce matin d'été, à bord du premier train de banlieue qui la conduisait de Greve au centre-ville. Elle est dans un train et se voit dans un autre. Les deux perspectives s'entremêlent, et elle a l'impression de sentir pointer la nausée menaçante et la torpeur légère qui précèdent la gueule de bois. Deux perspectives différentes, deux périodes avec chacune leur bouquet de lignes convergentes qui partent de l'endroit où elle est avant de se perdre dans l'infini. Tout ce qui pouvait arriver, tout ce qu'elle pouvait espérer. Tout ce qui est arrivé et qu'elle a à moitié oublié.

Ses pensées s'agitent et papillonnent, prises dans ce réseau ahurissant de lignes opposées, et à côté d'elle, il y a un Peter Vissing bouffi et divorcé, totalement dénué d'importance. Aussi peu important que l'était Jiffy, et qu'il l'est maintenant. Peut-être son surnom ne l'a-t-il jamais lâché ? Pour elle, il n'a laissé que le souvenir d'une langue qui lèche de la bière sur une table de jardin sale, d'un brave type mal à l'aise à la démarche voûtée et au sourire idiot, comme s'il essayait de se maintenir à flot dans une situation qu'il ne maîtrisait pas. Du reste, qui maîtrise quoi que ce soit ? Elle n'a pas encore rencontré Anders, elle ne sait absolument pas dans quel sens la roue va tourner. Elle rêve toujours bêtement d'un gars qui s'appelle Peter, avec qui elle n'a pas la moindre chance et qu'elle ne reverra peut-être jamais.

Elle a donc fini par sortir de son innocence pénible. Cela aurait pu être plus tendre et plus digne, mais, au moins, elle a essayé. Elle aurait pu souhaiter un lit propre, une bougie ou deux, peut-être de la musique douce, mais elle perçoit la chose comme une générale bâclée de la vraie première à venir, même si celle-ci est reportée à un futur indéterminé. Quelqu'un allumera bien des bougies pour elle. Un jour, elle trouvera bien un gars, un homme, une personne qui la mérite, qui comprend et apprécie qu'elle lui donne ce qu'elle a de mieux à offrir. L'année suivante, elle sera admise à l'école d'architecture, elle ne le sait pas encore, et elle ne peut s'imaginer à quel point elle débordera de fierté. Elle aura de nouveaux amis, elle aura des copains, et le nom de Peter Vissing ne lui tirera plus qu'un petit sourire ironique. Elle n'en sait rien, mais, en son for intérieur, elle le pressent. Elle a encore tout ce qu'il y a de mieux devant elle.

Trente ans plus tard, dans un train de nuit qui vient de Stockholm, elle n'en est plus si sûre. Pourtant, c'était bien son intention. C'est ça que représente le nom de Frank, même s'il ne lui a jamais rien promis. Et si les années qui se sont écoulées depuis cet après-midi sur le ferry vers Odden se révélaient être leurs meilleures ? Cela ne peut pas être vrai. C'est sûrement elle qui, dans sa fatigue et ses remords, a entendu une distance en plus de l'éloignement réel entre Stockholm et Hornbæk. En outre, c'était une mauvaise heure pour téléphoner.

Elle reste assise dans le train de banlieue de Greve quand il s'arrête à la gare centrale. Elle se demande si elle ne va pas vomir une fois encore. Elle pourrait descendre ici et prendre le train de la Kystbanen pour Helsingør, où elle a habité avec Norman Dreyer pendant les cinq ans qui ont suivi le départ de Berthe. Non, elle reste dans le train. Elle a convenu avec Ada et Per de passer la nuit chez eux. Elle ne pensait pas que la fête se terminerait si tard, mais de toute façon, c'est plus agréable d'aller à Esplanaden que de rentrer à la maison vide à Lappen.

Norman Dreyer avait acheté une des petites maisons en face de Marienlyst Slot quand il avait divorcé de Berthe. Depuis l'âge de treize ans, Ingrid s'est débrouillée pour avoir un vrai repas et des vêtements propres pour le lendemain. En ce qui concernait les serviettes hygiéniques, elle s'en était constitué une réserve quand elle avait eu ses premières règles. C'était surtout par paresse qu'elle était restée à la maison quand elle allait au lycée, même si c'était pénible de prendre le Kystbanen chaque jour. Par ailleurs, elle aime bien le coin dans la périphérie nord de la ville, où Strandvejen continue vers Hellebæk. Elle apprécie beaucoup le mélange étrange d'histoire, de province et de mondanité ternie. La lourde silhouette de Kronborg qui domine les ferries qui font leurs allers et retours vers la Suède. L'hôtel Trouville avec le casino. La plage qui donne sur le port de plaisance, la cale sèche du chantier naval et Hälsingborg sur l'autre rive. La sonnerie du passage à niveau quand le Hornbæk-Gilleleje croise la route. Les terrains de tennis, les signaux de navigation blancs sur la colline derrière le château, et Nationernes Allé avec ses mornes villas suisses du début du siècle.

Norman Dreyer s'en tient au rez-de-chaussée, elle reste au premier étage et, au fond, ils vivent davantage comme des voisins que comme père et fille. Elle a aménagé son espace avec des affaires dénichées chez les brocanteurs, des fauteuils en osier, des affiches de Louisiana et un vieux lit en fer avec des boules dorées qu'elle a trouvé par une petite annonce dans le journal gratuit *Op og ned langs kysten*. De son bureau décapé, devant la fenêtre, elle voit les arbres élagués autour du petit château rococo. Si son père est à la maison, elle reste dans sa chambre et prend même son dîner là-haut.

Ce n'est pas qu'ils se disputent, elle ne s'y abaisserait pas. Elle n'a pas envie d'avoir de relation avec les femmes qui passent à sa table et dans son lit, et elle a encore moins la force de supporter ses tentatives occasionnelles de prendre le ton de la camaraderie. Ses élans timides de la comprendre et de suivre sa vie. Il est toujours critique à *Politiken*, craint et connu et, heureusement, il reste souvent à Copenhague une bonne partie de la soirée. De fait, elle est seule, mais elle ne le perçoit pas comme ça. La Kystbanen est son lien avec le monde, ses amies, les cinés et ses rêves de Peter Vissing, mais ce n'est pas une punition quand, par un soir d'hiver, elle se retrouve dans l'autorail de Gilleleje, à côté d'une vitre embuée, entourée d'ouvriers du chantier naval rougeauds en bleu de travail. D'une manière imprévue, elle se sent chez elle.

Bien sûr, Berthe lui a manqué. Bien sûr, elle aurait aimé avoir une mère près d'elle quand elle a dû se débrouiller pour devenir femme. Elle a dû apprendre seule à se maquiller et trouver seule quels bonnets lui convenaient et, bien sûr, elle en a voulu à sa mère d'avoir été abandonnée avec Norman Dreyer dans une ville de province où elle ne connaissait personne. Oui, cela peut encore la désoler, la mettre en colère, mais elle a cessé d'attendre et d'espérer quelque chose. Son sentiment d'abandon a commencé à céder la place à la surprise, à la distance et au regret silencieux.

Berthe habite à Rome alors qu'Ingrid est au lycée, et le nombre de fois où elle voit sa mère, ou a des nouvelles de celle-ci, est limité. Quand Berthe finit par téléphoner afin de suivre un peu ce qui se passe, Ingrid est stupéfaite de voir à quelle vitesse la conversation vient à porter sur la nouvelle vie de sa mère. Elle l'écoute avec bonhomie parler d'elle-même et de toutes les célébrités passionnantes qu'elle interviewe pour le *Berlingske Tidende.* Berlinguer, Moravia, Visconti, c'est tellement chic. Ingrid est fière d'elle, de plus Berthe l'a aidée pour un devoir sur l'eurocommunisme, pour lequel elle a eu une bonne note. Ingrid est également allée la voir à Rome, et c'était assez agréable. En revanche, elle freine des quatre fers dès que Berthe essaie de lui tirer les vers du nez à propos de Norman Dreyer, ou commence à lui casser du sucre sur le dos. Elle n'est pas la complice de sa mère, et si Berthe a claqué la porte, elle n'y voit rien d'héroïque.

Pour sa confirmation, Berthe lui a offert une édition ancienne d'*Une maison de poupée*. Ingrid n'a pu s'empêcher de ricaner, mais elle ne savait pas vraiment pourquoi. Elle a éclaté de rire, c'est tout. Savait-elle même qui était Henrik Ibsen ? De toute façon, c'était par provocation qu'elle avait commencé à aller chez le pasteur, et elle ne s'attendait à aucun encouragement de la part de ses parents. Ils avaient déjeuné avec Ada et Per à l'hôtel Kystens Perle. Une fois qu'Ingrid avait donné libre cours à ses rires, elle n'avait pu s'arrêter. Ada était restée impassible avec son turban et son rouge à lèvres couleur rubis, tandis que Norman Dreyer et Per s'étaient réfugiés dans les derniers ragots du monde des lettres, inquiets, tous les deux, que Berthe ne se mette à pleurer. Oui, elle faisait cette tête-là, sa mère, tandis qu'elle, Ingrid, pouffait de rire au-dessus de son cocktail de crevettes, ce que le restaurant considérait comme une entrée festive.

Peut-être est-ce à cause du cadre inhabituel si l'image demeure si claire et intangible. Le Kystens Perle ressemble à un endroit qui aurait été à sa place sur la promenade de Miami Beach. Elle n'y est jamais retournée. De même, c'est seulement dans son souvenir que ses éclats de rire font office de commentaire à l'allusion idiote de Berthe. Berthe en tant que Nora, c'est déjà assez fort de café, mais Ingrid ne sait pas de quoi elle riait alors, à quatorze ans. On sait seulement ce qui s'est passé, les raisons, c'est quelque chose que l'on saisit bien plus tard. Les deux Ingrid, celle de quatorze ans et celle de quarante-huit ans, sont à la même table et contemplent la photo de groupe de sa famille. Seule une des deux peut également voir l'autre, et même s'il s'agit d'une jeune fille menue et qui a poussé trop vite, on peut deviner l'ébauche de la femme qui est assise à côté d'elle et qui se souvient de tout cela.

À gauche, elle a son père, qu'elle appelle seulement du nom de Norman Dreyer. Bien entendu, il a choisi de considérer cela comme une blague amicale. Son crâne lisse est appuyé sur une main et, entre deux doigts jaunâtres, il tient son habituelle Pall Mall. C'est lui qui parle en observant Per d'un regard inquisiteur et froid, à travers ses lunettes sans monture. L'exécuteur des hautes œuvres, le recordman des injures littéraires, assez corrompu pour avoir toujours ménagé son ex-beau-père. Per penche légèrement sa tête douce et ridée en tendant l'oreille. Ses cheveux sont turbulents, comme toujours, tout à fait gris désormais, et son costume est froissé, comme d'habitude. Aucun d'eux ne sait à quel point il reste peu de temps avant leur disparition, même si Norman Dreyer fume à la chaîne, et même si, rétrospectivement, ses accès de découragement sont de mauvais augure.

Pendant que la confirmande pouffe de rire, le regard d'Ingrid laisse les deux beaux esprits pour voir de plus près sa mère et sa grand-mère. Pour l'occasion, Berthe a ramené ses cheveux teints en roux sur sa tête, même si l'on ne peut guère parler d'un chignon. Elle se retranche gracieusement derrière une veste safari qui a des airs d'uniforme, et la poudre autant que le désarroi la rendent pâle. En y songeant, Ingrid a de la peine pour sa mère qui regarde nerveusement la cause et la fin de toute l'affaire. Ada sourit de ses lèvres rouge vif. Seulement de ses lèvres, pas avec les yeux. On dirait une sphinge. Le monde peut se conduire comme bon lui semble, elle est imperturbable. Elle a fardé ses paupières d'un bleu métallique, si bien qu'elles ressemblent aux ailes d'un *Blue Mountain Butterfly*, elle est habillée comme Blixen, même si elle est pataude comme une paysanne, et ses yeux gris exigent obéissance et coopération.

Par un petit matin de juin, quatre ans plus tard, Ingrid descend du train de banlieue à Østerport Station et avance à pas mal assurés le long des douves de Kastellet. L'endroit n'a pas changé en trente ans. Tandis que, d'une oreille, elle suit les revers conjugaux de Peter Vissing, elle se revoit, jeune malheureuse, qui passe à côté de l'eau au repos et des arbres en fleurs. Il n'y a pas encore de voitures, tout est immobilité chargée de rêverie et l'air frais lui fait l'impression d'une caresse apaisante. Elle ouvre la porte de l'immeuble aux boiseries sombres et aux cuivres astiqués et, peu après, elle est dans le long couloir silencieux. Dans la chambre d'amis, Per, plein d'égards, a posé une bière et un verre sur un plateau. Elle a un haut-le-coeur.

Elle va dans la salle de bains et laisse ses vêtements en tas sur le sol en terrazzo. Elle s'assied dans la vieille baignoire et fait couler l'eau chaude, aussi chaude qu'elle peut le supporter. Elle se met à sangloter, mais aucune larme ne vient. Elle sort de la baignoire, se frotte les cheveux et contemple son corps dans le miroir avant de le cacher dans le peignoir de Per. Quand elle ouvre la porte, il est dans le couloir, dans son pyjama rayé. Il sourit, elle va vers lui, il la serre longuement dans ses bras sans poser de question.

Per est son ami. Quand elle entend Berthe se lamenter sur les années de pensionnat et sur sa mère dure et froide, elle se dit que, au moins, Per était là. C'est tout à l'honneur d'Ada d'avoir quitté son avocat de mari à Hjørring pour quelqu'un comme Per. Ingrid lui doit beaucoup, ne serait-ce récemment que son vingt à l'oral de danois. Elle avait été interrogée sur *Madame Marie Grubbe* qu'ils avaient lu ensemble quelques jours plus tôt, et il lui avait doucement ouvert le texte, comme s'il s'agissait d'un vieux coffret à bijoux. La prose délicate et ciselée de J. P. Jacobsen, qui puise dans la poésie baroque. La profondeur sans illusion des portraits de femmes, la nature indomptable de Marie. La scène de la fête dans les jardins du château et la fin amère près du passage, où Holberg la rencontre, une vieille femme usée. Le professeur et l'examinateur avaient dû l'arrêter, et Per était aussi fier que si elle avait été sa fille.

Ils restent un moment à se balancer doucement dans le couloir. Trente ans ont passé, mais cet instant est inchangé, comme s'il s'était figé pendant tout ce temps. Dehors, elle entend la circulation sur Grøningen. Le soleil pointe jusqu'à eux dans le couloir sombre et souligne chaque détail. Les cheveux humides d'Ingrid, la laine du pyjama de Per, les lis de la tapisserie. Il la lâche enfin et elle va dans la chambre d'amis, elle se laisse choir sur le lit, et elle tombe, et tombe encore.

Et elle, pourquoi a-t-elle divorcé ? Peter Vissing la dévisage de ses yeux humides. « J'ai rencontré un homme. » Il ne cille pas, sourit faiblement. « Ah bon… » Il y a quelque chose de maladroitement sincère dans son besoin d'en savoir davantage et de fulminer contre tout cela. Serait-ce le gamin chez l'homme de presque cinquante ans qui cherche à obtenir un peu de chaleur et de consolation féminine ? C'est presque insupportable de l'avoir ainsi penché si lourdement sur le rebord de sa fenêtre mentale à elle, mais elle ne peut guère se dérober. Cela en demanderait plus qu'il n'en faut pour se dévoiler un peu.

Il n'a absolument pas remarqué que, à l'époque, elle se rongeait les sangs de désir pour lui. Elle repense à tous ces après-midi dans le Kystbanen où elle repassait dans sa tête les moments où ils s'étaient frôlés au cours de la journée, après la chorale matinale ou pendant les longues récréations. Il avait l'habitude de déjeuner à la cafétéria au-dessus de Harcks Antikvariat. Si elle le pouvait, elle trouvait une camarade pour l'accompagner là-bas, tremblante de crainte de ne pas trouver une table à côté de lui et de ses copains. Des murs vert olive, des bières pression, et du pain blanc pour des sandwiches œuf-curry. L'endroit a fermé, et peut-être Peter Vissing a-t-il oublié combien elle était folle de lui. Peut-être ne l'a-t-il jamais compris.

Ils ont passé Hässleholm, le train s'est arrêté quelques minutes, les gens sont descendus avec leurs valises à roulettes. Elle aussi aurait pu descendre et aller à l'hôtel pour ne pas avoir à rester ici et à parler à cœur ouvert. C'est une idée fugace, bien sûr, Peter Vissing n'est pas aussi bête que l'on pourrait le croire, pas quand on est en face de lui. Du reste, qui l'est ? On peut compter sur la plupart des gens quand on est proche d'eux, mais seulement tant que l'on reste juste à côté. Ensuite, ils redeviennent ce que l'on veut faire d'eux. Elle sait que, demain, elle sera furieuse de lui avoir parlé de Frank, simplement parce qu'elle est tombée nez à nez avec lui. Alors, pourquoi le fait-elle ? Y a-t-il quelque chose qu'elle a besoin de confirmer, comme si on pouvait faire entendre raison aux choses ?

Il écoute mieux que ce qu'elle aurait pu imaginer, et, en quelque sorte, elle le récompense. Elle lui donne les grandes lignes, les gros traits, les contours d'une histoire où l'on quitte tout parce que l'on a rencontré l'amour. On croirait entendre quelque chose qui sort d'un magazine où les célébrités racontent comment elles ressortent renforcées de leurs divorces, de leurs cancers ou de la mort de leur conjoint. Mais qu'en est-il de ceux qui n'en ressortent pas plus forts ? Qu'en est-il de ceux qui meurent ? Elle a toujours eu envie de le savoir, et la voilà qui se donne une contenance avec sa chronique courageuse. Face à Peter Vissing, qui plus est. Elle en a sûrement besoin, elle s'est certainement égarée, se dit-elle en s'écartant de la réalité qui se cache bien au-dessous des mots. Cette réalité passée ne vient pas les contredire, mais ne peut pas davantage les atteindre, elle n'est plus. Elle existe seulement telle qu'elle semble s'en souvenir.

Elle téléphona à Frank quelques jours après l'avoir embrassé dans sa voiture. Ça, elle s'en souvient. Il y avait sans aucun doute un détail quelconque dont elle pouvait se servir comme prétexte, mais son intention était d'effacer ce baiser, de l'annuler, comme si lui, Frank, avait rêvé. Elle était restée à côté d'Anders sans pouvoir dormir, et elle avait réfléchi. C'était banal, et, au fond, humiliant, que Frank ait profité de l'occasion, mais elle était encore plus troublée d'avoir réagi comme si cela ne la surprenait pas du tout. Comme s'il n'y avait rien à redire au fait qu'un homme comme Frank, après deux ou trois verres en soirée, se sente d'humeur à embrasser une femme plus jeune. Mais il y avait à redire au fait qu'elle n'avait pas feint la surprise.

Qu'y avait-il donc à dire ? Elle n'arrive pas à mettre le doigt dessus. Pas une seconde, elle n'avait envisagé la suite, mais, sans le savoir, elle avait peut-être encouragé Frank. Quelque chose en elle avait dû lui dire que ça valait le coup d'essayer. Elle ne croit pas avoir été aguicheuse, elle était certaine de ne pas l'être, et cela lui était étranger. Que s'imaginait-il ? Elle aurait dû être indignée, mais ce n'était pas le cas. Elle était presque impressionnée par l'audace de Frank. Quand elle y repense, elle a oublié un instant qu'elle était impliquée. Elle s'est contentée de le regarder, derrière le volant, quand il s'est penché vers elle avec la hardiesse nécessaire.

Anders, elle l'avait trouvé elle-même. Elle le trouva au mariage de son frère, et que Georg ait été derrière cette rencontre faisait désormais partie du folklore familial. Il avait rencontré Rebecca quand ils faisaient tous les deux leur stage en hôpital, l'année après son retour de Harvard. Il s'était spécialisé en gastro-entérologie, elle était gynécologue. Une princesse juive sûre d'elle à la chevelure abondante et au grand rire, de quoi faire la paire avec Berthe. La famille de Rebecca ne l'avait laissée à un goy qu'à contrecœur, mais ils n'avaient pas regardé à la dépense quand ils s'étaient rendu compte qu'elle était inflexible, et la noce avait eu lieu au *Søllerod Kro.* Quelques jours plus tôt, Ingrid était rentrée de son semestre à l'Académie, à Rome. Elle trouva Anders sur la pelouse derrière le restaurant, en train de jouer au foot avec un des neveux de la mariée, tandis que le reste des invités se tenaient poliment sur le gravier avec leurs coupes de champagne. Anders se révéla être un des plus vieux amis de Georg.

Elle ne connaissait presque aucun des invités et n'avait pas réussi à rencontrer Rebecca avant le mariage. Elle avait honte en voyant sa famille s'immiscer dans toutes les coutumes étrangères. Comme d'habitude, Berthe était maladroite en se retrouvant en compagnie de Norman Dreyer, et Ingrid ne cessait de craindre que sa mère ne renverse quelque chose par nervosité. Avec son charme habituel et trop appuyé, Norman Dreyer faisait la conversation aux plus jolies femmes au décolleté le plus plongeant, Ada daignait avoir la compagnie du père de la mariée. Ce fut Anders qui, familier des uns et des autres, présenta à Ingrid le clan considérable de Rebecca. Il flottait sur tout cela une atmosphère chaleureuse, et, ce soir-là, Ingrid sentit que ce quelque chose lui avait manqué, non seulement au cours des mois solitaires à Rome, mais aussi loin qu'elle se souvenait.

Quand les jeunes mariés partirent avec du riz dans les cheveux et dans le tintamarre des casseroles accrochées derrière la limousine noire, Anders fut à nouveau à côté d'elle dans la foule d'invités rigolards. Il la tenait par la taille, souriant et vacillant d'ivresse. Elle l'amena chez elle et le lendemain, au réveil, en trouvant un Suédois endormi à ses côtés, elle se dit qu'il pouvait bien rester là s'il le souhaitait. Elle s'habitua étonnamment vite à sa présence et, rapidement, elle ne put imaginer qu'il en soit autrement.

Elle le croyait encore le matin où elle appela Frank de l'agence pour s'assurer implicitement que son baiser n'avait été qu'un au revoir un peu trop appuyé. Il ne répondit pas à la question qu'elle avait trouvée comme prétexte à son coup de fil. Il dit qu'il aimerait beaucoup la revoir. Elle lui proposa de passer à l'agence un de ces jours. Il répondit qu'elle savait bien ce qu'il voulait dire. Elle resta un moment avec le combiné contre l'oreille, sans dire un mot, et elle raccrocha. La première chose qui lui vint à l'esprit, c'était que le projet venait de tomber à l'eau. Le lendemain, quand elle sortit de son immeuble, la Jaguar verte était garée un peu plus loin dans la rue. Frank l'attendait sur le trottoir, elle s'arrêta et regarda derrière elle. Anders et Jonas n'étaient pas encore partis, ils risquaient de descendre à tout moment. Elle monta rapidement dans la voiture.

Ils ne dirent rien et elle n'osait pas le regarder. Elle ignorait où il allait. Il se gara devant l'entrée du Frederiksberg Have et lui demanda si elle avait le temps de se promener un peu. Ils passèrent la porte et continuèrent sous les arbres, toujours silencieux. Peut-être croisèrent-ils un joggeur, peut-être une vieille dame avec un sac de croûtons pour les canards du lac, elle ne se souvient pas. Si quelqu'un a prêté attention à eux, cette personne a certainement pensé qu'il s'agissait d'un couple au bout du rouleau et qui faisait durer le martyre avant le dernier adieu. Elle eut peur quand il s'arrêta soudain et l'étreignit avec une violence qui semblait plus jeune que ce qui collait avec son allure respectable, encore plus jeune que celle d'Ingrid. Il desserra son étreinte sans la relâcher entièrement, et il continua de la regarder dans les yeux d'un air bien trop sérieux. Elle essaya de sourire pour adoucir un peu toute cette gravité, avant de décider de l'embrasser.

Elle dit qu'elle ne savait pas ce qui se passait. C'était vrai, mais elle ne dit pas ce qui l'avait amenée à céder à son regard indiscret. Il répondit qu'il avait envie d'être avec elle. À l'entendre, cela paraissait si simple et, au fond, ce l'était. Sa conduite audacieuse et sans fioritures. Ils retournèrent au rond-point de Frederiksberg en se tenant par la main, et là, ils ressemblaient à un couple qui fait corps. Elle se vit en train de marcher à côté de lui, et cela avait l'air juste, cela lui paraissait juste. Il dit qu'il pensait à elle sans arrêt. Cela aurait dû la paniquer, mais elle se sentait tout à fait calme. Elle se savait être une fille raisonnable, et ne se sentait pas du tout cinglée. Tout était très réel, plus réel que depuis longtemps.

Elle dit que c'était bien qu'il soit venu comme ça. Elle le pensait, mais ce qu'elle voulait dire par là, elle ne le savait pas. Alors qu'ils retournaient à la voiture de Frank, elle décida de le découvrir. Cela ressemblait à un kidnapping, mais dans ce cas elle était de ces otages qui s'allient à leur ravisseur. Cela ne la soucia même pas de se dire que, selon toutes les apparences, elle allait coucher avec un futur client. Dans la voiture, ils gardèrent à nouveau le silence, comme s'ils avaient peur de rompre le côté magiquement réel de la situation, peur de retomber dans leurs histoires respectives et familières. Elle appela l'agence avec son portable pour dire qu'elle était malade. Cette facilité à s'écarter de la trajectoire habituelle avait presque quelque chose de grisant.

Il se gara derrière Vesterport et posa un bras sur l'épaule d'Ingrid pendant qu'ils marchaient. Elle fut terrifiée à l'idée de rencontrer quelqu'un qu'elle connaissait. Où avait-il l'intention de l'amener ? Au Royal Hotel, évidemment. Curieusement, elle n'était jamais entrée dans ce qu'Arne Jacobsen avait conçu comme un gratte-ciel pour Copenhague. Le réceptionniste proposa de faire porter leurs bagages. Ils étaient dans la voiture, dit Frank. Il irait les prendre plus tard. Ils eurent une chambre à un étage élevé, donnant sur Tivoli et l'hôtel de ville. Elle alla à la fenêtre et baissa les yeux sur les nacelles de la grande roue, qui tournait comme une petite horloge joyeuse de pure récréation.

Elle sentit son odeur de transpiration et d'after-shave quand il se plaça derrière elle, elle sentit ses mains à travers le chemisier et, une fois encore, elle fut heureuse que ses gestes ignorent le doute et l'hésitation. Ils se déshabillèrent sans hâte. Le corps de Frank ne ressemblait à aucun de ceux qu'elle avait connus. Il était plus large et plus âgé, naturellement, mais il avait aussi l'air plus solide, coriace et avec le poids de quelque chose que l'on ne déplace pas facilement. Il lui vint à l'esprit que la différence d'âge entre eux était une marge, un espace libre où elle pouvait lâcher prise. Le temps qu'il avait vécu avant qu'elle naisse.

Lâcher prise, mais quoi ?

« Mais je croyais que tu avais dit que tu vivais seule ? » Peter Vissing a l'air déçu. « C'est le cas. » Elle sourit, comme aurait souri Ada. Un sourire interdit. « Et alors, l'homme que tu as rencontré ? » C'est incroyable qu'il insiste autant. « Malheureusement, ça n'a pas marché, répond-elle. — Trop de culpabilité ? » On le croirait plein d'espoir. « Peut-être. C'était agréable de te revoir. Je crois que je vais dormir un peu. »

Elle lui tend une main qui reste suspendue en l'air, un peu maladroitement, avant qu'il ne vienne à son secours. Il a l'air penaud. « Est-ce que tu sais quand on arrive ? » demande-t-elle, surtout pour dire quelque chose qui peut l'aider, lui, et les sortir de cette situation. Il lui demande de l'excuser s'il a abusé de son temps. Elle glisse du tabouret du bar et répond que ça va aller. Vraiment ? Il la regarde avec l'air de quelqu'un qu'il faudrait évacuer de son enfer bourgeois avec une couverture de la Sécurité civile sur ses épaules abattues. Mais que peut-elle répondre ?

Elle lui donne une petite tape amicale sur le bras et se retourne pour partir. Pourraient-ils se revoir un de ces jours ? « Oui, peut-être », répond-elle. Elle sourit et traverse les voitures avec leurs passagers endormis. Une fois à sa place, elle prend son manteau dans le porte-bagages et le déplie pour s'en couvrir entièrement. Elle ferme les yeux, mais elle perçoit l'éclairage criard du plafond à travers ses paupières.

Peter Vissing l'avait félicitée d'avoir tiré les conséquences de sa décision et d'avoir quitté son mari si rapidement. Sa femme, elle, l'avait trompé pendant plus d'un an avant qu'il ne découvre quelque chose. À la fin, cette salope ne cherchait même pas à se cacher. Un jour, il était rentré à la maison pour trouver une chambre au lit défait, avec des bougies et une bouteille de champagne par terre. Elle avait servi son Dom Pérignon à ce trouduc. Peter l'avait attendue, mais quand elle avait fini par se pointer, c'était elle qui l'avait engueulé. Il n'avait même pas téléphoné pour dire qu'il rentrait plus tôt. Ingrid sourit, les yeux fermés. Elle revoit les fesses blanches de Peter Vissing en pleine besogne dans un pavillon avec jardin à Greve. Elle ne l'aurait pas trahi. Si seulement il savait combien elle aurait été gentille, à l'époque. Mais pourquoi se montrait-il si compréhensif ? N'aurait-il pas plutôt dû prendre le parti d'Anders ? Peter se dédouble dans son esprit fatigué, et il se retrouve à chaque extrémité de ces trente années, à observer combien elle a changé. D'un côté, il ressemble vaguement à Robert Redford, de l'autre, ses mains sont molles et féminines, comme des petits pains qui ont levé mais ne sont pas cuits.

Elle rit. Elle préférait le laisser croire qu'elle avait tout perdu. Peter Vissing est trop bourgeois pour comprendre comment elle a pu accepter un état d'exception. Elle est certaine qu'il n'aurait pas pu se retenir de demander pourquoi Frank n'a pas quitté sa femme. Berthe lui a plus d'une fois posé la même question, mais elle a cessé, rendue prudente par l'expérience. C'est comme ça, c'est tout. Il y a plus d'une façon de vivre son amour. De toute façon, papa-maman-enfants, il n'en sera jamais question. Et puis, combien de temps elle et Anders avaient-ils réellement l'un pour l'autre, pour les sentiments, ou simplement le sexe ? Pendant de longues périodes, il s'écoulait plus de temps entre leurs instants de contact intime, sans être dérangés, qu'entre ceux qu'elle connaissait avec Frank.

Elle ne lui a jamais fait de chantage, elle n'a jamais boudé, pleuré ni fait d'allusions sur l'avenir. Elle en est fière. Cela lui a donné du courage quand elle se sentait déprimée, abattue ou hors d'elle. Et il y a quelque chose qu'elle ne peut raconter ni à Peter Vissing ni à Berthe. Quelque chose d'au-delà de tout ce qui est précieux, délicat et sentimentalement correct. Frank sait comment la prendre. Quand il la baise, il est capable de lui faire oublier le temps et l'espace, et elle est toujours étonnée de tourner ainsi en rond dans les heures qui précèdent leurs rencontres, aussi impatiente, telle une chatte affamée, qu'il arrive enfin et lui fasse perdre la tête. C'est gênant, car c'est tellement incompatible avec son image de femme ambitieuse, indépendante et cool, mais il n'y a rien à faire. Elle n'échangerait pas un seul orgasme contre cette sécurité tout en murmures et pastels qu'elle a choisi d'abandonner.

Tant de choses chez Frank auraient constitué autant d'arguments contre la possibilité qu'ils aient quelque chose l'un pour l'autre. Ses cheveux peignés en arrière lui donnaient trop l'allure d'un médecin-chef, ses chemises étaient trop bleu ciel, ses cravates trop rayées. Après Peter Vissing, elle n'avait aucunement rêvé d'être aimée par un homme qui portait des cravates. Frank était trop homme d'affaires, sa vie trop celle d'un nanti, et il n'y avait certainement pas un seul aimant sur le frigo, chez lui et Lise. Ses positions politiques étaient bien trop à droite pour son goût, et puis, il était tout simplement trop vieux. Bref, comment ils en étaient arrivés d'un chemin dans Frederiksberg Have jusqu'à une chambre du Royal Hotel, c'était une énigme. Mais elle était bien là.

Il partit avant elle. Il s'assit sur le lit pour l'embrasser et elle lui dit qu'elle voulait payer sa part de la note de l'hôtel. Il sourit et lui prit le menton tout en secouant la tête. C'était un geste qui aurait pu la mettre en furie, mais, à la place, elle frotta sa joue contre la main de Frank comme une minette niaise qui ronronne contre l'agent 007. Bon sang, qu'est-ce qui lui prenait ? Elle resta longtemps sous la douche, en contact parfait avec la fibre la plus reculée de son corps infidèle. Ensuite, assise sur le lit défait avec le sèche-cheveux à la main, elle contempla les nacelles rayées de la grande roue quand elles passaient dans le bas du cadre de ciel bleu que dessinait la fenêtre. Elle entendait le murmure étouffé de la circulation, les cris de joie des montagnes russes et les cloches de l'horloge de l'hôtel de ville. Ces cloches l'avaient suivie toute sa vie, familières et indifférentes à ce qui se passait. Et, à cet instant précis, elle était là.

Elle regarda sa montre. Dans quelques minutes, Anders allait garer son vélo devant la garderie et prendre Jonas. Il fallait qu'elle se dépêche de s'habiller si elle voulait parvenir à faire les courses comme ils l'avaient convenu. Ils les faisaient à tour de rôle, ils faisaient quasiment tout à tour de rôle, en accord avec le principe d'une répartition équitable des tâches. Elle imagina Anders avec son casque de cycliste et la jambe du pantalon prise dans sa chaussette de tennis. Bien sûr, c'était injuste, mais elle eut soudain le sentiment qu'elle avait dû tout lui apprendre, à la cuisine, au quotidien, au lit. Il n'était pas un mauvais amant, il était simplement si attentiste, tellement suédois, tellement respectueux. Il fallait toujours qu'il demande si elle avait joui. Mais enfin, qu'est-ce qu'il croyait ? Quand il parvenait enfin à lui faire prendre son pied, elle n'était tout de même pas du genre à garder ça pour elle

La culpabilité la rattrapa dans l'entrée, aussi lourde que le sac d'Irma, pensa-t-elle en le posant sur la table de la cuisine et en criant son « Coucou ! » habituel. Jonas jouait par terre dans le salon, Anders apparut à la porte. Il lui demanda où elle était passée. Elle eut la gorge sèche. Il avait appelé l'agence pour demander si elle pouvait passer prendre Jonas. Son portable avait été éteint toute la journée. Elle répondit qu'elle s'était sentie très mal le matin, mais que ça s'était arrangé. Elle était allée à Gammel Dok pour revoir l'expo Frank Gehry. Elle était désolée, mais elle avait oublié d'allumer son téléphone.

En disant cela, elle se rappela que l'exposition s'était terminée la semaine précédente, mais, heureusement, Anders ne semblait pas en avoir conscience. Il s'approcha et la prit dans ses bras, elle posa le front contre son épaule et pensa à Frank. Anders était plus grand, mais toujours dégingandé, l'air gamin. Elle le connaissait si bien. Quand elle l'avait rencontré, il était tout juste un homme. Elle ne peut pas imaginer que Frank ne l'ait pas été. Anders lui demanda ce qui n'allait pas. Elle répondit que c'était toujours l'estomac. Elle avait eu des douleurs à répétition pendant tout l'hiver et le printemps. Anders dit qu'elle devrait se faire examiner. Elle promit d'appeler le médecin.

Elle apprit à mentir. Pourtant, elle n'avait jamais menti, du moins, pas pour quelque chose d'important. Elle en avait eu peur, non seulement parce que c'était mal, mais parce que cela instaurait de la distance. Enfant, elle avait été inconsolable les rares fois où elle avait été prise en flagrant délit de mensonge. Berthe et Norman Dreyer s'étaient moqués d'elle parce qu'elle prenait ça tellement au sérieux. Ils n'avaient pas compris que c'était elle-même, et non le mensonge, qui la faisait pleurer. Sa grande solitude. Quelques jours plus tard, elle dit à Anders qu'elle était allée chez le médecin. Au fil des semaines et des mois, elle dut s'efforcer de trouver des occupations plausibles qui couvraient ses rencontres avec Frank. Toujours au plus proche de la vérité, avec le nombre minimal de failles donnant dans cette autre réalité secrète. Ses fictions du quotidien contaminaient la vie avec Anders et Jonas. Parfois, cela lui paraissait tout à fait irréel, même si elle se trouvait en plein dedans.

Quand elle rentrait d'une rencontre volée de plus dans une quelconque chambre d'hôtel, il lui arrivait d'être envahie de tendresse pour Anders, mais ce sentiment était faux, se disait-elle, car il ne se rapportait pas à lui, mais à son ignorance. Elle était en mesure de le contourner totalement, de le voir sous tous les angles, tandis que lui ne pouvait tracer qu'un demi-cercle incomplet autour d'elle. Cela la rendait parfois irritable, ses sautes d'humeur s'accentuaient, ses accès de colère à l'égard des déficiences pratiques d'Anders augmentaient. Elle se sentait humiliée par la situation, alors qu'elle l'avait créée elle-même. Dans des moments ignobles et bas, il arrivait que l'ignorance d'Anders lui fasse un effet tellement dégradant qu'elle était obligée de lui tourner le dos ou de trouver un autre motif pour bougonner. Elle était seule, même quand elle brossait les dents de Jonas dans la salle de bains. Ça, elle ne l'avait jamais envisagé. Cela avait été pour elle un succès, un départ, une promesse quand elle l'avait mis au monde, quand elle l'avait tenu dans ses bras, avec la tête encore de travers et ses cheveux noirs gluants de liquide amniotique. Plus jamais seule.

Ç'avait été son impression spontanée quand elle s'était réveillée après le mariage de son frère et avait observé avec un léger étonnement le gars qui dormait dans son lit. Cela avait traversé son esprit enivré, s'il le voulait, elle aussi. Sa vie pouvait prendre forme maintenant. Elle était suffisamment âgée pour savoir que l'on forme sa vie soi-même, et encore assez jeune pour croire qu'elle était façonnable à l'infini. Quand elle arpentait Rome avec le sac sur l'épaule pour lever les plans des églises en rotonde, elle n'avait jamais saisi combien elle était seule. Elle avait vécu comme une nonne, pourtant, elle s'était sentie parfaitement libre. Aussi libre qu'au moment où elle était montée dans l'autorail à la gare d'Helsingør et avait contemplé les ferries éclairés entre les feux du chenal. Libre, comme lorsqu'elle ouvrait la porte de la maison silencieuse de Lappen et savait que, pour quelques heures encore, elle l'aurait pour elle seule. Ou bien lorsque, le dimanche, elle faisait ses promenades; elle remontait Strandvejen, passait le Teknisk Museum et Sommariva, elle allait à la plage de Hellebæk où elle s'installait pour lire les livres que Per lui avait prêtés. Plongée dans Sénèque et Rilke, elle avait tout oublié de Peter Vissing.

Elle fut effrayée par elle-même quand, quelques jours après son retour de Rome, elle se retrouva entourée d'inconnus habillés pour la fête, étourdie par le champagne et par tous ces visages amicaux qui voulaient saluer la sœur du marié. Oui, elle eut peur en se rendant compte qu'elle avait passé six mois sans se confier à personne, sans se lier, sans besoin de contact. Comme si rien n'était arrivé depuis qu'elle s'était abritée de la pluie à Sommariva, griffonnant en hâte des notes spirituelles dans les marges des livres de Per, sans même prendre une gorgée du café tiède de la cafétéria. Elle se dit qu'elle devait avoir ça en soi, de pouvoir ainsi se passer des autres, de se tenir à l'écart et d'être bizarre. Elle ne s'était jamais vue ainsi, comme quelqu'un de bizarre, et le mot l'inquiéta. Elle avait envie d'être avec les autres, mais comment faisait-on? Anders lui donna une indication rien qu'en venant se placer à côté d'elle, ivre et joyeux, simplement parce qu'il la trouvait jolie. C'était ce qu'il avait dit. Ce n'était pas la caractéristique la plus frappante ou la plus adéquate, mais c'était exactement ce dont elle avait besoin. Pas bizarre, mais jolie.

Il ne dit pas grand-chose. Visiblement, il ne trouvait pas ça nécessaire, et c'était un soulagement. Il venait d'une famille où tout le monde parlait à la fois, mais Anders et elle n'avaient pas l'intention de transformer en paroles et en mots tout ce que l'on voyait, tout ce que l'on ressentait. Il leur suffisait d'être ensemble. Il parvenait à la faire taire juste avec un sourire, et sa légèreté taciturne donnait à Ingrid le sentiment que, d'une certaine façon, les mots étaient un moyen de s'éloigner, de perdre le contact alors que l'on croyait précisément l'établir. Elle en vint presque à saisir son besoin incessant de trouver les mots comme une sorte de malédiction, semblable à celle qui avait frappé le roi Midas. Tout ce que les mots touchaient devenait mots à son tour.

Anders préférait prendre des photos et, dans les premières années, il la photographiait sans cesse. Quand elle le quitta, elle laissa derrière elle un long roman-photo de regards amoureux. Elle avait cru que c'était vraiment elle qu'il avait vue, silencieuse, présente. Là où il n'y avait pas besoin de dire quoi que ce soit, il n'y avait non plus ni mensonges, ni échappatoires, ni superflu. Il n'y avait qu'eux. Elle était tombée amoureuse de la joie paisible d'Anders. De ce calme qui l'entourait et dans lequel il l'attirait, sentant ainsi qu'elle s'était échappée d'une impasse.

La solitude se déployait à nouveau autour d'elle quand, la nuit, elle pensait à Frank. Anders, lui, dormait, confiant qu'ils étaient ensemble pour toujours, alors qu'elle était éveillée dans un territoire tout à fait différent de leur réalité muette. Elle se demandait combien de temps cela pouvait continuer ainsi.

C'est étrange d'y repenser après une nuit d'insomnie dans le train de Stockholm, habillée pour une soirée qui s'est déroulée tout à fait autrement que prévu. Elle regarde par la vitre et a l'impression de deviner les contours des arbres qui se détachent sur le ciel. Même la chape d'obscurité semble enfin se disjoindre.

VENDREDI

Le hall au toit vitré et les quais de la gare centrale de Copenhague n'ont guère changé depuis la fin des années soixante-dix. Bien sûr, les trains sont différents, de même que les voyageurs, et elle n'est plus la même quand elle avance sur les briques vitrifiées, rainurées et d'un jaune ocre du quai. Le jour n'est encore qu'un pressentiment grisâtre au-dessus de la voûte en verre et des vieilles poutres. Elle est soulagée de ne pas voir le manteau en poil de chameau de Peter Vissing parmi les passagers qui se dirigent vers l'escalier roulant et le hall d'arrivée. Il était sans doute dans une voiture devant la sienne. S'il y a quelque chose dont elle a besoin, c'est d'une douche et de quelques heures sous la couette, pourtant, elle va immédiatement chez Sven. Ça ne peut pas attendre, elle doit voir Jonas tout de suite. Voir dans ses yeux s'il comprend ce qu'il a fait.

Il ne manque pas de taxis à l'entrée sur le côté, en face de Tivoli. Un groupe de chauffeurs est en train de discuter. Elle attend que l'un d'eux fasse mine de prendre la course. Les rues sont vides, il y a juste quelques bus et des cyclistes matinaux. Ils passent le Royal Hotel, elle pense à Frank. Elle va le revoir cet après-midi, et tout sera comme d'habitude. Le chauffeur continue en direction d'Øster Farimagsgade. Elle lui demande de suivre le long des Lacs. Elle observe l'étendue d'eau immobile derrière les troncs qui défilent. Les premières lueurs pâles de l'aube tombent sur les arbres nus de l'autre rive et sur les façades avec leurs bow-windows et leurs clochetons, où les gens se préparent à découvrir et à affronter ce que la journée va leur réserver d'imprévu et d'inattendu.

Il est six heures et demie, et c'est vendredi. Encore un week-end en perspective avec ses heures libres, trop ou trop peu nombreuses, selon le point où l'on en est dans son existence. Cela fait longtemps qu'elle n'est passée ici à ce moment de la journée. Elle se souvient des petits matins d'été, quand elle traversait la ville pour rentrer chez elle, à l'époque où elle venait de trouver l'appartement dans Elmegade. Elle sortait avec un gars qui s'appelait Mikkel, et qui faisait également des études d'architecture. C'était avant Rome. Il l'emmenait au Montmartre, dans Nørregade. Un soir d'été, ils y étaient allés pour écouter Stan Getz. Elle se rappelle du silence dans le club bondé. Les gens s'entassaient autour de la scène sur laquelle Stan Getz jouait une ballade. Elle se souvient du titre, *Morning Star*, elle se souvient du bras de Mikkel posé sur ses hanches, elle se souvient de Stan Getz en sueur qui, comme une grenouille, gonflait son cou épais afin de sortir la mélodie murmurée qui se glissait dans les accords. Ensuite, ils s'étaient rendus dans un bar ouvert la nuit, et le jour allait pointer quand ils étaient passés sur le Dronning Louises Bro avec dans la tête un écho de *Morning Star*.

Stan Getz est mort, mais, soudain, elle se rappelle l'odeur et le corps de Mikkel, ses particularités, et elle se demande ce qu'il a pu devenir. Peut-être a-t-il des enfants — sûrement —, et peut-être travaille-t-il dans une agence, comme elle. Alors qu'elle passe à côté du Dronning Louises Bro, où les lampadaires ressemblent toujours à un arbre à perles, elle se dit qu'elle aurait pu avoir un fils avec Mikkel, mais alors Jonas aurait été un autre. Toutefois, elle ne peut se le représenter, l'imagination lui manque. C'est certainement l'amour. Il ne pousse que sur ce qui est, pas sur ce qui aurait pu arriver.

Le chauffeur continue vers Strandboulevarden et, peu après, il s'arrête devant l'immeuble anonyme en brique, des années trente, où Sven habite depuis toutes ces années. Elle paie et descend avec son sac ; elle attend un moment après le départ du taxi. Elle est nerveuse. Elle a peur de parler à son propre fils. Il y a tant de distance. Elle sonne. Il s'écoule une minute ou deux avant qu'elle n'entende le bourdonnement de l'interphone et reconnaisse la voix fatiguée de Sven.

Elle laisse son sac au pied de l'escalier, sous le tableau noir où le gardien compose le nom des résidants avec une poignée de lettres blanches, quand quelqu'un vient à emménager. Le sol est en terrazzo, caractéristique de la construction plus solide de l'époque, et, tel un clin d'œil anachronique aux immeubles bourgeois du dix-neuvième, les murs sont légèrement recouverts de marbre. Elle appuie sur l'interrupteur en bakélite marron. L'entrée est restée la même durant toute la vie d'Anders, seuls les noms ont lentement changé sur le tableau, mais, maintenant, c'est un autre garçon qui grimpe l'escalier jusque chez les Hedin, au deuxième étage. L'appartement de son grand-père lui rappelle ce que c'était avant que sa mère ne casse tout.

La porte de l'appartement est entrouverte et Sven apparaît en peignoir. « C'est toi, Ingrid ? » Qui d'autre, a-t-elle envie de répondre. « J'arrive directement de la gare centrale », dit-elle à la place, consciente du côté dramatique de ces paroles. « Il dort », dit Sven dans son dos, quand elle s'avance dans l'entrée. Elle passe la porte du salon et voit le buffet sombre avec la photo de la mère d'Anders entre un ours polaire émaillé et un vase en cristal avec des gerberas jaunes.

L'ancienne chambre d'Anders donne sur la cour. De la fenêtre, on voit des séchoirs à linge entre des arbustes à feuilles persistantes. Une carte du monde est punaisée sur la tapisserie jaune et beige à côté d'une affiche de Procol Harum et une pin-up qui porte seulement un chapeau de cow-boy. La fille regarde par-dessus son épaule et sourit à Ingrid, à genoux, ses orteils dépassent juste sous ses fesses. Jonas ne sourit pas. Il la regarde d'un air agacé et lui tourne le dos, comme s'il voulait se rendormir. Sur la carte, l'étendue entre Mourmansk et Vladivostok a toujours la même couleur citron vert et s'appelle toujours l'URSS. Elle s'assied sur le lit étroit. En fait, c'est un canapé-lit où l'on peut cacher la couette et l'oreiller derrière le dossier démontable. Le dossier est posé à la verticale dans le coin, derrière la porte. Anders a dû emporter son lit quand il a quitté la maison.

Une longue jambe mince dépasse sous la couette, elle pose la main sur le mollet. Des petits poils frisés ont commencé à pousser sur la peau lisse. « Jonas, nous avons besoin de parler. » Elle lui tapote doucement la jambe, mais avec insistance. « Pas maintenant, grognet-il, assoupi. — Si, maintenant. Maintenant. » Il se redresse brusquement et fait tomber la couette d'un coup de pied. Il est assis en tailleur, adossé au mur, vêtu seulement d'un boxer trop grand. Il est mince, presque maigre. Un testicule pend à l'entrejambe, elle se concentre sur son visage doux au regard dur. Il regarde droit devant lui. Il n'est plus son petit garçon, seulement son fils. Et maintenant ? Elle ne sait pas.

« Raconte-moi ce qui s'est passé. » Elle tend la main pour lui caresser la tête. Lui et ses copains ont l'habitude de se raser, ils ont l'air de forçats, et les cheveux sur son crâne lui piquent la paume de la main. On voit la cicatrice à l'endroit où, à neuf ans, il s'est cogné le front contre une racine gelée. Elle était cachée sous la neige de la piste de luge, au terrain de jeux d'Østre Anlæg. Elle serrait contre elle sa tête ensanglantée dans la salle d'attente des urgences, elle se disait que c'était normal, que ça allait de pair avec la rougeole, la peur de se faire embêter par les autres et les premiers tourments avec les exercices de calcul auxquels on ne comprend rien.

Il écarte la main d'Ingrid d'un geste fâché. « Mais tu sais très bien ce qui est arrivé. » Elle tourne à peine la tête vers Sven, qui est apparu à la porte. « J'aimerais être seule avec Jonas. » Elle aurait dû le dire plus gentiment, elle est l'invitée. Mais Jonas l'est également. Ce n'est pas ici qu'il habite, ce n'est pas ici qu'il doit être. « Allez, habille-toi, on rentre à la maison », dit-elle avec autant d'autorité qu'elle peut. Elle se lève. Il la regarde d'un air buté et insolent. « Je ne vais nulle part. Tu peux laisser tomber tout ça. »

Elle se rassied sur le bord du canapé. « Tu vas faire ce que je te dis. » Le regard de Jonas est dur comme du granit. « Non ! » Elle se retient de sourire à son exclamation puérile. « Je suis ta mère, et tu es obligé de me parler quand tu traînes dehors, quand tu donnes des coups de pied dans la tête de quelqu'un et quand tu es ramassé par la police. » Elle a déjà perdu, elle a déjà joué sa dernière carte. « Hé ho, tu n'as même pas répondu quand j'ai essayé de t'appeler. Grand-père est le seul qui est là quand on a besoin de quelqu'un. » Elle baisse les épaules. « Moi, j'ai un travail. Et je n'avais pas vraiment prévu d'être appelée par le poste de Station City. » Ça la vexe de ne pas pouvoir s'empêcher de se montrer sarcastique. « Non mais, est-ce que tu as bien conscience de ce que tu as fait ? » Il détourne les yeux : « Il ne s'est rien passé. Et puis, il l'a bien cherché. »

Le sang lui monte aux tempes et, pendant un instant, elle a du mal à respirer. « Qu'est-ce qu'il a bien cherché, Jonas ? Qu'est-ce qu'il a bien cherché ? » Il la dévisage. « *Fuck you,* pouffiasse ! » Elle lui flanque une claque. C'était plus fort qu'elle. Jonas s'écarte brusquement. Sa joue est rouge vif, il y a de la haine dans son regard. Il a un sourire mauvais : « Allez, vas-y, tire-toi ! » Non, elle ne va pas pleurer. Pas maintenant. Elle se lève et va vers la porte, il ne va pas la voir pleurer. Sven est au salon, il regarde par la fenêtre. Elle s'en va sans dire au revoir et laisse libre cours à ses larmes quand elle arrive à l'escalier.

Elle a dormi toute la matinée, la petite aiguille du réveil a passé midi. Elle s'est endormie avec son peignoir. Le soleil vif se reflète sur le plancher. Elle a mal à la tête et, quand elle se lève, elle est prise de vertige. Elle n'a rien mangé depuis vingt-quatre heures. Il n'y a rien dans le frigo, à part un fond de lait et un bocal de câpres. Elle fait du thé et se force à manger un bol de flocons d'avoine. On dirait qu'ils grossissent dans sa gorge, avec une envie de crier.

Elle reste à contempler la photo encadrée qui est accrochée entre les deux croisées de la cuisine. Jonas a huit ans, elle quarante, ils sourient, ils sont assis à une table, le soir, à Samos. Un restaurant sur la promenade du port, leur premier voyage après le divorce. C'est le serveur qui l'a prise. Sa tentative vaillante d'attester un peu de bonheur estival et bronzé. Jonas boudait et renâclait, mais il sourit sur cette photo. Et ce sont les photos qui comptent, n'est-ce pas ? Elle l'a fait encadrer dès leur retour, comme un chaînon de son marketing interne. C'était possible, Jonas. Il y avait un monde après le tremblement de terre. Personne n'était mort.

Elle se brosse les dents, se coiffe et s'habille. Ces choses que l'on fait. Elle se donne même un pschitt dans le cou avec un parfum coûteux que Frank a apporté. Voilà, elle peut se dire qu'elle est prête. La circulation est dense dans Sølvgade. Elle est à vélo, elle suit le mur autour de Kongens Have et tourne au coin, là où le mur est remplacé par un grillage. Les arbres apparaissent noirs dans cette lumière dure. Dix minutes plus tard, elle est dans l'ascenseur et se ressaisit. Elle ne s'est jamais absentée une demi-journée sans prévenir. La jeune fille à l'accueil lui dit bonjour avec une expression soucieuse. Peut-on voir qu'elle a frappé son fils pour la première fois ? Elle demande si Morten est arrivé et, au même instant, elle l'aperçoit derrière la paroi vitrée qui sépare l'accueil de l'agence. Il hausse les sourcils et lève les mains, elle va vers lui.

« Tout va bien ? » Elle allait lui demander la même chose, dit-elle. Il a un sourire espiègle. « Oui, merci, le caviar était parfait. » On dirait que Svensk Energi n'a pas regardé à la dépense. « Alors, ça marche ou pas ? » dit-elle. Il lui fait un de ces clins d'œil qui l'ont toujours agacée et dont, en même temps, elle a tellement l'habitude qu'elle a presque fini par les apprécier. « Il faudrait que je me trompe beaucoup… » Il est interrompu parce que quelqu'un tape doucement sur l'épaule d'Ingrid. Le vieux la demande. Elle prend le couloir vers le bureau de Villads. La pièce est à l'écart, à côté de la porte qui donne sur la terrasse, elle jette un coup d'œil à l'intérieur. Sa porte est toujours ouverte, c'est pourquoi on ne sait jamais si on le dérange.

Il lui tourne le dos, les pieds sur la table, il est au

téléphone. La fenêtre en face de lui va du sol au plafond et l'on voit Frue Kirke et la Rundetårn se dresser au-dessus de la mer immobile de toits de tuiles rouges. Il se retourne à demi et lui fait signe d'entrer. Comme toujours, il porte une chemise écossaise, un pull en V et un pantalon gris en flanelle et, comme d'habitude, il lui sourit, comme s'il n'avait pensé qu'à elle toute la journée. Même s'il ne lui reste que deux ailes de cheveux blancs, on voit encore à quoi il ressemblait quand il était jeune.

Une fois son coup de fil terminé, il se lève, l'embrasse sur la joue et va fermer la porte. Soudain, il lui vient à l'esprit qu'il va la virer. D'ordinaire, il ne ferme pas la porte quand ils doivent parler. Elle s'est assise à l'autre bout de la grande table de travail où il y a toujours un carnet de croquis et un arsenal de crayons et de stylos. Pour le moment, il y a seulement un numéro de téléphone et quelques mots griffonnés dans un coin de la feuille. Il s'assied sur le bord de la table et croise les bras. Comment va-t-elle ? Voilà, ça va venir. Il est attentionné, mais il ne peut pas la tromper. Elle essaie de sourire tout en haussant les épaules. Est-ce qu'il peut voir qu'elle est au bord des larmes ? Apparemment, non, c'est sûrement le contre-jour, Dieu merci, elle n'est qu'une silhouette qui se détache devant la fenêtre. Elle entend à peine ce qu'il dit.

Cela fait un bout de temps qu'il réfléchit à ce qui va arriver. Ce n'est peut-être pas encore le moment. S'il a de la chance, il lui reste encore quelques années devant lui, cinq, dans le meilleur des cas, mais, à un moment, il faut prendre une décision. Il ne s'agit pas seulement de son nom. Il sourit pudiquement. Son nom, il se débrouillera tout seul quand lui ne sera plus là pour le défendre. Non, l'agence est avant tout un lieu de travail, une communauté de gens créatifs et doués, mais il faut que la barque ait un capitaine. Cela fait donc longtemps qu'il y songe, et il ne lui en parlerait pas s'il ne se sentait pas sûr. Bien entendu, elle n'a pas à répondre tout de suite. C'est pour ça qu'il aborde le sujet bien en avance, et, pour le moment, cela va rester entre elle et lui. Mais elle peut y réfléchir. Il lui demande d'y réfléchir sérieusement, même si cette idée lui paraît un peu étrange, comme ça, de prime abord.

Elle dit qu'elle ne sait pas quoi dire. La voix d'Ingrid est pâteuse, et voilà qu'il découvre ses yeux humides. Il espère que ce n'est pas... Elle doit l'excuser si... Elle se lève, fait le tour de la table et le serre dans ses bras. C'est inhabituel, mais rassurant, d'être dans les bras de Villads Jensen et de voir une volée de pigeons qui s'égaille au-dessus de la ville. Elle le dévisage. Il faut qu'il l'excuse, elle est très — comment dire? — très touchée, très honorée. Elle promet de réfléchir à sa proposition, c'est seulement que... « Qu'est-ce qu'il y a? » demande-t-il doucement.

Elle s'assied à côté de lui sur le bord de la table et lui parle de Jonas tout en regardant par-dessus les toits. Elle lui parle du commissariat, de la gifle, du sentiment de culpabilité et d'impuissance. Il la regarde de ses yeux âgés. Quand elle finit par se taire, il ne réagit pas tout de suite. « Je crois que je sais ce que tu ressens, répond-il. Certes, mes fils n'ont jamais été en délicatesse avec la loi, mais je connais cette colère. Elle ne les a jamais lâchés, et ces jeunes gens ne deviennent pas plus charmants après ce genre d'offense. On peut négocier sur la question de la culpabilité, mais la punition, tu vois, elle ne cesse jamais. »

Il lui parle de sa rencontre avec sa deuxième femme, et de la manière dont il a quitté la première, du jour au lendemain. Elle connaît l'histoire, on la lui a racontée à l'agence. « Naïf comme j'étais, j'ai cru qu'il s'agissait de tirer un trait, d'être clair et net. Ça doit être une déformation professionnelle. Mais je me suis trompé. Pour eux, ce n'est jamais terminé. Ils sont mariés, ils ont des enfants, ils ont réussi tous les deux, mais la condamnation, la réprobation, ça fait partie de leur style de vie. J'ai pourtant cru avoir tout fait pour être un père à peu près correct, mais je serai toujours débiteur. Et avec les intérêts qui continuent à courir, je peux oublier qu'ils me pardonnent un jour. » Elle lui tape gentiment dans le dos. « Je suis sûre que, au fond, ils sont fiers de toi. » Il la regarde avec une moue dubitative et un petit sourire. Il sait ce qu'ils vont vouloir écrire sur sa tombe : « Il était doué pour construire des bâtiments, mais il n'a laissé que des ruines derrière lui. » Elle prend la grosse main de Villads Jensen entre les siennes : « Ce n'est pas juste. » Il secoue la tête. « La question n'est pas de savoir si c'est juste ou non. »

Peu après, Ingrid s'installe à son bureau. Un Post-it jaune est accroché à sa lampe, Georg a téléphoné. Elle a complètement oublié qu'elle et Jonas sont invités à dîner chez Georg et Rebecca. Elle n'a pas le courage de lui parler pour le moment. Comment expliquer que Jonas ne vient pas ? Et puis, comment supporterait-elle d'être assise à leur grande table provençale avec ce petit con criminel ? Il faut qu'elle mette la main sur lui, il faut qu'ils se parlent.

Autour d'elle, les autres travaillent à leur écran, ou sont penchés sur des bleus, des plans et des projections. Ce qui s'est passé le matin n'est pas réel, pas ici, tout comme est aussi irréelle l'idée que, un jour, elle se retrouve dans le bureau au fond du couloir et qu'elle soit le chef. C'est une journée banale, il y a des choses à faire, une question qu'il s'agit simplement de résoudre. C'est pour ça qu'ils sont là. Elle a l'impression qu'on la regarde de travers, mais c'est certainement elle qui est crevée et hypersensible. Elle repense à ce qu'a dit Villads. Elle repense aux femmes de la famille. Le modèle qu'elle a voulu éviter à tout prix, dont elle a voulu se libérer. Est-elle devenue une Berthe pour Jonas ? Sera-t-elle une Ada pour son fils ?

Mais elle aurait également pu laisser filer tout cela. Frank, le désir, l'idée même d'un changement. Lors d'un de ces après-midi dans une chambre de passage, elle aurait pu dire qu'elle ne voulait pas continuer ainsi. C'était exactement ce qu'elle avait dit, mais avec la conclusion opposée. Ils auraient pu se contenter d'adieux attendris, et qui sait si elle n'aurait pas fini par oublier Frank ou, du moins, le sentiment, et sa violence. Elle aurait pu retourner vers Anders avec la certitude d'avoir agi de manière adulte, d'avoir su quelles étaient ses priorités, en choisissant les grandes lignes de la vie. Tout ce qui compte, une fois que la tempête s'est calmée. À la place, elle était rentrée chez elle et avait lâché la bombe.

C'était un dimanche. Elle avait passé le week-end avec Frank et fait croire à Anders qu'elle assistait à un séminaire avec l'agence. Elle pouvait même lui donner le nom et l'adresse du centre de congrès. Elle avait attendu le samedi matin, et de monter dans la Jaguar, pour se décommander. Tout le monde la croyait ailleurs. Elle avait frissonné en songeant à quel point il était facile d'orchestrer le mensonge. Pour la première fois, Frank et elle pouvaient passer plus que quelques heures ensemble. Il avait réservé une chambre au Hindsgavl Slot, et tout s'était passé comme s'ils étaient réellement un couple. Ils s'étaient promenés, main dans la main, le long du Lillebælt, ils avaient dîné dans un salon privé avec des tentures en soie et un lustre en cristal de Bohême. Ils avaient parlé de leur enfance et fait l'amour comme des possédés et, en poussant la porte de Bianco Lunos Allé, elle ne savait pas quoi faire d'elle-même.

Anders et Jonas étaient rentrés peu après. Ils étaient allés au cinéma, elle avait préparé le dîner. Ils avaient mangé dans la cuisine, comme d'habitude, et ils avaient couché Jonas. Ensuite, ils étaient restés à discuter à table, en finissant la bouteille de vin. Anders lui avait demandé comment s'était passé le séminaire, et elle avait commencé à improviser. Et puis, soudain, elle s'était interrompue. Non, elle n'était pas allée à un séminaire. Elle l'avait regardé dans les yeux et avait vu que son monde s'effondrait. Elle avait tout imaginé, sauf ça. Malgré tout, elle aurait été préparée à une scène, à de la violence, des cris, à tout, sauf à des pleurs. Son mari s'était laissé tomber contre la plinthe et poussait des sanglots déchirants au milieu des miettes de pain et des moutons, et c'était sa faute. Il ne lui était plus guère possible de le consoler et de lui passer la main dans les cheveux.

Jonas apparut à la porte, elle le prit dans ses bras et le remit au lit. Il demanda pourquoi papa pleurait. Elle dit que papa était triste parce que maman avait rencontré un autre homme. Cette franchise. Mais qu'avait-elle donc fait de son cœur ? Il dit qu'il ne fallait pas qu'elle parte. Elle dit qu'elle l'aimerait toujours. Il courut après elle quand elle passa dans l'entrée. Ses cris couvraient ceux d'Anders. Elle dut recourir à la force pour l'empêcher de se faufiler dans la porte, et elle finit par la claquer. Espérons que ça en vaut la peine, pensa-t-elle en descendant. Ou bien l'a-t-elle pensé plus tard ?

Elle alla chez Berthe — entre tous. Certes, le chemin était court jusqu'à la rue tranquille avec les maisonnettes, derrière Carlsberg, mais c'était comme si une dette était acquittée, un compte réglé. En tout cas, Berthe a sans doute perçu cela comme une sorte de justice qui lui était finalement rendue. Ingrid avait peut-être une ou deux amies sur lesquelles elle aurait pu compter, mais elle les avait négligées. Il se passait des mois sans qu'elle ne donne de ses nouvelles et, de toute façon, elle n'était jamais celle qui se confiait. En outre, ses amies s'étaient mariées, elles avaient des enfants, leur petit monde où l'immédiat remplit tout, et où les soucis d'une amie semblent moins pressants. Elle n'avait pas envie de débarquer avec son drame en plein milieu du café, alors, autant aller chez sa mère.

Pour une fois, Berthe était celle qui écoutait, et son visage restait impassible. Le plus souvent, ses traits bougeaient sans cesse pour s'adapter à son interlocuteur, au point de se nier elle-même. Là, elle demeurait immobile. Ingrid saisit à quel point elle avait dû être belle quand elle était jeune. Ils étaient dans le salon exigu de Berthe, avec des livres du sol au plafond. Il n'y avait rien, ou presque, qui n'appartenait pas à l'enfance d'Ingrid.

Les titres des livres, les meubles, les lampes, les tapis, tout lui était familier. Berthe avait emporté la moitié de la maison avec elle quand elle était partie, en son temps, mais il n'y avait jamais eu d'autre homme dans sa vie, du moins aucun qui fût resté.

Berthe avait fait la connaissance de Norman Dreyer alors que, élève journaliste, elle avait eu la chance de trouver un stage à *Politiken.* Ada s'en était mêlée, c'était à l'époque où elle était encore quelqu'un sur la scène littéraire. Peut-être y avait-il aussi dans la maison un rédacteur qui avait eu mauvaise conscience pour le journal. En effet, peu avant, le deuxième roman d'Ada avait été maltraité par le jeune critique impétueux et intrépide. Norman Dreyer excellait à descendre tous les éléphants blancs que la rédaction des pages culturelles mettait à sa portée. Lui confiait-on le livre d'un nom établi, il l'assassinait, on pouvait en être certain, et c'était là une manière efficace de se positionner avant d'avoir trente ans.

Mais, Ada, était-elle un nom ? Elle se l'était fait à la force du poignet et, surtout, parce qu'elle était mariée à Per Weincke. Le poète, l'esthète inspirateur, l'éditeur estimé qui faisait partie des proches de Karen Blixen. Il avait découvert Ada et l'avait embarquée dans son atmosphère peuplée de Novalis, de courts de tennis privés et de champagne au déjeuner. Elle était arrivée de Hjørring avec sa petite fille à la main après avoir abandonné Erik, son mari respectable, et Per l'attendait, les bras remplis de promesses de délivrance artistique.

Elle avait aussi du talent. Son premier recueil, *Feuilles pour mon printemps*, fut comparé aux poèmes de Frank Jaeger, et préféré par certains à ce dernier pour son ton d'un érotisme plus libre et naturel. Six ans plus tard, en 1958, parut enfin le roman que tout le monde attendait. *Les Filles de l'été* fut le livre dont on parla le plus cette saison-là, et Ada fut présentée comme la Françoise Sagan danoise. Certes, il y avait des voix pour murmurer en coulisses les mots « boulevard » et « littérature pour dames », mais la plupart se laissèrent séduire par l'ironie et le cynisme léger de la jeune auteur. C'est à cette époque qu'elle fut invitée à prendre le thé à Rungstedlund. Parmi ses premières paroles, la Baronne avait déclaré qu'elle jugeait toujours les gens d'après ce qu'ils avaient à dire du *Roi Lear.* Ada avait répondu que, dans ce cas, elle ne l'avait pas lu. D'après Ada, elles avaient ensuite devisé gaiement, mais c'était toujours Per qui racontait l'anecdote, fier comme un paon de l'esprit d'Ada. Elle, elle se contentait de rayonner discrètement, quand Per crânait en relatant la manière dont Karen Blixen s'était fait couper l'herbe sous le pied.

Et, d'une certaine façon, cela avait été le point d'orgue. L'année suivante, Ada publiait son deuxième roman, *Mercredi sans soleil*, mais, entre-temps, Norman Dreyer avait pris du galon au quotidien de Rådhuspladsen. Les autres critiques en étaient ravis, mais ses éreintements étaient tellement spectaculaires que la bonne ambiance avait disparu. « Aimables friandises », titrait son article, et Norman Dreyer commençait sa critique en demandant combien de forêts en Suède allaient encore être sacrifiées avant qu'Ada Hvidberg se rende compte qu'elle n'avait fait que bavarder sur les émois érotiques de jeunes mondaines dans une après-guerre mortelle. Vu de la sorte, Ada aurait volontiers souscrit à cette caractérisation. Et si Ada devait connaître d'autres triomphes, dans l'ombre, sa déroute avait déjà commencé. Lorsqu'elle s'accéléra, ce fut sans même l'assistance de Norman Dreyer.

Ingrid s'est parfois demandé si Berthe a épousé Norman Dreyer pour s'allier à l'ennemi le plus dangereux de sa mère, ou pour lui clouer le bec. Ada lui avait dit qu'elle était bien trop moche pour espérer jamais trouver un homme, mais cela n'avait visiblement pas effrayé Norman Dreyer. Ingrid est certaine que Berthe avait sa mère à l'esprit quand elle l'avait embrassé la première fois, mais dans la version de Berthe, c'était Norman Dreyer qui lui avait fait des avances, sachant fort bien qui elle était. Et qui était-elle donc ? Une jeune fille gauche de vingt ans, avec de grosses joues rouges et une jupe ballon, mourant d'envie que sa mère reconnaisse ses talents indiscutables.

Combien de fois Berthe n'avait-elle pas raconté cette histoire, quand, encore élève journaliste, elle avait eu son premier papier publié, le compte rendu d'un concert de Tommy Steele au Vallbyhallen ? C'était un vendredi, elle avait écrit son article pendant la nuit et présenta le manuscrit à Ada au petit déjeuner, chez eux, à Esplanaden. Ada se contenta de sourire et n'y toucha pas. Dans la journée, Berthe passa plusieurs fois à la salle à manger pour constater que ses trois feuillets n'avaient pas bougé de la nappe amidonnée. C'est seulement quand ils passèrent à table le dimanche soir que son manuscrit lui fut retourné. « Voilà, je l'ai lu », déclara Ada avec son habituel sourire glacial avant de demander qu'on lui passe les pommes de terre. Ce fut tout. Heureusement, Per s'en saisit et lut l'article. Mais, mais, c'était formidable, bien détaillé, avec un bon angle d'approche. S'il n'y avait pas eu son beau-père, l'article de Berthe sur Tommy Steele serait parti à la poubelle avec les épluchures de pommes de terre.

Qui était Berthe ? Une gentille fille, maladroite et bien trop passionnée, qui haletait en parlant. Elle venait seulement d'avoir neuf ans quand, avec Ada, elles montèrent dans le train à Hjørring pour ne plus jamais y retourner. Erik Hvidbjerg se remaria, il eut des enfants, et Berthe fut envoyée en pension jusqu'au bac. Les rares fois où, jeune maman, elle appela son père à Hjørring, il n'était pas là. Elle a des demi-frères dont elle ne connaît même pas le nom, mais elle n'a pas non plus cherché à prendre contact avec eux. Ada était sa famille, Ada et Per. Il y aurait eu assez de place à Esplanaden, car l'appartement était de la taille d'un hameau. Et quand elle était en stage, on lui permit tout de même d'habiter la chambre de bonne derrière la cuisine. Peu d'années avant sa mort, Per déclara qu'il aurait aimé qu'elle vive avec eux.

Berthe ne les voyait que pendant les vacances, et c'était Per qui passait du temps avec elle. C'était lui qui préparait les décorations de Noël, c'était lui qui l'emmenait chez Crome & Goldschmidt quand elle avait besoin d'une nouvelle robe. Ada, elle, se reposait toujours, quand elle n'écrivait pas ou n'était pas sortie. Ingrid a vu les lettres que Berthe a envoyées du pensionnat à sa mère. Berthe les a trouvées dans un secrétaire, quand Ada a été hospitalisée. Cependant, elle les a cachés, ces suppliques maladroites et craintives, ces mensonges courageux, ces déclarations d'amour excessives. Ces lettres de Berthe lycéenne, où elle est tellement avide de montrer ses connaissances mal digérées et de faire des allusions aux livres d'Ada. Regarde, Maman, je t'ai lue. Regarde-moi, Maman, tu ne veux pas ?

Berthe était sans doute aussi un peu candide. D'après ce que sait Ingrid, Berthe n'avait jamais couché avec un homme quand elle était tombée sur Norman Dreyer dans les couloirs de *Politiken.* Elle a raconté qu'ils prenaient des chocolats chauds au Willy's Place, un milk-bar sur Jarmers Plads, où les jeunes filles se retrouvaient, et où les habitués avaient leur propre tasse accrochée au-dessus du bar. Là, elle regardait les trams, embarrassée, tandis que Norman Dreyer se frayait un chemin dans son cœur négligé. Il avait vingt-huit ans, aux yeux de Berthe, c'était un homme établi, un cosmopolite. Il avait vu Londres et Paris, elle n'était allée qu'à Malmö et n'avait vu qu'*Autant en emporte le vent.* Il la mit enceinte dans un chalet d'Arresø où il l'avait attirée à Pâques avec d'autres amis. « Eh bien, il n'a qu'à t'épouser », fut le seul commentaire d'Ada quand Berthe, après avoir respiré un grand coup, se confia à sa mère.

Bien sûr, Ada n'était pas aux anges d'avoir Norman Dreyer comme beau-fils, et le mariage fut tout sauf une cérémonie. L'hôtel de ville et déjeuner au café À Porta. Ce fut la première et la dernière fois qu'Ada rencontra les parents de Norman Dreyer, un inspecteur de police à la retraite d'Odense et son épouse, et Ingrid n'a pas le souvenir de les avoir jamais vus. Toutefois, Ada discernait un certain avantage dans la situation. Sa fille indésirable n'était pas seulement casée, mais en plus placée dans les bras d'un homme que, aux yeux des autres, elle n'aurait jamais la capacité d'importuner. Peut-être tira-t-elle cependant cette conclusion calculée, la même qu'Ingrid attribua à sa mère défraîchie : le beau-fils ennemi était un ennemi que l'on pouvait avoir sous sa coupe.

Un autre avantage, c'était que les jeunes mariés allaient avoir un endroit à eux, un vrai appartement, un foyer. Norman Dreyer avait passé sa vie adulte dans des collèges et des studios de location, Berthe n'avait connu que des dortoirs et une chambre guère plus grande que le placard à balais d'Ada. Peut-être y avait-il même de l'amour, mais ils en seraient revenus, se dit Ingrid, en attendant, il y avait quelque chose de prometteur, en 1959, à un quatre-pièces dans un immeuble solide. Situé à Sydhavnen, il y avait une buanderie au sous-sol et un jardin qui ne manquait ni de balançoires ni de bac à sable pour la petite.

Il n'y avait aucune aide à attendre de la part d'Ada. Malgré l'appartement d'Esplanaden et les habitudes coûteuses, leurs ressources n'étaient pas illimitées. Et puis, on ne roule pas exactement sur l'or en tant que critique littéraire à *Politiken* et journaliste culturel au *Berlingske Tidende*, où Berthe fut embauchée quand Ingrid commença à aller à la crèche. Cependant, la liberté d'avoir son propre travail représenta également pour Berthe une chance de se libérer enfin de son amour malheureux pour Ada. Non seulement elle la saisit, mais, en plus, Sydhavnen fut la plate-forme d'où elle put effectuer tous ses retours à l'envoyeur, sous forme de règlements de compte aussi périodiques que grinçants. Aussi loin qu'Ingrid se souvienne, Berthe prenait régulièrement son téléphone pour balancer des reproches. Le silence stoïque avec lequel Ada répondait ne faisait que pousser sa fille furieuse à persévérer. Berthe, fébrile, qui se rongeait les ongles, qui ne manquait pourtant jamais la moindre réception chez l'éditeur, la moindre remise de prix et le moindre déjeuner pour se chauffer à l'éclat de l'aura qui entourait sa mère célèbre.

En réalité, Ada ne fut jamais aussi connue que ça, mais aux yeux puérils de Berthe, elle était le soleil. Passer d'Esplanaden à Sydhavnen représentait une certaine dégringolade sociale, qu'elle s'efforça de combler avec zèle. Berthe devint ambitieuse, Ada allait voir ce dont elle était capable. Et, au fil des ans, elle parvint à manœuvrer vers les sommets, si bien que ce fut une évidence quand elle fut choisie pour interviewer Pablo Neruda, en route vers Stockholm pour recevoir le prix Nobel. Elle fut même invitée au dîner que son éditeur danois donna en son honneur. Ada ne savait pas comment tirer les vers du nez de sa fille et faire comme si, de toute façon, elle aurait décliné si jamais elle avait été invitée. Les interviews avec des écrivains connus devinrent une spécialité de Berthe et, peu à peu, l'équilibre semblait se rétablir à mesure qu'elle faisait des avancées dans le domaine d'Ada. Il y avait certes un écrivain qu'elle ne pouvait guère interviewer, mais Ada n'était plus aussi célèbre.

Elle publia encore quelques romans, des répétitions pénibles, aux yeux de beaucoup, ce qui ne faisait que confirmer à quel point Norman Dreyer avait eu raison. Le dernier, *Voyez un peu les nouvelles tendances*, parut au milieu des années soixante-dix et passa presque inaperçu, le même sort fut réservé à *De la place dans les placards*, sa tentative de se renouveler avec un recueil de nouvelles dans un style américain réchauffé. Sa fine mélancolie d'après-guerre et son érotisme suggéré avaient été remplacés par des mises en scène plus robustes et exhaustives. Ensuite, elle commit quelques essais et des causeries, elle connut un bref succès grâce au scandale de son livre de souvenirs, *Je suis enfermée dans ce miroir*, dans lequel elle relatait son mariage avec Per et ses aventures avec des hommes connus dans le Copenhague littéraire des années soixante-dix. Quelques mois après la parution de l'ouvrage, Per se suicidait.

C'est le seul livre d'Ada qu'Ingrid n'a pas lu. Elle n'a jamais voulu le lire, même si, une fois adulte, elle comprit que le désespoir de Per était plus profond que ce qu'Ada aurait été en mesure de provoquer. Elle n'avait jamais été témoin de leurs disputes, avec elle, ils gardaient le masque des grands-parents débonnaires, et seule la manière dont elle s'adressait à Per la faisait tiquer. Elle conversait au lieu de lui parler, comme s'ils jouaient une pièce de théâtre. Ingrid s'en apercevait quand Per apparaissait à la porte alors qu'elle était dans la cuisine avec Ada. Parfois, elle lui demandait de raconter son enfance à Hjørring, de parler du cheval qu'elle avait eu, de la brume qui flottait sur les prés et la route quand on rentrait le soir, et de tous les personnages curieux qu'elle avait vus quand elle accompagnait son père dans ses visites à ses patients. Quand Ada parlait de son enfance, son visage s'arrondissait, elle se montrait guillerette, comme si elle était une fermière qui fredonnait tout en ramassant la poule à laquelle elle venait de couper la tête. Dès que Per pointait le nez, elle redevenait la grande dame.

Il fut enterré un jour froid et pluvieux d'octobre, l'année où Ingrid commença ses études. Elle avait voyagé tout l'été et ne l'avait pas revu depuis le matin où elle était passée à Esplanaden après la dernière fête du bac. Elle n'aurait pu savoir que c'étaient là leurs adieux, quand ils s'étaient étreints dans l'entrée, et lui-même ne le savait pas non plus. Plus tard, elle avait demandé à Ada si elle pouvait avoir son peignoir, en souvenir. Il la suivit de Lappen à Elmegade, puis à Bianco Lunos Allé, où il a dû disparaître dans un sac de vêtements donnés à l'Armée du Salut. Pendant des années, la robe de chambre à rayures bleues et bordeaux avec les manches effilochées fut son refuge portable. Un havre, un état dans lequel elle pouvait se retirer rien qu'en l'enfilant.

La mort de Per marqua le début de sa vie d'adulte. Ingrid tenait la main de Berthe tout en essayant de comprendre que Per était bien là dans le cercueil blanc qu'Ada avait décoré d'œillets, sa fleur préférée. Les nerfs de Berthe lâchèrent alors qu'elles étaient au premier rang de l'église. Ada était une statue en noir, Ingrid ne pleurait pas non plus. Elle se concentrait à faire remonter à son esprit le plus grand nombre possible d'images de la silhouette de Per, voûté et plein de douceur, mais elles s'évanouissaient à peine apparues.

C'est Per qui se tient là, souriant, en marge de tout ce qu'elle a oublié. Elle pense aux fresques presque effacées qu'elle vit quelques années plus tard lors d'une excursion à Pompéi. C'était une journée chaude de la fin de l'été, peu avant le terme de son séjour d'étude à Rome. Elle était descendue du train à Naples pour prendre le tortillard le long de la baie où, à intervalles réguliers, des usines désaffectées bouchaient la vue sur la mer éclatante. Il y avait quelque chose de lapidaire à lire le nom mythique sur un banal panneau bleu, dans une gare provinciale avec des mauvaises herbes entre les traverses et des carreaux de travertin patinés par la rouille. Pompéi n'existait plus, seul demeurait le plan de la ville, marqué par des restes de murs qui se dressaient comme des molaires usées dans une bouche béante et morte.

Elle avait fui la chaleur en se réfugiant dans l'une des rares villas préservées. Elle resta longtemps dans la pénombre à contempler les restes de pigments lie-de-vin jusqu'à ce que quelques détails apparaissent à son regard épuisé. Le motif principal avait disparu depuis longtemps, mais l'on devinait encore dans un coin le pli d'une toge, un buste tourné et le contour d'un visage sans traits ni sexe. Un personnage secondaire qui se retournait une dernière fois vers tout ce qui avait été emporté, avant de ne plus faire lui-même qu'un avec le mur.

L'enterrement de Per était le premier auquel elle assistait. C'était une nouveauté pour elle de découvrir qu'un homme se réduisait aux souvenirs fugaces que l'on avait de lui, qu'il n'était plus autre chose que ce qu'il avait été. Mais ce n'était pas seulement parce qu'il était mort qu'il lui semblait différent des vivants dont elle faisait partie. Dans sa conscience, il était plus proche. Cela l'étonna, car elle ne le connaissait pas si bien que ça. Certes, elle avait été une enfant la plupart de ce temps-là et, pendant de longues périodes, le contact avait été rompu entre Berthe et Ada. Pourtant, après sa mort, Per devint la figure emblématique de tout ce qu'elle avait laissé derrière elle et de ce qui, pendant les six mois à Rome, à cause de l'éloignement, vint à lui sembler plus lointain encore. Tellement indistinct que cela s'estompait pour se résumer à quelques situations détachées de leur contexte.

Pour la première fois, elle fut frappée en se rendant compte de tout ce qu'il faut reconstruire, parce que l'on ne prête pas assez attention aux choses au moment où elles se passent. On ne sait pas toujours ce qui, plus tard, va avoir de l'importance pour soi. En fait, on le sait rarement. Lorsque le cercueil de Per fut porté dans l'allée centrale de l'église jusqu'à la porte ouverte dans le porche, la pluie tombait en biais, comme des lances grises et étincelantes penchées par le vent. Si l'instant lui resta nettement en mémoire, c'est qu'elle se souvenait de l'image qu'elle avait choisie pour ne pas oublier. Elle était dans sa chambre de l'Académie, à Rome, vêtue du vieux peignoir de Per, en train de lire ses recueils de poèmes des années quarante et cinquante, avant qu'il ne se taise et ne traduise plus que des classiques français et allemands. Et si elle levait les yeux, elle aurait pu croire qu'il était près de la fenêtre, tournant le dos à la Valle Giulia, juste une ombre qui se détachait sur le léger rideau blanc.

À cette époque, déjà, elle ne se souvenait presque de rien. Per surgissait dans ses pensées et pointait les années passées, comme pour lui montrer quelque chose, mais elle ne voyait rien. Son enfance avait quasiment disparu et c'était lui, le cicérone, auquel elle s'attachait. Il ne lui restait que quelques images isolées, le bac à sable à Sydhavnen entre des murs d'immeubles anonymes, une atmosphère de pluie à hauteur de poussette devant le glacier de Toftegårds Plads, ce genre d'éclats dans le quotidien morne avant qu'elle aille à l'école. Le terrain de la gare de marchandises avec son fouillis de poteaux électriques et de rames grinçantes. Le monolithe hostile en brique rouge de la centrale électrique d'Ørstedsværket avec ses cheminées massives. Sa première cour d'école avec le châtaignier dont on ne voyait que la cime dans la salle de classe, parce que le bas des fenêtres était en verre dépoli et laiteux. Un renard qui, un soir d'automne, se promenait sur le quai de Sjælør Station. Berthe, les joues rouges, qui la dévisageait avec surprise un dimanche matin, Berthe, à genoux dans le lit, tandis que Norman Dreyer la tenait par les hanches.

C'était avant qu'il ne devienne Norman Dreyer pour

elle, mais Ingrid ne se rappelle pas l'avoir jamais appelé « papa ». Ne le voudrait-elle pas? C'est une idée tentante, mais elle doute que ça aboutisse, même si elle se fait hypnotiser. Cela n'a pas été assez important. C'est seulement après la mort de Per qu'elle a pensé qu'elle devait pouvoir se souvenir de son enfance, comme tout le monde.

C'est Per qui lui construit un cerf-volant et le fait voler sur la plaine de l'Eremitage où ils sont venus en calèche, emmitouflés dans de grosses couvertures. C'est Per qui lui lit *Le Tour du monde en 80 jours* dans le large bow-window d'Esplanaden, d'où l'on voit la flèche grise et sinistre de l'Engelske Kirke. C'est encore Per, élitiste et subtil, auteur du *Murmure de Thisbé,* Grand Prix de l'Académie danoise, qui se donne la peine de prendre l'hydrofoil pour Malmö rien que pour acheter du Toblerone en duty-free. C'est toujours Per qui fait des promenades avec elle le long de la mer du Nord et qui chante des airs de la *Tosca* en plein vent, lorsque, pendant les vacances d'été, elle les rejoint à Tversted. Des décapsuleurs rouillés sont accrochés dans le grand lilas, au fond du jardin il a creusé un trou pour une caisse de bières et, quand elle arrive, il y a des bouteilles de soda alignées à côté des bouteilles vert foncé de Per. Berthe et Norman Dreyer lui font des signes indistincts, tout à l'arrière-plan, car ils sont totalement absents de l'histoire de son enfance. C'est probablement injuste, mais ses parents n'ont pas de silhouette nette avant d'avoir divorcé. À partir de là, elle peut les suivre, chacun dans leur direction.

Au moment de leur divorce, ils avaient habité trois ans dans une petite maison de cultivateur près de Holbæk, vers le fjord. C'était leur rêve hasardeux d'une vie à la campagne, un rêve d'authenticité, et c'était ce qu'ils avaient les moyens de s'offrir. Les bibliothèques surchargées étaient la seule chose qui avait réussi à trouver entièrement sa place, et seul l'ordre alphabétique était là pour donner une impression de structure dans la maison. La vaisselle restait à traîner pendant des jours, les portes décapées ne furent jamais peintes, on récupérait le linge propre directement dans le tambour du séchoir, et il leur fallait prendre les douches sur le béton brut, car l'argent était venu à manquer avant que le carrelage ne soit posé. On n'avait même pas enlevé la vieille baignoire abandonnée au fond du jardin négligé, et Ingrid s'abstenait d'inviter des camarades à la maison. Comparés aux maisons et aux familles banales qu'elle voyait après l'école, ses parents étaient un peu trop décalés et marginaux mais, heureusement, dans sa classe, elle était celle qui avait le plus de chemin à faire pour venir à l'école. Elle était et elle resta l'étrangère, la fille de Copenhague, la seule à porter un manteau hippie et un sac en cuir naturel de chez Form & Farve.

Pendant l'été, elle couvrait en vélo les dix kilomètres jusqu'à Holbæk. En hiver, elle était à l'arrière de la 2CV de Norman Dreyer et elle écoutait leurs discussions sur Habermas et Roland Barthes. Berthe se montrait particulièrement animée, comme si la passion constituait en soi un argument, mais elle n'arrivait à rien face aux sarcasmes mesurés de Norman Dreyer. Ingrid le comprenait-elle vraiment ? Non, bien sûr, mais elle a oublié qui elle était alors. Elle a seulement son moi adulte pour se souvenir, elle a seulement son regard adulte sur les deux personnes qui croisent le fer, tandis que les vitres sont embuées et que le petit moteur peine dans les côtes de l'ouest du Sjælland et son paysage de moraines. Ils étaient jeunes alors, plus jeunes qu'elle ne l'est aujourd'hui.

Le printemps des treize ans d'Ingrid, Berthe fut appelée à l'accueil du *Berlingske*. Elle était en train de se préparer à quitter la rédaction pour prendre le train de Holbæk. Il y avait une dame qui voulait lui parler. Berthe ne l'avait jamais vue. Quelques heures plus tard, Ingrid trouva sa mère assise sur le tas de bois devant la maison. Berthe contemplait le fjord, une photo à la main, semblable à celles qu'Ingrid avait rapportées après la photo de classe. Un beau jeune homme aux cheveux blonds et aux yeux bleus qui adressait un sourire confiant au photographe.

« Il s'appelle Georg », dit Berthe, quand Ingrid lui prit la photo afin de l'observer de plus près. Berthe sauta soudain du tas de bois, comme si elle sortait de sa léthargie. Elle regagna la maison à pas vifs. Ingrid resta sur place et la regarda s'éloigner avec la photo de ce Georg inconnu à la main. Dans la maison, elle trouva sa mère couchée sur le ventre, dans le lit défait de leur chambre à coucher. « Est-ce que tu ne peux pas me laisser tranquille ? » cria Berthe. Ingrid alla dans sa chambre et se mit à travailler aux équations du second degré qu'elle devait faire pour le lendemain.

Elle posa son crayon en entendant la 2CV qui arrivait. Elle attendit, Norman Dreyer traversa la maison, ouvrit la porte de sa chambre, s'arrêta sur le seuil et s'approcha. « Coucou », fit-il de ce ton nonchalant et ironique auquel Ingrid était tellement habituée. Elle se retourna et le regarda. Il est parfaitement net dans son souvenir. Déjà dégarni, avec le même menton pointu et le même regard observateur derrière ses lunettes sans monture, vêtu de la même veste en velours beige et de la même chemise rouge à carreaux. « Tu fais la tête ? » demanda-t-il. Elle le regarda comme dans un film à la télé. Il aperçut la photo du garçon blond appuyée contre le livre de maths. « C'est ton petit copain ? Est-ce qu'il n'est pas un peu trop vieux ? » Il sourit, comme pour l'inviter à marcher dans sa plaisanterie. « Il s'appelle Georg », répondit Ingrid. Il resta planté là un instant, le regard passant d'Ingrid à la photo, derrière les verres de lunettes qui semblaient tenir d'eux-mêmes. Puis il sortit et referma la porte derrière lui.

À ce moment, il doit y avoir une coupure, un petit saut dans le temps car ce dont Ingrid se souvient, tout de suite après, c'est de la porte ouverte et de Berthe qui entre à son tour. Elle dit à Ingrid de faire ses valises. Ingrid lui demande pourquoi. Berthe répond qu'elle va passer le week-end chez Ada et Per. Ingrid réplique que l'on est seulement jeudi. Berthe rétorque que ça ne fait rien, peu importe le jour. Elle est pâle, les cheveux hérissés, comme si elle avait reçu une décharge électrique. Norman Dreyer n'est pas là quand elle traverse la maison avec un sac Puma à l'épaule. « Et l'école, alors ? » demande-t-elle. Berthe lui dit qu'elle va prévenir l'école et lui ouvre la portière de la voiture, comme si elle n'en était pas capable elle-même.

La voiture refusa tout d'abord de démarrer, puis elles empruntèrent l'allée. Ingrid ne sait pas que c'est la dernière fois. Elle ne se retourne même pas pour regarder la maison délabrée, les saules, le champ de seigle qui descend jusqu'au fjord, et les roseaux qui dessinent une transition vibrante entre le paysage et l'eau bleue. Elle doit reconstituer tout cela pour parvenir à jeter ce regard d'adieu, et il s'interrompt tout de suite. Elle n'a même pas réussi à obtenir une explication sur ce qui se passe quand elle se retrouve dans le train pour Copenhague. Dans son souvenir, Berthe ne lui a rien dit avant de la serrer dans ses bras à la gare de Holbæk et de lui promettre de l'appeler le lendemain. Per l'attend à la gare centrale. Il sourit, mais tout ce qui se trouve dans le dos d'Ingrid commence à s'estomper.

Elle pousse son vélo dans Strøget. Une brise fraîche a vidé le ciel de ses nuages et le soleil bas est tranchant et dur. Pas de trace de printemps dans l'air, au contraire, il fait plus froid. Le vent secoue les manteaux longs des femmes et fait claquer violemment la bâche d'un échafaudage. Elle a quitté l'agence une heure plus tôt que d'habitude, cependant, elle a presque réussi à ce que la journée prenne un tour normal. Elle a pris des décisions et en a repoussé certaines, elle a testé des idées et les a rejetées. Elle a parlé de manière raisonnable avec des adultes, comme si elle n'était pas un monstre qui gifle son fils, impuissante devant l'endurcissement de ce dernier. A-t-elle ressemblé à une femme qui sera en mesure de s'asseoir aux commandes le jour où Villads Jensen se retirera ou s'effondrera ? Elle n'en a pas la moindre idée. Elle devine l'étendue de la responsabilité mais en ignore le poids. Devenir responsable de collègues avec qui elle discute gaiement chaque jour sur un pied d'égalité. Elle a parfois saisi la solitude dans le bureau au bout du couloir. L'endroit où personne ne vient vous dire quoi faire et quel chemin suivre. Mais où diable Villads Jensen a-t-il pu trouver l'idée qu'elle possède le talent, la vision et la volonté nécessaires ?

Elle regarde autour d'elle. Les soldes se poursuivent sans fin dans les chaînes internationales de magasins de prêt-à-porter qui ont pris la place occupée jadis par les boutiques chics. Peu à peu, on se croirait dans la rue piétonne d'une ville de province, Holbæk, par exemple. Il est loin le temps où Per pouvait entrer chez les Brøderne Andersen et commander une veste en tweed chez un tailleur pour hommes courtois qui connaissait ses mesures. Mais les gens s'en moquent. Non, ils sont contents, tout n'est plus que nylon, plein air et scratch. Seul Per se serait senti perdu. Il n'y a qu'elle à osciller entre ce qui n'est plus et ce qui ne s'est jamais passé comme elle l'aurait souhaité.

La maternité a été une déception. Est-ce là la conclusion ? Si c'était le cas, ce serait insupportable et, pourtant, elle a frappé, elle a frappé la joue qu'elle avait si souvent embrassée. Elle ne l'aurait jamais imaginé, tout comme elle n'aurait jamais cru recevoir un jour un appel du poste de Station City. Elle ne connaît pas Jonas, elle qui croyait le connaître mieux que personne. Elle n'a jamais imaginé qu'il en viendrait à la voir comme son ennemie, même quand elle était obligée de le réprimander ou de le gronder. Elle lui a fait mal, elle a fait dégringoler son monde sur sa tête, mais elle a toujours été certaine qu'il se sentirait chez lui dans sa nouvelle vie à elle. Il ne devait pas y avoir un seul recoin où il ne serait pas le bienvenu, où il y aurait des secrets honteux et cachés.

N'était-ce pas pour cela qu'elle n'avait pu continuer à faire comme si ? Faire comme si elle n'avait pas des rendez-vous l'après-midi, dans des hôtels différents, avec un inconnu. Pendant que Jonas grandissait dans son ventre, elle s'était promis de ne jamais être comme Norman Dreyer, qui avait un fils sans que ni Berthe ni elle n'en sachent rien. Un fils dont la présence dans son existence se réduisait à un compte en banque qu'il approvisionnait chaque mois en cachette. Un fils qu'il avait été incapable de reconnaître de prime abord sur une photo de lui appuyée contre les équations du livre de maths d'Ingrid.

Elle en était arrivée à craindre les silences et les mensonges plus que la maladie, les accidents et la violence. L'idée de ne pas vivre dans la même réalité, ce partage fluctuant entre ce que l'on sait et ce que l'on ne peut pas savoir. Jonas, lui, n'est pas comme ça. Il déploie des écrans de fumée même lorsque cela semble tout à fait inutile, comme s'il était plus à l'aise quand elle est plongée dans l'incertitude quant à ses allées et venues. Et ce n'est pas seulement parce qu'elle a trouvé dans sa chambre des objets volés, du papier alu avec des boulettes suspectes ou des bombes de peinture. Parfois, elle a l'impression qu'il ment sur n'importe quoi, même sur les choses les plus innocentes, mais elle ne peut pas s'habituer à ne pas pouvoir prendre ses paroles pour argent comptant. Même lorsque, une fois de plus, elle l'a pris sur le fait en train de mentir sur l'endroit où il était, ou sur ce qu'il faisait, et avec qui.

Elle est trop idiote, trop bêtement vieux jeu. Elle n'arrive pas à se mettre dans la tête que la langue peut servir à autre chose que partager la réalité, à l'avoir en commun. Le pire, c'est que Jonas a commencé à lui voler de l'argent dans son porte-monnaie, où à utiliser celui qu'elle lui confie à des fins interdites. Et quand elle le découvre, il se permet même de faire la tête. C'était ça le pire, jusqu'à hier soir. Est-ce que tout ça est sa faute à elle ? Et, à dire vrai, elle a été victime de trahisons bien plus grandes que les siennes, mais cela n'a pas pour autant fait d'elle une petite frappe, un menteur fumeur de hasch qui bombe la ville de ses tags et qui donne des coups de pied dans la tête de jeunes gusses parce qu'ils l'ont bien cherché. Elle était une enfant gentille de mauvais parents, et elle n'a pas l'impression d'avoir été une mauvaise mère. Seulement, elle n'a pas été à la hauteur. Mais où, et *comment,* tout cela a-t-il tourné de travers ?

Son portable sonne au moment où elle tourne dans Ny Østergade et se remet en selle. *Frank* apparaît sur l'écran en petites lettres pixellisées, une promesse, une prière exaucée. Elle a donc encore le droit à un peu d'acceptation amicale et de pardon.

« Ah, ça fait du bien de t'entendre. » À l'en croire, on dirait qu'elle vient d'être hissée dans un hélicoptère des gardes-côtes. « Qu'est-ce qui ne va pas, Ingrid ? Tu avais l'air bizarre hier soir. » Le calme ténébreux de la voix de Frank la fait se confier. « C'est Jonas. » Elle ne sait pas comment raconter l'affaire. « Encore ? demande-t-il. — Non, cette fois-ci, c'est… Est-ce que tu peux passer me prendre et m'emmener loin d'ici ? » Il sourit, elle l'entend. « C'est pour ça que je t'appelle. Écoute, je vais avoir du mal à venir cet après-midi. »

Ce n'est pas possible. Il ne peut pas la trahir maintenant. « Qu'est-ce que tu veux dire ? » Elle-même entend le ton offensé de sa voix. « Je ne peux pas aujourd'hui. Mais, écoute, est-ce que tu as quelque chose de prévu ce week-end ? On pourrait partir demain matin, tôt. » C'est rare qu'ils puissent passer ensemble un week-end entier, elle devrait être ravie. « C'est que j'ai besoin de te parler aujourd'hui. » Qu'est-ce qu'il peut bien y avoir comme urgence un vendredi, en fin d'après-midi ? Est-ce une délégation de Japonais qui a débarqué dans son bureau à Valby ? « Je suis désolé, mais je ne peux pas. C'est Lise. Je suis obligé de rentrer tout de suite à la maison. »

Lise aurait-elle découvert quelque chose ? Aurait-elle trouvé qu'ils ne vivent pas dans le même réel équilibre entre partage et vulnérabilité ? Frank a supporté pendant près de huit ans ce qu'Ingrid était incapable de tolérer pendant quelques mois à peine, et il l'a fait pour elle et pour eux. « Frank, ça va, tu n'as pas besoin de compenser. On se verra quand ça t'arrangera. » Mais qu'est-ce qu'elle dit ? « Je ne comprends rien, dit Frank. Je te propose que nous passions le week-end ensemble, et tu me dis qu'on se verra quand ça m'arrangera ? » Il a raison, elle n'y comprend rien non plus. « Frank, on dirait plutôt que tu préfères surtout avoir le champ libre. Comme si tu te sentais obligé de me prouver ta bonne volonté. »

Quelque chose a happé Ingrid et l'a entraînée dans ses rets, quelque chose de mesquin, d'ignoble et de contradictoire. « Ingrid, je ne veux pas te suivre sur ce terrain. Je te rappelle plus tard. » Bien entendu. S'il dit qu'il ne peut pas aujourd'hui, c'est parce qu'il ne peut vraiment pas. « À t'entendre, on dirait que… Je ne sais pas… » Elle se mord la langue. Mais où est donc la manivelle pour faire machine arrière, pour rembobiner les paroles que l'on vient de prononcer ? « Ingrid, je t'appelle ce soir. » Il coupe la communication avant qu'elle n'ait le temps d'en dire plus.

Ils ne se sont jamais disputés. En tout cas, elle ne s'en souvient pas. Et ça, c'était une dispute ? Peut-être pas, mais elle se sent misérable, comme s'ils s'étaient lancé des horreurs à la figure. Elle appuie sur « contacts », puis sur « Frank », mais son numéro est occupé. Essaie-t-il de l'appeler ? Elle raccroche et continue jusqu'au coin de la rue où se trouve le Café Victor, qu'elle a toujours vu depuis qu'elle est arrivée à Copenhague, quand elle était jeune et découvrait la ville. Depuis les nuits bruyantes du début des années quatre-vingt, où l'on tourbillonnait par la porte à tambour comme une princesse de cirque, où l'on prenait des libertés avec les vieux beaux parce qu'une jeune demoiselle impertinente disposait d'un crédit sans limites.

Elle a besoin d'un remontant, fort, un double cognac, non, une quadruple vodka, mais, soudain, elle recule. Chez Victor, on risque toujours de rencontrer quelqu'un que l'on connaît. Quelqu'un comme Peter Vissing. Il ne manquerait plus que ça. Elle pousse sa bicyclette jusqu'au coin de Grønnegade et essaie à nouveau le numéro de Frank. Occupé. Quoi que puisse être ce qui l'empêche d'être dans la cuisine d'Ingrid en ce moment et de prendre le thé avec elle, ce doit être important. Aujourd'hui encore, elle a l'impression d'avoir senti de l'embarras chez lui, hier, une distance nouvelle, mais, cette fois-ci, elle est la seule à blâmer.

Elle traverse Kongens Have. Devant elle, sur le chemin, le vent tyrannise un sac plastique, le soulève et le fait tournoyer en l'air dans des spirales chaotiques. Vu de loin, au bout de la pelouse aux boules de marbre,

Rosenborg ressemble à un château miniature, du genre de celui que Jonas avait reçu à Noël pour son train électrique. Un de ces châteaux livrés en un millier de petites pièces en plastique, dans une boîte de couleur vive et vernie ; elle maudissait celui qui avait eu l'idée d'offrir ça à Jonas, le premier Noël où Anders n'avait pas été là pour monter cette saleté. « Et toi qu'es architecte ! » n'avait pas manqué de dire Jonas. Il n'y a pas d'eau dans le bassin avec le garçon et le cygne en bronze, le fond est couvert de feuilles jaunies. Elle se demande combien de fois elle s'est installée sur un banc, au fil des ans, sous les arbres élagués, à contempler le jet qui gicle du cou du cygne et retombe en un toupet d'écume chiffonné. Elle ne sait pas, mais c'est un endroit qui souligne le changement, parce qu'il ne change pas lui-même.

Elle venait s'asseoir ici pendant l'automne où elle voyait Frank en cachette. Elle se souvient qu'elle passait une demi-heure au soleil après leurs rendez-vous, avant de rentrer en vélo à Frederiksberg. Il y avait sûrement d'autres personnes sur les bancs autour du bassin glouglouant, car on était juste en octobre, et tandis que les autres étaient de plain-pied dans la vie, elle, elle se trouvait entre deux. Elle le savait bien, cependant, elle n'en avait pas encore saisi toutes les conséquences, et, en cet instant, elle était aussi étrangère à elle-même que les inconnus qui bronzaient autour d'elle.

Quand elle était enceinte, elle s'était arrêtée ici plusieurs fois pour se reposer avant de rentrer à Nørrebro. Elle contemplait le jet oscillant et les cercles qui s'agrandissaient sur l'eau du bassin, dans l'ignorance heureuse du futur qui avait déjà commencé en elle ; elle sentait qu'elle était poussée, physiquement, dans cette vie nouvelle qui était à la fois la sienne et celle de l'enfant. Des cercles et des cercles d'une vie inconnue et spontanée. Elle était également venue il y avait longtemps, alors qu'elle n'était qu'une jeune fille trop grande, qui découvrait tout juste qu'elle avait un grand frère, Georg, aux cheveux blonds et aux yeux bleus.

Elle venait là pendant les semaines de printemps en attendant le début des grandes vacances, où ce ne serait plus aussi étrange de ne pas avoir à se lever et de ne pas aller à l'école de Holbæk en vélo. Des semaines de congé où elle prenait son petit déjeuner avec Per et Ada et passait la matinée à lire. Le grand appartement était silencieux quand Per partait chez Gyldendal. Elle manquait de sursauter dès que le parquet craquait sous ses chaussettes, de peur de déranger Ada qui restait dans son bureau en attendant le déjeuner. Tout était différent chez Ada et Per, elle se sentait privilégiée quand elle passait dans les pièces aux meubles Empire et aux lithographies abstraites. Ada était gentille lorsque, dans la grande cuisine, elles mangeaient du maquereau fumé à la ciboulette qu'Ada cueillait dans un pot du rebord de la fenêtre avec ses longs ongles rouges, mais Ingrid pressentait tout ce dont sa grand-mère évitait de parler. Elle avait l'impression d'être assise sur un gigantesque sac d'aspirateur bourré jusqu'à la gueule, les jambes raides de peur de son propre poids.

C'était donc bien de sortir se promener, en passant par Langelinie ou Bredgade, devant la Russiske Kirke aux clochetons à bulbe dorés, devant la masse grise de la Marmorkirken, entourée d'arbres et d'immeubles à l'élégance sombre. Elle contournait le château et allait voir les ferries d'Oslo à quai, prêts à partir, ou elle faisait un tour dans Kongens Have en attendant qu'il soit l'heure d'aller chercher Per dans Klareboderne. Elle était devenue amie avec la dame de l'accueil, elle s'asseyait sur un des grands sièges en acajou et faisait un brin de causette, elle observait les portraits dans les cadres dorés et les messieurs volubiles ou piteux qui sortaient du bureau du directeur. Peu après, Per surgissait du grand couloir, il souriait en clignant des yeux, un bras déjà enfilé dans son Burberry fatigué. Ingrid l'embrassait sur la joue et l'aidait à enfiler l'autre bras, sous l'œil de la dame. Et, soudain, elle se sentait très adulte.

Elle pousse son vélo dans le tunnel qui passe sous Sølvgade et, peu après, elle est dans la cour derrière l'immeuble où elle habite depuis bientôt huit ans. Elle hésite. Frank n'est pas là, mais Jonas ? Probablement pas, et elle ne sait même pas si elle l'espère. Elle ne sait plus si elle serait contente de voir son propre fils. C'est ça le pire. Elle monte l'escalier, ouvre la porte et, au silence qui règne, elle sait qu'elle est seule. Tout est comme elle l'a laissé ce matin. Le bol avec le reste de porridge gorgé de lait, la tasse avec son fond de thé froid, la théière japonaise ovale en fonte à la surface granulée, le journal qu'elle a posé sur la table de cuisine sans même prêter attention aux titres.

Elle regarde un moment la photo de Samos où, avec Jonas, ils font un concours de sourires. Elle gagne. Derrière la tête de vacances, joyeuse, elle devine la réserve et la méfiance de son fils. Elle va dans la chambre du garçon. Elle se dit que voilà à quoi cela ressemble quand on a un locataire qui vient de partir. Il était pressé. Normalement, ses vêtements et ses affaires gisent partout, comme si des policiers peu scrupuleux avaient fait une perquisition et tout laissé en tas. Quelqu'un a dû l'aider, sauf s'il a fait appel à la compagnie des messageries et transports 3 x 34. Où est-il maintenant ? Inutile de deviner. Tout de même, Sven aurait-il dû accepter de jouer au déménageur sans l'appeler, et sans lui demander d'abord si elle était d'accord pour que Jonas s'installe chez son grand-père ?

Elle imagine la scène. Elle l'a bien cherché, comme Abdel qui peut s'estimer heureux que Jonas ne lace jamais ses Nike. Une commotion, une gifle. Cette dernière occulte déjà le reste. Déjà, ce n'est plus Jonas le fautif. Il a quitté la maison parce qu'elle le bat, tant Anders que Sven le soutiendront là-dessus. Oui, il a des problèmes, mais il est mineur, et elle a perdu la main, la tête et toute autorité. Elle voit le côté paradoxal de la situation, dans tout son éclat, mais elle la voit aussi dans tout ce qu'elle a d'indiscutable. Elle aurait dû être davantage présente. Elle aurait pu deviner ce qui se préparait. Elle aurait pu parler au psychologue scolaire, ou au médecin, elle aurait pu trouver un conseiller spécialiste des mères divorcées et rongées par la culpabilité.

Elle aurait pu attendre, à l'époque, au lieu de brusquer les choses, au lieu d'intégrer Frank par la force dans son quotidien fragile. Qu'est-ce qu'un gamin de CE2 peut faire quand sa mère est l'amante secrète d'un inconnu ? Et lui, il est invisible, lui aussi ? Devrait-il raser les murs, comme une ombre, quand il part à l'école ? Était-ce une mauvaise idée de venir l'attendre devant l'école, avec Frank, le jour de son anniversaire ? Ils étaient allés à Tivoli, ils avaient passé un moment formidable, et, le soir, après l'avoir bordé, Jonas lui avait fait promettre que Frank ne reviendrait jamais comme ça, à l'école. Elle lui avait demandé pourquoi. Jonas l'avait dévisagée, avec sérieux : « Est-ce qu'il est pas marié, des fois ? »

Elle s'assied par terre dans la chambre vide, prend son portable, appuie sur « contacts », puis « Sven ». Elle s'adosse contre le mur et regarde par la fenêtre. « Sven Hedin. » Il appartient à une génération qui ne se contente pas de dire « Allô ? ». « C'est Ingrid. J'ai besoin d'une explication. » En face, dans l'immeuble qui donne sur la rue, à l'étage au-dessus du sien, une fenêtre est ouverte. « Ne t'inquiète pas, Ingrid, le garçon va bien. » Elle inspire un grand coup. « Je ne suis pas inquiète, Sven. Je suis furieuse. » À travers la fenêtre de l'autre côté de la cour, elle voit un miroir au-dessus du lavabo d'une salle de bains, et la nuque d'une jeune femme qui se baisse. Le reflet de la jeune femme est masqué par son dos et ses cheveux défaits. « Mais pourquoi es-tu fâchée ? » La jeune femme est certainement en train d'ôter son mascara ou son fard à paupières.

« Jonas est mineur, Sven. Il ne peut pas déménager comme ça lui chante, pas sans mon consentement. » Ingrid pense alors à ce livre qu'elle n'a jamais voulu lire, *Je suis enfermée dans ce miroir*, l'autopromotion féroce d'Ada, et ses souvenirs sur tous les hommes qu'elle avait eus. « Bien sûr, Ingrid, je te comprends, mais c'est purement formel. Quand tu parles comme ça, tu ne prends pas en considération ce que *veut* Jonas. » Soudain, elle se rappelle un poème dans l'un des livres qu'elle a hérités de Per, et auquel Ada a emprunté son titre. Un poème, d'un écrivain français de la Première Guerre. Comment s'appelait-il, déjà ?

« La question n'est pas de savoir ce que veut Jonas. » Le poème était un calligramme composé pour prendre la forme ovale d'un miroir, au centre duquel se trouvait le nom du poète. Mais comment s'appelait-il donc ? « Ingrid, j'ai bien peur que… » La suite lui revient à l'esprit. *Vivant et vrai…* « Pourrais-tu, s'il te plaît, demander à Jonas de venir me parler au téléphone ? » *Comme on imagine les anges et non comme sont les reflets.* « Il n'est pas à la maison, Ingrid. Il devait retrouver des camarades. C'est vrai, quoi, on est vendredi. » La jeune femme s'écarte du miroir et disparaît.

Elle ne rentra pas directement chez elle, ce jour d'été, huit ans plus tôt, où elle avait pris le ferry rapide entre Århus et Odden et parlé à un inconnu d'un certain âge. Anders et Jonas ne l'attendaient pas, elle avait l'après-midi et la soirée pour elle et, en traversant l'Odsherred, elle décida de faire un détour jusqu'à la maison au bord du fjord où elle avait passé les dernières années de son enfance. Cela lui prit un peu de temps de la retrouver, mais elle finit par s'arrêter dans l'allée, à mi-chemin entre la route et la cour de la maison.

Celle-ci avait certainement changé plusieurs fois de propriétaires depuis que Berthe et Norman Dreyer l'avaient vendue. Elle était toujours blanchie à la chaux, mais on avait refait le toit et posé de nouvelles fenêtres, et l'on avait construit un garage là où se trouvait autrefois un poulailler en ruine. Il y avait un 4 x 4 dans le garage et un tricycle avec une benne devant la porte d'entrée ouverte. Alors que cela devenait indiscret de rester ainsi dans une allée privée, une jeune femme apparut à la porte, suivie d'un petit garçon. Ingrid se dit qu'elle était obligée de descendre de voiture et d'expliquer sa présence, au lieu de reculer jusqu'à la route et de prendre la fuite. La femme avait environ dix ans de moins qu'elle, une petite trentaine d'années. Elle semblait pâle et fatiguée, mais peut-être était-ce seulement parce qu'elle n'était pas maquillée. Elle portait une robe longue en coton avec des motifs balinais. Le garçon s'y cramponnait, et il regardait Ingrid d'un air méfiant. À ce moment, elle remarqua le ventre arrondi de la femme. Elle lui adressa ses félicitations, sans réfléchir, et se sentit peinée. C'était gênant d'être plantée là devant la maison de l'inconnue et de commenter son état.

La femme ne parut trouver ni étrange ni envahissant qu'Ingrid ait fait un détour pour passer par là. Son mari était en voyage, ils avaient acheté la maison deux ans plus tôt et effectué eux-mêmes la plupart des rénovations. Oui, elle avait été en très mauvais état. Elle demanda à Ingrid si elle voulait entrer. Cette idée paniqua Ingrid, sans qu'elle comprenne vraiment pourquoi. « Non merci », répondit-elle. Elle préférait faire un tour sur le terrain, si c'était possible. La femme la suivit derrière la maison avec le garçon sur les talons tout en lui parlant de tout ce qu'ils avaient fait, et de leurs projets. Ingrid ne parvint pas à reconnaître le jardin. Là où il y avait jadis un fouillis de hautes et de mauvaises herbes, une pelouse soignée descendait jusqu'aux roseaux et aux eaux paisibles du fjord que l'on voyait depuis la maison. La pelouse était entourée de plates-bandes de plantes vivaces et de carrés d'herbes diverses, et une nouvelle porte vitrée donnait du salon sur une terrasse couverte de briques moulées à la main.

Ingrid s'arrêta, regarda la femme qui parlait encore, et qui fut obligée de s'arrêter à son tour. « Je peux te demander quelque chose ? » La femme l'observa, dans l'expectative. « Est-ce que ça te gêne si je fais un petit tour toute seule ? » Elle hésita une seconde ou deux. « Bien sûr », répondit-elle, et elle commença à retourner à la maison en tenant le garçon par la main. Ingrid les regarda s'éloigner. Ils avaient l'air tellement vulnérables sur le gazon qui venait d'être tondu. « Merci ! » dit Ingrid. La femme se retourna avec un faible sourire.

Un chemin courait toujours au bord de l'eau. Ingrid le suivit jusqu'au boqueteau qui bordait la vue sur le fjord, au nord-ouest. Elle quitta le sentier et se fraya un chemin à travers la hêtraie jusqu'à ce qu'elle trouve le chêne qui, les racines en partie découvertes, se dressait sur la berge. Elle s'installa dans le creux où une solide branche se ramifiait et elle s'adossa contre le tronc, comme elle l'avait fait si souvent. La vue était la même, encadrée par le feuillage tombant. Une fois encore, elle était à sa place favorite et contemplait le fjord en direction de la pointe boisée, sur l'autre rive. Là-bas, les roseaux formaient un liseré radieux dans le soleil bas. Nul ne savait qu'elle se trouvait là, pas même la femme enceinte à la robe balinaise et aux briques artisanales. Elle reconnut le rythme creux et saccadé d'un moteur qui cogne et elle vit apparaître un canot avec un hors-bord et une timonerie miniature, qui se dirigeait vers l'embouchure du fjord. L'homme emplissait toute la timonerie avec son bleu de travail, mais, à distance, il n'était qu'un phénomène passager dans le vide de mer et de ciel. L'hélice de son hors-bord creusait un triangle dans la surface de l'eau, comme s'il ouvrait une fermeture éclair et faisait apparaître une couche plus profonde de bleu clair dans le sillage de la petite embarcation.

Elle se surprit à penser à cette époque avec quelque chose qui ressemblait à de la nostalgie. Même si elle n'avait jamais trouvé sa place à l'école, et même si elle passait souvent des heures seule en attendant le retour de Berthe et de Norman Dreyer, elle avait sans doute considéré que ce paysage était le sien. La maison à moitié en ruine, à moitié rénovée était devenue la sienne, et elle y repensait avec une tendresse inattendue. Car c'était bien là qu'elle avait eu dix, onze et douze ans, mais elle se souvenait seulement de l'endroit sous la lumière changeante des saisons. Berthe et Norman Dreyer étaient lointains et transparents, et elle dut se forcer pour songer à des choses qu'ils avaient faites ensemble. Des choses banales et plaisantes, des Noëls, des soirs d'été avec barbecue et pommade contre les moustiques, des samedis soir où ils regardaient tous *Columbo* à la télé en mangeant un poulet grillé. Cela semblait si ténu, et presque décourageant.

C'était certainement parce qu'elle savait que cela ne tiendrait pas que tout paraissait si terriblement héroïque. D'un autre côté, l'endroit résistait au besoin rétrospectif de broyer du noir. Elle aurait pu demander à quoi rimait cette transplantation en province, mais elle n'avait pas posé de question. Était-ce par défi qu'elle s'était attachée à Holbæk et aux environs ? Peut-être, mais c'était ainsi. Le fjord lui manquait dans l'appartement d'Esplanaden ou quand elle se promenait dans Kongens Have. Elle se triturait les méninges pour tenter de deviner où se trouvait Georg, à quoi il ressemblait et si jamais elle pourrait le voir. Elle comprenait qu'un chapitre était clos, mais sans avoir la moindre idée de ce qui allait arriver dans le suivant.

Berthe avait respecté sa promesse d'appeler le lendemain, quand Ingrid avait été mise au train de Copenhague, mais ses affirmations avaient eu l'effet opposé. Après son coup de fil, les jours passèrent sans qu'Ingrid n'ait de ses nouvelles. Un soir, Per et Ada eurent des invités, un écrivain allemand et son épouse, ainsi qu'un couple danois qui comptait parmi leurs meilleurs amis. *La crème de la crème*, lui confia Ada tandis qu'elles les attendaient à la porte. Dans le salon, Per s'affairait à placer les flûtes de champagne, prêt à venir à la rencontre des invités avec la main levée d'un geste théâtral, comme elle l'avait vu faire plusieurs fois.

Ingrid ne comprit pas ce qu'ils dirent, même si elle avait fait deux ans d'allemand à l'école. L'écrivain allemand portait un costume à carreaux et lui dit *Fräulein*. Sa femme hennissait de rire chaque fois qu'il s'exprimait. L'autre monsieur faisait une demi-tête de moins qu'Ingrid, et il était vêtu d'un blouson en cuir avec des fermetures éclair et des rivets. Il ne portait pas de cravate mais parlait comme un vieillard, et il ressemblait à un hippopotame, si tant est que l'on puisse imaginer un hippopotame avec des cheveux ramenés sur le haut de son crâne chauve. Son épouse portait des lunettes papillon avec des verres très épais, et il y avait toujours un soupçon de sourire dans le coin de ses lèvres. Elle donnait l'impression de se payer la tête des autres d'une manière tellement intérieure qu'elle n'aurait su expliquer ce qu'il y avait de drôle.

La plupart de la conversation se déroula en allemand et Ingrid fut impressionnée par la distinction avec laquelle tant Ada que Per s'adressaient à leurs invités. Elle était plongée dans ses pensées quand l'hippopotame se tourna vers elle et lui parla en danois. Sa voix vieillotte ressemblait à un disque que l'on aurait passé à une vitesse trop lente. Il avait connu son père quand ils étaient jeunes. Il ajouta qu'elle lui ressemblait. Ingrid revit Norman Dreyer à la porte de sa chambre, avec ses lunettes sans monture et son « Coucou ». Elle eut envie de demander à l'hippopotame s'il avait connu son demi-frère Georg, mais elle n'osa pas. Elle aida Ada à débarrasser après l'entrée et, dans la cuisine, elle lui dit qu'elle ne se sentait pas très bien. « Mais, ma pauvre petite, dit Ada, va donc te coucher. Tu n'es pas obligée de souffrir comme ça pour nous. »

Elle dormait dans l'ancienne chambre de Berthe. À entendre Ada, on aurait cru que Berthe avait passé toute son enfance enfermée là-dedans. Ingrid regardait au plafond en écoutant les pigeons dans la cour et l'écho lointain des voix dans la salle à manger. De temps en temps, ils étaient couverts par les hennissements de l'Allemande, et soudain, elle ne put plus retenir ses larmes. Elle ne se souvenait pas de s'être jamais sentie aussi seule. Elle qui, pourtant, pouvait passer des heures d'affilée entre les racines de son chêne près du fjord, heureuse à l'idée que personne ne savait où elle se trouvait.

Elle se leva et se faufila dans le long couloir. Ada avait servi le café dans la bibliothèque, le chemin était libre. Elle alla dans la cuisine, où il y avait un téléphone accroché au mur, et elle composa le numéro de Holbæk. Peut-être n'étaient-ils déjà plus là. Elle était sur le point de raccrocher quand on finit par décrocher à l'autre bout du fil, et elle entendit Berthe qui s'éclaircit la gorge. « Ingrid, c'est toi ? » Elle avait l'air totalement étonnée. Ingrid dit qu'elle lui manquait. Berthe répondit qu'Ingrid lui manquait aussi, et lui demanda comment elle allait. La gorge d'Ingrid commença à se nouer. « Est-ce que tu ne pourrais pas venir ? » Les mots lui avaient échappé. « Mais enfin, on va se voir bientôt, dit Berthe. Je vais venir en ville la semaine prochaine. » Elle prit ce ton affectueux et impatient, qui avait toujours excédé Ingrid. « Est-ce que tu ne pourrais pas venir maintenant ? Est-ce que tu ne pourrais pas venir me chercher, Maman ? » D'habitude, elle disait toujours Berthe.

Ingrid s'essuya les yeux et le nez dans sa manche. « Tout ça me fait tellement de peine », dit-elle doucement. Berthe lui répondit qu'elle devait se montrer raisonnable. Ingrid dit qu'elle le serait. « Bien, on se voit la semaine prochaine », dit Berthe d'un ton d'encouragement. Ingrid raccrocha, se retourna. Per était dans la cuisine. Il ne dit pas un mot, s'approcha d'Ingrid en sortant un mouchoir de sa poche. Il lui caressa la joue avec son sourire triste et lui tamponna le visage.

Berthe vint deux semaines plus tard. Elle écrasa Ingrid dans ses bras en reniflant ses larmes, comme si c'était elle qui avait été abandonnée et non Ingrid qui avait été envoyée au loin. « Ma petite Ingrid », marmonna-t-elle. Mais Ingrid ne se sentait plus petite. Elle n'avait plus pleuré, juste cette seule fois, et elle se dit qu'elle ne pleurerait plus. Non, elle ne le pensa pas, elle fit le constat de quelque chose qu'elle savait sur elle-même. Personne ne venait si on pleurait et, dans ce cas, il ne servait à rien de pleurer. Peut-être ne pensa-t-elle pas en ces termes ce jour-là, mais elle était lancée dans un raisonnement dont chaque maillon d'une chaîne ininterrompue devait l'éloigner de Berthe. En tout cas, c'était ce qu'elle avait saisi quand, bien des années plus tard, elle se retrouva à l'autre bout de la chaîne, sous l'arbre d'où l'on voyait le ciel vide se refléter dans le fjord.

Berthe s'était teint les cheveux en roux depuis la dernière fois, mais Ada fit semblant de ne rien remarquer, et Ingrid décida donc de ne faire aucun commentaire. Il y avait des choses plus importantes que la couleur des cheveux de sa mère, mais ce roux étrange rejaillissait pourtant sur les deux semaines passées — ou était-ce le contraire ? Elles étaient dans la cuisine, Ada servit le thé et des *crackers* anglais tandis que Berthe racontait. Il ne restait rien. Il n'y avait pas que la trahison, et ce n'était pas seulement Norman Dreyer qui avait vécu dans le mensonge. Elle s'était aussi trahie elle-même, et elle devait s'estimer heureuse que la mère du garçon se soit fait connaître, mais si ce n'était pas arrivé maintenant, ce serait arrivé plus tard.

Berthe parlait sans s'interrompre, et l'on aurait dit que les deux femmes avaient oublié qu'Ingrid était à côté d'elles. Même si elle n'avait jamais appris la vérité, les choses se seraient terminées de la même façon, déclara Berthe, car tout avait été faux du début à la fin. Ada affichait un sourire de satisfaction. « Je t'avais bien dit que c'était un charlatan, mais tu n'as pas voulu m'écouter. » Berthe donna l'impression de ne pas entendre davantage aujourd'hui ce que lui disait sa mère. Elle ne connaissait pas cet homme, son mari. Il ne l'avait jamais vue, il ne l'avait jamais comprise. Mais, sans le savoir, il l'avait aidée à se comprendre elle-même. Elle se sentait différente, et, d'une certaine façon, elle devait l'en remercier, car le choc lui avait donné la force d'agir. Ainsi, elle avait démissionné du journal, plus rien ne serait comme avant.

Elle regarda Ada droit dans les yeux. Elle avait toujours rêvé d'écrire ses propres textes. Ada sourit, comme s'il s'agissait d'un compliment. Berthe se tourna vers Ingrid. Elle était sur le point de devenir une grande fille. D'ici peu, elle commencerait à comprendre elle aussi ce que cela signifiait de se trouver soi-même. Et Berthe ne pourrait pas représenter quelque chose pour elle si elle ne se débrouillait pas pour être elle-même. En conséquence, elle avait décidé d'aller à Rome. Elle en avait toujours rêvé. « Rome ? Comme c'est passionnant », dit Ada d'un air compassé en servant le thé. Et combien de temps resterait-elle là-bas ? Berthe secoua la tête. « Tu ne comprends pas, Maman. Je déménage. »

Ada la dévisagea et, pendant un long instant, son sourire ne fut plus qu'un trait dessiné au rouge à lèvres. « Et de quoi vas-tu vivre ? » demanda-t-elle sèchement. Berthe sembla n'avoir attendu que cette question d'Ada. Elle travaillerait en free-lance. Ada dit que cela paraissait risqué. Où trouverait-elle les moyens pour s'établir et pour vivre en attendant que les revenus commencent à entrer, si jamais ils entraient ? Berthe sourit. « J'ai parlé à Papa. Il me donne une avance sur mon héritage. » Elle regarda Ada comme si elle aurait préféré mourir que d'être la première à baisser les yeux. Ada resta un instant immobile, puis elle pencha la tête tout en haussant la soucoupe pour prendre une gorgée de thé. « Ah bon, c'est gentil de sa part », commenta-t-elle. Berthe expliqua qu'elle était allée à Hjørring. « Et puis, il était grand temps que je lui parle, ajouta-t-elle. — Certainement », répondit Ada.

Elles restèrent là un moment avec leur thé, sans rien dire. « Et moi, alors ? » demanda Ingrid. Berthe eut l'air de ne pas savoir quoi répondre. « Tu viendras avec moi dès que tu auras terminé le collège. Il y a sûrement un lycée international où tu pourras aller. » Et en attendant ? Là encore, Berthe regarda sa fille un instant avant de répondre. En attendant, elle devrait habiter chez son père. Bien entendu, elles se verraient pendant les vacances, et quand Berthe viendrait à Copenhague.

« Je ne veux pas aller à Rome. » La phrase jaillit des lèvres d'Ingrid comme si elle l'avait reçue toute préparée et n'avait plus besoin que de la faire suivre. « Mais enfin, tu ne sais pas de quoi tu parles ! » s'exclama Berthe. Elle avait raison, mais, pour Ingrid, il n'était pas nécessaire de savoir de quoi elle parlait pour dire non. « Ce serait une occasion fantastique pour toi, dit Berthe. — Je ne veux pas », répéta Ingrid, qui se sentit à la fois puérile et tout à fait indépendante. Elle sourit et haussa les épaules pour montrer qu'il s'agissait d'un fait, d'un constat regrettable mais indiscutable.

« Tu n'as pas besoin de prendre ta décision maintenant, répondit Berthe. Tu as le temps, et quand tu seras venue me voir là-bas, il se peut que tu changes d'avis. » Ingrid acquiesça lorsque Ada voulut lui resservir du thé. « Non, répliqua-t-elle en soutenant le regard de Berthe. — Mais tu viendras bien me rendre visite ? » insista-t-elle, d'un ton presque suppliant. Ada demanda où elle allait habiter. Berthe se tourna vers elle avec un air de triomphe et expliqua que le correspondant du journal avait trouvé pour elle un petit appartement dans le Trastevere avec une terrasse. Pendant un instant, Ada eut l'air pâle et vieille, mais elle se ressaisit. « Mais bien sûr, nous viendrons tous te voir, dit-elle en retrouvant son grand sourire. — Et ma confirmation ? » demanda Ingrid.

Les deux femmes la regardèrent, déconcertées. « Je ne savais pas que tu voulais faire ta confirmation », dit Berthe. Ingrid ne le savait pas non plus.

Elle observe la jeune fille et les deux femmes de sa place sous un chêne, au bord du fjord de Holbæk. La dernière fois qu'elle était ici, la scène n'avait pas encore eu lieu. Berthe, désormais rousse, n'a qu'un peu plus de trente ans, Ada n'a pas encore fêté ses soixante ans. Elle porte un de ses sarraus de chez Marimekko, qu'elle met d'habitude le matin pour écrire. Ses longs cheveux grisonnants sont ramenés en un chignon élégant maintenu par une barrette en argent. Le bord de sa tasse de thé porte l'empreinte corail de son rouge à lèvres. Berthe n'a hérité ni de son allure aristocratique ni de son style, cette attitude désapprobatrice que prend Ada lorsqu'elle manie les objets banals du quotidien et les repose telle une reine, absente, avec un mépris qui point sans cesse.

Berthe ne peut passer à table sans renverser quelque chose, elle est toujours voûtée, les pieds rentrés, comme si l'enfant en elle tentait de forcer son corps adulte à prendre le moins de place possible. Elle conserve encore sa silhouette jeune et bien faite, mais elle doit surveiller son poids. Ada aussi. La paysanne de Vendsyssel est embusquée sous la peau des deux femmes. Sur ce point, Ingrid est mieux lotie, car elle a hérité du métabolisme de Norman Dreyer et de sa silhouette dégingandée, presque décharnée. La jeune fille de treize ans dans la cuisine d'Esplanaden est seulement une version plus petite, plus lisse et plus désarmée de la femme d'une quarantaine d'années qui a pris sa place sous le chêne afin d'évoquer le souvenir du temps passé.

Ce fut Per qui conduisit Ingrid à Helsingør. Tout avait été arrangé derrière son dos, et elle aurait pu aisément le percevoir comme le complice des autres, mais elle était persuadée qu'il était de son côté. Elle en était certaine bien avant de prendre conscience qu'une famille peut être partagée en camps, et c'était dû à quelque chose dans le regard de Per. Elle ignorait ce qu'il pensait, mais chaque fois qu'il la regardait, elle se sentait acceptée avec affection, tout simplement. Voilà les mots qui lui viennent à l'esprit quand, si longtemps après sa mort, il la regarde à nouveau. Si, de temps en temps, elle ne croisait pas le regard de Per, dans son imagination, elle finirait par douter d'être une personne. Bien entendu, ce n'était pas ce qu'elle avait en tête, ce samedi matin, lorsqu'ils prirent l'autoroute pour Helsingør, sous un déluge qui faisait écumer l'asphalte.

Son seul bagage était le sac Puma qu'elle avait emporté quelques semaines plus tôt, avant de prendre le train à Holbæk. Il était plus lourd, plein à craquer de livres que Per lui avait donnés, et des vêtements qu'il avait achetés pour compléter sa garde-robe minimale. Il lui demanda si elle préférait arriver rapidement, ou s'ils pouvaient faire un détour par Louisiana. Elle avait vu des photos du musée sur les rives de l'Øresund, mais elle n'y était jamais allée et, plus tard, elle considéra cette visite comme sa première rencontre consciente avec l'architecture. La première fois qu'elle fit attention, qu'elle réfléchit à la manière dont un bâtiment était conçu, et à la manière dont on l'avait intégré dans son environnement.

Il entreprit de lui montrer les premiers modernistes danois, accrochés dans la villa ancienne à la véranda inspirée du sud des États-Unis, mais elle écouta seulement d'une oreille distraite ses explications sur les racines françaises de la peinture de Weie et Giersing. Elle ne prêta guère plus d'attention quand ils arrivèrent aux gestes nerveux du mouvement Cobra. Si cela avait été aujourd'hui, Ingrid n'aurait pas manqué de se demander, avec étonnement, pourquoi le primitif puéril devrait être plus vrai et plus authentique que ce qui était réfléchi et hautement avancé. Per ne pouvait pas être sérieux, lui qui était nourri de romantisme allemand et de symbolisme français, et qui ne pouvait rien entreprendre dans ce monde sans le faire avec classe et dignité mesurée.

Ce n'est qu'une des nombreuses choses qu'Ingrid, adulte, aurait aimé lui demander, mais, en cet instant, elle est davantage intéressée par sa fascination précoce pour la construction des pavillons de Bo et Wohlert. Une promenade fixée dans le verre, le bois et la brique qui se fraie un chemin en rampant entre les arbres, vers la falaise et la mer. Elle ne se déplaçait pas seulement à l'intérieur d'un édifice, c'était comme si l'édifice lui-même se déplaçait au rythme de ses pas, si bien que, pendant certains instants, elle aurait presque cru que les surfaces de brique et de verre obéissaient aux mouvements de son regard, et non le contraire. Elle ignorait qu'un bâtiment puisse être ainsi. En fait, elle n'avait jamais réfléchi à ce qu'était un bâtiment.

Ils s'assirent dans la cafétéria avec la vue sur le Sund. Les nuages étaient bas sur la côte suédoise, l'herbe luisait sous les rayons du soleil qui perçaient à travers les arbres dégoulinants du parc. Ingrid revoit Per nettement, avec sa veste en tweed et sa cravate tricotée vert olive. Il lui explique la série Marilyn Monroe d'Andy Warhol et, aujourd'hui, elle ne comprend pas qu'il ne voit pas à quel point les sérigraphies mécaniques et répétées aux couleurs criardes annoncent la ruine de toute la culture ancienne qu'il représente. Mais Per est enthousiaste, pour lui, rien n'est assez radical, assez caricatural. Ingrid est si jeune qu'elle ne suit pas, et elle a oublié à quoi elle pensait pendant que Per causait du *pop art*. À l'avenir, probablement. Au futur immédiat, et à ce qui l'attendait plus tard.

À toute cette incertitude. Heureusement, elle est trop jeune pour imaginer que viendra un jour où elle n'aura pas Per à ses côtés, son regard affectueux et triste, ses mouchoirs bien repassés si jamais elle en a besoin. Heureusement, aucun d'eux ne sait que ce jour est proche. Le son est coupé dans ce coup d'œil rétrospectif qu'elle porte sur Per à la cafétéria de Louisiana. Elle observe tranquillement son visage étroit et animé aux pommettes saillantes, avec toutes les pattes-d'oie autour de ses yeux sombres. Comment a-t-il pu s'enfoncer dans un tel désespoir ? Était-il né ainsi ? Était-il arrivé quelque chose ?

Elle ne sait pas. Elle ne sait pas quelle était vraiment la relation entre Per et Ada. On sait si peu de chose sur ceux qui étaient adultes avant que nous ne le devenions nous-mêmes.

Elle a en tête une image d'eux, un autre week-end. Elle ne sait pas si c'est avant ou après que Per l'a conduite à Helsingør. Per et Ada sont assis au piano à queue dans le salon et ils n'ont pas remarqué qu'Ingrid est sur le seuil, derrière eux. Per est en pyjama, Ada porte son kimono en soie couleur champagne. Il joue, elle suit la partition. Il recommence la même ouverture, deux motifs de fanfare suivis de cascades tempérées de notes brèves et rapides. Ses doigts ont du mal à suivre, et Ada l'interrompt en posant le bras sur ses épaules fines. « Dix-neuvième mesure, dit-elle. C'est écrit *legato.* » Il la regarde sans comprendre. « Mais je joue *legato.* » Il a l'air mignon avec ses cheveux en bataille, Ada le pense aussi sans doute, elle sourit et lui tape gentiment sur l'épaule. « Bien sûr, *monsieur*, mais lorsque Beethoven écrit *legato*, cela veut dire que les mesures qui précèdent ne doivent pas être jouées *legato.* J'aimerais entendre la différence. » Per recommence, et Ingrid referme doucement la porte.

Une bétonnière tournait devant la porte quand elle et Per arrivèrent à la maison de Lappen. Elle a dû se dire que c'était une blague quand Norman Dreyer les fit entrer au rez-de-chaussée où un maçon était en train de couler la dalle de la salle de bains. Norman Dreyer lui-même était en tenue d'ouvrier et il y avait des saletés grises sur ses verres de lunettes. Il s'empressa de prendre un ton enjoué, mais Ingrid se dit que c'était sûrement destiné à Per. Il y avait eu des repas de famille, pas nombreux, mais pas si rares non plus, où c'étaient Per et Ada qui affichaient une figure de circonstance. Per avait été le diplomate exquis, tandis qu'Ada se contentait de sourire de tout son rouge à lèvres.

Per posa des questions polies sur la rénovation, comme s'il s'intéressait vraiment aux avantages et aux inconvénients des planchers lessivés. Ingrid évita de les regarder dans les yeux. Norman Dreyer les précéda dans l'escalier pour gagner l'étage, seule partie de la maison à être terminée. Il observa Ingrid quand elle ouvrit la porte de ce qui devait être sa chambre. Tous ses meubles, toutes ses affaires, même le moindre bidule insignifiant, étaient à leur place. Tout était soigneusement accroché sur son tableau comme elle l'avait laissé, y compris la photo du concert de Burnin' Red Ivanhoe à la salle municipale de Vig deux mois plus tôt.

Per resterait bien pour le déjeuner ? Ils étaient redescendus au rez-de-chaussée, où tout n'était que sacs de ciment, poussière et bouteilles de soda vides avec des mégots. Per donnait l'impression de vouloir regagner Copenhague, mais Ingrid croisa son regard et opina du chef sans que Norman Dreyer la remarque. La pluie avait cessé et ils s'installèrent dans le jardin. Norman Dreyer s'était donné la peine de mettre une nappe rouge à carreaux et de servir trois sortes de harengs différentes. Per déclara que la maison s'annonçait agréable. « Tu trouves ? » Pendant un instant, Norman Dreyer eut l'air très vulnérable. Per demanda une Ramlösa quand la bouteille d'akvavit glacée et les bières fraîches furent posées sur la table. « Tu ne veux pas plutôt prendre un cachet contre le mal de mer ? » demanda Norman Dreyer avec son sourire ironique et mordant. Per eut un rire forcé et baissa la tête. Ingrid ne comprenait rien.

Que pensait-elle de sa nouvelle maison ? Norman Dreyer la dévisageait. Per se tourna vers l'autorail de Gilleleje, qui passait juste au bout des jardins derrière les maisons, si bien que les passagers pouvaient voir les résidants dans leurs chaises longues ou leurs plates-bandes de radis. « J'aimerais savoir où je vais aller à l'école », dit-elle. Ils avaient toutes les grandes vacances pour le trouver, répondit Norman Dreyer avant de se tourner à nouveau vers Per. Avait-il lu le dernier Rifbjerg ? Per haussa les épaules d'un air navré. « J'ai bien vu que tu étais enthousiaste. Désolé, je n'arrive pas à le lire. Je le trouve — comment dire ? — trop plat, trop terre à terre. » Norman Dreyer lui adressa un regard retors à travers ses lunettes qui avaient glissé sur son nez, de sorte qu'il était obligé de pencher la tête en arrière. « À propos de plat, ce n'est pas plutôt toi qui aurais besoin de dépoussiérer ta bibliothèque ? » Là encore, Per sourit gentiment et baissa les yeux, comme s'il était d'accord que l'on se paie sa tête.

Les deux hommes réussirent à terminer le déjeuner sans mentionner une seule fois Berthe et le divorce. C'est seulement au dernier moment, quand il allait partir, que Per y fit une vague allusion. « Prenez bien soin de vous, vous deux », dit-il à Norman Dreyer, puis Ingrid l'accompagna à sa voiture. Per leva la main et lui caressa doucement la joue. « Tu sais où nous sommes », dit-il avant de s'installer au volant. Elle retourna à la maison étrangère en suivant le trottoir étranger. Elle resta longtemps à son bureau devant la fenêtre à contempler le petit château gris. Le maçon était parti depuis longtemps, mais Norman Dreyer bricolait encore au rez-de-chaussée. D'une certaine façon, elle lui était reconnaissante de ne pas venir la trouver, en revanche, il lui était difficile de descendre pour prendre la mesure de la nouvelle situation. Ils étaient seuls, tous les deux, dans une ville où elle n'avait jamais mis les pieds.

Ingrid aurait aimé arrêter la version adolescente d'elle-même avant que celle-ci ne monte dans sa chambre pour se perdre dans la contemplation du Marienlyst Slot. Elle aurait aimé la prendre dans ses bras, au cœur de Lappen, et lui dire qu'elle savait que les choses se passeraient bien. Toutefois, elle n'est pas sûre que la gamine dégingandée aurait apprécié d'être étreinte par la femme qu'elle deviendrait un jour. Ingrid a peur que personne ne la prenne plus jamais dans ses bras, qu'il soit déjà trop tard. Cela fend le cœur d'Ingrid, l'adulte, de constater que la grande fille ne s'apitoie même pas sur son sort. C'est la différence entre les années brutes et crues de la jeunesse, et celles, passé la quarantaine, où l'on marine dans son jus.

Quelque chose s'était brisé quand elle avait en vain appelé Berthe de la cuisine d'Ada, et lui avait demandé de venir. Elle ne sait pas ce qui s'est passé avec sa confiance dans le monde comme endroit bienveillant. À treize ans, elle ne peut le voir elle-même, mais elle en vit les conséquences, elle s'endurcit d'une manière qui fait se crisper la femme d'une quarantaine d'années. Le plus terrible dans sa situation fragile est de n'en avoir pas conscience, comme lorsqu'un chien apprend à boiter avec une patte cassée qui ne se remet jamais correctement en place.

Ingrid se dit qu'il y a quelque chose de presque pouilleux chez un enfant qui ne sait même pas que l'on ne l'aime pas assez. Et elle n'était certainement pas la plus mal lotie. Ainsi, Berthe retournait au pensionnat le dimanche soir dans un train à moitié vide, les rares fois où elle passait un week-end chez Ada et Per. Ainsi, elle pliait soigneusement ses vêtements, elle se brossait les dents à un grand lavabo avec ses rangées de robinets avant de grimper docilement dans son lit superposé. Il y avait peut-être une autre voix de fillette auprès de qui se réchauffer dans le noir, mais guère plus, car qu'aurait donc pu s'apporter deux petites personnes de trop ?

Ingrid pensait à Berthe quand elle se leva de son poste d'observation sur le fjord de Holbæk, les fesses endolories après être restée assise si longtemps sur les racines dures. Elle pensait à Berthe et à elle-même en traversant la pelouse tondue vers la maison de son enfance, rénovée à en être méconnaissable. Alors qu'elle contournait la maison et se dirigeait vers sa voiture, la femme enceinte apparut sur le seuil. Ingrid lui fit un signe de la main, la femme lui répondit. Elle était chez elle. Ingrid n'avait rien à chercher ici, elle avait elle-même un chez-soi, un endroit dans le monde.

Peu après, elle prit l'autoroute et fila vers la ville. Elle eut la vision de Bianco Lunos Allé, de l'appartement, de la chambre de Jonas et de la sienne. Elle vit la cuisine avec la machine à expressos chromée qu'elle avait offerte à Anders pour ses quarante ans. La salle de bains qu'elle avait conçue elle-même avec des petits carrés de mosaïque gris et le lavabo logé dans une niche afin d'utiliser au mieux l'espace réduit. Tout était tel qu'ils l'avaient laissé quelques semaines plus tôt. Tout était comme ils l'avaient décidé, en commun.

Dès son retour, elle appellerait Anders à Tversted pour qu'il sache qu'elle était bien rentrée. Elle aurait

Jonas au bout du fil, elle écouterait son compte rendu hésitant et hâtif sur toutes les menues choses qu'il avait faites avec son copain, et Anders, pour finir, reprendrait l'appareil. Ils ne diraient sans doute rien de particulier, ils se berceraient dans cet échange murmuré de détails et de banalités. Le bruit de l'autre, le bruit que fait le plus proche parent de quelqu'un. Elle allait faire cuire des pâtes et dîner devant la télé et, tout de suite après, elle irait se coucher, épuisée par le trajet si long. Ce soir-là, elle oublia totalement l'inconnu à qui elle avait parlé sur le ferry.

Le soleil a disparu derrière les immeubles, à l'ouest, quand elle suit Sølvgade en direction des Lacs. Elle passe le Rigshospitalet, tourne à droite et continue le long de Fælledparken. Il fait déjà sombre sous les arbres et la circulation est moins dense. Quand elle traverse le rond-point de Vibenhus Runddel, elle entraperçoit les grenouilles en néon violet au-dessus de la vieille usine Galle & Jensen. La réclame lumineuse naïve a scintillé chaque soir, aussi loin qu'elle s'en souvienne. Norman Dreyer, Berthe, Ada et Per ont vu les grenouilles s'allumer et s'éteindre, comme si c'était la même grenouille qui sautait autour de la cheminée avec l'horloge.

Il est sept heures moins dix, elle n'a pas beaucoup de temps. Chez Georg et Rebecca, on n'aime guère passer à table après sept heures. Elle ne sait toujours pas comment expliquer l'absence de Jonas. Elle pourrait dire qu'il a un devoir de danois à faire. Comme si Jonas avait jamais passé un vendredi soir à préparer un devoir. Elle est obligée de mentir à son frère. Elle se rend compte, et cela vient presque comme une surprise, qu'elle se réjouit de le voir, ainsi que Rebecca.

Elle remonte un moment Lyngbyvejen et, au croisement, elle tourne dans Bernstorffsvej. Elle est chez les riches. Ingrid ne pourrait s'imaginer habiter dans un de ces bungalows difformes aux fenêtres vitrail. Ça sent trop le franc-maçon et le cigare froid dans le quartier entre Ryparken et l'hôtel de ville de Gentofte, et même si les villas sont un peu plus charmantes autour de Femvejen, il plane au-dessus de l'endroit quelque chose de stagnant, comme s'il était sous Valium. Elle a toujours l'impression de pénétrer dans une réserve où tout, de la queue-de-cheval jusqu'au derrière ferme en passant par le logo de l'Audi noire, tout doit être comme il faut. Le niveau d'angoisse est certainement aussi élevé que le conformisme est paralysant, mais peut-être n'est-ce que son propre malaise qu'elle lit dans le milieu soigné.

Elle se rappelle à quel point elle se sentait différente la première fois qu'elle a franchi la porte du lycée Zahles. Les filles se comportaient comme des lipizzans de l'École espagnole de Vienne et les garçons ressemblaient à des fils de sénateurs du Massachusetts, tandis qu'elle n'était qu'Ingrid de Helsingør, ou de Holbæk ou de Sydhavn. Elle connaissait la vieille haute bourgeoisie de Copenhague grâce à Per, mais, aujourd'hui encore, l'atmosphère des parvenus triomphants la tétanise.

Il n'y a rien d'arrogant chez Georg. Il doit être le médecin dont rêvent tous les patients, doux, attentif et capable de s'exprimer autrement qu'avec l'étroitesse du jargon. Ingrid se demande parfois si son tact presque confondant ne va pas de pair avec sa spécialité. Il est chirurgien gastro-entérologue, il s'occupe des tuyaux d'évacuation, des égouts, pour ainsi dire, et elle trouve que cela exige sûrement une certaine dose d'humanisme. Quand on est avec Georg, on croit que rien ne peut vous arriver. Il ne semble tout simplement pas posséder cette capacité à blesser autrui, et il constate les turpitudes du monde avec ce même étonnement navré.

Ça ne se voit pas, et ses partenaires de tennis ne le voient pas davantage à son service, mais Georg, consciencieux, toujours bien rasé, ouvert et de bonne humeur, Georg a cinquante-cinq ans. Lui et Rebecca sont mariés depuis dix-huit ans, et il donne l'impression de l'aimer encore plus à mesure que ses formes prennent celle d'une poire, sa princesse juive. Elle ressemble à Indira Gandhi, avec cette mèche blanche et ondoyante qui prend de l'ampleur dans ses cheveux de jais. Depuis que les enfants ont grandi, elle a relancé sa carrière en tant qu'associée dans une clinique gynécologique, et les patients affluent. Noam et Alice ont respectivement douze et dix ans, et ils adorent leur cousin arrogant de Sølvgade. Rebecca dit même en blaguant qu'Alice est un peu amoureuse de Jonas. Ils vont être vraiment déçus de voir qu'Ingrid vient seule et de ne pas pouvoir l'interroger sur les marques de skateboard et le *gangsta rap.* Quelle différence entre la vie d'Ingrid et celle que Georg et Rebecca ont construite. Qu'ils doivent être heureux.

L'horloge digitale sous le compteur indique dix-neuf heures quand elle arrive à Femvejen et fait le tour de l'obélisque. Elle remonte un moment Jægersborg Allé le long de Bernstorffsparken. Le soleil du soir tombe en biais entre les vieux arbres et leur donne un éclat luxuriant, si bien que l'on croirait que le printemps s'annonce, malgré tout. Elle tourne à droite et ralentit. Un groupe de garçons foncent sur leurs *mountain bikes,* elle reconnaît les boucles romantiques de Noam et ses joues pâles et tavelées de taches de rousseur. Il pédale tout en étant assis sur le porte-bagages. Il touche à peine le guidon et s'est donné du mal pour trouver la position la plus inconfortable pour faire du vélo. Elle s'arrête jusqu'à ce que les garçons la voient et s'écartent sur le côté. Elle a le sentiment qu'ils perçoivent sa vieille Mazda comme une présence incongrue. Il n'y a rien de pareil garé devant les villas patriciennes en retrait, et c'est seulement dans ces quartiers qu'Ingrid prend conscience de sa propre voiture. Au quotidien, elle n'y réfléchit même pas.

Noam lui fait un signe de la main et la suit. Il lui fait une grosse bise quand elle descend. Il y a seulement deux ans d'écart entre lui et Jonas, mais elle doit puiser dans ses souvenirs pour trouver un accueil aussi chaleureux de la part de son fils. Le constat la frappe avec une dureté inattendue. Ils remontent l'allée du jardin pendant qu'elle raconte son mensonge à propos de Jonas et du devoir à rendre pour le lundi. La porte de la maison est déjà ouverte, Alice lui fait coucou de la main. Ses beaux cheveux bruns sont maintenus par un bandeau. Ils sont presque trop longs pour sa silhouette fluette, mais Rebecca n'a pas le cœur de les couper. Ingrid lui fait également un signe de la main et lui sourit jusqu'au moment où elle parvient à l'escalier sur lequel est posé un photophore indien en fer-blanc avec une bougie pour réchaud.

La villa est une vieille baraque bizarre de style Italie du Nord, avec de larges auvents, des volets aux fenêtres et des tuiles vertes. On pourrait la trouver à Bergame ou en Slovénie, mais elle fait déplacée, ici, à Charlottenlund, et Ingrid a aidé Georg et Rebecca à lui rendre son allure d'origine. Quand elle monte l'escalier, Alice se précipite dans ses bras, et elle vacille une seconde. Elle embrasse la petite fille et sent le parfum des cheveux qui viennent d'être lavés.

Depuis les travaux de rénovation, une fois dans le hall d'entrée avec l'escalier en bois sculpté, on peut passer directement dans une grande cuisine, d'où l'on a accès au jardin. Rebecca sourit à Ingrid. Elle porte un tablier rayé et met la dernière main à quelque chose qui doit aller au four avec des copeaux de parmesan. Après avoir refermé le four et réglé le minuteur, elle s'approche d'Ingrid et l'embrasse. « Nous sommes un peu en retard, Georg est au téléphone avec son interne depuis une demi-heure. » Ingrid jette un coup d'œil dans le bureau voisin où son frère écoute d'un air concentré, légèrement penché en avant. Il est médecin-chef depuis seulement deux ans, mais on croirait qu'il l'a toujours été. Qui, ce soir, au service de gastro-entérologie, est content que le médecin de garde puisse s'appuyer sur Georg ?

Les deux femmes s'assoient sur leur tabouret à l'îlot de la cuisine, Rebecca lui tend un verre de vin. Alice et Noam sont assis sur la moquette devant la télé du salon. « Ta mère vient aussi », dit Rebecca. Ingrid le savait, mais elle l'avait oublié. « Alors comme ça, on va parler de Paul Auster », répond-elle en prenant une gorgée de barolo. Berthe revient juste de New York où elle a fait une grande interview pour le journal. « Tu la rends pire qu'elle n'est », dit Rebecca avec un sourire qui passe presque pour une remontrance.

C'est certainement vrai, mais la patience d'Ingrid n'a jamais eu le temps de se recharger après avoir été épuisée, il y a tant d'années. Cela ne semble même pas gêner Berthe qu'Ingrid n'écoute pas quand elle parle de ses affaires. Ingrid ne commente pas non plus ses entretiens avec des écrivains célèbres, même si elle en reçoit un exemplaire à chaque fois, accompagné d'une longue lettre dans laquelle Berthe raconte ce qu'elle fait, ce qu'elle pense et, surtout, comment elle se sent. Berthe est toujours en plein dans un processus d'épanouissement impétueux. Elle est toujours plongée dans tant de choses, elle vient toujours d'arriver à un moment crucial de son existence. Cela ne change pas depuis des années.

Visiblement, elle accepte qu'Ingrid ne réagisse pas, du moment qu'elle peut continuer de parler et d'envoyer ses épîtres prolixes. Peut-être est-elle tout bonnement trop absorbée par elle-même pour percevoir l'indifférence de sa fille et son agacement contenu. Cela a été un grand soulagement pour Ingrid que sa belle-sœur se montre aussi accueillante. Anders pouvait apparaître muet et froid comme un poisson des profondeurs quand Berthe se mettait à monologuer à leur table. Peut-être n'est-ce pas un hasard si elle a trouvé de la compréhension chez Georg et Rebecca, même si, en réalité, ils ne sont pas de la famille. Même si, ou parce que ?

Georg vient les rejoindre dans la cuisine. En un instant, il n'est plus le médecin-chef qui conseille un interne au bout du fil. Il est Georg, tout simplement ; les cheveux grisonnants et les rides profondes entre les ailes du nez et les coins des lèvres pincées, c'est quelque chose qui est arrivé pendant qu'il était occupé à autre chose que son propre nombril. Ingrid pense à la photo d'école qu'elle a contemplée pendant la dernière heure passée dans la maison de son enfance. Ce sont les mêmes yeux, le même visage, mais il est simplement devenu plus net.

Aucun d'eux n'apparaissait distinctement à l'époque, et ce n'est pas uniquement parce que leurs souvenirs sont flous. On le voit sur les photos. Ils étaient si jeunes qu'ils ne s'affirmaient pas encore. Ils n'étaient que peau molle et grands yeux, ils n'avaient qu'un côté réceptif et impressionnable.

Il la serre dans ses bras, la secoue un peu, il est toute la famille dont elle a jamais eu besoin. Toute celle qu'elle aura jamais. Il demande des nouvelles de Jonas et elle répète son mensonge. Il la dévisage de ses yeux bleus, elle se sent percée à jour. « Et tu crois vraiment qu'il va rédiger son devoir ce soir? » Ingrid hausse les épaules. « Il le faut. » Georg sourit : « Parce que sa Maman le dit? » Il prend le verre que lui tend Rebecca, et cette dernière lui caresse la nuque. « Comment ça s'est passé, à Stockholm? demande-t-il. Et le projet, ça marche? » Ingrid hausse les épaules jusqu'aux oreilles tout en écartant les bras, en faisant un peu trop de chichis, à son avis. Elle a l'impression d'être au fond d'un puits et de contempler leurs visages d'en bas. Georg lève son verre. « Dans ce cas, portons un toast à Svensk Energi! » Il se souvient même du nom du client. Même s'il a mille choses en tête et doit faire de la place à de nouvelles, il se souvient qu'elle est allée à Stockholm et qui elle devait voir.

Ils trinquent, en faisant semblant de se prendre au sérieux, mais Rebecca parvient à peine à porter le verre à ses lèvres que la minuterie du four sonne. Ce qui devait aller au four doit en ressortir le plus vite possible. Une ombre traverse la cuisine, sans bruit, à la périphérie du champ de vision d'Ingrid. Elle se tourne et aperçoit une petite jeune femme à la peau foncée et aux cheveux d'un noir de jais. La jeune fille a un visage plat, presque indien, et ses gestes ont quelque chose de timide quand elle se met à vider le lave-vaisselle et à ranger les verres et les assiettes dans un grand placard-vitrine en bois cérusé. Elle porte un jean délavé comme Rebecca, mais quelles différences entre les deux femmes, se dit Ingrid. Une petite, une de grande taille ; une muette et une gesticulante ; l'une pudique et renfermée, l'autre déterminée et pleine d'autorité.

Georg a noté la surprise d'Ingrid, il se tourne vers l'Indienne. *« Consuela, come and say hello to my sister »*, dit-il avec son fort accent danois saccadé. La jeune fille s'essuie les mains avec un torchon avant de s'approcher et, quand elle serre la main d'Ingrid en souriant, elle rayonne de timidité et de douceur. Même si Ingrid est assise, elles sont face à face. Elle demande à Consuela d'où elle vient. Des Philippines, explique Consuela humblement de sa voix claire. Elle va retourner à son travail quand Rebecca ajoute, de l'autre côté de l'îlot : « Consuela est notre fille au pair. » La jeune femme reconnaît le mot et sourit à nouveau, elle fait un petit signe de tête et retourne au lave-vaisselle et à sa porcelaine étincelante. « Nous ne savons pas ce que nous ferions sans elle, dit Georg. — Tu veux dire que *toi*, tu ne le saurais pas, réplique Rebecca en pouffant de rire, penchée sur les parts du plat qu'elle a préparé. — C'est tout à fait vrai, reprend Georg, en riant à son tour. Surtout depuis que ma femme a recommencé à ne plus penser qu'à son travail », s'empresse-t-il d'ajouter en guise de réponse à Rebecca, qui hausse les sourcils de manière exagérée.

On sonne à la porte, Noam et Alice se sont déjà précipités pour ouvrir, et l'on entend la voix de Berthe suivie d'un bruit de ferraille et de verre brisé. Elle est livide quand elle apparaît à la porte de la cuisine. Alice se cache la figure avec sa petite main, Noam fonce chercher le balai et une pelle à ordures. « Je suis absolument navrée. Je n'ai pas vu cette lampe. J'ai fait tout le chemin à pied depuis la gare », précise-t-elle, comme si les deux choses étaient liées. Georg se lève et lui fait la bise. « Franchement, quel éteignoir tu fais ! » On dirait que Berthe est au bord des larmes. Rebecca la serre dans ses bras et lui prend la main. « Allons, ce n'est pas grave. Tu arrives juste au bon moment, on allait passer à table. »

Berthe fait la bise à Ingrid, mais vite. Quand elles se retrouvent chez Georg, Berthe donne toujours l'impression de disputer un match à l'extérieur, malgré toutes les années. Elle porte une jupe qui descend jusqu'aux chevilles et une veste gracieuse malgré son air d'uniforme, les deux sont de cette même laine épaisse, comme si elle rentrait tout juste d'une randonnée dans les Alpes avec Nietzsche ou Denys Finch Hatton. Berthe s'habille de plus en plus comme l'aurait fait Ada, si cette dernière n'était pas clouée à Esplanaden dans son fauteuil roulant. Ingrid lui sourit, Berthe pince les lèvres, comme si elle tenait à montrer que c'est seulement sa réserve distinguée qui l'empêche de se laisser aller aux joies des retrouvailles.

Ils s'installent à un bout de la grande table. Consuela reste à l'arrière-plan, jusqu'à ce que Rebecca se tourne vers elle. Elle a terminé de vider le lave-vaisselle et l'a rempli avec les accessoires gastronomiques de Rebecca. Le ronronnement mesuré du lave-vaisselle écologique va accompagner la conversation pendant le dîner.

« *Consuela, you can take the rest of the evening off once you've done the laundry* », dit Rebecca, puis elle fait un signe de tête à Noam. Ingrid se tourne vers Georg. « Où vit-elle ? » Il attend que Consuela soit sortie, comme si elle comprenait ce qui était dit. « Dans la cave. Oui, oui, Ingrid, je sais ce que tu penses, mais attends de voir sa chambre. Elle a ses toilettes et sa salle de bains. C'est plus que ce que je n'ai, moi. Quand les ouvriers ont terminé les travaux, j'ai eu envie de m'installer en bas. »

Sur la table, il y a un chandelier à huit branches avec des bougies allumées, à côté, un pain recouvert d'un tissu en velours brodé d'une inscription en hébreu. Noam s'est coiffé d'une petite calotte au crochet et récite une courte prière de sa voix claire et pressée. Seules Alice et Rebecca comprennent ce qu'il dit. Georg reste en dehors, il ne porte pas de calotte non plus. Dès le début, ils se sont mis d'accord pour que leurs enfants soient éduqués dans la tradition juive, lui, il n'y a jamais participé et ne s'y est jamais opposé, il a accepté la religion de Rebecca comme faisant partie de leur amour. Du reste, on ne dirait pas qu'elle a l'air particulièrement croyante, au contraire, on dirait qu'elle s'y accroche ou s'en éloigne en fonction de son humeur. Toutefois, Ingrid n'a jamais vu une échine de porc dans sa cuisine.

Quand Georg et Ingrid sont entre eux, il se vante d'avoir triomphé de « tout ce tralala tribal » au moment où Rebecca lui a dit oui. Elle était drôle, ajoute-t-il, voulant dire par là bizarre. Car elle était une fille libérée, mais jusqu'à un certain point. À l'époque où ils venaient de se rencontrer, il leur arrivait parfois de faire un tour au nord de Copenhague, le week-end, mais lorsqu'ils passaient par Hornbæk, elle était paniquée à l'idée que des Juifs les voient ensemble. Georg ignorait que Hornbæk était la réserve préférée de la communauté. Une fois, elle s'est même cachée sous son manteau, sur la banquette arrière de la voiture. Il rit en racontant cette anecdote, mais Ingrid se dit qu'il a seulement triomphé du clan en s'y ralliant. Elle a plus d'une fois senti l'agacement de Georg devant le fait que les frères, les sœurs, les parents et les tantes de Rebecca avaient un droit illimité de débarquer chez eux sans prévenir juste pour voir comment ils allaient.

Ils passent à table et Rebecca sert l'entrée. Berthe pousse une de ses exclamations exagérées et bruyantes. Elle est elle-même une cuisinière émérite et se fait un devoir de complimenter la cuisine des autres, pour qu'ils sentent vraiment qu'ils se montrent à la hauteur de ses attentes. Ils ont à peine l'assortiment d'*antipasti* de Rebecca dans leurs assiettes que Berthe se met à décrire le menu toscan qu'elle a servi deux jours plus tôt à ses invités. Rebecca sourit poliment tandis que Berthe explique en détail comment elle prépare sa *ribollita.* D'ailleurs, cela veut dire « réchauffé », précise-t-elle. Ingrid ne sait pas où elle veut en venir, tandis que Berthe récite la liste des ingrédients, en parlant la bouche pleine. Même ça, Ada n'a pas pris le temps de le lui apprendre. Mais Rebecca fait comme si elle ne le remarquait pas, elle écoute gentiment, tandis que Berthe se goinfre de l'entrée de Rebecca, tout en s'étendant sur la sienne.

Ingrid songe alors que Jonas aurait mangé aussi salement s'il avait été là. Pourtant, elle a essayé. « Des haricots blancs, de l'huile d'olive, un oignon, une carotte, du céleri, de l'ail, bien entendu, un chou de Savoie, du thym, du bouillon et un peu de *pancetta*, déclare Berthe, hors d'haleine. Ou du bacon, si tu ne trouves pas autre chose. Mais alors, sans couenne, le bacon. » Georg est assis à côté d'Ingrid. Il lui sert du vin et pose une large main chaude sur la sienne. Comme s'il savait tout.

Pendant les premiers jours à Lappen, le temps fut soudain chaud et ensoleillé, et elle passa les matinées vides sur un lit de bain dans le jardin derrière la maison. Le maçon travaillait encore à la salle de bains et Norman Dreyer l'aidait avec sa brouette, une casquette d'ouvrier ridicule sur sa tête rose. Les mauvaises herbes poussaient si dru entre les pavés qu'elles lui chatouillaient les orteils, mais elle ne songea pas à donner un coup de main pour rendre l'endroit plus habitable. La plupart du temps, elle restait allongée à regarder le ciel bleu et bête derrière ses lunettes de soleil. Per les lui avait achetées parce qu'elle ressemblait à Audrey Hepburn quand elle les avait essayées, pour rire, un après-midi où ils étaient entrés à Magasin pour s'abriter de la pluie. Elle ne se sentait pas à sa place, là, entre la bétonneuse tapageuse et les palettes de briques. Elle avait l'impression d'être une invitée, même si l'homme à la casquette d'ouvrier avec le buste maigre et blanc comme une asperge était son père.

C'est peut-être à ce moment qu'il est devenu Norman Dreyer pour elle. Sans Berthe à la maison, sans la perspective que celle-ci ne surgisse à la maison avec le train de Copenhague, Norman Dreyer n'était qu'une silhouette familière avec laquelle, du reste, elle n'avait pas grand-chose à voir. En tout cas, c'est son sentiment quand elle repense à cette époque, le passage entre l'enfance lointaine et ses treize ans. Quelque chose avait-il changé entre eux, ou découvrait-elle seulement qu'ils n'avaient jamais été particulièrement proches ? Lorsqu'elle songe à lui au fjord de Holbæk ou à Lappen, il est le plus souvent en train de lire un livre, ou à son bureau, une cigarette allumée dans le cendrier à côté de sa machine à écrire. En tout cas, c'était Berthe, avec ses sautes d'humeur et ses maladresses dans les tâches ménagères, qui donnait à Ingrid le sentiment qu'il existait une sorte de quotidien, une famille, une vie à trois. Elle le sentait quand, parfois, Berthe en avait assez et allait se coucher. Il y avait alors trop de silence, trop de vide entre les meubles quand sa mère abandonnait son rôle.

Le même calme régnait à Lappen, une fois que la bétonneuse s'était tue et que le jour déclinait. Ingrid esquivait le silence en évitant la maison et, au bout de quelques semaines, elle connaissait la ville comme sa poche. Elle allait à la bibliothèque centrale, qui ressemblait à un pavillon de banlieue difforme, et se coupait du monde avec un casque audio dont les écouteurs étaient grands et protecteurs comme des mains chaudes. Elle s'asseyait devant un des électrophones massifs alignés sous les fenêtres, elle contemplait le bouleau pleureur dont les branches tombaient sur un petit étang, tout en écoutant Pink Floyd, Miles Davis ou les nocturnes de Chopin par Barenboïm. Elle avait trouvé un mur chauffé par le soleil dans le cloître derrière Sankt Mariæ Kirke, où elle s'installait pour méditer dans les relents écœurants de malt et de levure de la brasserie Wiibroe. Elle descendait au port, où, à cette époque, il y avait toujours une coque gigantesque couleur minium dans la cale sèche, couverte de fourmis bleues penchées sur leur chalumeau. Parfois, elle prenait le ferry pour Hälsingborg rien que pour voir la silhouette de Kronborg se réduire sur l'eau.

Un soir, quelques jours après que Per l'eut conduite à Lappen, Berthe a téléphoné de Rome. Comme fond sonore, Ingrid entendait le tintement de verres et de tasses, des voix et le sifflement d'un percolateur. Berthe était dans un bar. Elle était au comble de l'extase. On aurait cru entendre une grande fille qui appelle à la maison pendant une classe verte. Ingrid serait *ravie* de venir la voir, Rome était une ville *incroyable.* Ingrid ne se souvient pas de ce qu'elle a répondu, car il fut sans doute difficile de placer un mot.

Berthe était partie le lendemain de la confirmation d'Ingrid à Sankt Olai Kirke. À l'église, on l'aurait crue au supplice. Ada et Norman Dreyer, eux, donnaient l'impression d'avoir été invités à observer un curieux phénomène anthropologique. Seul Per avait l'air de saisir que cela avait peut-être de l'importance pour Ingrid, qu'il soit question de Dieu ou non, ou simplement d'Ingrid. Elle ne connaissait aucune des filles en robes blanches et en chaussures blanches à talons hauts. Le doyen avait eu l'intelligence de lui permettre de rejoindre le groupe, même si celui-ci était avancé dans la préparation, et elle se sentait donc tout sauf prête. Elle n'avait pas davantage de robe blanche et avait dû se contenter d'une jupe cow-boy, d'un T-shirt blanc à manches longues, de bas blancs et d'espadrilles blanches. Savait-elle d'ailleurs ce qu'elle faisait devant cet autel? L'avait-elle su qu'elle l'avait oublié.

Lorsque Berthe s'était retrouvée à court de monnaie, elle avait été contrainte de fermer les vannes de son discours; Norman Dreyer, lui, avait déjà quitté la table pour se réfugier au salon avec un bouquin. Cela avait été un soulagement, même si le silence dans la maison était plus tendu que jamais. Les repas étaient une épreuve, et pas seulement parce que Ingrid en eut rapidement assez de ses menus limités. Au bout de quelques jours, elle proposa de préparer le dîner. Per lui avait appris à faire le coq au vin, mais les compliments surpris de Norman Dreyer l'avaient fait apparaître mielleux et encore plus distant. Elle se rappela alors pourquoi ils étaient là. Pourquoi ils étaient seuls. Dans la journée, il lui était possible d'oublier la raison de leur présence à Helsingør, à Lappen, d'oublier la casquette d'ouvrier et la bétonneuse, mais pas quand ils passaient à table.

Il n'était pas normal de parler avec autant de précautions, de faire montre d'autant d'égards quand on était père et fille et, un soir, elle en eut assez. « J'aimerais le rencontrer », dit-elle soudain en posant ses couverts dans son assiette. Norman Dreyer leva les yeux. « Qui ça ? » Il le savait très bien. Elle se sentit résolue et calme. Puisque c'était à cause de son frère qu'ils avaient divorcé, c'était le minimum qu'elle était en droit d'exiger. Il lui jeta un bref coup d'œil avant de répondre de son ton sempiternellement mesuré. Primo, Georg n'était pas son frère, mais son demi-frère, secundo, Georg constituait seulement un motif de leur divorce, non sa cause. Ingrid sentit faiblir sa détermination. Un motif?

Brusquement, Norman Dreyer changea de tactique. Ou bien était-ce quelque chose de profond, d'authentique qui, trop tard, le poussa à se lever, à faire le tour de la table et à s'accroupir à côté d'elle, comme si elle était encore une enfant ? Il la regarda avec insistance, sa voix était différente, douce et basse. Ce n'était pas son fils, pas vraiment. Sa mère avait fait fausse route. C'était seulement — comment dire ? —, une formalité biologique. Ils ne s'étaient jamais connus. « Et moi alors ? demanda Ingrid. — Mais enfin, Ingrid… », répondit-il en lui prenant la main. Elle la retira. « Moi non plus, tu ne me connais pas », répliqua-t-elle.

Il bondit et s'éloigna vers la table de la cuisine en vitesse. « Tout ça est en train de me rendre fou ! » s'écria-t-il. Elle ne bougea pas et le dévisagea. « C'est peut-être de ma faute ? » Il se retourna vers elle. « Tout ça parce que, une fois, dans ma jeunesse… Ce n'était pas mon intention, nom de Dieu. Si ça n'en avait tenu qu'à moi, ce gamin ne serait jamais né ! » Elle se leva et gagna l'escalier. « Ingrid ! » cria-t-il. Elle était déjà à moitié arrivée en haut. « Ingrid, reviens. Redescends tout de suite. » Elle s'arrêta et se tourna vers lui. « Si tu ne me dis pas où je peux le trouver, je pars tout de suite chez Ada et Per. » Elle tremblait comme une feuille. Il la fusilla du regard. « Tu ne peux pas, tu es mineure. » Elle continua de monter l'escalier. « On verra bien ! » cria-t-elle avant de claquer la porte de sa chambre.

Quelques jours plus tard, elle alla à Copenhague. Elle descendit Købmagergade jusqu'à la Rundetårn, et tourna à gauche au coin du vieil édifice en grès avec sa colonnade et ses murs penchés. Elle s'arrêta devant la porte de Store Kannikestræde et inspira plusieurs fois. La cour de Regensen a l'air étonnamment grande quand on y pénètre, et il y a toujours un vieux tilleul au milieu. Ingrid s'assit sur le banc sous le tilleul, car elle ne savait que faire maintenant qu'elle était si près du but. Elle voyait le sommet de la Rundetårn au-dessus des toits. Cela faisait un moment qu'elle était là quand une jeune fille s'arrêta alors qu'elle traversait la cour. Elle demanda à Ingrid si elle pouvait l'aider. Ingrid dit qu'elle cherchait Georg Dreyer. La jeune fille leva la tête vers le tilleul tout en répétant le nom, puis elle sourit et dit à Ingrid de la suivre.

Elles montèrent un escalier étroit jusqu'à un couloir avec des portes. « On va voir s'il est là », dit la jeune fille en frappant à l'une des portes. Ingrid se dit qu'elle aurait très bien pu s'en charger elle-même. Ce n'était pas plus facile d'avoir quelqu'un qui lui ouvrait le chemin, ainsi, sa démarche lui parut d'autant plus singulière. La porte fut ouverte, et Georg ressemblait totalement à la photo qu'Ingrid avait vue. Elle se souvient d'avoir été étonnée que l'on puisse ressembler autant à une photo de soi-même. « Tu as de la visite », dit la jeune fille avant de repartir dans le couloir. Georg regarda un moment l'adolescente frêle sur sa porte. « Je crois bien savoir qui tu es », finit-il par dire.

Ils restèrent plusieurs heures dans sa chambre. La fenêtre était ouverte et leurs histoires étaient comme des fils de couleurs différentes qui s'entremêlaient sur le même fond de pas et de voix. Elle n'avait même pas remarqué que c'était le soir quand il lui demanda si elle avait faim. Elle l'observa pendant qu'il préparait à manger dans la petite cuisine de la maison d'étudiants, où d'autres occupants étaient également affairés avec leurs casseroles. Ils le taquinèrent gentiment. Pourquoi n'avait-il jamais dit qu'il avait une sœur ? À entendre la réponse de Georg, on aurait pris cela pour un oubli. Il ôta les manuels de médecine de son bureau, elle eut droit à sa chaise. Il approcha un fauteuil en osier, il était tellement bas que l'on aurait pu croire que c'était Georg le plus petit des deux.

Il avait une manière de sourire qui fit oublier à Ingrid qu'ils ne s'étaient jamais vus. Une planche anatomique en couleur était accrochée au-dessus de son lit, où les muscles apparaissaient sous la peau, comme si elle allait s'ouvrir. Ingrid frissonna en la voyant. « Voilà à quoi nous ressemblons quand nous sommes écorchés, dit-il en riant. Mais cela n'arrivera pas. » Il la dévisagea. « On se ressemble bien, n'est-ce pas ? » Il plissa les yeux d'une façon qui la fit sourire. « J'espère bien que non », dit-elle, surprise par son insolence. Il éclata de rire et continua de la dévisager comme pour graver leurs ressemblances dans sa mémoire.

La mère de Georg s'appelait Ellen. Elle avait rencontré Norman Dreyer en 1951, huit ans avant la naissance d'Ingrid. Il était étudiant, elle était un peu plus âgée que lui et travaillait comme vendeuse dans un magasin de lingerie pour dames de Vimmelskaftet. Ils s'étaient rencontrés dans un restaurant dansant, où elle était venue avec une amie. Elle ne sortait quasiment pas et n'était pas du genre à se lier à des inconnus, cependant, elle avait dû faire confiance à l'étudiant en lettres raisonnable qui avait tellement envie de danser. Quelque chose en lui avait éveillé sa curiosité et l'avait amenée à lâcher la bride. Peut-être avait-elle simplement découvert qu'elle était encore plus seule qu'elle ne l'avait cru.

Elle avait un petit appartement dans Godthåbsvej et, peu après, il passait chez elle plusieurs nuits par semaine. Norman et elle formaient un couple, du moins le pensait-elle. Ils faisaient ces choses que les petits amis font ensemble, ils allaient au ciné et se promenaient le dimanche. Elle lui préparait à dîner. Elle devinait qu'elle lui donnait quelque chose dont il manquait, le sentiment d'être le bienvenu, d'être attendu quelque part, et elle savait qu'il lui donnait quelque chose dont elle n'aurait pu se passer encore bien longtemps. Elle n'aimait guère insister sur le fait qu'elle s'approchait de la trentaine. Elle n'en pouvait plus d'attendre que la vie la mène autre part, que son existence soit autre chose que les allers et retours entre Godthåbsvej et les dames qui passaient dans Strøget et entraient pour essayer des corsages. Un monde féminin de dentelle, de solitude et d'attente. Il y avait quelque chose de touchant chez Norman, quelque chose de charmant dans sa tendresse presque reconnaissante quand elle lui avait donné ce qu'elle avait à donner. Il y avait quelque chose de puéril dans la manière dont il la désirait, toujours comme si cela ne pouvait pas attendre, comme si c'était une question de vie ou de mort. Sa faim et son impatience déteignaient sur elle, et elle aussi avait faim d'autre chose que Godthåbsvej, Vimmelskaftet et des allers et retours en tram entre les deux endroits.

Elle fut donc d'autant plus prise au dépourvu, démunie et vulnérable quand, un jour, il rompit brusquement. Il ne pouvait l'expliquer, lui qui, d'habitude, pouvait tout expliquer. C'était comme ça, ils n'étaient pas faits l'un pour l'autre, et il espérait qu'elle rencontrerait quelqu'un qui la rendrait heureuse. Elle répondit que c'était déjà le cas. Elle pleura. Elle ne pouvait pas savoir que c'était le point faible de Norman Dreyer, les femmes en pleurs. Bien des années plus tard, elle raconta à Georg qu'il devait s'estimer heureux qu'elle se soit mise à pleurer. Après avoir commencé, elle n'avait pas pu s'arrêter. C'était sûrement quelque chose d'emmagasiné, quelque chose d'ancien, car elle avait pleuré, pleuré et pleuré encore, et Norman Dreyer avait essayé de la consoler. Il l'avait prise dans ses bras, l'avait bercée et cela avait dû lui rappeler quelque chose car, bien vite, ses mains s'étaient mises à errer, à fouiller, comme elles en avaient l'habitude. Elle l'avait laissé faire. Peut-être ne pensait-il pas ce qu'il venait de dire, tant il était si soudain affamé et violent.

C'est ainsi qu'Ellen se retrouva enceinte, mais ce n'est pas pour cela qu'ils se mirent en couple. Il tenta de la pousser à avorter et à téléphoner aux adresses qu'il s'était procurées. Il l'attendait quand elle terminait son travail. Il la suivait, il la harcelait, il la menaçait jusqu'au jour où elle s'arrêta en pleine rue et lui dit qu'elle avait pris sa décision. Elle aurait son enfant, mais, lui, en tout cas, elle n'en voulait pas. Dans le tramway qui la ramenait chez elle, elle se sentit désemparée, mais elle découvrit peu à peu qu'elle pensait tout ce qu'elle venait de dire. Elle souhaitait avoir l'enfant, mais certainement pas le père qui préférait avant tout rester libre.

Elle retourna à Aalborg où vivaient encore ses parents, et elle accoucha du garçon. Elle trouva un travail de bureau, mais ne trouva jamais de mari. Aucun homme ne lui plaisait assez et, pour finir, elle préféra s'en passer plutôt que de se satisfaire de l'un de ceux qu'elle pouvait avoir. Elle s'occupa de Georg, elle l'éleva et lui donna tout l'amour qu'elle avait accumulé en elle, mais, au bout de quelques années, elle se rendit compte que cela ne suffisait pas. Ses camarades avaient un père, et il aurait dû en avoir un, lui aussi. Il aurait dû avoir un nom, un visage, même lointain. Georg venait de commencer le CE2 quand Ellen prit contact avec Norman pour savoir s'il n'avait pas envie de rencontrer son fils.

Norman ne le voulait pas. Il s'était marié, avait une fille, et il ne fallait pas qu'elle se hasarde à l'appeler à nouveau. Il avait eu l'air terrifié, la seule fois où ils s'étaient parlé au téléphone, et Ellen eut le sentiment que ses menaces étaient vaines. Qu'aurait-il donc fait si elle insistait? Toutefois, elle ne poursuivit pas. Quand Georg lui demandait qui était son père, elle répondait qu'il habitait une autre ville, très loin, et qu'il pensait à lui chaque jour. Lorsque Georg demandait pourquoi il n'appelait pas ou ne venait jamais, elle répondait qu'il ne le pouvait pas. Quand Georg demandait pourquoi, elle disait qu'il comprendrait le jour où il serait grand.

Au fil des ans, cela fut plus facile pour Ellen. Georg lui rendait la tâche plus facile. Il s'était rendu compte que c'était pénible pour elle de répondre à ses questions, et il avait donc cessé d'en poser. Il l'aimait, elle était la seule personne qu'il avait, et il voulait tout faire pour que rien, même pas une ombre, ne vienne passer sur son visage fatigué. Il pensait parfois à ce père qu'il avait, quelque part, mais il ne le mentionnait jamais, et si quelqu'un l'interrogeait à son sujet, il disait que son père était mort. Il ne lui vint pas à l'esprit de prendre l'initiative d'une rencontre quand, après le lycée, il vint à

Copenhague pour ses études de médecine. Ce fut Ellen qui, après des années de silence, aborda le sujet. Georg était passé interne cet été-là et avait obtenu une bourse de la Harvard Medical School. Elle ne voulait pas qu'il parte aux États-Unis sans avoir rompu le silence.

Elle lui dit qu'elle avait fait récemment une nouvelle tentative de contacter son père. Elle s'était imaginé qu'il serait fier de son fils. Elle pleura en mentionnant que, désespérée, elle avait rendu visite à sa femme. Cela avait été étrange pour elle de faire tout le chemin jusqu'à Copenhague, en train, sans que Georg ne sache qu'elle venait en ville.

Ils en sont au dessert. Figues flambées et parfait à la vanille. Georg est allé chercher une bouteille de porto à la cave. Ingrid couvre son verre lorsqu'il veut la servir. Noam et Alice font le tour de la table et embrassent tout le monde en souhaitant bonne nuit. « Tu diras bonjour à Jonas, dit Alice d'un ton adulte qui fait sourire Rebecca. — Je n'y manquerai pas », répond Ingrid avec sérieux, elle sent à nouveau l'odeur de cheveux qui viennent d'être lavés quand Alice lui fait la bise. Dès que les enfants ont quitté la cuisine, Berthe reprend le fil de son histoire. Elle sait toujours exactement où elle s'est arrêtée. « Oui, NoHo, ça veut dire *North of Houston Street*, de même que SoHo veut dire… Mais vous le savez déjà… C'est là que tout se passe. Tous les jeunes artistes et designers ont filé là-bas, maintenant que SoHo est devenu tellement chic. »

C'est la première fois que Berthe est allée à New York, mais elle parle comme si le sud de Manhattan était son quartier de toujours. Georg se contente de sourire et se laisse instruire. Il a dû se rendre à New York une centaine de fois quand il était étudiant à Boston, pourtant, il permet à Berthe de dominer la conversation avec ses vues de touriste. Est-ce parce qu'il est quelqu'un de gentil ? Ingrid s'est souvent interrogée sur sa patience, mais il est vrai aussi que Berthe n'est pas sa mère. Elle représente une sorte de bonus imprévu après son enfance sans père, et Georg l'a adoptée comme si elle faisait vraiment partie de sa famille. Ça, Norman Dreyer ne l'aurait jamais deviné.

Ingrid et Georg avaient réussi à passer un été ensemble avant son départ en Amérique. Il venait la prendre avec sa vieille Austin Mini et ils allaient se baigner à Hornbæk, mais il ne venait pas la chercher à Lappen. Il ne voulait pas voir son père, c'était hors de question, et elle ne chercha pas à lui soutirer des explications. Il n'en avait pas besoin. Elle constata que le comprendre ainsi, sans condition, les rapprochait. Elle l'attendait avec son sac de plage devant l'hôtel Trouville. Il était parfois accompagné d'une amie ou d'un de ses camarades, et cela la faisait se sentir comme une des leurs, adulte et libre.

Georg est certain que, un jour, Anders était avec eux à la plage, mais elle ne s'en souvient pas. Même si Anders était un peu plus jeune, Georg et lui se connaissaient depuis longtemps. Ils étaient allés aux mêmes fêtes et ils faisaient du tennis ensemble. Au fil des ans, c'était devenu une part de la légende d'Ingrid et d'Anders qui disait que, jadis, ils s'étaient retrouvés serrés sur la banquette arrière de la voiture de Georg. Anders affirmait toujours qu'il se le rappelait nettement, et même si elle avait des doutes, elle le laissait croire. Au fond, elle aurait bien aimé le croire aussi. Elle aurait aimé penser qu'ils s'étaient déjà effleurés autrefois et que, pour ainsi dire, ils étaient déjà marqués avant que les circonstances ne les envoient chacun dans leur direction, et que cela s'était produit cet été-là. C'était la première chose dont Anders avait parlé quand ils s'étaient rencontrés au mariage de Georg et Rebecca. C'était comme cela qu'Anders s'était frayé un chemin dans sa vie.

Georg devint leur génie tutélaire, Georg et Rebecca étaient leurs témoins en tout point et, dans les années où Jonas était petit, les deux couples se croisaient sans cesse. Ingrid n'avait jamais connu une telle vie de famille, Georg et Anders non plus. Rebecca était la seule à avoir bénéficié d'une véritable cellule familiale et, pour elle, cela ne se discutait même pas. Outre ses frères et sœurs et leurs familles respectives, elle avait tous ses oncles et tantes, pour ne rien dire de ses grands-parents qui étaient autrefois venus de Pologne et qui étaient capables de donner à l'ambiance des repas de famille des airs du *Violon sur le toit*. Rebecca devint leur maîtresse en vie familiale, et si Ingrid était attirée par celle-ci elle la craignait également, car toute cette intimité envahissante était à la fois affectueuse et étouffante.

Curieusement, c'est Rebecca qui prit la chose avec le plus de calme quand Ingrid annonça que c'était fini avec Anders. Comme si elle avait toujours su que sa belle-sœur était un mauvais élève. Georg, en revanche, fut totalement abasourdi, et ils n'ont jamais pu en parler convenablement. Elle sait qu'il voit encore Anders de temps en temps, mais il n'en parle jamais. Comme si elle n'avait jamais été mariée, comme si son neveu avait été apporté par une cigogne. Comme si c'était une légende qui voulait qu'il soit venu la chercher dans sa Mini avec un chic type aux cheveux très noirs, bien qu'il fût suédois.

Georg disparut presque aussi brusquement qu'il avait surgi. Un jour de la fin de l'été, dans sa chambre de Regensen, elle le vit emballer toutes ses affaires dans des cartons. Son absence occulta celle de Berthe, en revanche, il était plus fidèle. Durant toutes les années suivantes, et pendant le lycée, leurs lettres furent un souffle d'air frais pour Ingrid, de même que les discussions avec Per, quand elle allait à Esplanaden. Per était le seul à qui elle parlait de ce frère qu'elle avait reçu à la place de parents sur lesquels elle ne comptait plus. Ce fut également Per qui prit l'initiative d'inviter Georg quand il revint pour Noël, l'année suivante.

Il vint déjeuner le lendemain de Noël, Berthe était là également. Ada, tout en majesté, l'interrogea sur Harvard et il répondit poliment, sans se laisser intimider. Berthe se montra timide et embarrassée devant le jeune homme, qui était une raison, si ce n'est la cause, du fait qu'elle s'était trouvée elle-même. Mais la situation se détendit quand il se mit à lui poser des questions sur Rome. Dès leur première rencontre, il fut tout ouïe pour son besoin insatiable d'être entendue et reconnue. Quand Ingrid se plaignait d'elle dans ses lettres, il répondait que Berthe était la seule mère qu'elle aurait jamais. Et il avait raison. C'était précisément le problème d'Ingrid.

Rebecca s'est levée pour débarrasser les assiettes à dessert. « Consuela peut le faire, lui dit Georg. Reste plutôt avec nous. » Rebecca vide le reste des figues flambées dans la poubelle. « Je viens juste de lui donner sa soirée », répond-elle. Berthe commence à brûler d'impatience, elle n'en peut plus d'attendre pour raconter la suite de sa visite chez Paul Auster et chez sa belle épouse, dans leur belle maison de Brooklyn, mais Ingrid la devance. « Au fait, vous la payez combien, Consuela ? » demande-t-elle à Georg. Il la dévisage un instant et elle sent qu'il a bu plus que d'habitude. « Avec ce que nous lui payons, elle peut nourrir toute la sainte famille chez elle et construire une maison pour ses vieux parents. » Rebecca lui jette un bref coup d'œil de l'autre côté de l'îlot de cuisine. A-t-elle noté également la pointe défensive et la légère ivresse sous son ton jovial ?

« Allons, fait Ingrid, je posais juste la question comme ça... » Georg ressert tout le monde. « Oui, tu posais juste la question comme ça, mais j'entends bien ce que tu penses. » Rebecca revient s'asseoir à côté de lui. « Et je pense quoi, Georg ? demande Ingrid en faisant non de la main lorsqu'il veut lui resservir un verre. Oui, que penses-tu, vraiment ? » ajoute-t-elle. Il sourit, mais on dirait que c'est quelque chose qu'il se résout à faire. « Je pense que, à t'entendre, ce serait presque une forme d'aide au tiers-monde si Consuela a le droit de laver tes chaussettes. »

Elle sourit, mais voit que cela ne marche pas. Rebecca pose le bras sur le dos de Georg. Un bras protecteur, un bras qui fait également guise d'avertissement, se dit Ingrid. Berthe aussi a l'air mal à l'aise dans cette situation. « Je te comprends parfaitement », dit Rebecca, et elle a vraiment l'air positive et compréhensive. « Mais d'une part elle est nourrie et logée, et d'autre part, comparé aux conditions des Philippines, son salaire est bien plus élevé que ce qu'elle pourrait espérer gagner là-bas. »

Ingrid lève les mains de la table pour faire signe qu'elle dépose les armes. Il est temps de changer de sujet et Rebecca semble du même avis. « Un café ? demande-t-elle en regardant tour à tour Ingrid et Berthe. — Ah, un café serait formidable, répond Berthe, visiblement soulagée. — Ingrid ? » Ingrid fait oui de la tête en souriant. Rebecca embrasse Georg sur la joue, à peu près comme on embrasse un enfant en plein âge de la contestation. « Chéri, tu es notre *barista* ce soir ? La machine est allumée. J'aimerais bien un *latte.* » Georg se lève et contourne l'îlot de cuisine jusqu'à la grande table sur laquelle est posée la machine à expresso. « Mais enfin, Rebecca, pas après le repas, dit Berthe. À Rome, c'est un *péché mortel* de boire autre chose qu'un *espresso dopo mezzogiorno.* » Rebecca sourit. « C'est le pape qui a décrété ça ? Dans ce cas, tant mieux si on est juif. »

Ils rient, Ingrid rit aussi. Elle aimerait tant restaurer la bonne humeur. Du reste, il ne s'est presque rien passé. « Ingrid, demande Georg, tu veux un expresso ? » Ingrid dit oui merci, et il n'y a pas de changement, le regard de Georg est chaleureux et attentionné, comme toujours. Visiblement, elle est la seule à percevoir un malaise, à ressentir cette gêne qui la saisit d'une manière inattendue et hostile. Il y a quelques instants, elle a cru voir un autre Georg, quelqu'un qu'elle ne connaît pas, mais peut-être est-il simplement fatigué et irritable. Comme elle. Peut-être y a-t-il quelque chose qui le tracasse, peut-être pensait-il au patient au sujet duquel l'interne à Hvidovre l'a appelé, pour lui demander son avis. Il y a tant de choses qu'elle ignore, mais elle ne peut pas oublier ce petit moment qui est passé comme un frisson soudain, et pendant lequel elle n'était pas à cent pour cent avec eux. Un instant où elle n'adhérait pas à l'image qu'ils se font d'eux-mêmes, à la relation franche et directe qu'ils entretiennent avec le monde autour d'eux.

La machine à expresso pousse ses bruits sympathiques et Georg sert les tasses une à une, la première à Berthe. « Mmm, ça c'est une *crema* ! » s'exclame-t-elle et elle n'attend pas pour prendre une gorgée de l'épaisse mousse dorée qui flotte sur le café noir. « Où en étions-nous ? demande Rebecca. Oui, Paul Auster. Est-ce que j'ai lu du Paul Auster ? » C'est Berthe qui lui recommande des livres, car Ingrid croit que Rebecca ne lit rien d'autre à part les ouvrages professionnels obligatoires. Elle a donc choisi de faire une concession peu commune en faveur de la littérature, et il y a quelque chose de généreux dans l'humilité studieuse dont elle fait montre quand Berthe se met à pérorer sur tel ou tel auteur. Sinon, il n'y a pas un domaine où Rebecca n'est pas au fait, que ce soit la ménopause, l'histoire d'Israël, les tomates cultivées en serre, la pédagogie des tout-petits, ou les avantages et les inconvénients des prêts hypothécaires à taux fixes et variables. Elle est la reine omniprésente et proactive du foyer, tandis que Georg est le roi distrait qui abandonne volontiers la conduite du royaume à la raison et à la sensibilité de Rebecca.

Ingrid et Anders l'admiraient de concert et même s'ils furent parents quelques années avant elle, c'était toujours Rebecca qu'ils interrogeaient sur les questions de soin parental. Ce n'était pas uniquement parce qu'elle était médecin. Non, elle était, et elle est toujours plus sûre d'elle que tant de gens et, au fil des ans, Ingrid en a conclu que Rebecca possède tout simplement un énorme talent pour la vie en tant que telle. Anders disait souvent que Georg avait beaucoup de chance, et il n'était jamais venu à l'esprit d'Ingrid d'en être jalouse, car, à l'évidence, il avait tellement raison.

Ingrid n'a qu'une envie : que cela continue ainsi. Elle a besoin de savoir qu'il lui sera toujours possible d'interroger Rebecca pour obtenir un avis réaliste, réfléchi, compétent et sage, mais ce n'est pas seulement parce qu'elle tient à considérer sa belle-sœur comme un gourou. Elle tient également à elle pour la manière irrésistiblement juste dont elle gère sa vie. Il émane de Rebecca un amour chaleureux et une telle volonté qu'Ingrid se sent plus vivante quand elle s'en approche. Après avoir vu Rebecca, elle rentre toujours chez elle avec le sentiment que le monde est un endroit doux, lumineux et spacieux, où il est tellement facile de préparer un gâteau aux pommes, d'embrasser les enfants, de réussir, d'être aimé et de tout améliorer. Elle n'a pas besoin de ce genre de passage à vide, si soudain, où la sympathie qu'elle éprouve est devenue pour elle un effort. Une confrontation hésitante, une petite tractation entre deux constats : d'une part, elle se trouvait bien en face de Georg et Rebecca, d'autre part, à cet instant précis, elle se sentait profondément étrangère.

Cela ne venait pas tant de leurs arguments, mais de la hâte bafouillante avec laquelle ils étaient présentés. Comme s'ils étaient bien préparés, en un tas propret, comme si Georg et Rebecca, sans en avoir conféré, attendaient que l'on pose des questions sur l'Indienne qui vivait dans leur cave. Il y avait le gros derrière de Rebecca dans son pantalon de cow-boy qui faisait soudain office de postulat à côté du jean délavé de Consuela. Mais il y avait également la crudité dans la remarque désinvolte de Georg qui disait que Consuela était effectivement mieux lotie, du point de vue des sanitaires, que le maître de maison en personne, le gentil esclavagiste. Et puis, il y avait quelque chose de tout à fait spontané dans le détachement avec lequel Rebecca avait dit à sa domestique qu'elle pouvait prendre le reste de sa soirée, une fois rangée la lessive. Ce n'était guère bienveillant de la part d'Ingrid de penser cela de Rebecca, mais elle ne pouvait se débarrasser du soupçon que, quelque part, derrière la déclaration décontractée et démocratique, se cachait un certain plaisir tranquille d'avoir la possibilité de donner un ordre.

Georg a posé un expresso devant Ingrid et s'en est préparé un également. Il est en face d'elle et lui fait un signe enjoué de la tête pour désigner les deux autres femmes. Berthe est toujours lancée dans sa médiation littéraire. « Qu'est-ce que tu penses de Paul Auster ? » demande-t-il à Ingrid d'un ton amusé. D'habitude, elle adore que Georg la taquine. « Georg, s'il te plaît, laisse tomber. » Il hausse un sourcil d'un air exagéré. « Alors on est sur le sentier de la guerre, ce soir ? » Ingrid prend une gorgée du café fort et repose la tasse. « C'est seulement qu'il y a une chose que je ne comprends pas », dit-elle. En même temps, elle est étonnée par sa propre question, car à quoi cela va-t-il mener de creuser ainsi la chose. « Auriez-vous embauché une Indienne s'il fallait lui verser un salaire en accord avec les conventions danoises ? » Il lui adresse un grand sourire. « Non, nous n'en aurions certainement pas les moyens. Mais, Ingrid, n'oublie pas qu'elle *est* philippine. »

Le regard de Georg se pose sur elle, calme, chaleureux. Ce n'est pas un autre Georg, il est toujours le même. « Oui, reprend Ingrid, mais vous, vous ne vivez pas aux Philippines. Ça vous fait quoi de profiter de son travail, ici, au Danemark, à des conditions qu'aucun Danois ne serait prêt à accepter ? » Georg secoue la tête. « On se croirait de retour dans les années soixante-dix. » Il vide son verre de porto d'un trait, même s'il n'a pas terminé son café. « Bientôt, tu vas m'accuser d'être un néo-impérialiste, c'est ça ? » Le mot a l'air tellement ridicule dans la bouche de Georg qu'elle en sourit. « Ce n'est pas tant à elle que je pense. C'est à vous. Et je trouve que cela ne vous va pas de jouer les maîtres et les valets au rabais. »

Et là, il se passe chez Georg quelque chose qu'elle n'a encore jamais vu. Un raidissement de ses traits, comme si son visage était requis par une mobilisation générale. « Tu sais quoi ? dit-il doucement. Rebecca et moi, nous essayons de faire marcher une famille. Nous essayons de faire tenir tout ça, et c'est plus que ce que tu as jamais réussi. On est bien d'accord là-dessus ? » Il dit ça. Vraiment. Il avait certainement ça tout prêt en rayon, mais pourquoi faut-il qu'il le lui balance à la figure en lien avec Consuela ? « Et puis, dis-moi un peu, comment ça va avec ton ami, là, comment s'appelle-t-il déjà ? Frank ? » A-t-elle été méchante ? Et pourquoi Georg se montre-t-il méchant ? Elle est obligée de soutenir son regard, mais elle sent sa gorge sèche. « Est-ce qu'il va enfin se décider à quitter sa femme, ou bien est-ce que tu t'accommodes d'être un à-côté ? » Le silence s'est fait dans la cuisine, Paul Auster a disparu, Berthe regarde le jardin plongé dans l'obscurité. Rebecca a posé la main sur le genou de Georg et lui donne des petites tapes apaisantes.

Ingrid se tasse dans sa chaise et sourit à Rebecca. « Merci pour ce dîner délicieux. Comme toujours ! Je crois qu'il est temps que je pense à me rentrer. » Rebecca lui rend son sourire, sourire qui a des allures de feu de détresse. Ingrid regarde Berthe. « Tu veux que je te ramène ? » Berthe est livide, ses lèvres ont presque disparu, comme si c'était elle qui avait tout gâché. Elles se lèvent, Rebecca les accompagne, suivie de Georg. Berthe a du mal à trouver son manteau, mais le branle-bas dans l'entrée fait une diversion bienvenue. Ils parviennent à échanger quelques phrases sans éclat, Rebecca la serre dans ses bras de manière un peu trop longue et un peu trop appuyée. Georg s'y essaie également, mais il lui donne une de ces bises où l'on a déjà tendu l'autre joue avant même la première. Du genre où Jonas excelle, et dont on préférerait se passer.

Le silence est rompu quand elles ont passé Femvejen. « Mais qu'est-ce que tu cherchais? demande Berthe. — Je ne sais pas », dit Ingrid. Il n'y a presque pas de circulation sous les alignements parfaits de lampadaires bleuâtres. « Il faut toujours que tu mettes ton grain de sel, dit doucement Berthe. — C'est comme ça, répond Ingrid. — Mais à part ça, il a raison », dit Berthe. Elle regarde en direction du viaduc de Bernstorffsvej Station qui grandit et s'ouvre comme une gueule béante.

« Que veux-tu dire ? demande Ingrid. — Je me fais du souci pour toi, dit Berthe. — Ça ne te ressemble pas, répond Ingrid qui regrette immédiatement le ton de triomphe blessant. — Même si on a été une mauvaise mère, on a le droit d'être inquiète, réplique Berthe. — Je croyais que tu étais ravie, quand j'ai plaqué Anders. » Ingrid passe dans le tunnel avant la rampe qui mène à Lyngbyvejen, et elles débouchent sur Hans Knudsens Plads. « Je ne te comprends pas, dit Berthe. Oui, j'ai trouvé que tu avais bien fait à l'époque. Mais Georg a raison. Cela fait bientôt huit ans. » Ingrid ralentit quand le feu passe au rouge au croisement qui marque la fin de l'autoroute. Elle pourrait répondre qu'elle n'a guère agi différemment de Berthe, mais ça suffit comme ça pour ce soir.

À la place, elle lui demande si elle s'est fait soigner sa dent. Cela fait un moment que Berthe a des ennuis avec une molaire qui a besoin d'être dévitalisée, mais elle a une peur panique des dentistes, en outre, Ingrid a découvert quelque chose de nouveau chez sa mère. Berthe est devenue radine avec l'âge et préfère continuer à avoir mal que de casquer. Elle dit qu'elle aurait eu de quoi s'offrir un service Flora Danica entier avec tout ce qu'elle a dépensé en couronnes et en bridges rien que ces dernières années. L'exagération fait rire Ingrid, et Berthe rit à son tour, mais ce n'est pas ce rire forcé dont elle se sert pour dominer parce qu'elle n'a jamais vraiment appris à saisir ce qu'est la relation avec les autres. Écouter, compléter, saisir le témoin et le passer au lieu de s'asseoir dessus.

Au fond de la Berthe tapageuse, il y a encore une pensionnaire gauche et mal assurée qui se tape sur les doigts parce qu'elle sait qu'elle ne va pas tarder à casser ou renverser quelque chose. Elle gère son manque d'assurance en se transformant en artisan de sa propre campagne partout où elle met les pieds, et son violent besoin de contact ne fait que souligner son sens défaillant des situations. Mais ici dans la voiture, sur le chemin du retour, elle se détend enfin. Ingrid aimerait que les gens voient sa mère ainsi, quand elles sont seules. C'est son rire retenu qui, il y a quelques instants, a fait la différence. Alors qu'elles parlent de dents, Ingrid a l'impression de tenir Berthe par la main, même si c'est seulement le levier de vitesses qu'elle manie. Pendant un long moment, elle se sent dans son élément, et ce n'est pas lié à un lieu.

Ingrid dormit chez Ada et Per la nuit avant de partir à Rome, la première fois où elle alla voir Berthe. Comme elle devait être tôt à l'aéroport, Per avait promis de l'y conduire. C'était aux vacances d'automne. Elle s'était rapidement adaptée à sa nouvelle école et ne se sentait pas plus différente à Helsingør qu'elle ne l'avait été à Holbæk. Si elle passait autant de temps seule, c'était son choix. Elle appréciait que personne ne la connaisse. Il y avait une certaine liberté à se dire qu'elle ne se préoccupait guère de ce que les autres pensaient d'elle.

Elle aimait se voir de l'extérieur quand elle restait dans un coin de la cour avec un des livres que Per lui avait prêtés, ou avec la dernière lettre de Georg à Boston. Elle laissait traîner les aérogrammes bleu ciel comme autant de marque-pages dans ses livres d'école, afin de signaler à quel point ses attaches réelles étaient loin de tous et de tout. Si un garçon la draguait, elle lui faisait comprendre qu'elle était bien trop cosmopolite pour s'amouracher localement. Même si ses camarades ne savaient presque rien d'elle, tout le monde était au courant que son père était critique à *Politiken* et que sa mère vivait à Rome. À entendre les choses ainsi, elle trouvait que cela avait de l'allure.

Ce soir-là, Ada servit le dîner dans la bibliothèque. Lorsqu'ils étaient tous les deux, Per et Ada mangeaient sur la petite table où, normalement, ils posaient les journaux et les livres qui n'étaient pas encore coupés. Ada avait l'air irritable et ne cessait de rabrouer Per. Il n'avait pas mis le vin blanc au frais, il avait laissé la fenêtre de la salle de bains ouverte sans la mettre à l'espagnolette, si bien qu'elle cognait sous le vent. Il était débonnaire comme toujours et prenait les reproches d'Ada avec un calme qui paraissait à la fois humble et digne. Ingrid ne savait dire s'il avait un peu peur d'Ada ou si, au contraire, il passait l'éponge et, par sa douceur à suivre les caprices d'Ada, il cherchait à la protéger de son propre tempérament.

Il avait préparé un guide de Rome rien que pour Ingrid, méticuleusement tapé à la machine, avec des commentaires en style télégraphique sur tous les monuments. Il lui donna également une carte achetée pour l'occasion, où un numéro écrit au stylo correspondait à chacun de ces mêmes monuments et, enfin, il lui offrit un vieux livre avec des photos des années quarante. Ingrid le possède encore et c'est ce livre qu'elle consulte lorsqu'elle cherche à se souvenir de sa première visite à Rome. Elle a oublié ce qu'elle a vu, elle a oublié ses premières impressions, car ses séjours suivants se sont agrégés au premier. Les clichés du château Saint-Ange, du Colisée ou du Capitole, dans le vieux livre usé, lui rappellent mieux que tout l'aventure et la rêverie éprouvées à se promener seule avec les feuillets pliés de Per.

Dans le bureau de Per, ils avaient passé en revue tout ce qu'Ingrid devait voir quand Ada était venue leur dire de passer à table. Elle lui dit d'arrêter de la contrôler à distance, mais il fit comme s'il ne l'avait pas entendue. « De toute façon, il est impossible d'arriver avant les Japonais », asséna-t-elle. Une fois à table, l'humeur d'Ada ne fit qu'empirer et ils ne parlèrent guère pendant le repas. À un moment, elle se tassa dans sa chaise pendant que Per lui servait un verre. Elle dit qu'elle ne comprenait pas ce que Berthe voulait faire là-bas, à part se goinfrer de spaghettis. D'un point de vue littéraire, Rome était parfaitement inintéressante, à l'exception peut-être de Moravia et d'Elsa Morante. Pourquoi ne pas aller plutôt à Paris ? Elle ne parlait pas mieux italien que français et, à Paris, ils auraient pu l'aider utilement avec leurs contacts et leurs relations.

Per ne répondait pas et Ingrid eut le sentiment que, en réalité, Ada s'adressait à elle. Ou, plus exactement, à Berthe, par son intermédiaire, comme si Berthe attendait qu'Ingrid lui transmette le message que Rome, c'était zéro. Mais pourquoi comparer les deux villes ? Pourquoi Ada se donnait-elle cette peine ? Ada la regarda directement avec son super-sourire rouge vif. « Jadis, Per et moi sommes allés à Paris en taxi. N'est-ce pas, Per ? » Il eut l'air honteux en y songeant. « Nous étions plusieurs, marmonna-t-il. — Nous étions allés en ville, poursuivit Ada, et j'ai eu envie d'une douzaine d'huîtres à La Coupole. Le chauffeur était d'accord, il lui suffisait de passer chez lui pour prendre sa brosse à dents. Nous ne sommes arrivés à Paris que le lendemain soir. Per a conduit une partie du trajet pour que le chauffeur puisse dormir, mais à peine avons-nous franchi la Seine que nous sommes allés illico à La Coupole. Oui, ce coup-là, c'était quelque chose. »

Berthe vint la chercher à Fiumicino. Elles ne s'étaient pas vues depuis presque cinq mois. Berthe avait un peu plus de trente-cinq ans ; elle avait toujours les cheveux teints en roux, mais elle les avait coupés court et portait une djellaba en guise de robe. De plus, elle s'était mise à fumer. Une clope pointait ostensiblement entre ses doigts tandis qu'elle guettait sa fille, une silhouette bizarre au milieu des chauffeurs de taxi qui brandissaient des panneaux portant les noms d'Américains venus participer à un congrès. Elle agitait la main de sa manière par trop manifeste et, en passant la douane, Ingrid fit comme si elle ne l'avait pas encore aperçue. Berthe s'était déjà grandement éloignée de la mère qu'elle avait été. Une jeune maman banale, fatiguée, stupéfaite et fière de toute la nature dont son corps avait fait l'expérience. Une tempête fougueuse de douleur et de sang qui, de manière étrange, lui laissait sur les bras cette petite grenouille fripée et veinée de bleu.

Ingrid n'a aucun souvenir de la jeune femme qu'était Berthe. Il lui faut l'aide d'une photo. La dernière fois qu'Ada a été hospitalisée, Ingrid et Berthe se sont chargées de faire le ménage dans l'appartement d'Esplanaden qui était devenu franchement répugnant. Berthe n'a pu résister et sa curiosité fut récompensée, car Ada avait tout caché. En plus de ses lettres envoyées du pensionnat, Berthe trouva également une photo de groupe des élèves journalistes à *Politiken*, en 1958. C'est certainement un des photographes du journal qui a pris les jeunes gens en train de nourrir les pigeons sur Rådhuspladsen, tout en spontanéité posée. Les garçons ont le cheveu haut et des duffel-coats, les filles sont en jupes plissées. Berthe est presque à l'écart et ne semble pas participer vraiment à la scène. Elle tend une poignée de miettes de pain, on sent qu'elle aimerait suivre les autres, mais peut-être a-t-elle un peu peur des bêtes qui battent des ailes, avec leurs yeux écarquillés et leurs serres bien trop rouges.

Elle a certainement rougi, ce qui lui arrive toujours pour un rien, mais on ne le voit pas. Elle porte un manteau court à carreaux qui semble destiné à un homme, et ses cheveux sont couverts par un foulard noué sous le menton. Le foulard souligne son innocence dodue, et elle n'a presque rien à voir avec la mère qui, quinze ans plus tard, attend sa fille à Fiumicino. Elle est juste une très jeune femme qui ne sait rien. Envisager que, dans un avenir lointain, son moi inexpérimenté accouche d'une existentialiste en djellaba, c'est presque trop exiger de son imagination.

Berthe la serra si longuement dans ses bras qu'Ingrid eut presque la nausée à l'odeur de poil de chameau, d'encens et de musc répandue par la djellaba. En allant à la voiture, Berthe l'interrogea sur son école, mais elle semblait remplir une obligation, et Ingrid répondit le strict nécessaire. Il y avait tant de choses sur lesquelles Berthe ne demanda rien, et tant de choses que, de toute façon, Ingrid n'aurait pas confiées, mais elles parvinrent cependant à discuter jusqu'à Rome. Berthe se trompa à un échangeur et la route fut longue avant qu'elle ne gare sa Cinquecento dans une ruelle obscure aux murs jaunes et aux pavés noircis. « Attends, tu vas voir ! » Elle arbora un sourire madré quand elle s'arrêta devant une porte et enfonça une clef dans la serrure. Ingrid trouva également ça fantastique que sa mère ait la clef d'une porte bien banale dans la ville célèbre. Mais, ce sourire-là, Berthe aurait pu tout aussi bien l'adresser à une amie adulte. Et en lui rendant un sourire entendu, Ingrid acceptait que, à l'avenir, elles soient exactement cela : des amies.

L'appartement était exigu et bas de plafond, avec de petites fenêtres et des carreaux de céramique au sol. Ingrid reconnut plusieurs meubles. Ils avaient l'air égarés dans ce cadre étranger, loin de Holbæk. Un petit escalier menait du salon à une terrasse presque aussi grande que la surface de l'appartement, et où poussait une profusion de fleurs et de plantes dans des gros pots en terre. D'un côté, on avait vue sur les toits avec les antennes de télé et du linge à sécher. De l'autre, on voyait une colline verdoyante, avec des pins et de vieilles maisons aux murs tachetés et aux volets clos. Berthe alluma une cigarette et souffla la fumée avec la lèvre inférieure, tout en attendant une réaction. « C'est vraiment chic », dit Ingrid, mais elle sentit que Berthe n'était pas satisfaite. Le regard d'Ingrid tomba sur une table entourée de chaises de jardin, sur laquelle était posée une théière recouverte d'un cache-théière. « Tu as déjà préparé le thé ? » demanda-t-elle. Berthe eut un sourire bizarre, presque d'excuse. C'est à cet instant qu'Ingrid se rendit compte qu'il y avait trois tasses.

Quand elle se retourna, une inconnue surgit de l'escalier. Une idée lui traversa l'esprit. Berthe était devenue lesbienne. C'était donc ça que voulait dire Norman Dreyer quand il avait déclaré que Georg n'était qu'un motif, et non la cause, de leur divorce. La femme portait une robe en cuir avec une ceinture et des bretelles, ses cheveux blond cendré étaient brossés en arrière et maintenus par un bandeau. « Salut Ingrid, dit-elle en tendant la main. Moi, c'est Ellen. »

C'est nouveau d'ouvrir la porte de l'appartement en sachant que Jonas n'est pas là, tout simplement parce qu'il ne rentrera pas. Même pas après minuit, l'heure autorisée. Elle n'aura pas à se lever, en chemise de nuit, elle n'aura pas à faire les gros yeux et à lui demander où il était, et pourquoi il n'a même pas trouvé le moyen d'appeler à la maison. Elle connaît la réponse boudeuse qui monte de son lit défait où il se sera déjà vautré tout habillé. La batterie de son portable sera morte, ou il aura l'audace de prétendre qu'il a essayé de téléphoner. Si jamais il ne prend pas l'air du martyr et argue que tous les autres avaient le droit de rester chez Oliver ou Rune jusqu'à minuit, et qu'*Apocalypse Now* est plus long qu'un épisode de la série télé *Matador*.

D'avance, elle aura abandonné l'idée de discuter de la pertinence, pour lui et ses copains, de se repaître de films violents, et ce, bien après l'heure normale où ils devraient être couchés. À la place, elle lui fera remarquer qu'il n'est pas minuit, mais trois heures moins le quart. Il répondra qu'il n'a pas vu le temps passer, ou que le bus de nuit était supprimé. Elle lui demandera pourquoi il n'a pas pris son vélo, et la réponse sera que quelqu'un lui a volé ses phares de vélo, que les pneus sont crevés ou, s'il se sent vraiment coincé, que le vélo a été volé. C'est ainsi qu'a disparu, il y a peu, un vélo coûteux qu'Anders lui avait offert pour son anniversaire et lorsque Jonas a réclamé l'argent de l'assurance, elle a eu le sentiment déplaisant de ne pas savoir quoi faire.

Comme mère, elle a été un fiasco. Le fait d'être mère s'est mué en une démonstration d'impuissance. Elle en est au point où l'on possède de l'autorité tant que l'on ne s'en sert pas. L'autorité est une ressource limitée, comme le pétrole, l'or et la patience. Du reste, en quoi aurait consisté une démonstration de force ? Pas plus tard que ce matin, elle s'est essayée à la gifle, et cela n'a pas très bien marché. Quant au bluff, ça ne réussissait que tant que le gamin souhaitait qu'elle soit toute-puissante, et cela s'était arrêté quand il avait eu deux ans et demi. Sa plus grande erreur a été de croire mordicus que son amour ferait le travail pour elle. S'il était venu avec elle à Charlottenlund, elle n'aurait pas manqué d'être stupéfaite de constater que la température entre eux aurait chuté considérablement dès qu'ils seraient montés dans la voiture. Cela aurait été comme si un film en couleur passait soudain en noir et blanc. Quand ils sont ensemble chez Georg et Rebecca, il redevient pendant quelques heures l'ancien Jonas, tendre et vif, l'œil pétillant. L'harmonie, là-bas, est contagieuse, mais elle dure seulement le temps de la visite. Ensuite, il reprend son moi pubertaire habituel. De toute façon, il aurait sans doute trouvé une excuse pour ne pas venir avec elle. Ou, tout simplement, il aurait disparu.

C'est nouveau pour elle de savoir qu'elle ne va pas se

disputer avec son fils parce qu'il ne l'a pas informée de l'endroit où il est. C'est nouveau aussi de ne pas avoir à pousser un soupir de soulagement parce que, une fois de plus, il est rentré à la maison sain et sauf. Oui, le moins que l'on puisse dire, c'est que c'est une situation nouvelle. Elle va échapper à ses mensonges, mais devra également se passer du soulagement. Elle va passer la nuit à regarder les aiguilles phosphorescentes de son réveil, prise dans un étau d'inquiétude sur ce qui peut lui arriver dans la grande ville. Il ne lui est jamais venu à l'esprit que ce peut être lui qui cause du tort aux autres. Elle s'assied à son bureau et téléphone à Sven, même si elle sait que c'est vain. Il est presque onze heures du soir et, bien entendu, Jonas n'est pas chez son grand-père en train de regarder l'émission de variétés *Hit med sangen.* Mais, au moins, Sven ne pourra pas dire qu'elle n'a pas essayé de le joindre. Elle attend, elle attend encore, mais Sven ne répond pas. Et la sonnerie de son portable se fait entendre, assourdie par la porte du placard dans l'entrée. Elle se précipite. Peut-être est-ce Jonas, peut-être est-ce Georg qui l'appelle pour recoller les morceaux. Elle écarte la porte brusquement, attrape fébrilement l'appareil et elle est sûre d'être arrivée trop tard quand elle appuie sur la touche et prononce un « Allô ? » essoufflé.

« C'est Frank. Qu'est-ce qui t'arrive ? » Elle se laisse glisser par terre, adossée au placard. « J'avais oublié mon téléphone dans la poche de mon manteau. Ça fait plaisir de t'entendre. Je suis désolée pour tout ce que j'ai dit, Frank. Je merde complètement aujourd'hui. » Si seulement il était là. « Tu es à la maison ? » Si seulement il était là, juste à côté. « Je viens de rentrer. J'étais chez

Georg et Rebecca. Là non plus, ça ne s'est pas très bien passé. Tu es où ? »

Elle entend un grondement qui augmente et passe. Il est obligé d'attendre avant de répondre. « Au pont de Langelinie. J'avais besoin de me dégourdir les jambes. Je rentre chez moi. » Ingrid visualise l'endroit. Le terre-plein de la voie de chemin de fer devant Østerport Station, Østre Anlæg, le Statens Museum for Kunst, le siège de la DSB. « Tu as essayé de m'appeler ? » À vol d'oiseau, ils ne sont pas loin. « Lise n'était pas très bien aujourd'hui. Elle dort en ce moment. »

C'est pour ça qu'il ne pouvait pas venir cet après-midi. Il aurait pu le dire. « J'espère que ce n'est rien de grave ? » Elle s'est relevée et traverse l'appartement, le téléphone collé à l'oreille. Comment pourrait-il passer le week-end avec elle si Lise est malade ? « Non, non. Elle va chez sa sœur demain et revient lundi. C'est pour ça que j'appelle. Si, bien sûr, tu as envie que nous passions deux jours ensemble ? »

Elle rit de soulagement et de joie, il n'est pas fâché contre elle, tout est comme d'habitude, et ils vont passer du temps ensemble. « On va où ? » demande-t-elle. À l'entendre, on dirait un enfant. « Tu ne préfères pas que ce soit une surprise ? » Mais si, bien sûr. Elle adore les surprises. Il va venir la prendre et ils vont partir loin, très loin, peu importe où.

Quelqu'un a allumé la lumière dans l'entrée de l'immeuble qui donne sur la rue. Une lueur pâle tombe sur la structure aérée du figuier, et sur ses branches robustes. Les premiers bourgeons ont déjà poussé au bout des ramilles. En été, elle aime s'installer à sa table et contempler les grosses feuilles rondes qui lui font penser à des collages de Matisse. Elle l'a rapporté de Bornholm, une fois où elle était à Gudhjem avec Frank, lors d'une escapade secrète comme celle qu'ils feront demain. Elle avait été surprise de voir que des figuiers poussaient là-bas, et elle avait été encore plus étonnée qu'il pousse dans une cour d'immeuble à Copenhague. Ce sont peut-être les tuyaux du chauffage urbain, sous les pavés de la cour, qui lui font croire qu'il se trouve encore chez lui, sur son île granitique ensoleillée. C'est leur arbre, même si Frank ne vit pas officiellement ici. Elle pense à ce qu'a dit Berthe. Elle et Georg peuvent se donner raison autant qu'ils veulent. À sa manière, sous les pavés, dans la ligne secrète qui relie Sølvgade et Østerport à vol d'oiseau, Frank est son homme.

Le regard d'Ingrid tombe sur le dos d'un livre usé dans la bibliothèque. Elle le prend, c'est le livre illustré de Per, ce livre d'après-guerre avec les photos en noir et blanc des monuments de la Ville Éternelle. Elle l'ouvre et trouve le guide aux feuilles jaunies et maintes fois repliées. Elle feuillette le livre. Ici et là, on voit une femme en tailleur serré ou une petite Fiat, une *Topolino* pétaradante qui, telle une éphémère, indique quand le cliché a été pris. Les édifices antiques ont l'air d'une indifférence monumentale, pour eux, un siècle est insignifiant. Les gens n'ont aucune importance. Après un certain niveau de destruction, les ruines du Forum se sont détournées de toute humanité pour virer à l'abstraction majestueuse et minérale. Peu importe si ce sont les troupeaux de moutons pastoraux de l'Âge d'or ou les Japonais avec Sony et visière qui passent entre l'herbe écrasée et les colonnes rongées.

Après sa première visite, Ingrid n'a jamais remis les

pieds au Forum, même lorsqu'elle a passé six mois à arpenter la ville. Ses camarades ne se lassaient jamais de mesurer l'harmonie autoritaire de la construction des temples romains, mais elle s'intéressait davantage aux petits espaces honnêtes des églises médiévales et à leur contraire, le tourbillon du Baroque. Elle adorait l'élégance elliptique de Borromini qui débouchait dans la capacité de ce dernier à prolonger une façade de manière imaginaire et de mettre en branle l'espace invisible. Plus tard, Ingrid a découvert qu'elle partageait cette passion avec Villads Jensen. C'est lui qui a déclaré que Borromini est la danseuse du ventre du Baroque, et il a raison. Tout est essoufflement concave ou tremblement convexe et dilaté dans les constructions éminemment swingantes de Borromini.

Sans la liste dactylographiée de Per, elle n'aurait pas fait aussi efficacement tout ce que l'on doit absolument voir à Rome, et que l'on désire seulement voir une seule fois. Elle déplie les feuillets avec précaution. Il n'y a pas une seule faute de frappe, mais les mots et les noms sont un peu pâles, soit parce qu'il ne tapait pas assez fort sur les touches, soit parce que le ruban de sa machine avait besoin d'être changé. Les noms de lieux célèbres et les commentaires impersonnels et encyclopédiques apparaissent soudain comme une empreinte de Per, l'ultime reste d'une présence qui, après avoir reflué, n'est plus que néant. Son intérêt pour une adolescente qui n'était même pas sa petite-fille véritable. Le soin édifiant qu'il portait à l'éducation de celle-ci, qui, tant d'années plus tard, paraît un peu naïf, non seulement parce que du temps a passé, mais parce que les temps ont changé.

Que dirait Jonas si on lui glissait dans le sac à dos un

pensum aussi soigneusement rédigé ? Il penserait sûrement que Per était un vieux snob. Ou bien dirait-il, ironiquement, que Per était *culte*, avec son tweed chevron et sa diction classique de vieux Copenhagois ? En tout cas, il aurait dit merci beaucoup avec un sourire embarrassé avant de rouler le guide de Rome dactylographié et de le plonger dans une poche de son pantalon hip-hop, où Ingrid l'aurait extrait une semaine plus tard, transformé en une boule molle de papier et d'encre, quand elle aurait ressorti le pantalon de la machine à laver.

Elle était différente de son fils, plus respectueuse de l'autorité, diraient certains, mais Per n'était pas une autorité, il était Per. S'il disait que quelque chose était digne d'intérêt, son intérêt était contagieux et c'était la chaleur de Per qui la touchait en premier, avant ses connaissances, avant le petit investissement d'attention. Elle n'avait jamais le sentiment de se forcer, car il marchait à côté d'elle, invisible, dans l'automne romain ensoleillé, et visiter la maison des Vestales sur ses conseils constituait une manière indirecte d'être avec lui. Cela faisait aussi une récréation de l'appartement dans Trastevere et de la compagnie de Berthe et de la mère de Georg.

Ça, elle ne l'avait pas prévu. Elle avait seulement imaginé que, après cinq mois de séparation, elle passerait un peu de temps en tête à tête avec sa mère. Qu'elle la retrouverait, après que sa mère se serait trouvée elle-même. Lorsque Berthe avait rapporté les tasses de la terrasse, et quand, un instant, elles s'étaient retrouvées seules, elle lui avait demandé si elle était opposée à la présence d'Ellen. Berthe aurait préféré l'inviter à un autre moment, mais sa visite avait coïncidé avec les vacances d'automne.

Ellen était une femme affable et discrète, et son attitude avait un effet modérateur sur Berthe. Même sa curiosité était mise en sourdine. Pour une fois, elle préférait écouter que parler et, si elle interrompait Ellen, c'était pour obtenir des détails par des questions. Visiblement, lorsque Ellen parla de sa liaison avec le jeune Norman Dreyer, Berthe ne souhaitait pas que celle-ci soit trop rapide dans son récit. Il n'y avait pourtant presque rien à raconter en comparaison des quatorze années que Berthe avait vécues avec lui, mais elle ne put s'empêcher de creuser.

Ellen n'était guère intéressée par ce que Berthe avait à débiter. C'était Georg qui lui importait. En revanche, Berthe se montra tellement distraite que cela en parut presque impoli lorsque Ellen leur raconta que Georg avait remporté le championnat junior de natation du Jylland, qu'il avait sauvé de la noyade un camarade tombé dans un trou d'eau, et qu'il avait manifesté un intérêt précoce pour disséquer les animaux morts qu'il ramassait pendant ses randonnées. Toutes les anecdotes diverses sur l'enfance de Georg vinrent se poser comme une couronne autour des impressions qu'Ingrid avait eues au cours de l'été passé. Son corps musclé et bronzé, son rire débonnaire, la confiance qu'il dégageait. Pendant qu'Ellen parlait, Ingrid pensait à ce que Georg lui avait appris au sujet de sa mère. Les deux récits se mêlaient dans l'esprit d'Ingrid et elle eut presque le vertige en songeant à cette vie à laquelle elle était liée, sans le savoir.

C'était également la première fois qu'Ellen venait à Rome, et Berthe se fit fort de leur montrer la ville. Cependant, Ingrid profita davantage du guide de Per.

Une bonne partie de ce que Berthe leur disait était erronée, et elle passait à côté d'un grand nombre de choses décrites par Per, sans les remarquer. Ainsi, Ingrid fut obligée de les arrêter et d'attirer leur attention sur l'éléphant du Bernin qui porte l'obélisque de la Piazza della Minerva. Ce fut également elle qui apprit aux deux femmes que le clocher de la chapelle de l'université, fait par Borromini, avait autrefois servi de modèle à Lauritz de Thurah pour la flèche de Vor Frelsers Kirke à Copenhague. Elle sentit que cela agaçait Berthe d'être ainsi informée par sa fille. Rome était sa propriété personnelle et elle s'était fait une joie de leur faire visiter la ville. Le soir, elles dînaient dans un restaurant du quartier. Berthe préférait les bistrots simples, « juste un trou dans le mur » comme elle disait, où le menu était écrit à la craie sur une ardoise, et où il coulait de l'eau de source des montagnes du robinet au-dessus de l'évier. Cela amusait Ingrid d'observer les clients. Elle ne comprenait pas un mot, mais devinait ce dont ils parlaient par leurs gestes des mains impatients, arrogants, vantards ou exagérément étonnés. De cette manière, cela lui permettait de faire un peu abstraction de Berthe.

En règle générale, cela correspondait au moment où la première carafe de vin blanc était vide. Là, c'était au tour de Berthe de s'exprimer. C'était surtout elle qui parlait et elle avait besoin de commandei une nouvelle carafe entre les pâtes et le plat. Elle parlait de Norman Dreyer, de sa mère cruelle et de son enfance malheureuse, et cela, Ingrid ne le supportait pas. En particulier, elle n'en pouvait plus lorsque Berthe commençait à parler de son « combat ». Elle refusait de l'entendre dire du mal de Norman Dreyer. Lorsque Ingrid y repense aujourd'hui, elle trouve que c'est terrifiant de voir à quel point l'enfant est loyal envers même le plus mauvais père ou la pire mère. Berthe aussi était loyale quand, émue par elle-même, elle décrivait à Ellen la froideur de sa mère, le pensionnat et toutes les lettres restées sans réponse. Oui, elle l'était, d'une manière détournée. Pas envers la réputation d'Ada, mais envers les liens gluants et sanglants entre elles, des liens qu'elle n'avait jamais été en mesure de rompre.

Pour Ingrid, cela s'était fait tout seul. Le lien s'était fané et défait, et il n'avait rien laissé sinon une tache opaque et blanche. Elle ne ressentait rien à cet endroit, sinon de la liberté. Mais elle avait l'impression d'être envahie quand Berthe la forçait à écouter ses critiques sur Norman Dreyer, ce crétin fini, et pire encore, quand elle essayait de lui soutirer s'il avait rencontré quelqu'un. Elle ne parvenait pas à le lui révéler, mais elle ne savait pas encore pourquoi. Elle savait seulement que ce n'était pas seulement Norman Dreyer qu'elle épargnait.

Un dimanche matin où Ingrid était descendue à la salle de bains à Helsingør, elle y avait trouvé une fille nue en train de pisser. « Bonjour », avait-elle dit, et Ingrid avait pensé qu'il n'y avait pas grand-chose d'autre à dire. La fille avait l'air d'avoir vingt-cinq ans. Ses yeux étaient étroits et ses longs cheveux emmêlés couvraient pile ses petits seins. « Je m'appelle Maja, dit-elle en s'essuyant. Et toi, tu dois être Ingrid », ajouta-t-elle en tirant la chasse. Ingrid se tint à l'écart de la maison pendant toute la journée. Norman Dreyer était seul quand elle rentra enfin, et il fit comme si de rien n'était pendant le dîner. Peut-être la fille ne lui avait-elle rien raconté de leur rencontre dans la salle de bains.

Heureusement, il avait fait très beau cet été-là et Georg passait souvent prendre Ingrid le week-end, près de l'hôtel Trouville. Elle ne lui dit rien sur la vie sexuelle de Norman Dreyer, d'ailleurs, ils ne parlaient jamais de leur père. Plus tard, au cours de l'été, en rentrant à la maison un après-midi, Ingrid entendit que Norman Dreyer avait à nouveau de la visite. Elle crut tout d'abord qu'il était dans sa chambre à tirer la queue d'un âne, mais, en fait, l'âne, c'était lui. Elle passa deux heures à traîner en ville. Elle resta longtemps sur le port, adossée à la colonne Svea, à regarder les allées et venues des ferries.

De retour à la maison, elle trouva deux chaises longues installées dans le jardin, mais Norman Dreyer ne servait pas de la sangria à la jeune fille aux yeux étroits. La femme dans la chaise longue avait à peu près deux fois son âge. Elle avait des cheveux noirs coupés au carré, des rides aux coins des lèvres, et un sourire tellement enjôleur qu'Ingrid eut l'impression de pouvoir compter toutes les dents de son dentier. « Viens dire bonjour à Lone », dit Norman Dreyer. Lone travaillait également au journal. Ingrid monta dans sa chambre et y resta, même s'il y faisait tellement chaud que l'on avait qu'une envie, être dehors.

Un soir, dans le Kystbanen, elle se mit à feuilleter un journal que quelqu'un avait laissé sur le siège en face. Sinon, elle ne lisait jamais *Politiken*, car elle risquait de tomber sur quelque chose écrit par Norman Dreyer. Et, comme prévu, son nom s'étalait au-dessus d'une grosse critique d'un recueil de poésie. L'article était illustré par une photo de la jeune auteur. On comprenait qu'il s'agissait de son premier livre. Elle était adossée à un mur à la peinture écaillée et faisait la moue avec ses longs cheveux emmêlés qui tombaient sur ses yeux étroits. Ingrid ne la reconnut pas tout de suite, peut-être était-ce parce qu'elle était habillée. Maja Voigt perçait le brouhaha littéraire par sa voix personnelle, à la fois crue et fragile, écrivait Norman Dreyer. Ingrid se dit qu'un tel enthousiasme ne lui allait pas.

C'était tout cela dont Berthe aurait aimé l'entendre parler, mais Ingrid était encore jeune. Elle ne comprenait pas pourquoi sa mère voulait savoir quelque chose sur les femmes de Norman Dreyer, puisqu'elle en avait fini avec lui. Du reste, elle n'avait pas envie de comprendre. Comme elle avait erré dans les rues de Helsingør, rien que pour être tranquille, elle fit de longues promenades dans Rome, soulagée d'être seule. Quand elle n'avançait pas dans la liste de Per, elle déambulait dans le Vatican ou dans les quartiers d'habitation anonymes et pesants autour de Cola di Rienzo et de la Viale delle Milizie. Elle n'allait nulle part, elle ne devait rencontrer personne et c'était un soulagement de marcher ainsi. C'était sa vie, sa propre vie, et elle n'en savait encore rien.

Quand elle contemplait les vitrines des quincailleries, ou quand elle prenait un *spremuta* dans un bar bruyant, Berthe et Norman Dreyer étaient alors si loin. Elle préférait imaginer des choses qu'elle ne connaissait pas. Un établissement de bains sur le Limfjord, l'été où elle avait deux ans. L'eau immobile, les planches chauffées par le soleil, le chemin tapissé de fibre de coco avec des brins d'algues. Georg, pieds joints, qui tend les bras, courbe la tête et disparaît dans une gerbe d'écume. Le meilleur nageur de la classe.

Un soir, Berthe, qui avait bu plus que d'habitude, fut

la première à se coucher quand elles rentrèrent à l'appartement. L'air était doux, Ellen et Ingrid s'assirent sur la terrasse. Ellen alluma des bougies, comme si elle était la maîtresse de maison. La nuit était dense et épaisse et, malgré les petites flammes tremblotantes, elles se distinguaient à peine. Derrière la silhouette indistincte d'Ellen, les lampadaires marquaient la rue qui montait le long du Janicule jusqu'à la place avec la statue de Garibaldi. Les phares des voitures disparaissaient pour ressurgir bien vite derrière les immeubles et les arbres invisibles.

Ellen toussota. « Georg m'a tellement parlé de toi. Il est heureux que vous vous soyez rencontrés. » Ingrid ne sut que répondre. « Je n'aurais jamais cru me trouver là un jour, poursuivit Ellen. Ça t'embête d'en parler ? » Ingrid hocha la tête en songeant qu'Ellen ne la voyait sûrement pas. « Non », dit-elle, sans être sûre de le penser. « Je comprendrais très bien que tu sois fâchée contre moi, dit Ellen. Si je n'étais pas allée trouver ta mère, tes parents n'auraient pas divorcé. Je pensais simplement que... Georg a dû se passer de père pendant toutes ces années. » Ellen se tut. « Georg n'était qu'un motif, déclara Ingrid. De toute façon, Berthe aurait fini par partir. » C'est seulement après avoir prononcé ces mots qu'elle se rendit compte de qui elle les tenait. « Tu es très mûre pour ton âge », dit Ellen. Puis elles gardèrent le silence. C'était bizarre de penser que Norman Dreyer avait couché avec elle. Et c'était bizarre d'être assise là, dans le noir, à côté d'elle.

Un matin, Berthe leur raconta les retrouvailles avec son père. Elles avaient pris le petit déjeuner sur la terrasse, comme elles en avaient l'habitude. Ellen demanda à Berthe comment elle avait eu le cran de démissionner de son travail et de s'installer à Rome sans savoir si elle aurait la possibilité de gagner sa vie. Ingrid se souvint qu'Ada lui avait posé la même question six mois plus tôt, mais il n'y avait ni jalousie ni réprobation dans la question d'Ellen. Elle était simplement étonnée, et pas peu impressionnée. Berthe répondit qu'elle pouvait remercier le grand-père d'Ingrid. Oui, Ingrid ne l'avait jamais rencontré, quant à elle, elle ne l'avait pas vu depuis qu'elle avait huit ans. Il avait rompu tout contact quand Ada l'avait quitté et qu'elle avait emmené Berthe avec elle pour vivre avec Per Weincke. Elle prononça le nom de Per d'un ton dégagé, comme si, bien entendu, Ellen devait savoir qui était Per Weincke. Le nom ne sembla rien dire à la mère de Georg.

Le seul lien avait été la pension alimentaire qui était virée chaque mois, afin qu'Ada puisse envoyer Berthe en pension. Jamais de cadeaux à Noël ou pour son anniversaire, rien, même pas un petit mot. Il s'était remarié et avait eu d'autres enfants. « Comme… », allait dire Ellen, mais Berthe l'interrompit. Ce n'était absolument pas comparable. Il fallait essayer de comprendre à quel point Papa avait été profondément blessé. Berthe dit « Papa » d'un air tellement entendu que l'on aurait cru qu'elle et Ellen étaient sœurs. Ellen déclara qu'elle se souvenait bien du nom d'Erik Hvidbjerg. C'était un avocat connu dans le Nordjylland. La société pour laquelle elle travaillait à Aalborg avait souvent traité avec lui. N'était-il pas également un vieux résistant? Le sourire de Berthe frémissait d'impatience. Quelle drôle de coïncidence. Ellen se rappelait avoir vu des lettres de lui dans un vieux classeur, quand elle s'occupait de constituer des dossiers.

« Profondément blessé », répéta Berthe, comme si elle n'avait pas entendu ce qu'Ellen venait de dire. « Il est très sensible sous sa façade », ajouta-t-elle, et elle se mit à décrire comment Erik Hvidbjerg était tombé amoureux d'Ada, plus jeune que lui et belle comme un astre.

Il était le célibataire le plus séduisant de la ville. Elle était fille de médecin et se destinait à être pianiste concertiste. Elle était allée au Conservatoire de Copenhague, précisa Berthe, mais un accident de cheval avait mis un terme à ses rêves musicaux, et elle s'était retrouvée coincée à Hjørring. « Sans ce cheval, je ne serais jamais venue au monde », ajouta Berthe d'un ton théâtral. Ils jouaient de la musique de chambre, Erik était un violoniste talentueux, et ils se marièrent. Ils formaient un couple éblouissant. Il fallait essayer d'imaginer ce que cela avait signifié quand Ada l'avait soudain quitté. De perdre ainsi la face, d'être le cocu et la risée de tous en ville. Ingrid se dit que c'était bien un mot qu'Ada aurait pu employer, « cocu ». Peu après, il avait épousé sa secrétaire et, peu à peu, Ada n'avait plus été qu'un mauvais rêve. Ada, et la fille qu'ils avaient eu le temps d'avoir.

Berthe tourna la tête vers le panorama sur les toits de tuiles plats, comme s'il lui fallait faire appel à tout son sang-froid pour mater ses sentiments. Tout en restant silencieuse, elle tripotait de l'ongle la housse en soie rayée d'un coussin du fauteuil en rotin. Elle avait un faible pour ces coussins, tellement accueillants. Elle n'avait pas annoncé sa visite par téléphone, elle n'osait pas, et, un jour, elle était descendue à la gare de Hjørring, et le train avait continué vers Frederikshavn. C'était la première fois qu'elle revenait après toutes ces années, et elle se rendit compte qu'elle n'avait aucun souvenir de la ville. Elle avait pris un taxi jusqu'à la maison derrière Sankt Catharinæ Kirke. Le nom se trouvait encore sur la porte. Celle-ci avait été ouverte par une femme qui avait au moins dix ans de moins qu'elle. Berthe s'était présentée. La femme l'avait dévisagée un instant avant de la prier d'attendre dans le vestibule. « Maman est morte l'année dernière, avait dit la femme. Je vis ici, maintenant. Il a beaucoup vieilli. »

Berthe s'assit sur une des chaises rembourrées qui flanquaient une commode et un miroir au cadre doré. Par la fenêtre, on voyait un arbre et une partie du mur chaulé de l'église. Les meubles, la lumière, l'odeur étaient comme dans son souvenir. Elle observa les veines symétriques dans les placages d'acajou des tiroirs de la commode. Elle songea alors tour à tour à des coquilles d'huîtres, à la voûte d'une grotte, et à un ciel grisâtre un soir, comme cette soirée, jadis, où elle était assise sur une de ces chaises et balançait les jambes en attendant qu'Ada finisse de se préparer devant le miroir.

Elle se laissa bercer par les retrouvailles avec la maison de son enfance, comme si elle tentait de différer l'instant où la porte du salon serait ouverte à nouveau. Sa demi-sœur lui dit qu'elle pouvait l'accompagner au jardin. Elles ne se ressemblaient pas du tout. Elle se présenta enfin et tendit la main à Berthe avant de la précéder dans les pièces sombres et de sortir sur la véranda. Berthe regarda autour d'elle. Tout était si familier, elle seule était étrangère en ces lieux. Erik Hvidbjerg était en bras de chemise sur le gazon. Berthe se souvint qu'il avait roulé dans l'herbe avec elle, en bras de chemise, comme aujourd'hui, quand il était rentré à la maison en fin d'après-midi. Peut-être ne l'a-t-il fait qu'une seule fois, mais elle se souvient de la scène comme si, au cours de ses premières années, il avait l'habitude de faire ces roulades dans l'herbe piquante que l'on venait de tondre.

Il gardait les mains dans le dos, il se tenait droit, avec ses larges épaules et ses cheveux blancs. Il se montra aimable et lui parla comme s'il était parfaitement naturel qu'elle passe ainsi, à l'improviste. Même les questions qu'il lui posa sonnèrent comme s'il voulait juste apprendre ce qu'elle avait fait de son dimanche. Était-elle mariée ? Combien d'enfants avait-elle ? Elle se débrouillait bien. Il suivait ce qu'elle écrivait dans le journal. Ils prirent le thé sur la véranda, elle parla, il écouta avec bienveillance. Lorsque Berthe eut fini le résumé à peu près exhaustif de sa vie, il l'observa un moment. « Dis-moi ce que je peux faire pour toi », dit-il avec un sourire affable. Il fallut un moment à Berthe pour comprendre. Il voulait simplement savoir pourquoi elle était venue.

SAMEDI

Il est minuit et, même si elle est fatiguée, Ingrid sait que, si elle se couche maintenant, elle va rester à se tourner dans son lit. Elle éteint la lumière, remet son manteau et tire la porte derrière elle. Quand elle claque, Ingrid se dit que l'appartement est désormais dans le même état que si elle n'était pas encore rentrée. C'est mieux ainsi. Elle s'arrête dans la cour pour observer son figuier. En été, les feuilles des extrémités caresseront sûrement tout juste le mur traité au sulfate de fer. Même par un jour d'hiver, les murs peuvent la faire rêver de Rome. Rêver, et la réveiller.

L'air est froid, le vent s'est levé et, comme toujours, il cause une petite turbulence dans la cuvette fermée de la cour. La sciure qu'un charpentier a laissée sur les pavés tourbillonne autour d'elle en une spirale, si bien qu'elle doit plisser les yeux. Arrivée au coin de Sølvgade et de Kronprinsessegade, elle hésite un instant avant de continuer tout droit et de prendre à gauche dans Borgergade. Elle n'a pas envie de descendre dans le quartier autour de Gothersgade, avec ses bistrots et ses discothèques, où l'on tombe toujours sur un jeune en train de vomir dans une boîte de pizza. Elle boutonne le haut de son manteau, se penche un peu en avant contre le vent et poursuit en direction de Nyboder. Elle croise Store Kongensgade, continue vers Esplanaden, traverse Bredgade et passe devant la porte de l'immeuble où elle est entrée si souvent. Elle s'arrête de l'autre côté de la rue, tournant le dos à la bâtisse sombre. Il y a de la lumière dans le bow-window, Ada n'est pas couchée, à moins que ce ne soit l'aide-ménagère qui a oublié d'éteindre.

Si Ada est encore éveillée, elle est sûrement en train de lire. Même si elle a cessé d'écrire depuis tant d'années, elle suit toujours ce qui paraît. Les classiques restent sur leurs rayonnages poussiéreux. Elle, elle est *déjà* passée par là, comme elle dit. Et puis, franchement, combien d'entre eux tiennent la distance ? S'intéresse-t-on aux peines qu'éprouve une jeune fille à trouver un époux convenable, ou aux tribulations d'un paysan dans la grande ville dépravée ? Ingrid sourit, elle croit entendre le ton arrogant et traînant d'Ada. Elle s'attarde à regarder l'abat-jour Le Klint, un peu jauni. D'en bas, on ne voit pas le pied de lampe, une poterie chinoise grise avec une décoration bleue. Combien de fois ne s'est-elle pas mise à rêvasser en la contemplant. Un fleuve, une silhouette debout dans un long bateau qui glisse devant quelques roseaux, le tout peint avec des traits qui ondoient dans l'émail comme des brins d'herbe souples.

Quelques mois avant qu'Ingrid ne passe le bac, Ada a reçu le prix des Libraires pour *Je suis enfermée dans ce miroir.* Ce fut son plus grand succès, le dernier également, mais personne ne pouvait le savoir. On ne parlait plus guère d'elle depuis plusieurs années, et cela faisait longtemps qu'elle n'avait rien publié quand son livre de souvenirs sortit pour devenir une des meilleures ventes de la saison. Même si, à ce moment, cela pullulait de volumes de confessions intimes, il y avait un je-ne-sais-quoi d'irrésistiblement excentrique dans ces escapades entre les draps d'une vieille toupie, dans la bohème grise du Copenhague de l'après-guerre. Nombre de ses partenaires de lit poètes et peintres étaient encore en vie, et mariés, par-dessus le marché, mais, entre-temps, ils en étaient au stade où l'on est dans le Bottin mondain et où l'on n'attend plus que d'être embaumé. Il avait donc fallu imaginer quelques scènes de ménage car, d'après les critiques, les ressorts du matelas de la chambre mansardée derrière Nikolaj Plads en avaient vu de belles, surtout lorsque Per n'était pas là.

Tout cela se passait avant Esplanaden, avant qu'Ada ne se fasse sa place au soleil dans le monde littéraire. Avant d'être « anthologisée », comme Ingrid l'avait entendu dans la bouche de Berthe. Ingrid ne faisait que survoler les journaux. C'était comme l'eau trouble, on ne veut pas s'y baigner parce que ça sent mauvais, en outre, il restait seulement six mois à Ingrid pour rattraper ce qu'elle avait négligé pendant ses années de lycée. Elle n'avait donc guère vu Ada et Per pendant cette période et elle ignorait ce que Per pensait directement du fait qu'Ada criait sur les toits ses anciennes passades. Elle n'en eut pas besoin. Elle le vit sur la photo du journal où, vêtue de son kimono, elle ouvre la porte au président de l'Union des libraires, qui apporte un énorme bouquet de fleurs. Derrière elle, dans l'entrée, on aperçoit le dos de Per dans son peignoir rayé, à l'instant où il s'est retourné. Ingrid a conservé l'article quelque part. Ce n'est qu'une photo de presse, mais aussi parlante qu'une scène d'Edvard Munch.

Le dîner de la remise du prix eut lieu au pavillon de Langelinie. C'était à la même saison que maintenant, une froide soirée de mars. Une fois passé la fontaine Gefion, Ingrid voit se dresser le pavillon moderniste au-dessus de la promenade le long des eaux noires du port. Elle n'y est pas retournée depuis. Les lumières sont éteintes dans le restaurant aux grandes fenêtres panoramiques qui donnent sur le chenal du port. Berthe était revenue de Rome et Ingrid lui avait donné rendez-vous pour qu'elles y aillent ensemble. Berthe était dans son ancienne chambre d'Esplanaden, où elle habitait quand elle revenait au Danemark. C'était elle qui avait ouvert quand Ingrid avait sonné. L'avion de Berthe s'était posé en fin d'après-midi et elle ne s'était pas encore changée. Ada était partie en avance et Berthe n'avait pas eu la possibilité de lui dire bonjour. Elle ne savait pas où Per était passé. Il était là quand elle était arrivée. « Il avait bu », déclara Berthe, froidement, comme si elle était tombée nez à nez avec un clochard. Ingrid ne savait pas à quoi ressemblait Per quand il était ivre.

Elles n'avaient jamais été seules dans l'appartement, et Berthe semblait moins familière des lieux qu'Ingrid. Et elle ne savait pas quoi se mettre. Ingrid, elle, n'avait qu'une robe du soir. Berthe la trouvait trop décolletée. Elle finit par choisir un tailleur pantalon rayé avec une veste croisée aux épaules larges, à la dernière mode. Ingrid trouva qu'elle soulignait ses hanches larges d'une manière ridicule, mais elle n'en dit pas un mot, car Berthe était déjà tellement nerveuse. Elle avait mis trop de poudre et ressemblait à une poupée de cire avec ses cheveux roux vif et hirsutes. Berthe se maquillait devant le miroir de la salle de bains et elle demanda à Ingrid si papa venait seul. Il fallut une seconde à Ingrid pour comprendre qu'elle parlait de Norman Dreyer. Ingrid fit comme si elle ne savait pas et s'empressa de lui demander comment il se faisait qu'Ada l'avait invité. Elle ne l'avait pas invité, dit Berthe en se rajoutant un peu de poudre sur le nez. « Mais ton père n'est pas n'importe qui, expliqua-t-elle. Il est toujours invité, les éditeurs n'osent pas faire autrement. »

Elles durent faire la queue dans l'escalier du restaurant, où Ada et le directeur de Gyldendal accueillaient les gens. Ada était en lamé argent avec un turban en soie aussi tapageur que son rouge à lèvres. Plusieurs messieurs d'un certain âge lui faisaient un baisemain moqueur. Berthe fut de plus en plus agitée à chaque nouvelle marche et lorsque ce fut leur tour de saluer la lauréate, Berthe parvint à peine à dire deux mots tant elle était émue.

« Félicitations… Maman ! dit-elle dans un souffle.
— Bonsoir, Berthe. Bonsoir, ma chérie », dit Ada, comme si Berthe et Ingrid étaient de vagues cousines de Hjørring. Un peu pénibles, mais, hélas, inévitables. Berthe se prépara pour l'étreinte chaleureuse destinée à celle qui rentrait au bercail, Ada para de la joue. Berthe eut juste le temps de lui faire la bise que sa mère écartait les bras pour accueillir l'invité derrière elles. « Knud, s'écria-t-elle presque, comme c'est gentil à toi de venir ! » Berthe jeta un coup d'œil par-dessus l'épaule. « C'est Knud W. Jensen, le directeur de Louisiana, chuchota-t-elle à Ingrid avec un enthousiasme retenu. — Non,

vraiment ? » répondit Ingrid qui perçut également une excitation enfantine.

Elles restèrent dans un coin près d'une des grandes baies vitrées pendant que l'on servait le champagne. Berthe lui parla avec un tempo essoufflé d'un écrivain italien qu'elle venait d'interviewer. Ingrid n'en avait jamais entendu parler. Non loin d'elles, elle vit Maja Voigt qui s'ennuyait ferme au milieu de deux messieurs qui faisaient assaut de bons mots. Ingrid ne l'avait pas revue depuis ce dimanche où elles s'étaient croisées dans la salle de bains. Peu après, elle aperçut Norman Dreyer en compagnie de Lone, la femme aux cheveux coupés au carré. Berthe les avait vus également. « Comment ? Ils sont venus *ensemble*? » demanda-t-elle. Ingrid aurait pu lui dire que Lone passait parfois le week-end à Lappen, qu'ils étaient allés à Londres deux ou trois fois pour voir des pièces de théâtre. Mais elle n'en fit rien. D'ailleurs, étaient-ils venus ensemble ?

Berthe se mit à discuter avec une femme, éperdue de gratitude de trouver quelqu'un qui daigne lui parler. Oui, elle habitait à Rome, désormais. Oui, c'était merveilleux d'échapper à ce trou provincial. Elle parla de son appartement dans Trastevere et des gentils artisans qui l'avaient rénové et qui lui avaient apporté de l'huile d'olive et du vin de leurs fermes familiales des Castelli Romani. Vraiment touchant. On aurait cru entendre Blanche-Neige parler de ses sept nains simplets mais tellement authentiques.

Ingrid leur tourna le dos et contempla le chenal du port. Sur la terrasse entre le pavillon et le quai, elle aperçut une silhouette voûtée qui levait les yeux vers les fenêtres éclairées. C'était Per, elle en était presque certaine. Elle se fraya un chemin à travers la foule, descendit rapidement l'escalier où se trouvaient Ada et son éditeur et contourna les derniers invités qui arrivaient. Quand elle parvint finalement sur la terrasse, il n'y avait personne. Elle courut jusqu'à la promenade et regarda dans toutes les directions, mais il était parti. Elle frissonna et retourna à l'intérieur. L'escalier était vide, tout le monde était entré, mais elle n'avait plus envie de regagner la salle, plus maintenant. Elle continua jusqu'au vestiaire et posa son numéro sur le comptoir. La fille leva le nez de son livre. Elles devaient avoir à peu près le même âge. Ingrid dit qu'elle se sentait patraque. « Oh, je connais bien », dit la jeune fille en mettant la main devant la bouche, comme si elle bâillait.

Ingrid retourna vers Esplanaden. Elle vit de la lumière dans l'appartement et appuya plusieurs fois sur l'interphone. Arrivée à Østerport Station, elle entra dans une cabine téléphonique et composa le numéro de Per et Ada, mais on ne répondit pas. Une demi-heure plus tard, elle était dans le Kystbanen. Elle espérait qu'il aurait répondu s'il avait su que c'était elle. Elle ne supportait pas l'idée qu'il puisse croire qu'elle était au pavillon de Langelinie. À mesure que le train s'approchait de Helsingør, elle eut des doutes. Était-ce vraiment lui qui regardait les invités derrière les baies vitrées ? Ne se serait-il pas plutôt abstenu de venir ? Il y avait tant de choses qu'elle ignorait.

Ingrid se trouve à l'endroit où Per se tenait il y a trente ans, si jamais c'était bien lui. C'est une des choses qu'elle n'a pas réussi à tirer au clair à l'époque. Comment aurait-elle pu le lui demander ? Ils ne parlaient jamais de leur couple, seulement d'Ada, et il ne divulguait jamais rien, se montrait toujours un parfait gentleman. Ça, elle le sait maintenant. La discrétion incarnée, jusqu'à ce que, six mois après la fête, il monte sur une chaise et troque sa place contre celle du lustre.

Le vent de l'Øresund souffle si fort qu'Ingrid a du mal à rester immobile. Il fait trop froid et noir, et elle repart, le vent dans le dos. Il y a encore de la lumière dans le nouvel opéra de Henning Larsen, de l'autre côté du port. Pas sa réalisation la plus inventive, se dit Ingrid, mais pas aussi mauvaise que le disent tant de gens. Il faudrait quelques blocs pour encadrer le vide béant formé par le chenal du port, mais elle n'a pas vraiment d'idées pour faire mieux.

Le faut-il pour avoir le droit de critiquer ? Doit-on savoir ce que l'on aurait fait si l'on veut expliquer aux autres où ils se sont trompés ? *Elle* le devra, si elle veut espérer remplir le rôle de successeur de Villads Jensen. Elle n'a pas réfléchi à sa proposition depuis hier après-midi, même si sa promotion en tant que chef de l'agence va révolutionner sa vie professionnelle. L'idée lui paraît à la fois absurde et terrifiante, là, au moment où elle frissonne en contemplant les compromis grandioses qu'un maître a faits avec les conditions données. Cela ne reviendrait-il pas à ce qu'une souris marche sur les traces d'un mammouth ?

Quand elle marche, ses pensées s'égaillent en tous sens, comme un vol de pigeons effrayés. Elle repense au cercueil de Per lorsqu'il fut porté sous la pluie. Les gouttes cognaient si fort sur le couvercle qu'elles auraient dû le réveiller. Les pétales du bouquet étaient aplatis et écrasés sur la peinture blanche, tout le monde se dépêchait d'ouvrir son parapluie. Seuls Ada et les six hommes qui portaient le cercueil restèrent sans protection sous la violente averse. Ada fit son numéro et se laissa tremper, droite et théâtrale.

Il est presque une heure du matin. Peut-être va-t-elle s'endormir si elle rentre à la maison. Mais où est donc Jonas en cet instant ? Est-il sur un canapé défoncé avec un groupe de jeunes crétins en train de suçoter un joint ? Traînent-ils devant un Seven Eleven où il y a du verre brisé sur le trottoir, et où l'on pense toujours que quelqu'un va surgir pour déclencher une bagarre ? Il faut qu'elle cesse d'y penser, il le faut. Elle doit essayer de dormir. Elle pense à Frank. Il vient tôt demain matin, ce matin, ils seront ensemble. Peu après, elle passe dans Esplanaden, la lumière est éteinte chez Ada. Elle devait veiller.

L'année de la mort de Per, Ingrid passa les deux dernières semaines de décembre chez Berthe, à Rome. Elles parlèrent beaucoup de lui. Berthe raconta des souvenirs de son enfance et elles comparèrent comment il avait été un père pour l'une et pour l'autre. Berthe connaissait une période apaisée et n'avait plus le même besoin de fouiller dans la vie de Norman Dreyer, comme elle l'avait fait lors de la première visite d'Ingrid. Elle ne l'avait pas revu depuis le dîner de gala à Langelinie, mais c'était comme si la vision de Lone aux cheveux coupés au carré avait constitué un soulagement par son côté *fait accompli*. Ingrid sentit que cela aurait gâché la sérénité toute récente de Berthe si elle lui avait expliqué que Norman Dreyer et Lone ne formaient guère un couple solide. Mais, bien entendu, cela aidait aussi que, depuis plus d'un an, il y ait un nouvel homme dans la vie de Berthe.

Ingrid lui avait été présentée pendant l'été. Dès qu'elles avaient quitté Fiumicino, Berthe avait affiché un sourire mystérieux et lui avait déclaré qu'elle allait lui faire rencontrer quelqu'un. Son nouveau petit ami passerait les prendre le lendemain. Il avait réservé pour eux trois dans un hôtel d'une petite station balnéaire au sud de Rome. Ingrid se moquait d'être la troisième roue du carrosse, et la perspective de passer deux jours au bord de la mer valait mieux que celle de rester en ville. Il faisait une chaleur étouffante et elles avaient porté les matelas sur la terrasse. C'était curieux d'être ainsi épaule contre épaule avec sa mère et de regarder les avions aux feux clignotants qui passaient dans un couloir aérien au-dessus de Trastevere. Ingrid ne se souvenait pas à quand remontait la dernière fois qu'elles avaient passé la nuit comme cela, si proches. Sans doute pas depuis le temps où elle était dans un berceau, à Sydhavnen. Mais elle ne voulait pas se montrer froide et cassante, et elle laissa parler Berthe.

Luigi était correspondant de la RAI et passait le plus clair de son temps à Beyrouth ou au Caire. Ils s'étaient rencontrés lors d'un cocktail à l'ambassade américaine. Il lui avait coupé les pattes, comme le disait Berthe. Ingrid imagina la scène, avec une Berthe gisant par terre, torpillée par son charme latin. Il était plus grand que la plupart des Italiens, dit-elle, et il avait presque vingt ans de plus qu'elle. Marié, ajouta-t-elle, mais cela ne semblait pas constituer un obstacle. Son épouse était l'héritière d'un capitaine d'industrie milanais, et ils habitaient un appartement gigantesque à Parioli. Dans la présentation de Berthe, on aurait dit que c'était une distinction supplémentaire, digne d'être notée, que son amant soit marié à une femme riche. Il ne craignait donc pas de descendre pour coucher avec elle dans une chambre basse de plafond à Trastevere, quand il ne fonçait pas au Liban-Sud en gilet pare-balles.

Il lui avait déjà arrangé une interview avec Oriana Fallaci et, à maints égards, il était l'homme qui pouvait lui ouvrir toutes les portes. En tout cas, celle de Berthe lui était grande ouverte. Elle ne savait jamais quand il allait venir, mais cela ne faisait que renforcer son idée nouvelle selon laquelle l'amour est un état d'exception. Une révolution permanente où les mots comme « le tien » et « le mien » avaient perdu leur signification. Ils n'étaient pas propriétaires l'un de l'autre, disait-elle, mais elle était visiblement à sa disposition à n'importe quel moment de la journée, et à très bref délai. Quand il était en déplacement, ils passaient la moitié de la nuit au téléphone. Berthe donnait l'impression d'être presque fière de sa facture téléphonique.

Ingrid ne se souvient pas comment elle imaginait Luigi avant de le rencontrer, mais Berthe avait si chaudement parlé de lui pendant la nuit que c'était comme quand la lumière est allumée au cinéma. Mais, après tout, ce n'était qu'un homme. Un bel homme charmant, mais également vaniteux avec le foulard bariolé noué à son cou et les pieds bronzés dans ses mocassins vernis. Et, effectivement, il avait au moins une vingtaine d'années de plus que Berthe, on le voyait à la peau sous les yeux et au menton. Il était à moitié chauve et laissait pousser le reste de ses cheveux qui bouclaient dans sa nuque, et sa bouche formait un trait blasé et vexé quand il ne disait rien.

Silence qu'il garda durant la majeure partie du voyage. Il se montra très attentionné et galant avec Ingrid, et elle fut obligée de reconnaître que cela marchait. Cela la fit se sentir plus adulte, plus femme, même si elle comprenait pourquoi il tenait à faire une impression favorable.

Elle était sur la banquette arrière de sa Lancia blanche, comme un enfant. Elle contempla les montagnes et la côte où les petites villes ennuyeuses se succédaient le long des routes bordées de stations-service Agip, d'ateliers de marbriers et d'alignements de pins poussiéreux. C'était comme d'être transportée dans une Italie plus réelle que celle sur laquelle fantasmaient Berthe et ses amis expatriés à Rome. Ingrid ne comprenait pas de quoi parlaient Berthe et Luigi. L'italien de Berthe se révélait impressionnant, malgré l'incrédulité d'Ada et ses présages rancuniers.

Sperlonga se trouve à mi-chemin entre Rome et Naples. Ils y arrivèrent pour le déjeuner. Elle n'y est jamais retournée et ne se souvient que de l'hôtel sur la plage et d'une pointe rocheuse au sommet de laquelle se perchait la vieille ville, pittoresque et fatigante sous la chaleur. Ils eurent une table en terrasse avec un toit en bambou et vue sur la mer. Luigi interrogea minutieusement le patron sur la sélection de poissons et de fruits de mer. Berthe ne le lâcha pas des yeux, ronronnant comme un chat à la moindre de ses paroles. Alors qu'ils attendaient avec le vin blanc, Luigi passa à l'anglais et questionna Ingrid comme s'il était le gentil tonton. Quand il fit une pause, elle lui demanda, à brûle-pourpoint, s'il avait des enfants. Il la dévisagea un instant, avec un sourire ambigu sur ses lèvres pincées. Oui, un fils. Il tomberait très certainement amoureux d'Ingrid sur-le-champ.

Ingrid ne posa plus de question. Puis elle se demanda ce qu'elle faisait donc à Sperlonga. Elle imaginait aisément que Luigi aurait préféré être seul avec Berthe, et Berthe partageait sans doute cette envie. Avait-elle emmené Ingrid uniquement par devoir, ou le but était-il au contraire qu'Ingrid soit le témoin de son bonheur inattendu ? Un homme, enfin. Il y en avait donc un pour Berthe, un de plus, après toutes ces années dures et solitaires. Ingrid regretta de ne pas être restée à Rome. Ce ne fut pas non plus une excursion mémorable, à l'exception d'un petit incident qui eut lieu le lendemain.

Ils passèrent la matinée sur la plage, jusqu'à ce que Berthe ait trop chaud et retourne dans leur chambre. Ingrid resta les yeux fermés, écoutant le vague clapotis, engourdie et immobile au soleil qui pesait sur son corps comme un fer brûlant. Quand elle se mit sur le ventre, elle nota que Luigi s'était installé sur la chaise longue qu'avait occupée Berthe. Elle avait les bras pendants qui jouaient avec le sable chaud quand elle sentit le dos d'une main qui remontait le long de sa cuisse.

À l'époque, elle n'était pas encore pleinement équipée pour défendre ses limites et, au lieu de lui balancer une poignée de sable à la figure ou de partir, elle resta sur place à endurer la caresse sournoise. Cette dernière cessa quelques instants plus tard, et Ingrid dut se demander si elle n'avait pas eu une hallucination. Quand elle jeta un coup d'œil sur le côté, il n'était plus là. De toute façon, il n'y avait pas de quoi en faire un plat. Pas de quoi le dénoncer, mais assez pour lui causer des problèmes, à elle, sur la manière dont elle allait se comporter la prochaine fois qu'ils seraient à table sous la paillote avec la vue étincelante. Elle ne dit jamais rien. Comment aurait-elle pu formuler la chose ? Rien que la question lui donnait l'impression que ce serait elle, l'offensée, que l'on pointerait du doigt comme perturbatrice. Et puis, Berthe était tellement contente.

Elle évita Luigi quand ils furent rentrés à Rome et ne le revit que lorsqu'elle y retourna pour Noël et le Nouvel An. Il vint dîner chez Berthe l'un des premiers soirs. Berthe avait préparé des *penne all'arrabbiata.* Ingrid s'en souvient parce qu'il se plaignit que les pâtes étaient trop cuites. Il demanda à Berthe sur un ton inquisiteur si elle n'avait pas oublié le fenouil quand elle avait fait revenir l'ail. Berthe était hors d'elle. Il rappelait le petit-bourgeois renfrogné qui rentre chez maman et grogne parce que ses pantoufles ne sont pas à leur place. Était-ce donc ça, la grande romance que Berthe avait vantée l'été dernier, sous le ciel romain ?

Il chipota la nourriture avant de repousser son assiette et de se mettre à leur faire un cours sur l'alliance entre Israël et les milices chrétiennes du Liban. Il partait à Beyrouth le lendemain pour faire un reportage sur la situation après la guerre civile. Berthe était inquiète pour lui et cela sembla agacer Luigi prodigieusement. C'était son travail, dit-il avec sérieux, en pinçant les lèvres, et c'était également son travail de veiller sur lui-même. Il n'y avait pas grand-chose du vert galant chez lui ce soir-là. Il ignora Ingrid la plupart du temps et l'on n'aurait pas cru que c'était le même homme qui l'avait tripotée à Sperlonga. Berthe l'accompagna dans la rue quand il partit. Elle était déjà dans l'escalier quand il se retourna sur le seuil pour faire la bise à Ingrid avec sa bouche de tortue. Il lui tapota les fesses avant de lui lancer un rapide *Ciao, bella* condescendant. Ingrid songea que ses sautes d'humeur avaient quelque chose de féminin. Elle était contente qu'il parte. Ainsi, elle aurait Berthe un peu pour elle seule.

C'était comme si la mort de Per les avait rapprochées.

Un soir où elles étaient sorties faire un tour, Ingrid poussa Berthe à parler de lui. Il y avait un marché de Noël Piazza Navona et elles se promenèrent au milieu des étals éclairés tandis que Berthe raconta son arrivée à Copenhague avec sa mère. Ada avait dit qu'elles partaient en vacances et qu'un de ses amis les attendrait à la gare centrale. Et, effectivement, un inconnu leur fit des signes de la main sur le quai. C'était un bel homme, dit Berthe, et Ingrid ne put que lui donner raison. Les portraits de lui sur les jaquettes de ses livres montraient un homme ténébreux, presque méridional avec des lèvres douces et un regard mélancolique. Berthe décrivit le petit appartement sous les toits dans Admiralgade où il y avait des livres partout et où Per avait improvisé un lit pour elle avec un matelas sur le plancher du salon, entouré de coussins. Elle serait plus que volontiers restée dans son trou chez le gentil monsieur qui lui lisait des histoires tandis qu'elle contemplait les motifs du tissu des coussins, mais, peu après, elle dut reprendre le train.

Ada lui avait acheté un sachet de bonbons et elle passa tout le voyage avec la bouche pleine de salive sucrailleuse. Du reste, Ada ne lui en offrit que le dimanche. Elle lui avait expliqué où elle allait et ce qui l'attendait, mais, dans son souvenir, ce fut totalement incompréhensible et choquant quand, après un petit moment dans le bureau de la directrice, Ada se leva soudain et remit son manteau. Elle s'agenouilla à côté du siège de Berthe et lui dit qu'il fallait qu'elle soit une grande fille qui faisait ce qu'on lui disait. Berthe pleura à s'en étouffer, mais, en son for intérieur, elle savait que cela n'empêcherait pas Ada de disparaître dans l'escalier qui sentait la serpillière et le savon noir. La directrice se leva à son tour. « Sèche tes larmes, dit-elle, je vais te montrer où tu vas dormir. »

Peu à peu, Per lui manqua autant que Berthe, mais elle ne profitait même pas de ses brèves visites tous les quinze jours. Elle s'en faisait une joie trop grande, et le dimanche se muait en long compte à rebours jusqu'au moment où elle devait repartir. En règle générale, c'était Per qui l'accompagnait à la gare. Il lui faisait de grands signes de la main jusqu'à ce que le train quitte le quai. Au fil des ans, la dureté d'Ada lui parut d'autant plus frappante parce qu'elle pouvait toujours comparer sa mère à Per.

Cela avait été étrange de lire *Je suis enfermée dans ce miroir*, car le livre parlait de cette période, mais elle n'y était pas mentionnée, ne fût-ce que d'un mot. Quand on le lisait, on n'aurait jamais cru que l'auteur avait un enfant, ni un passé à Hjørring. Ada apparaissait comme une Vénus sortie des eaux. Comme si elle s'était créée elle-même à partir de l'émoi érotique qu'elle faisait naître. Per avait dû souffrir atrocement, mais Berthe ne s'en aperçut jamais, elle était encore trop jeune pour sentir cela. Pour elle, il était le gentil beau-père et peut-être ce rôle fut-il également une échappatoire pour lui, ajouta Berthe tandis qu'elles avançaient dans les rues étroites entre la Piazza Navona et Chiesa Nuova.

À cette époque, Berthe ignorait qu'il buvait, et peut-être s'était-il mis à boire à mesure que son mariage avec Ada se muait en enfer. C'était un côté de lui qui avait certainement toujours été présent, mais, en apparence, il était mélancolique ou sociable. Quand Ingrid était petite, Ada appelait parfois Berthe pour se plaindre qu'il avait recommencé à boire. Cela se produisait trois ou quatre fois par an et durait quelques semaines, où il rentrait en titubant en pleine nuit, puant l'alcool. Les démons s'agitaient alors, il criait à la tête d'Ada les vérités retenues, puis il s'effondrait, il se mettait au régime sec et demandait pardon avec les larmes aux yeux. Il prenait de l'antabuse la plupart du temps, mais il avait toujours des cachets contre le mal de mer dans la poche, au cas où le besoin se ferait trop écrasant.

Berthe raconta que, au printemps, Ada l'avait appelée à Rome pour lui dire que Per la battait. « Il a poursuivi maman avec un tisonnier, dit Berthe. Elle a été obligée de s'enfermer dans la salle de bains. » Ingrid répondit que cela ressemblait à une scène d'un film muet. Elles traversaient le Ponte Sisto. Ingrid s'arrêta au milieu du pont, et Berthe dut faire de même. « Pourquoi me racontes-tu ça seulement aujourd'hui ? » demanda-t-elle. Berthe la regarda calmement. « Quelle différence cela aurait-il fait ? » Elles poursuivirent leur chemin vers Trastevere. Pendant l'été, Ada et Per avaient conclu, dans le plus grand calme, qu'il valait mieux qu'ils se séparent. D'après Ada, il avait même commencé à chercher un logement. Il y avait eu tant de moments où il aurait paru plus probable qu'il ait l'idée de se pendre.

Elles prirent un expresso près de la Porta Settimiana. Le barman leur serra la main. La télé accrochée au plafond braillait un tirage du loto. Quelques habitués regardaient, emmitouflés dans leurs manteaux. Berthe dit que Luigi rentrerait de Beyrouth quelques jours plus tard. Ingrid ne répondit pas. Elle pensa à sa main à Sperlonga. Elle pensa aussi que Per avait sa version de l'histoire, et qu'elle ne l'entendrait jamais. Elle ne l'aurait sans doute même pas sue s'il était encore en vie. Il y avait une photo encadrée derrière le bar, photo du croisement sous la neige. Cette neige avait été tellement mémorable qu'elle avait mérité de se retrouver sous verre.

Berthe avait dû l'observer pendant quelques secondes car elle sourit d'une manière étrangement complice quand Ingrid croisa son regard. « Per nous manque, dit Berthe. — Oui », répondit Ingrid.

Une semaine avant Noël, Ada téléphona un matin pour annoncer son arrivée. Ingrid sortit de la salle de bains pendant que Berthe lui parlait. En entendant le ton de gamine docile de Berthe, elle sut qui était au bout du fil. Après toutes ces années, sa mère retombait encore dans le rôle de la fille soumise qui cherche à plaire. Ne l'entendait-elle donc pas elle-même ? Certainement pas. Elle n'aspirait qu'à cela, elle ne s'était jamais donné le droit d'être autre chose. Même après s'être mariée et avoir eu un enfant. Même après avoir divorcé, puisqu'elle s'était retrouvée, comme elle disait, au point que l'on avait envie de lui demander où et comment. Oui, Berthe, où as-tu trouvé ton moi authentique, intangible et durable ? Dans un appartement avec terrasse de Trastevere, que ton père lointain s'est empressé de t'offrir afin de ne plus avoir à te revoir ?

Il y avait tant de choses qu'Ingrid aurait pu dire, mais elle n'en avait pas le cœur. Elle ne le voulait pas non plus. Elle refusait de se laisser entraîner dans ce marigot glissant et puant d'apitoiement, de dédain et de reproche recuits, dans lequel Berthe pataugeait encore.

Ingrid avait pris une décision quand, au cours du tumulte du divorce de ses parents, elle avait appelé sa mère en vain, parce que celle-ci lui manquait. Non, la décision s'était prise toute seule. Berthe n'était pas venue. C'était ainsi, il devait en être ainsi.

Berthe avait l'air presque transportée de bonheur quand elle raccrocha. « Maman arrive », dit-elle comme si c'était Godot ou le Messie qui venait d'appeler. Ingrid lui demanda si elle ne pouvait pas cesser de toujours dire « Maman ». Berthe la regarda, perplexe. « Réfléchis un peu à qui tu parles, précisa Ingrid. Ada n'est pas ma mère. Heureusement », ajouta-t-elle, en regrettant tout de suite son ton brusque. L'allégresse doucereuse de Berthe l'agaçait prodigieusement. Elle ne voulait pas se laisser provoquer mais la vue des frissons de ravissement de sa mère était plus forte que la volonté de tenir tout cela à distance.

Berthe s'assit sur le bord du canapé, livide et abattue. C'était insupportable de la voir si affligée, si repliée sur son propre canapé, chez elle. On avait presque envie d'être méchant tellement il était facile de l'effrayer. « C'est seulement que j'étais contente de l'entendre, dit Berthe. Ce n'était pas tellement drôle pour elle ces derniers temps. » Ingrid s'approcha de la fenêtre et regarda dans la ruelle derrière les volets mi-clos. « Non, dit-elle, ce n'est pas drôle d'être le bourreau et d'être enfermé avec son propre reflet. » Berthe la dévisagea avec un air terrifié. « Qu'est-ce que tu veux dire ? » Ingrid se retourna et croisa les bras. « C'est quand même elle qui l'a tué avec ce bouquin dégueulasse. » Berthe détourna la tête. « Tu ne peux pas dire une chose pareille... Et puis, elle n'est jamais venue ici. »

À cet instant, Ingrid sentit qu'elle s'enfonçait irrémédiablement, d'abord jusqu'aux chevilles, puis jusqu'aux oreilles. « Oui, c'est bien plutôt ça, pas vrai ? demanda-t-elle d'un ton qui se savait triomphant. C'est pour ça que tu es tellement contente qu'elle vienne ? Rien que pour pouvoir lui montrer ton appartement romain ? Pour qu'elle soit un peu jalouse ? Tu n'arrives pas à t'en défaire, maman. Tu n'es vraiment pas dans ce fameux "moi-même" que tu es si heureuse d'avoir trouvé. Et où, soit dit en passant, tu es la seule à avoir jamais mis les pieds. Parce que, pour nous autres, c'est rudement difficile de s'en approcher. Mais c'est vrai aussi que, là, tu as toute la place qu'il te faut. Tu es encore et pour toujours la fille. Bon sang, tu n'as jamais réussi à sortir de ce dortoir du pensionnat. Tu es pour toujours la petite fille aux allumettes, même si tu es obligée de te teindre les cheveux en roux pour te faire belle pour ton pédé de Don Johansen. »

Elle dit ces mots sur le seuil, avant de claquer la porte et de descendre en courant. Il valait mieux. Elle avait été sur le point de raconter ce qui s'était passé à Sperlonga, mais quelque chose l'avait retenue. Un ultime reste d'estime de soi ? D'amour ? Elle alla au *Calisto* et s'assit à une table sous le store. Quelques hippies attardés partageaient un joint tandis qu'un gros chien crasseux bavait sur leurs chaussures de randonnée. Elle commanda un Vecchia Romagna et essaya de se calmer. Elle n'avait qu'une envie, rentrer au Danemark. Ce n'était pas parce qu'elle allait devoir remonter chez Berthe et trouver un moyen de dépasser tout cela. Il y avait aussi la perspective de passer Noël avec Ada. C'était Per qui se chargeait de découper les guirlandes et de préparer des petits gâteaux. Le soir de Noël, il allumait le feu dans le poêle du salon et leur lisait Dickens à haute voix. Noël, c'était lui, et cela appartenait au passé.

De fait, elle s'était réjouie de passer quelques jours de décembre tranquilles, sans vin chaud, sans sapin dans les rues, sans les cuivres dans Bremerholm, sans brûlures d'estomac ni constipation, et sans le silence de mort qui régnait entre Noël et le jour de l'An. Mais elle préférerait ça. Elle n'avait pas encore mangé et l'alcool fort lui fit tourner la tête. La journée avait à peine commencé, mais elle avait déjà pris un tour tout à fait différent de ce qu'elle aurait pensé. Jamais elle n'avait foudroyé Berthe de la sorte, et elle était étonnée de ce qu'elle lui avait sorti. Elle ne s'en serait pas crue capable et, d'ailleurs, l'avoir fait ne lui procurait aucun sentiment de soulagement. Elle aurait préféré être libre, et elle aurait préféré croire qu'elle l'était. Libre, libérée de tout ça.

Elle était partie depuis une petite heure quand elle rouvrit la porte de l'appartement. Pas un bruit. Berthe était allongée sur son lit et regardait fixement devant elle, d'une manière un peu théâtrale. Elle avait sûrement entendu Ingrid rentrer. Elle se comportait exactement comme jadis, dans la maison au bord d'Holbæk Fjord, après avoir reçu la visite d'Ellen au journal, après avoir entendu parler de Georg. Ingrid s'arrêta à la porte de la chambre et dit ce qu'elle avait prévu de dire. Berthe devait l'excuser. Il y avait des choses qu'elle pensait, mais elle regrettait de les avoir dites de cette façon. Berthe s'assit dans le lit et remonta les genoux sous son menton. Comme une petite fille, songea Ingrid. Une petite fille au maquillage qui avait coulé sur ses joues rouges et gonflées. Et que pouvait-on faire, sinon s'asseoir à côté d'elle et poser le bras sur ses épaules ?

Ingrid n'aurait pu faire autrement. Berthe appuya la tête contre sa joue pendant qu'Ingrid lui caressait le dos. « Tu n'as pas à t'excuser, dit Berthe d'une voix pâteuse, tu as raison pour tout ce que tu as dit. » Ses manches avaient glissé sur ses mains et elle en tenait une fermement tout en se mouchant dans l'autre. « Je suis contente que tu aies dit ces choses-là. Crois-moi, elles m'ont beaucoup appris. » À cette époque, Ingrid l'avait crue. Elle n'avait pas encore fait l'expérience des si nombreux revirements de sa mère, où Berthe, une fois de plus, voit la lumière et croit, une fois encore, que tout va changer. Entre-temps, Berthe a vieilli, mais elle n'en est pas moins puérile et égocentrique pour autant. Ingrid aussi a vieilli. Elle ne dit plus de vérités, pas à sa mère. Ça, elle y a renoncé, et elle a appris à voir l'immaturité de Berthe comme un handicap irrémédiable. Désormais, elle se contente de lui poser un bras sur les épaules.

Cela ne veut pas dire qu'elle est immunisée. Pas du tout. Cela la blesse encore quand Berthe semble avoir complètement oublié son existence. Comme lorsque, il y a quelques années, un photographe a fait une exposition de portraits de mères un peu célèbres et de leurs filles un peu célèbres. On avait demandé à Berthe si elle voulait participer. Ingrid venait de livrer son premier projet marquant, un centre culturel dans le Vestjylland, et elle n'aurait rien eu contre un peu d'attention, mais c'était avec « Maman » que Berthe s'était rendue chez le photographe. Les autres femmes avaient eu leur portrait pris en compagnie de leurs filles plus jeunes, tandis que

Berthe était la fille, la fille d'Ada Hvidbjerg. On la voit debout, les bras autour du cou ridé d'Ada, rayonnante comme une pensionnaire qui a eu la permission de rentrer à la maison avant l'heure habituelle.

Ada arriva la veille de Noël. Berthe alla la chercher à Fiumicino, tandis qu'Ingrid resta à la maison pour préparer le réveillon. Elle avait proposé de se charger du dîner, et elle s'était mise en quatre. En entrée, elles auraient des *carciofi alla romana* et de l'*abbacchio al forno* en plat principal. Elle avait pris l'agneau chez Annibale, dans la Via di Ripetta, et le caviste du coin avait trouvé l'amarone parfaitement adapté. Elle avait saupoudré les pommes de terre avec du romarin, avant de les mettre dans un plat sous l'agneau pour que la graisse dégouline dessus. Et pendant que le fumet commençait à monter du four, elle se mit à préparer un *tiramisù.* Luigi avait donné à Berthe la recette de sa mère.

Ingrid était contente de s'affairer seule dans la cuisine et, en ce qui la concernait, le passage à l'aéroport aurait bien pu durer plus longtemps. Et depuis, combien de fois a-t-elle préparé le réveillon pour sa mère et sa grand-mère ? Elle ne saurait le dire, ses réveillons se mêlent dans son souvenir. Anders va et vient, et l'on dirait que Jonas grandit et devient un jeune homme au cours de la soirée. Ce même soir, cette même tentative de retenir quelque chose et de le faire ressembler à ce qu'il n'a jamais été. Certaines fois furent plus réussies que d'autres, et elle est assez heureuse de s'en souvenir quand elle repense à ce Noël chez Berthe, à Rome.

Cela fait à peine deux ans qu'Ingrid, Berthe et Ada ont oublié qu'elles ne forment pas une famille heureuse. Jonas avait douze ans et il avait été le héros de la soirée.

Il avait décidé de faire le serveur et Ingrid lui avait repassé une chemise blanche et noué un nœud papillon fait avec le ruban d'un cadeau. Il était encore assez enfant pour jouer le rôle corps et âme, et Ada lui avait appris à tenir la bouteille par le fond et à donner un petit coup de poignet pour qu'elle ne goutte pas. Leur enthousiasme pour son numéro leur avait donné une insouciance inhabituelle, comme si elles abandonnaient pour un instant leurs conflits respectifs. C'était l'œuvre de Jonas, mais il l'ignorait, et son innocence rejaillissait sur tous. Ingrid n'était pas encore sa méchante mère rongée par la mauvaise conscience, Berthe n'était pas la pleurnicheuse égoïste habituelle et Ada n'était pas la sorcière des sorcières, mais une gentille vieille dame. Tout à fait différente de la veuve de Per, ce Noël à Trastevere.

Oui, elle ressemblait bien à une sorcière quand elle fit son entrée. On aurait dit une étrangère qui passait la porte avec Berthe sur les talons, au comble du ravissement. Ada avait délaissé le turban et s'était teint les cheveux dans un noir de jais. Ils étaient ramenés en arrière par un chignon serré, elle portait une robe noire moulante au décolleté profond avec un châle rouge à frange attaché sur le devant par une broche Bindesbøll étincelante. Un myope qui aurait ôté ses lunettes aurait cru voir une dangereuse danseuse de tango de Buenos Aires de trente ans maximum. Le genre de femme qui aurait amené Peter Vissing à mettre les mains devant la poitrine au cas où sa mâchoire se serait décrochée.

À cette époque, Ada avait la soixantaine, et Ingrid était obligée de lui reconnaître un courage à toute épreuve dans sa volonté de tromper. Ada n'était aucunement enfermée dans un miroir. Sa vanité l'avait fait exploser de l'intérieur. Per avait disparu et l'histoire pouvait donc être réécrite à partir de zéro. Elle fit un commentaire sur la bonne odeur venant de la cuisine, sur la décoration de l'appartement et sur la vue de la terrasse avec cette voix chevrotante et bruyante qui, d'après elle, convenait parfaitement à une femme du monde et que Berthe avait appris à imiter quasiment à la perfection. Il faisait juste assez doux pour qu'elles puissent s'installer dehors et profiter des derniers rayons du soleil. Berthe et Ada s'assirent côte à côte dans le canapé en rotin tandis qu'Ingrid leur servait un lambrusco rouge foncé dans des flûtes qu'elle avait trouvées au fond du placard. « Tiens, ne serait-ce pas mes verres ? demanda Ada. — Tu me les as donnés pour mes trente ans, répondit Berthe d'une voix grêle. Tu ne t'en souviens pas, Maman ? » Ada but une petite gorgée de son verre. « Mais, oui », dit-elle, donnant l'impression de ne rien se rappeler du tout.

Le soleil disparut et ne laissa qu'un éclat rose fané dans le bas du ciel lavande. Soudain, les cloches de Santa Maria se mirent à sonner dans le Trastevere. Le sommet du campanile dépassait les antennes de télévision avec ses briques nues et son toit plat de tuiles, au-dessus duquel une cloche solitaire se balançait dans son support en fer forgé. Plus bas, on apercevait les grosses cloches qui oscillaient lourdement, sortant des ouvertures avant de se retirer dans les ténèbres du clocher. Bientôt, des cloches résonnèrent de partout, certaines lointaines, d'autres proches, et la perspective ondoyante des sons rassemblait la ville autour d'elles, et c'était comme si la ville entière se lançait dans un chœur vibrant.

Berthe soutint le regard d'Ada avec une expression ravie. « N'est-ce pas merveilleux, Maman ? Est-ce que ce n'est pas fantastique ? Enfin… Vraiment ? » Ada daigna sourire du bout de son rouge à lèvres. « Si, si, *somptueux.* » Ingrid vit bien que Berthe n'était pas satisfaite. Elle ne le serait jamais. Il fallait que le merveilleux soit enjolivé par des mots pour qu'elle se sente sûre de son jugement, et, en attendant, il s'enfuyait, effrayé par son tripotement verbal. En tout cas, Ingrid en avait assez des cloches et elle se rendit compte qu'elle avait oublié les ramequins avec les pistaches et les olives.

Quand elle revint sur la terrasse, elles parlaient de l'accueil des souvenirs d'Ada. Ada n'aurait pu souhaiter une oreille plus admirative et, de fait, ce fut elle qui appela à la raison. Oui, merci, les ventes avaient été formidables, on avait procédé à un septième tirage la semaine précédente, mais il y avait aussi un revers à la médaille. Elle marqua un silence éloquent. Berthe était pendue à ses lèvres. On jasait, ajouta Ada. Elle ne pouvait mettre un pied nulle part sans s'en rendre compte. Toute la reconnaissance qui lui souriait parvenait à peine à couvrir la réprobation et, derrière celle-ci, ne se cachait qu'une jalousie inavouable. « Il n'y a pas d'ennemi plus dangereux », déclara-t-elle en regardant les toits.

En outre, elle ne pouvait pas ignorer tout ce moralisme petit-bourgeois. Bien sûr, elle avait écrit sur sa vie. Sur quoi d'autre ? Tout le monde écrivait sur sa vie, soit pour la masquer avec un mince vernis de fiction, soit, comme elle, en étant franc. Et sa vie était à elle. D'ailleurs, les condamnations les plus virulentes venaient de ceux qui n'avaient pas lu le livre, car s'ils s'en donnaient la peine, ils découvriraient que les choses n'étaient pas si simples. « Non, répéta-t-elle en sirotant son lambrusco, les choses ne sont pas aussi simples. » Elle pinça un peu les lèvres, comme si elle goûtait la vérité de son existence. Mais c'était aussi la raison pour laquelle elle avait eu besoin de s'éloigner. « Et puis, naturellement, pour te voir. Pour *vous* voir..., se reprit-elle en regardant Ingrid pour la première fois. — Quel plaisir de t'avoir ici », dit Berthe, sagement.

« Cela fait au moins vingt-cinq ans que je ne suis pas venue à Rome », dit Ada, lorsqu'elles eurent terminé les artichauts. Ingrid était en train de servir le plat. « Mais comment, ma chérie, reprit-elle, il y a encore autre chose ? » On aurait cru que l'agneau était importun, et peut-être s'en rendit-elle compte, car elle s'empressa d'ajouter que c'était un dîner *succulent* qu'Ingrid avait préparé. « Mais il est vrai qu'elle a été à bonne école, précisa Berthe. — Ah oui..., fit Ada d'un ton distrait. Non, Ingrid, je ne pourrai vraiment pas manger autant de pommes de terre. »

Ingrid fit le tour de la table et tint le plat pour Berthe. « Attends de voir le *tiramisù* de Luigi, dit Berthe. — Celui de sa mère, objecta Ingrid, s'apercevant qu'elle allait passer pour mesquine. — Ah oui ? s'enquit Ada. Mais c'est qu'il aime les sucreries, ce Luigi. » Berthe était en train de faire glisser des pommes de terre dans son assiette. « Il se fait une telle joie de te rencontrer, dit-elle. — Il n'est pas à Beyrouth ? demanda Ingrid. — Il a appelé ce matin, répondit Berthe en soutenant le regard d'Ingrid. Il rentrera entre Noël et le jour de l'An. » Ingrid se sentit remise à sa place.

« Je suis venue ici avec Per, dit Ada. Il adorait Rome. Il

ne cessait de me tanner pour que j'y retourne avec lui. Moi, je préférerai toujours Paris. S'il faut choisir entre Paris et Rome... Tu me concéderas bien ça, n'est-ce pas, Berthe ? » Elle prit une tranche d'agneau du plat que lui tenait Ingrid. « Il n'y a pas de sauce à la menthe? demanda-t-elle en levant les yeux vers Ingrid. — Pas à Rome, répondit Ingrid avec un sourire. — Vous voyez bien..., dit Ada. — À Paris, on ne sert pas non plus de sauce à la menthe avec l'agneau, hasarda Berthe. — Ah, que le diable emporte votre sauce à la menthe, dit Ada d'un ton faussement outré. Parle-moi un peu de Luigi. Il est bien marié, n'est-ce pas? Non, ne me regarde pas avec cette tête-là, Berthe. En tout cas, je ne dirai pas un mot plus haut que l'autre. »

Elle éclata de rire et glissa un morceau d'agneau entre ses lèvres rouges. « Mmm... Ingrid... Quel talent ! » Ingrid s'était rassise à table avec elles. « Ça se fait tout seul, dit-elle. — Non, *rien* ne se fait tout seul », répliqua Ada. Berthe s'éclaircit la gorge. « Luigi est le correspondant en chef de la RAI au Moyen-Orient. » On aurait dit qu'elle récitait sa leçon. « La raille, ah bon », dit Ada. Ingrid n'était pas sûre qu'Ada sache de quoi parlait Berthe.

Elles restèrent un moment sans rien dire. Ada fit tourner le pied de son verre. « Ah... Per, dit-elle doucement. Je ne m'attendais pas que cela finisse ainsi. Et me voilà dans la Rome qu'il adorait. » Elle gratta la nappe d'un long ongle rouge. « Oui, Maman, dit Berthe en poussant un soupir tellement dramatique qu'Ingrid craignit qu'elle ne se mette à pleurer. — C'était ce côté chez lui que nous appréciions tant, poursuivit Ada. Rome, la poésie, sa délicatesse. » Berthe renifla. Ingrid tendit la bouteille pour les resservir, mais Ada fit non de la main. « Ce vin est trop lourd pour moi. » Elle regarda Ingrid en ayant l'air de redécouvrir sa présence. Berthe saisit son verre comme si c'était une tasse de café et prit une grande gorgée. « C'était le côté que vous connaissiez, dit Ada, le côté que tout le monde connaissait. Mais il y avait aussi un autre Per. »

Ada avait les mains croisées et tripotait sa bague avec le pouce. Ce geste lui faisait recroqueviller les autres doigts comme si elle souffrait de goutte. C'était une bague en or avec un gros rubis maintenu par un sertissage en filigrane. Elle avait raconté autrefois son histoire à Ingrid. La bague avait appartenu à la grand-mère maternelle de Per. Cette dernière l'avait reçue jadis de son fiancé, un Russe qui avait des liens avec la famille du tsar. Et Per l'avait offerte à Ada quand celle-ci était arrivée de Hjørring après avoir coupé tous les ponts, comme elle disait. Ingrid ne l'avait pas vue porter cette bague depuis des années.

Ada expliqua qu'il ne lui avait pas fallu un an pour comprendre que quelque chose clochait. Ou, plus exactement, pour commencer à comprendre ce qu'elle avait pressenti, et qu'elle s'était empressée de refouler tout aussi rapidement. Il est vrai qu'elle n'avait personne, sauf lui. Elle avait tout sacrifié pour venir vivre avec lui. Non, elle savait bien ce que l'on allait dire, et c'était vrai. En tout cas, elle n'aurait pas pu rester à Hjørring avec cet homme. Là, elle parlait d'Erik Hvidbjerg, dont elle n'avait jamais abandonné le nom, songea Ingrid. Et c'était grâce à la mauvaise conscience de cet homme qu'elles se retrouvaient ce soir dans cet appartement avec vue sur les toits de Rome. Bref, elle avait découvert trop tard qu'elle était tombée dans un traquenard.

« L'amour se révèle parfois être un piège, ajouta-t-elle en regardant Ingrid dans les yeux. Mais tu es trop jeune pour le savoir. » Ingrid jeta un coup d'œil à Berthe, mais Berthe ne le remarqua pas, totalement absorbée par Ada. « Pourquoi trop tard ? demanda Ingrid. — Ah ! C'est bien ça le problème, dit Ada avant de se taire, comme pour les mettre sur la sellette. Je prendrais bien un petit verre, malgré tout », ajouta-t-elle en mimant un millimètre avec le pouce et l'index. Ingrid la servit. Ada pinça les lèvres après avoir goûté le vin, comme elle l'avait fait sur la terrasse.

« Je ne pouvais pas m'en aller. Je n'aurais jamais pu partir. Ça, je m'en suis rendu compte, peu à peu. » Elle reposa le verre et laissa sa main retomber mollement sur la nappe, la bague faisant un petit bruit assourdi. « Et pourquoi ? » demanda Ingrid. Ada la dévisagea longuement avant de répondre. « Parce que si je partais, je craignais qu'il ne se suicide. » Elle laissa ses mots faire leur effet, puis ajouta : « Sa dipsomanie n'était qu'un facteur secondaire, et je pouvais vivre avec. Un peu de sollicitude maternelle et une serpillière de temps en temps, il n'en fallait pas plus. Mais le reste… »

Elle marqua une nouvelle pause. « Per était schizophrène », dit-elle brusquement. Ingrid imagina Per, ses traits fins et doux, et ce sceau porté soudain sur son front. « Je tiens ça de son meilleur ami. Vous ne le connaissez pas, il est mort, du reste, mais il était psychiatre et il savait de quoi il parlait. Ce fut en soi un soulagement d'avoir un diagnostic, mais Per refusa de se faire traiter. Sauf quand il était trop tard. Il a sombré quelques mois avant sa mort. Ça, vous le ne savez pas. D'ailleurs, personne n'est au courant. Il pouvait se métamorphoser en un monstre écumant, vous n'avez pas idée, et je vous fais grâce des détails. C'est aussi pour ça, ma petite Berthe… C'est aussi pour ça que je ne pouvais pas te garder avec nous. Si seulement tu l'avais vu quand il craquait. Un monstre. Pour sangloter comme un enfant l'instant d'après. Et en tant qu'homme… Oui, on me reproche ce que j'écris dans mon livre, pourtant, j'ai épargné son amour-propre masculin. Pour tout dire, il n'y avait pas de quoi se glorifier. Et j'étais là, moi, une jeune femme qui avait été obligée de se débarrasser de sa fille unique. Une jeune femme avec les besoins et les désirs de son âge. Alors dites-moi franchement si c'était tellement criminel de chercher du réconfort où je pouvais le trouver ? »

Ada se tut et plongea un regard insondable dans son verre au vin rouge foncé. Pensait-elle en cet instant qu'il était de la même couleur que la pierre de la bague de Per ? Berthe se leva d'un bond et les pieds de sa chaise crissèrent sur les carreaux. Les larmes brillaient sur ses joues poudrées quand elle s'accroupit à côté du siège d'Ada et la serra dans ses bras. Ada la regarda de travers, avec un temps de retard. Comme si elle notait la présence d'un chiot un peu fou, se dit Ingrid qui se leva à son tour pour débarrasser les assiettes. Visiblement, Ada était tellement absorbée par son récit que l'étreinte de Berthe semblait la dérouter. « Si seulement tu avais dit quelque chose, Maman. Si seulement », dit Berthe d'une voix tremblante, tandis qu'Ada lui tapotait la tête, un peu contrariée, et impatiente aussi.

Ingrid distribua les assiettes à dessert et sortit le *tira-*

misù du réfrigérateur. Il avait l'air réussi. Elle resta debout après avoir posé le plat sur la table. « Il y a quand même quelque chose que je n'arrive pas à saisir », dit-elle. Berthe et Ada levèrent la tête vers elle. « J'ai cru comprendre que Per et toi étiez d'accord pour vous séparer. Est-ce que tu n'avais plus peur à ce moment-là ? Tu ne craignais plus qu'il passe à l'acte ? » Elle se rassit et mit sa serviette sur les genoux. Berthe se releva et retourna à sa place. « À t'entendre, on dirait que vous n'aviez plus rien en commun, ajouta Ingrid en regardant le *tiramisù* de la mère de Luigi. — Mais bien sûr que si, dit Ada. Avant tout, nous avions nos livres. Per était un lecteur merveilleux. Et il l'est resté, même quand il ne pouvait plus… Oui, peu à peu, il ne pouvait plus. Même plus ça. Angoisse de la performance, comme on dit. Il faut que vous me promettiez de ne jamais le dire à personne, mais c'est moi qui ai écrit la plus grande partie de son dernier recueil. À partir de ses notes, bien entendu. Je connaissais son style sur le bout des doigts. »

C'est un mensonge, se dit Ingrid. Elle en était certaine, sans savoir pourquoi. Ada n'aurait jamais pu écrire comme Per. Jamais. Et tout le reste, était-ce aussi un mensonge, ou bien l'espérait-elle ? « J'ai besoin de prendre l'air », dit-elle en se levant. Les deux femmes restèrent silencieuses pendant qu'elle enfilait son manteau. La mère et la fille. Mère et fille pour toujours. Dehors, le froid était tombé. Elle descendit les petites ruelles jusqu'au Tibre et elle continua le long du parapet qui séparait les eaux noires et les voitures qui passaient. Elle ne saurait jamais la vérité, c'est ce qu'elle comprit à mesure que ses pas la conduisaient jusqu'au coude du fleuve, le long de l'île Tibérine, et jusqu'au Ponte

Palatino. Là-bas sur l'autre rive, dans l'obscurité, il y avait le temple de Vesta que Per lui avait recommandé de voir, et qu'il avait décrit en quelques mots factuels tapés sur sa vieille machine à écrire.

Quoi qu'il ait été ou non, lui, il avait trouvé la force de s'occuper d'elle et davantage encore. Tout comme il s'était occupé de sa belle-fille gelée, au point de rester sur le quai le dimanche quand on la mettait au train, jusqu'à être sûr qu'elle ne pouvait plus le voir. Berthe avait-elle donc oublié qu'il restait planté là, à lui faire des signes de la main ? Ou bien était-il seulement plus nécessaire de tomber à genoux devant Ada, les yeux ruisselants de larmes, de lui pardonner, de se réconcilier avec elle, d'être proche d'elle, tout simplement. Même si le prix à payer était d'approuver la présentation de Per faite par Ada. Schizophrène. Monstre. Impuissant.

Sur le chemin du retour, dans le Trastevere, Ingrid traversa la place devant Santa Maria. Il était presque minuit, quelques enfants jouaient devant la fontaine et les gens allaient à la messe. Elle suivit la foule sous les voûtes et à l'intérieur de l'église sombre où vacillaient les flammes jaunes des cierges. Elle se souvient que cela la fit penser aux lumières qui bordent une piste d'atterrissage. Il y avait des groupes de gens qui discutaient, d'autres s'agenouillaient devant les autels latéraux et des enfants couraient entre les jambes des grandes personnes. Ingrid resta derrière un pilier quand la messe commença. C'était bon de n'être qu'une personne dans la foule. Nul ne savait qui elle était et personne ne s'étonnait de sa présence.

Elle regarda les carrés de mosaïque dorés et colorés qui décomposaient les motifs raides en une myriade de points, si bien que l'œil devait les rassembler. De longues robes avec de nombreux plis, des visages graves et de grands yeux. Un homme jeune avec une barbe, qui devait être Jésus. Il tenait dans sa paume une minuscule Vierge Marie, comme s'il s'agissait d'une poupée ou d'un oiseau.

Deux ou trois jours avant le Nouvel An, Luigi les invita toutes les trois à dîner chez Alfredo, sur la place en face du mausolée d'Auguste. Le restaurant se trouve dans l'un de ces immeubles monumentaux avec péristyle de l'époque mussolinienne. Ingrid n'y était jamais venue car elle trouvait qu'il y avait trop de touristes, mais Ada était ravie et, bien entendu, elle allait goûter aux fameuses *fettucine* à la crème de chez Angelo. Ils eurent une table au milieu de la pièce haute de plafond, avec ses lustres vénitiens et les photos en noir et blanc de stars du cinéma et d'armateurs sur les boiseries sombres. Ingrid eut l'impression d'être sur une scène, de plus, elle était gênée par Berthe et Ada qui rivalisaient de minauderies et d'ardeur à hausser la voix.

Cela sembla amuser Luigi, et il se montra l'hôte parfait. En particulier, pour faire la conversation à Ada. Ils se parlaient français, et Ingrid dut reconnaître que sa grand-mère avait une allure formidable avec ses cheveux noir de jais et son nouveau look latin. Elle ne parlait quasiment pas un mot d'anglais, mais semblait aussi libre et détendue en français qu'elle l'était en allemand, ce qu'Ingrid avait déjà observé. Berthe ne parlait pratiquement pas français. Elle disait que plus elle s'améliorait en italien, plus son français s'affaiblissait. Luigi dit qu'il lui arrivait la même chose, mais il le dit en français. Ada rejeta la tête en arrière et éclata de rire, si bien qu'un couple américain d'une table voisine se retourna. Ingrid ne parlait pas couramment non plus, même si elle avait eu un 14 à l'oral, avec une interrogation sur *L'Étranger*. Une fois encore, c'était grâce à Per. Il lui avait donné des notes sur l'absurde et sur l'influence de Nietzsche chez Camus. Elle pensa aux premières lignes alors qu'elle attaquait les pâtes à la crème d'Alfredo. *Aujourd'hui, maman est morte. Ou peut-être hier, je ne sais pas.*

Ingrid sentit que Berthe hésitait entre être fière de sa mère ou en être un peu jalouse, car Ada obtenait toute l'attention de Luigi. Elle s'était impatientée à l'appartement, car Ada avait occupé la salle de bains pendant presque une heure avant de le retrouver. Sinon, ces journées autour de Noël n'avaient été qu'idylle et réunion. On n'avait plus parlé de Per. Il était placé où le voulait Ada, quelque part dans l'histoire de sa folie à lui et de son sacrifice à elle, et elle récompensa Berthe pour sa collaboration si docile. Ainsi, Berthe eut la permission de la guider et de lui montrer la ville, et Ada se laissa séduire. Elle surjouait son enthousiasme pour tout ce qu'elle voyait, elle écoutait gentiment quand Berthe lui parlait de sa nouvelle vie et de tous les gens intéressants dont elle avait fait connaissance. Pendant ce temps, Ingrid les accompagnait sans dire un mot.

Un jour, Berthe lui demanda si quelque chose clochait. Elles étaient entrées dans Santa Maria del Popolo pour voir la chapelle du Caravage. Berthe avait montré à Ada où se placer pour voir comment les lignes de perspective des deux tableaux dans les côtés de la chapelle se rejoignaient dans la colombe du Saint-Esprit de la coupole. Berthe et Ingrid s'étaient avancées vers la sortie tandis qu'Ada regardait. « Non, rien », répondit Ingrid. Elle ne peut plus distinguer entre ce qu'elle ressentait alors et ce qu'elle pense aujourd'hui. Elle sait seulement que Per lui manquait avec une force renouvelée en ces jours entre Noël et le Nouvel An, et elle se souvient aussi qu'elle se sentait seule avec son chagrin.

Ils avaient dîné tard et, une fois sortis d'Alfredo, après avoir récupéré leurs manteaux, Luigi proposa d'aller dans un night-club près de la Via Veneto. « Ah, Via Veneto, *la dolce vita* », roucoula Ada. Il lui offrit son bras et Berthe s'empressa de placer sa main dans l'autre, comme si elle craignait d'être oubliée. Ingrid s'assit à côté du chauffeur de taxi, Luigi trôna entre Ada et Berthe sur la banquette arrière. Ada se mit à parler du jour où elle avait pris le thé avec Karen Blixen. L'histoire ne disait pas qu'elle n'aurait jamais mis les pieds à Rungstedlund s'il n'y avait pas eu Per. Ils rirent bien trop longtemps de sa fameuse tirade sur le *Roi Lear*. Ce fut Berthe qui n'arrêtait pas de rire et, pour finir, ils rirent de son rire.

De toute évidence, Luigi était une tête connue et il fut accueilli avec une déférence appuyée par un maître d'hôtel en smoking. On les conduisit à une table avec un canapé d'angle bas couvert de velours rouge vif. Ada était dans son élément, tandis que Berthe donnait l'impression qu'elle aurait de loin préféré rentrer à la maison. Luigi leur expliqua qu'ils risquaient fort de rencontrer Marcello Mastroianni, mais il était difficile de l'entendre tant la musique était assourdissante. Ingrid descendit aux toilettes. Une femme se mettait du rouge à lèvres devant un miroir. Elle jeta un regard en coin à Ingrid et, de fait, il n'y avait rien à dire, car Ingrid avait noté l'écriteau à l'entrée qui disait qu'il fallait avoir vingt ans pour entrer. Quand elle remonta vers l'obscurité et le vacarme, elle s'arrêta avant de rejoindre leur table.

Elle a oublié comment elles sont rentrées à l'appartement, et ce qui s'est passé les jours suivants. Elle n'a même pas de souvenir clair du réveillon, si ce n'est qu'elles étaient toutes les trois sur la terrasse à observer les bouquets de lumière qui éclataient dans le noir. Ses souvenirs s'arrêtent à l'image du groupe dans le velours rouge du night-club. Entre-temps, ils ont tous pris trente ans, si Luigi vit encore. Ada est assise entre lui et Berthe. Il a posé un bras sur le dos du canapé, derrière Ada, elle se penche en avant pour mieux entendre ce qu'il dit. Peut-être lui parle-t-il des milices chrétiennes au Liban. Quoi qu'il dise, elle l'écoute intensément.

De loin, on doit vraiment admettre qu'elle a l'air d'une femme bien plus jeune, et elle a encore de jolies jambes. On le remarque car sa robe a glissé au-dessus de ses genoux quand elle s'est assise et a croisé les jambes. Elle écoute Luigi avec une telle concentration qu'elle en vient à appuyer un de ses genoux contre ceux de Luigi, elle est penchée en avant, de sorte qu'il a une vue plongeante sur ce qu'il reste à voir dans le décolleté profond de la robe de tango. Et soudain la distance est bien grande entre Ada et Berthe, à l'autre bout du canapé. Berthe est dans son coin, elle bout, que ce soit la chaleur de l'endroit ou autre chose qui fait perler la sueur sur sa lèvre supérieure.

Mais cela doit être le fruit de son imagination. D'où elle est, il est impossible à Ingrid de voir que Berthe transpire. Elle se souvient d'avoir eu une envie soudaine de serrer sa mère dans ses bras, de la tirer du canapé, de la sortir du night-club, de la Via Veneto et de la faire monter dans un taxi. Cependant, elle resta là à les contempler, tous les trois. On avait apporté à boire sur la table, il y avait même un Coca, mais personne n'y prêtait attention. Luigi n'était que paroles, Ada était tout ouïe. Et Berthe, qu'était-elle donc, perchée sur le bord du canapé, les mains sur les genoux, les pieds repliés l'un vers l'autre ? C'est juste une image, et il ne se passe rien. Ingrid est peut-être la seule à s'en souvenir, mais cette image la bloque, et il s'écoule un moment avant que la mémoire lui revienne.

C'est le printemps, Ingrid a trouvé l'appartement d'Elmegade. Pendant des mois, elle allait à Rådhuspladsen dans la nuit du dimanche afin d'attraper les journaux et d'éplucher les petites annonces des locations. Après avoir quitté Lappen, elle avait eu une chambre chez une retraitée à Vanløse, et elle est heureuse d'avoir enfin son chez-soi. Elle est étudiante en architecture à l'Académie des beaux-arts, elle a un petit boulot de serveuse le soir, dans un café du centre-ville. La vie peut commencer. Berthe est bien casée à Rome, Ada a tout ce qu'il faut pour s'occuper à Esplanaden et, elle, elle a laissé derrière elle Norman Dreyer et Peter Vissing. Ils s'estompent à la vitesse grand V, avec tout ce qui marquait ses années d'adolescence, solitaires et un peu décourageantes. La seule chose qu'elle a conservée de cette époque, c'est le vieux peignoir de Per, ça, et les livres qu'il lui a donnés, et ceux qu'elle n'a pas eu le temps de lui rendre avant qu'il disparaisse.

Elle venait juste de faire installer le téléphone et Berthe fut la première à l'appeler, c'est du moins ainsi qu'elle s'en souvient. Elle n'avait même pas encore vidé ses cartons. C'était un samedi ou un dimanche matin, elle était en train de peindre, ivre d'enthousiasme en voyant la tapisserie fanée des anciens locataires disparaître sous la peinture plastique immaculée. Au début, elle ne comprit pas ce que disait Berthe, car celle-ci reniflait et soufflait tellement dans le combiné que l'on aurait cru qu'elle se trouvait sur le pont d'un navire en pleine tempête. Ingrid tenait le rouleau à peinture dans l'autre main, et la peinture commença à couler le long de son poignet.

« C'est terminé, dit Berthe avec un profond soupir. — Un instant, maman », répondit Ingrid avant de reposer le rouleau dans le bac. D'habitude, elle ne disait pas « maman ». Berthe s'était un peu ressaisie pendant qu'elle attendait. Le week-end précédent, Luigi l'avait invitée à Orvieto. Il avait réservé une chambre dans un petit hôtel près de la cathédrale, ils avaient mangé un dîner délicieux et passé la plus belle des nuits d'amour. « Et ensuite ? demanda Ingrid, inquiète que Berthe ne se lance dans des détails. — Ensuite ? C'est terminé », couina Berthe avant de craquer à nouveau.

Le lendemain matin, il lui disait qu'ils devaient cesser de se voir. Il avait essayé de le lui dire délicatement, mais sans donner d'explication. C'était terminé. Point. « Ce n'est qu'un idiot, maman, dit Ingrid. — Je sais bien que tu le pensais, répondit Berthe, la voix plus ferme. Mais je vais rentrer maintenant. J'ai eu un agent immobilier qui est passé hier. Et maintenant, je rentre près de toi, ma petite chérie. »

Ingrid est réveillée par le bruit d'une tasse qui tinte tout près de sa tête. Le soleil déferle sur son visage, elle doit plisser des yeux. Elle a oublié de baisser le store avant de se coucher. Elle se tourne sur le côté. Frank lui sourit. Il a posé un plateau sur la table de chevet, avec une tasse de thé et un croissant. « Ah, te voilà, dit-elle d'une voix pâteuse. — Bien sûr que me voilà, pardi. »

Il la contemple de son regard chaleureux où elle aimerait se perdre, cernée de tous côtés par sa délicatesse vigilante. Elle attrape sa main et la tire. « Attention », dit-il en la libérant, puis il pose la théière japonaise sur le plancher. Il est habillé comme elle aime le voir, non pas comme un industriel en week-end avec un pull-over sport et l'éternelle chemise bleu ciel, mais avec juste un T-shirt sous le blouson fatigué. Peu importe si son cou vieilli est davantage visible ainsi.

Il s'assied sur le bord du lit et trouve la cuisse d'Ingrid sous la couette. Elle la rejette d'un coup de pied, puis elle passe les bras autour du cou de Frank et l'attire contre elle. Il s'appuie sur les coudes afin de ne pas trop peser sur elle. Si proche, enfin. « Tu m'as tellement manqué », dit-elle en plongeant les doigts dans son épaisse chevelure grise. Elle lève les jambes et les replie sur les reins de Frank. Il a ce sourire indulgent, sachant pertinemment que cela a le don de l'agacer. Elle le fait tomber sur le dos et s'assied à califourchon sur ses genoux. Il la regarde calmement tandis qu'elle défait sa ceinture et se met à le caresser. Elle lui adresse un sourire de triomphe quand cela commence à marcher.

« Où est Jonas ? » demande-t-il. Elle arrête. « Chez son grand-père. C'est une longue histoire. C'est la merde. » Elle s'allonge à côté de lui. Il laisse glisser une main sur sa joue. « Raconte », dit-il. Elle raconte. Il ne détourne pas les yeux pendant qu'elle lui relate toute l'histoire. Le calme dans le regard de Frank fait que quelque chose se dénoue en elle, et elle a le sentiment, elle aussi, de pouvoir regarder la situation sans y être imbriquée. Lorsqu'elle se tait, il la prend doucement par la nuque tout en la dévisageant avec sérieux. « Il ne faut pas que tu le perdes maintenant. Tu m'entends ? »

Elle se redresse et s'assied sur le bord du lit. « Oui, je sais bien », dit-elle en se versant du thé. En fait, elle ne sait rien. « As-tu pensé à ce qui va se passer ? » demande-t-il. Elle boit quelques gorgées de thé. « Je crois qu'il y a un truc qui s'appelle la PJJ, répond-elle en mordant dans son croissant. — C'est quoi ? » Il écarte les cheveux du visage d'Ingrid. « Je ne sais pas vraiment. Ça concerne la justice et la jeunesse. Quand ils sont mineurs. Je suppose que je vais entendre parler d'eux. » C'est seulement maintenant que cela lui vient à l'esprit. Un rapport de police a été fait et, bien entendu, celui-ci va être transmis aux services sociaux. Elle a honte de n'y avoir pas pensé plus tôt, et elle se sent humiliée à l'idée que la société doive intervenir parce qu'elle n'a pas été à la hauteur.

Il s'assied à côté d'elle. « On ferait pas mieux de rester en ville ? » Elle pose la joue contre son épaule. « Je crois que ça ne changerait rien. » Elle sait que c'est exact, mais elle a quand même mauvaise conscience de l'avoir dit. Frank a raison, elle devrait rester en ville, quoi qu'il arrive. Mais, seulement, elle ne veut pas. « On y va », dit-elle. Elle se lève, elle ouvre la penderie et se tourne vers lui, prenant soudain conscience qu'il est pleinement habillé et qu'elle, elle est en culotte et rien d'autre. « Qu'est-ce que je mets ? demande-t-elle. — Un peu plus que ça », répond-il avec un sourire.

Elle a juste eu le temps de prendre un bain et de s'habiller qu'elle entend la porte qui claque et Frank qui dit « Bonjour ! ». Il l'attendait dans la cuisine, à lire le journal, pendant qu'elle se préparait. Il la regarde, puis tourne la tête vers l'entrée. Elle suit son regard. Jonas est en train de fouiller dans le placard. Il est là, c'est une chance. Cela aurait été une possibilité de discuter calmement avec lui si Frank n'avait pas été là. Elle s'arrête à la porte entre la cuisine et l'entrée. « Bonjour », dit-elle. Le visage de Jonas apparaît derrière la porte ouverte du placard. Il n'a même pas ôté son bonnet. « Je suis juste passé prendre quelques trucs », dit-il avant de se pencher vers le fond du placard.

Sous le bras, il a sa doudoune et une paire de lourdes bottes à lacets. De toute évidence, il est venu chercher ses affaires d'hiver et le sac bourré à craquer avec lequel il bataille en cet instant. Lorsqu'il le pose, ce dernier glisse, et un flot de DVD en jaillit. De la peau nue de couleurs variées et des sexes luisants, violets et roses. Il s'empresse de récupérer les boîtiers. Elle se baisse, en ramasse un et l'étudie un instant. « C'est un bon film ? » Jonas lui arrache le film des mains. Elle obtient un reniflement arrogant pour toute réponse, et Jonas est déjà ressorti.

Elle le suit. « Jonas ! » crie-t-elle. Il s'arrête dans l'escalier et lève la tête. « Il faut qu'on parle, dit-elle d'un ton aussi neutre et calme que possible. — Pas maintenant. » Et il descend. Quelques secondes plus tard, elle le voit à travers la petite fenêtre de la cage d'escalier, elle voit son bonnet et sa silhouette penchée qui traverse la cour pavée. C'est évident, il a des besoins que même Sven ne peut guère l'aider à satisfaire. Elle essaie de se souvenir de la solitude du corps, à partir du moment où l'on ne laisse plus ses parents s'en approcher, et avant que d'autres ne le fassent. Dans son cas à elle, l'intervalle avait été tellement grand que c'était devenu un état naturel, mais c'est différent pour Jonas. À l'intérieur de son corps si maigre, il y a un loup sous la pleine lune.

Il n'y a pas si longtemps, en rentrant à la maison, elle l'a trouvé devant son ordinateur à elle. Il avait les habituels écouteurs vissés dans les oreilles et ne pouvait l'entendre à cause de la rythmique de ghetto bravache et tonitruante qui lui moulinait le crâne. Il était plongé dans une page web de sexe anal quand elle posa la main sur son épaule. Il sursauta et arracha les petits écouteurs de ses oreilles. « Mais qu'est-ce qui te prend ? cria-t-il. — Je pourrais te demander la même chose, répondit-elle. — Merde, tu m'as fichu la frousse, dit-il en se levant. — C'est mon bureau et c'est mon ordinateur », déclara-t-elle, surprise par le côté puéril de cette phrase. Il était déjà reparti dans sa chambre. Elle s'assit face à l'écran et se mit à rougir. Elle se demande parfois si elle n'est pas la dernière au monde à rougir quand elle voit ce genre de choses. Le photographe était un vrai contorsionniste, car la manière dont il avait réussi à braquer l'objectif dans le bon angle était impressionnante.

Frank replie le journal et lève la tête vers elle quand elle revient dans la cuisine. « Je n'aurais pas dû être là aujourd'hui », dit-il. Elle vient vers lui et s'assied sur ses genoux. Il la serre dans ses bras et lui caresse le dos. Une seule larme ne sait se tenir dans le coin de son œil, elle a bientôt de la compagnie sur l'autre joue. Quelles suivistes, songe-t-elle en reniflant. « Excuse-moi », dit-elle. Il les chasse d'un baiser. « Tu n'as pas à t'excuser, dit-il, et tu ne dois pas tout le temps croire que c'est ta faute. Enfin, ce n'est pas toi qui maîtrises tout. » Elle le regarde et esquisse un sourire. « Pas vrai ? »

Il l'embrasse et elle s'attarde dans ses bras, le menton plongé dans son épaule. Les moutons se sont à nouveau accumulés le long des plinthes. Elle se sent comme le laisser-aller incarné. « J'aimerais que l'on parte maintenant », dit-elle. Elle redresse la tête pour le regarder dans les yeux. « Volontiers », dit-il. Elle se lève, va à l'évier et se passe un peu d'eau froide sur les yeux.

Peu après, ils sont dans sa vieille Jaguar. Il passe le long de Kongens Have, en direction de Gothersgade. Elle devine déjà qu'ils ne vont pas prendre la route du nord et, effectivement, une fois dans Bremerholm, il continue vers la Banque nationale, passe à côté de Holmens Kirke et sous Knippelsbro. Ils passent Le Diamant Noir, le bâtiment de la Bibliothèque royale lui fait toujours penser à un flacon de parfum dressé contre le vent, et, bien vite, ils quittent le centre-ville en longeant les terrains du chemin de fer et la centrale électrique de H. C. Ørstedsværket. Ils passent à côté de Sydhavnen, le quartier de son enfance. Elle n'y est pas retournée depuis. Cela ne lui fait rien que ce soit à cet endroit qu'elle ait ses premiers souvenirs d'une poussette poussée par une jeune Berthe immature ou, plus rarement, par un Norman Dreyer distrait, la tête dans des nuages de structuralisme. Elle a toujours pensé que l'endroit d'où l'on vient importe peu tant que l'on sait où l'on va. De cela, elle n'a pas la moindre idée en ce samedi matin. C'est un soulagement, et elle profite du sourire mystérieux de Frank.

Il fait un temps somptueux, comme dirait Ada. Le soleil résonne dans tout ce qui peut briller et étinceler, et les formations nuageuses éclatantes sont autant de bosses joyeuses au-dessus de la baie de Køge. « C'est un temps à croire que le printemps va revenir bientôt, dit-elle. — Ils ont annoncé quatorze degrés aujourd'hui, répond-il. — Quatorze, vraiment ? » Sinon, ils ne parlent pas beaucoup. Lorsque l'autoroute bifurque à la hauteur d'Albertslund, il continue tout droit au lieu de prendre la direction de la pointe sud du Sjælland. Cela veut dire Fyn ou le Jylland, mais il y a tout de même des limites au trajet qu'il est prêt à parcourir, en songeant qu'ils doivent être rentrés demain soir.

C'est bon d'être à côté de lui et de rouler ainsi. Cela paraît très réel. Il est devenu sa réalité. Cela a pris des années. Au début, elle avait toujours conscience que c'était une exception quand ils étaient ensemble. Qu'il y avait une autre femme, Lise, et que Lise avait tous les droits sur lui. A-t-elle appris à le refouler ? Non, quand elle songe à leur relation, elle n'a jamais cherché à cacher la poussière sous le tapis. Cette relation, elle l'a vécue, même lorsqu'il lui arrive de penser qu'elle est une voleuse. Une voleuse d'amour qui, avec le temps, a le sentiment qu'elle possède un certain droit sur ce qu'elle vole.

Avec Frank, ils ont gagné en secret un bout de réalité qui n'existait pas. C'est ainsi qu'ils le perçoivent. Leur relation cachée mais réelle est certes peut-être au départ quelque chose qu'ils prennent à d'autres, mais pas sur la durée, et c'est leur intimité croissante qui leur permet de le voir de la sorte. Elle se sent autant à sa place dans les bras de Frank que Lise doit l'être, mais elle n'imagine pas pouvoir défendre leur relation avec des arguments.

Cela lui rappelle une discussion avec Rebecca à propos d'Israël. Cela avait commencé quand Rebecca s'était sentie provoquée parce que Ingrid avait dit « l'État d'Israël ». Pourquoi ne parlait-elle pas de « l'État du Danemark » ? Parce que le Danemark ne se trouvait pas sur des terres qui avaient appartenu à d'autres, répondit Ingrid. Rebecca répliqua que l'on pouvait discuter pour savoir si Israël, à l'origine, se trouvait sur des terres que d'autres pouvaient réclamer. « Mais abandonnons cette discussion, ajouta-t-elle. Disons simplement que nous avons pris cette terre. Oui, c'est vrai. Elle n'était pas à nous. Mais maintenant, elle l'est. Essayez donc de nous la prendre ! » Ingrid sentit, à la colère retenue dans la voix de Rebecca, qu'elles n'aboutiraient nulle part. Ingrid était mal à l'aise avec la manière dont Rebecca court-circuitait la discussion, en même temps, elle ne pouvait s'empêcher d'admirer la franchise de sa belle-sœur. Il y avait une histoire lourde et traumatique pour expliquer la situation que présentait Rebecca, et l'on aurait pu discuter de cette histoire pendant des heures, mais l'on pouvait également choisir de ne pas en débattre puisque le résultat serait le même. C'était comme ça. On pouvait la condamner ou non, c'était la réalité.

Il n'y avait nul traumatisme derrière la décision d'Ingrid de quitter un homme pour un autre. Elle n'avait même pas pu s'expliquer correctement. Comment explique-t-on le sentiment de vide ? Par définition, le vide n'existe pas. Ce n'était même pas parce qu'il manquait quelque chose. Il n'y avait rien qui clochait dans sa vie d'alors. Anders était un père présent et attentif, il pensait à lui acheter des fleurs quand elle ne s'y attendait pas, et il se décarcassait au lit. Ils riaient des mêmes choses, ils aimaient les mêmes choses et personne ne l'avait comprise lorsque, un jour, elle avait mis en morceaux leur réalité et qu'elle était partie. Si, Berthe comprenait, mais Ingrid n'avait aucune envie d'être comprise par Berthe. Rien que l'idée de l'implication, de la sympathie de sa mère suffisait à lui faire garder ses distances. Frank n'était pas le Luigi d'Ingrid, et elle ne s'était pas « trouvée elle-même » par un processus aussi profond que chèrement payé. C'était Frank qu'elle avait trouvé, et ce, sans même chercher. Un beau jour, il avait été là et, soudain, elle n'avait eu qu'une envie : être avec lui.

Il n'y a jamais eu de vide entre eux, même en cet instant où ils traversent le Sjælland sans se parler. Ils *sont,* quand ils sont ensemble, et il n'y a pas de faille, de fissure où le froid de ce qui n'est pas aurait la possibilité de s'infiltrer pour venir chatouiller les chevilles. Cela avait été réel dès le début, plus que tout, mais ce n'était pas encore sa réalité. La réalité d'Ingrid se trouvait encore à Bianco Lunos Allé. Elle semblait tellement fanée quand elle rentrait de leurs rendez-vous secrets, mais c'était encore là qu'elle était chez elle. Même après avoir déménagé, son « moi » habitait encore à cette adresse. Il lui fallut longtemps pour se déshabituer de la vie qu'elle avait elle-même rayée. Elle se sentait écorchée de tout ce qu'elle croyait être. Ce n'était donc pas se « trouver soi-même », mais au contraire tout perdre et se sentir nue, en attendant qu'une nouvelle peau sociale repousse et la protège contre les questions intimidantes de son entourage.

Lentement, et peu à peu, elle cessa de se sentir comme un criminel qui s'en est sorti indemne avec son méfait et qui se demande avec étonnement quand il va être rattrapé. Elle ne parla à personne de Frank, et elle n'avait pas davantage envie d'en parler aux rares personnes au courant de son existence. Berthe, qui aurait tellement aimé avoir une confirmation du fait que sa fille avait le courage de partir et d'aimer un homme marié. Georg, qui, en son for intérieur, pensait certainement qu'elle n'avait pas seulement trahi Anders, mais qu'elle l'avait trahi lui en même temps. Le seul à qui elle aurait voulu parler, c'était Jonas, mais il n'était encore qu'un petit enfant. Pour lui, le pourquoi de ce qui s'était passé ne faisait aucune différence. C'était comme ça. Qu'il le veuille ou non, c'était comme ça, et il s'adapta.

Les champs sont d'une teinte violet-noir sous la lumière dure. Elle voit un tracteur qui laboure le terrain accidenté avec derrière lui une volée de mouettes qui battent des ailes. La circulation est fluide et Frank roule vite, mais l'on ne sent pas la vitesse dans la grosse voiture. Le tas de ferraille d'Ingrid se met à trembler dès qu'elle dépasse le cent vingt. « Il est arrivé quelque chose d'épouvantable, dit-elle. — Oui, ce n'est pas très bon, répondit-il doucement, d'un ton qui laisse entendre qu'Ingrid s'exprime de manière un peu pathétique. — Non, non, dit-elle, il s'agit d'autre chose. »

Il lui jette un bref coup d'œil avant de se concentrer sur la route. Son regard pratique et détaché a toujours un effet apaisant sur elle, en même temps qu'il la réveille. Comme si c'était la réalité elle-même qui la contemplait alors. Ses défis, ses questions sans réponse. Qu'est-ce que tu veux ? Que vas-tu faire de ton temps et de tes talents ? « Dis-moi ce que c'est », dit Frank. C'est la manière dont ses mains saisissent les choses, comme le volant, en cet instant, ou ses hanches, tout à l'heure, dans la cuisine. C'est son approche directe, comme si le monde et sa volonté étaient des engrenages qui s'emboîtent et n'ont besoin que d'un peu d'huile de temps en temps.

« J'ai perdu une de tes boucles d'oreilles. Quand j'étais à Stockholm. Je ne sais pas comment. Ça a dû se passer à l'hôtel ou dans le taxi. » Frank a l'air soulagé. « Tu as appelé l'hôtel ? » Il est sûrement en train de se dire que ce n'est qu'une boucle d'oreille. « Non. » Au mieux, une affaire d'assurance, au pire une perte, mais pas quelque chose de compliqué, comme, par exemple, ce qui arrive avec Jonas, ou les relations tendues entre Ingrid et Berthe, et dont il s'est vite lassé d'entendre parler. « On téléphonera quand on sera arrivés. Sinon, tu as bien une assurance, n'est-ce pas ? »

Ce n'est pas parce qu'il refuse de parler de choses que

l'on ne peut pas arranger ou résoudre. Cependant, dans ce cas, il ne veut pas continuer à en parler comme si on pouvait. Comme si les faits allaient se plier à nos désirs si seulement on les tournait dans tous les sens pendant assez longtemps. Il est disposé à parler de l'inévitable, mais seulement si l'on est prêt à le négliger. On peut le faire parler de ses propres sentiments et de ceux des autres, mais il en parlera seulement en tant que faits. Quelque chose dont on ne peut pas discuter sans fin, quelque chose que l'on ne peut pas déformer comme bon nous semble.

Il lui lance un nouveau coup d'œil et tend la main gauche pour lui tapoter le genou. « Ne t'en fais pas, ma chérie. Je te comprends bien, mais tu étais bouleversée. Ce n'est pas ta faute. » Elle est sur le point d'avoir les larmes aux yeux, mais il s'en moquera, alors elle se contente de tenir sa main et de la caresser. Elle n'arrive pas à comprendre pourquoi elle a tellement eu peur de lui parler de la boucle d'oreille, à lui, son ami. Il est marié à une autre femme, mais il est son homme. C'est comme ça.

Frank n'a rencontré Berthe qu'une seule fois. C'était il y a presque exactement quatre ans. Jonas passait les vacances de Pâques chez Anders à Stockholm. Ingrid s'était foulé le pied lors de la visite d'un chantier et s'était retrouvée invalide pendant une semaine et demie. La seule chose qui tempérait son agacement, c'était que l'accident s'était produit juste avant Pâques, si bien qu'elle pouvait profiter des vacances pour se reposer. On lui avait confié la responsabilité du chantier et, sous l'attention des artisans dans la baraque de chantier, elle avait senti que leurs doutes étaient confirmés. Elle était donc pressée de retourner leur montrer et leur expliquer les choses, mais chaque fois qu'elle essayait de poser le pied par terre, la douleur fulgurante la remettait en position horizontale.

Berthe lui avait fait les courses la veille. Le jeudi saint, elle était dans la cuisine en train de lui préparer le dîner, quand Ingrid, allongée sur le canapé du salon, entendit soudain Frank qui ouvrait la porte. Il posa son sac de chez Mad & Vin sur la table de cuisine et attendit poliment que Berthe se soit essuyée avec un torchon pour qu'elle puisse lui serrer la main. Ingrid lui avait parlé la veille et croyait qu'il était à Hornbæk avec Lise. Berthe prit la chose avec un calme étonnant et, pour une fois, ce fut Frank qui parut être sur un terrain glissant. Une heure plus tôt, Ingrid se disait qu'elle n'avait personne à qui demander de l'aide, sinon Berthe. Ses amies étaient occupées à passer Pâques en famille, et il ne lui serait jamais venu à l'esprit d'appeler Norman Dreyer. D'ailleurs, elle ne l'aurait pas pu, puisqu'il était décédé juste avant le Nouvel An.

Frank avait donc trouvé un prétexte pour rester en ville un jour de plus. Il avait dû lui faire ses courses la veille, comme Berthe. Mais où donc avait-il dissimulé le sac ? Peut-être dans le coffre de sa voiture. Il n'avait pas voulu rentrer à Hornbæk sans s'assurer qu'elle avait de quoi passer les jours fériés. Ingrid se découvrit ravie que Berthe en fût témoin. Ils discutèrent poliment un moment dans la cuisine, puis il vint s'asseoir sur le bord du canapé. Il dit qu'il ne pouvait pas rester longtemps. À l'instant où il se baissait pour l'embrasser, Berthe arriva avec trois verres et une bouteille de vin rouge. Il avait tout de même bien le temps pour trinquer. Il s'assit à l'autre bout du canapé et souleva le pied foulé d'Ingrid sur ses genoux pour se faire de la place.

Berthe s'installa dans le fauteuil qu'elle a toujours préféré quand elle passe à la maison, L'Œuf d'Arne Jacobsen, la seule icône de design de l'appartement, et le seul meuble qu'Ingrid a emporté quand elle a quitté Bianco Lunos Allé. Berthe servit un Montepulciano. Ils parlèrent de vins et de beaux endroits d'Italie, tandis qu'Ingrid se dit que Frank n'était guère plus jeune que sa mère. Berthe parla de ses années à Rome avec une mesure et une retenue inhabituelles, et n'approfondissait que pour répondre aux questions de Frank. On aurait dit qu'il l'apprivoisait avec son calme terre à terre. Il avait retrouvé sa contenance et s'adressait à elle comme s'il était manifestement son nouveau beau-fils.

« Comme il est sympathique », dit Berthe une fois Frank parti. Ingrid sourit. Oui, extrêmement sympathique. Comme elle était immobilisée avec sa patte inutile, et comme Berthe était la gentille maman qui venait lui préparer le dîner, Ingrid fut obligée de lui parler de Frank. « Je te comprends mieux maintenant », déclara Berthe, comme si leur brève discussion sur les vins et l'Italie avait suffi pour lui donner une impression de qui était l'homme pour qui elle avait quitté Anders. « C'est tout à fait toi de tomber amoureuse d'un homme mûr », ajouta Berthe. Ingrid entendit que, en réalité, elle considérait que le choix d'Ingrid était tout à fait digne du sien. Dans la bouche de Berthe, « tomber amoureuse » sonnait tellement mignon. Mais étaient-ce donc ses intuitions qui la rendaient aussi sensible ? « Je ne comprends pas ce que tu veux dire, dit-elle. Anders n'était pas plus vieux que moi. » Le ton de sa voix prenait une pente dangereuse, et Berthe le sentit. « Non, c'est tout à fait vrai », dit Berthe, conciliante. Ingrid regretta son ton brusque, elle chercha des mots gentils, mais ne trouva rien.

Berthe s'était comportée de manière presque exemplaire quand Frank avait subitement surgi dans la cuisine, et la situation n'avait pas du tout été aussi pénible qu'Ingrid aurait pu le craindre. Peut-être n'était-elle sur ses gardes que parce que Berthe, sans le savoir, avait un soutien en la personne de Frank. Il avait soudain interrompu Ingrid quand celle-ci se plaignait de Berthe et des chichis qu'elle mettait en scène. Il lui avait dit ce que, en son for intérieur, elle savait fort bien. Que Berthe était comme elle était. Qu'Ingrid ne pouvait ni la changer ni se trouver une autre mère, et qu'elle devait se montrer un peu indulgente.

« Tu dépenses plus d'énergie que tu n'en as conscience à tenir tes parents éloignés, lui avait-il dit quelques semaines plus tôt. C'est comme les gens qui insistent qu'ils sont athées. Ils parlent plus de Dieu que nous autres qui ne savons pas trop que croire. » Ingrid avait failli se disputer avec lui parce qu'il avait indirectement pris la défense de Norman Dreyer. Elle avait répliqué que c'était tout de même un peu cocasse de se voir faire la leçon sur les valeurs familiales par un homme avec qui elle vivait dans le péché. Mais ce n'était pas lui qui avait rompu avec tout cela.

Frank ne répondit pas, il se contenta de la regarder. C'était l'une des rares fois où il l'avait invitée à dîner. Ils allaient au restaurant seulement lorsqu'ils étaient en week-end à la campagne, ou lorsqu'elle l'accompagnait dans un de ses voyages. Il leur était risqué de se montrer ensemble à Copenhague car ils ne savaient jamais s'ils n'allaient pas tomber sur quelqu'un qu'il connaissait, mais, ce soir-là, il avait décidé de braver le sort. Elle regretta immédiatement d'avoir remué le non-dit de leur relation. D'habitude, ils évitaient le sujet et veillaient à profiter des heures et des jours qu'il arrachait à sa vie bourgeoise.

Ingrid saisit la main de Frank et la serra. Son regard était plus qu'une réponse suffisante. Il lui semblait que ce regard en disait tant, comme s'il n'avait pas oublié ce qu'elle avait sacrifié, et comme s'il ne négligeait pas ce déséquilibre, pas une seconde. Il avait une famille, elle n'avait que lui, et elle devait se résigner à être son secret. Elle l'aimait parce qu'il ne le lui rappelait pas. Elle ne voulait rien qui ressemble à de la gratitude. Quand elle l'avait rencontré, elle avait choisi d'en accepter les conséquences, et elle regrettait le sarcasme un peu aigri auquel elle venait de se livrer. Elle ne lui forcerait jamais la main, elle se l'était promis. Il avait ses raisons, dont, en fait, elle savait si peu, et dont elle ne voulait rien savoir. Il venait quand il venait. Libre à lui. Elle était là parce qu'elle l'avait décidé. Parce que, en vérité, elle ne souhaitait pas être ailleurs.

Elle réfléchit à ce qu'il avait dit. Bien sûr, il avait raison. Elle aurait beau fuir au bout du monde, elle demeurerait toujours la fille de quelqu'un. Elle y repensa quand, quelques mois plus tard, elle reçut une lettre de Norman Dreyer. Ils ne s'étaient quasiment pas vus depuis qu'elle avait quitté Helsingør. Elle avait bien reçu une carte chaque année pour son anniversaire, mais c'était tout. Il n'avait jamais rencontré ni Anders ni Jonas. Elle avait coupé les liens avec lui, comme Berthe l'avait fait à cause de Georg, mais aussi par solidarité. Georg ne voulait pas voir son père, elle ne le voulait donc pas non plus. En outre, la trahison de Norman Dreyer avait dévoilé ce que, enfant, elle avait refoulé. Il ne lui disait rien, et ne lui avait jamais rien dit. Ils avaient vécu sous le même toit parce qu'il était son père, mais après le départ de Berthe, elle s'était sentie comme un locataire, et rien d'autre. Et avant ? Elle se souvenait de lui comme d'une silhouette distante qui tentait parfois de s'approcher d'une manière ironique et hésitante, mais, la plupart du temps, il ne prêtait pas attention à elle.

C'était une lettre courte, et il ne pleurnichait pas, on devait le lui reconnaître. Il disait qu'il aimerait la voir, parce qu'il était malade et parce qu'il ne lui restait pas longtemps à vivre. Il aurait également aimé voir Georg. Il savait qu'ils étaient en contact, et il la chargeait de lui transmettre le message. Pour finir, il disait qu'il y avait bien des choses qu'il aurait aimé faire autrement. Il espérait que, au moins, cela ferait une petite différence pour elle de le savoir. Lorsqu'elle lui téléphona, il répondit avec son « Salut » habituel, détaché comme toujours, mais elle sentit l'embarras sous le ton blasé. Elle ne lui avait pas parlé depuis son coup de fil pour la féliciter à la naissance de Jonas. Il n'avait pas dit comment il était au courant, et elle ne le lui avait pas demandé. S'il cherchait à ce qu'ils reprennent contact parce qu'il était grand-père, il fut déçu. Quatre ans s'étaient passés depuis.

Ingrid n'avait jamais vu la femme qui vint ouvrir la porte lorsqu'elle et Georg se présentèrent à la maison de Lappen. Tout d'abord, elle crut que c'était une sorte d'aide-ménagère. La femme était solidement charpentée, avec des cheveux courts et grisonnants, et elle n'était pas maquillée. Elle leur sourit gentiment et se présenta comme Karen. Visiblement, elle était informée de leur venue. Karen les conduisit à la salle de séjour. Rien n'avait changé depuis le départ d'Ingrid, les murs étaient couverts de livres du sol au plafond, il y avait toujours les mêmes lampadaires impersonnels aux abat-jour en coton laminé et les mêmes meubles de bric et de broc. Elle observa Georg du coin de l'œil tandis que celui-ci essayait de se faire une impression de la maison de son père inconnu. Norman Dreyer était assis dans un fauteuil recouvert d'un tissu en laine avec des accoudoirs en plaqué clair, la seule nouvelle acquisition qu'elle pouvait distinguer. Il voulut se lever, mais Georg et Ingrid lui dirent en même temps de ne pas bouger. Ils lui serrèrent la main, Ingrid en premier. Ils s'assirent dans le canapé recouvert d'une couverture indienne bariolée, car le coussin du milieu était déchiré. Karen alla chercher une chaise dans la cuisine et s'installa à côté de Norman Dreyer. Il lui prit la main, qui était en hauteur, et il donna l'impression d'être assis dans une position inconfortable, avec le bras levé et le poignet qui reposait sur la cuisse de Karen.

« Je vous présente Karen, dit-il en souriant. Nous nous sommes présentés », dit-elle, également avec un sourire. Il était encore plus maigre que dans le souvenir d'Ingrid, les vêtements flottaient sur sa silhouette décharnée, et il ne restait plus de cheveux sur le crâne déjà dégarni. Même les sourcils et les cils avaient disparu, et cela donnait à son visage éternellement sarcastique un air plus doux, presque féminin. « C'est bon de vous voir. Sinon, je commencerais à ressembler à un homme sans héritiers », dit-il en souriant à nouveau. Georg lança un regard à Ingrid, comme s'il suggérait qu'ils n'avaient qu'à repartir. « Pardon, c'était une blague, dit Norman Dreyer. Je viens de faire la critique d'un roman américain, où *heirless* a malencontreusement été traduit par "sans cheveux". Oui, on va vite en besogne de nos jours. Mais si on va vite, moi, je ne vais pas très fort, je le crains. » Il afficha un sourire vaillant après son bon mot. « Allons..., fit Karen en se penchant pour lui déposer un baiser sur son crâne lisse. — Je suis content que vous soyez venus », dit-il d'un ton plus bas, avec le reste du sourire qui s'éteignait au coin des lèvres. « C'est… C'est vraiment gentil de votre part. » Il les dévisagea brièvement tour à tour, puis il baissa les yeux. « C'est normal, dit Ingrid. — Ce n'est pas grand-chose », finit par dire Georg.

Karen servit le café et un gâteau fait maison. La petite pause nécessaire pour servir les tasses et les assiettes fut la bienvenue. « Tu es médecin, dit Norman Dreyer à Georg. — Oui, répondit ce dernier. — Mais pas cancérologue, ajouta Norman Dreyer avec un sourire. — Je suis chirurgien gastro-entérologue, dit Georg. — J'ai une tumeur à l'estomac de la taille d'une balle de tennis, dit Norman Dreyer. Curieux, si j'y pense, alors que j'ai fumé quarante clopes par jour depuis que j'ai acheté mon premier disque d'Elvis. Je ne crois pas que la chimio changera quoi que ce soit, mais je pense que je ne veux pas me l'avouer. » Il jeta un coup d'œil à Karen, qui était en train de couper le gâteau. « J'ai entendu dire que tu étais allé à Harvard. Tu dois être calé. » Il rejeta la tête en arrière pour observer Georg derrière les lunettes qui avaient glissé sur son nez.

Après cette entame maladroite, Ingrid fut étonnée de voir à quel point la conversation roulait facilement. Norman Dreyer était donc là, face à un fils qu'il n'avait jamais vu, et à une fille qu'il n'avait pas revue depuis ses dix-huit ans. En tout cas, l'examen de leurs carrières respectives suffit à apaiser l'atmosphère. Cela l'intéressait d'entendre parler du Harvard Club, où les prix Nobel se retrouvaient pour deviser paisiblement dans leurs fauteuils. Peu après, il s'adressait à Ingrid. Elle travaillait bien pour Villads Jensen, n'est-ce pas ? Bravo ! Et que faisait son mari ? Il s'appelait bien Anders ? Elle dit qu'elle avait divorcé. Ah, c'était triste. Elle avait peut-être rencontré quelqu'un d'autre ? Elle répondit que non. Georg resta impassible. Pendant qu'ils parlaient de leurs vies, Ingrid se demanda si cet ensemble de circonstances suffirait pour que l'on puisse dire qu'il y avait eu une forme de réunion. C'est d'ailleurs ce qu'elle demanda à Georg après que Karen les eut accompagnés à la porte. Ingrid lui donna son numéro de téléphone et Karen promit d'appeler si l'état de Norman s'aggravait. Ingrid se dit qu'il y avait bien du courage dans le « si » de Karen.

Ils ne montèrent pas tout de suite en voiture. Ils continuèrent le long du mur de l'autre côté de la rue et entrèrent dans le parc qui entoure le château de Marienlyst. Ils se promenèrent bras dessus, bras dessous entre les rangées d'arbres élagués. Quand elle tourna la tête vers lui, il avait les larmes aux yeux. Elle ne l'avait jamais vu pleurer. « C'est totalement dingue, dit-il en s'essuyant les yeux. Il n'a jamais rien signifié pour moi. » Il s'arrêta soudain. « Pourquoi as-tu dit non quand il t'a demandé si tu avais rencontré quelqu'un d'autre ? » Elle évita son regard. « Je ne sais pas. » Il pencha la tête sur le côté. « Il est toujours marié, c'est ça ? » Elle repartit : « Mais qu'est-ce qu'il s'imagine ? Ça t'embête si je te pose la question ? » Elle se retourna et continua à reculons. « Oui ! »

Peu après le Nouvel An, Karen appela Ingrid. Norman Dreyer avait été conduit à l'hôpital de Helsingør. Elles décidèrent qu'Ingrid et Georg iraient le voir le samedi de la semaine suivante. À ce moment-là, Ingrid était plongée dans les préparatifs des travaux du centre culturel dont elle avait réalisé les plans. Le vendredi soir, en rentrant de quelques jours dans le Jylland, elle trouva son répondeur débordant de messages. Karen avait essayé de la joindre depuis la veille au soir. Norman allait très mal. Elle avait l'air de plus en plus désespérée à chaque message, jusqu'au dernier laissé une demi-heure plus tôt, d'une voix claire et calme.

Le premier pylône du pont du Storebælt se dresse devant le pare-brise et, dans la perspective mouvante, on dirait que les câbles verticaux s'écartent sur les côtés pour les enlacer. Ingrid regarde par la vitre au moment où ils passent au-dessus d'un caboteur rouge, elle parvient à apercevoir un petit bonhomme sur le pont arrière. Elle a trouvé un CD dans la boîte à gants, Maurizio Pollini qui interprète la Sonate pour piano n° 30 de Beethoven. Il en est au deuxième mouvement, et Ingrid reconnaît les accords de fanfare suivis du foisonnement de notes vertigineux. Un matin, il y a longtemps, elle était sur le seuil du salon à Esplanaden, elle écoutait Per reprendre et reprendre encore ce morceau, tandis qu'Ada, en kimono, commentait à ses côtés. Lorsque Beethoven écrit *legato*... Elle raconte l'anecdote à Frank. « J'aurais aimé le connaître, dit Frank. — Oui, lui, il aurait fallu que tu le rencontres », répond Ingrid.

Quand ils descendent du pont suspendu et passent le phare de Sprogø, le soleil perce à travers les nuages et plaque un reflet blanc sur les flancs du train IC3 qui déboule à l'instant du tunnel. Ils gardent le silence en écoutant la musique. Peu après, ils sont sur Fyn. Frank sort de l'autoroute avant Nyborg et traverse la ville, en longeant le port et les rangées de vieilles villas, jusqu'à prendre la nationale qui conduit vers le sud. Ils passent à côté d'une anse, l'eau est tellement haute le long de la route qu'ils ont presque l'impression de glisser au milieu des canots et des petits bateaux à moteur amarrés à cet endroit. Ingrid regarde Frank. « Svendborg ? » Il sourit. « Presque. »

Ils ont roulé un quart d'heure sur la route sinueuse quand il ralentit l'allure et tourne sur une petite route. Derrière les arbres, elle voit un château Renaissance en brique rouge foncé. Ils passent une douve, puis une autre, un portail, et s'arrêtent sur les pavés pointus de la cour. Elle contemple l'assise de la vieille bâtisse pendant qu'il va chercher les clefs de leur chambre à la maison près de la porte. Il y a une entrée par la tour au milieu de la façade. Un escalier en hélice mène à l'étage. Elle jette un coup d'œil par une lourde porte qui donne sur une salle avec des poutres au plafond, des portraits d'ancêtres, de petites fenêtres vitrail et des sièges droits recouverts de brocart.

Il y a un énorme lit à baldaquin dans leur chambre, de la fenêtre, elle voit la douve qui est couverte de nénuphars. Leurs bords se touchent si bien que l'eau n'est qu'une trame noire dans la couverture des feuilles. Frank est resté sur le seuil, elle va vers lui et pose doucement la main sur sa joue. « Merci », dit-elle avant de l'embrasser. Il la serre dans ses bras et reste ainsi un moment, comme si elle venait juste de descendre du train après un long voyage. Puis il la lâche et porte les bagages. Elle ôte ses chaussures et va à la salle de bains avec sa trousse de toilette. Après avoir déployé ses flacons et ses tubes sous le miroir, elle croise son propre regard gris. Elle pose la main sur sa clavicule et pense à un oisillon. Elle a vraiment trop maigri.

Il est assis dans le lit, adossé au chevet, et regarde par la fenêtre. Il ne l'a pas entendue entrer. Elle s'appuie à l'une des colonnes tournées du lit et l'observe. Les traits de Frank semblent lourds et perdus. Elle songe alors à la distance inattendue qu'elle a senti s'insinuer chaque fois qu'elle l'a eu au téléphone depuis qu'elle a pris le train de Stockholm. Soudain, il a l'air âgé.

Elle grimpe dans le lit et s'agenouille devant lui. « Tu es là ? » demande-t-elle avec douceur. Il la regarde et sourit. Il est fatigué, se dit-elle. Fatigué ou triste. « Oui, je suis là, répond-il. — Qu'est-ce qu'il y a, Frank ? » Elle tend la main. Il la prend et la serre entre les siennes. « Rien. » Elle secoue la tête et sourit. « Tu mens, chéri. » Il sourit à son tour. « Moi ? » Il la dévisage comme si elle venait de lui dire qu'il ronflait. « Dis-moi ce qui se passe », demande-t-elle. Il hésite. « Viens t'asseoir là », répond-il. Il passe un bras autour de ses épaules au moment où elle s'assied contre le chevet et remonte les genoux. Elle pose la tête contre sa poitrine, il se met à parler à voix basse.

« Il y a une semaine, j'ai pris une décision. Tu te demandes certainement pourquoi je ne l'ai pas prise plus tôt. Oui, je sais que tu t'es posé des questions. » Elle déglutit. « Oui, dit-elle. — J'ai décidé de quitter ma femme. » Elle est étonnée qu'il ne dise pas Lise. « Le soir où j'ai voulu le lui dire, elle revenait du médecin. Je savais bien qu'il s'agissait d'un spécialiste, mais je n'y avais pas plus réfléchi que ça. Elle va voir tellement de spécialistes, elle a toujours eu, comment dire… des petits problèmes de nerfs. »

Il marque un silence et laisse Ingrid se frotter contre le bras protecteur qu'il a passé autour de ses épaules. « Cette fois-ci, c'était un neurologue, ajoute-t-il. Il est apparu qu'elle est allée le voir plusieurs fois sans en parler, mais, là, elle a eu un diagnostic. Pour l'instant, les symptômes sont bénins et on ne sait pas quand la maladie va commencer à se développer, mais il n'y a qu'une issue. Tôt ou tard, elle va se retrouver dans un fauteuil roulant et elle aura besoin d'aide vingt-quatre heures sur vingt-quatre. » Il parle calmement et sobrement. Il présente des faits, et ses propres sentiments n'y changeront rien. Elle voit très bien la chose pendant qu'il parle. Elle la voit dans toute son étendue, comme si elle planait au-dessus et pouvait en prendre la mesure. « Tu ne peux pas la quitter », dit-elle, mais c'est superflu. C'est uniquement pour entendre sa propre voix confirmer ce qu'ils savent tous les deux. « Non, je ne peux vraiment pas. »

Ils restent assis un moment. La lumière du jour a commencé à faiblir derrière les arbres nus. Quand Lise va mourir, songe-t-elle, quand Lise va mourir, il sera libre. L'idée ne cesse de lui revenir à l'esprit, et elle est obligée de la chasser. Elle y parvient seulement quand elle en analyse les conséquences. Lise peut vivre encore longtemps, on le sait, atrophiée et désemparée dans son fauteuil roulant, et lorsqu'elle finira par mourir, un jour, Frank sera un vieil homme qui, lui-même, aura besoin de soins.

Le fait est que Frank a réfléchi trop longtemps. S'il avait quitté Lise ne serait-ce qu'il y a six mois, il aurait pu se contenter d'avoir de la peine pour elle, et peut-être de payer pour des séjours dans des maisons de repos. Ingrid saisit la chose dans toute sa portée, et cela aide. L'idée de la mort de Lise s'est évanouie d'elle-même. Lise est vivante, elle est malade, et Frank est son mari. C'est comme ça, et nul n'a besoin de réfléchir. Cela s'appelle le devoir. On peut l'appeler comme on veut, on peut ressentir ci ou ça, mais cela ne fera aucune différence. Il n'aimera pas Lise davantage parce qu'elle a une sclérose. Ingrid espère seulement qu'il n'en viendra pas non plus à la haïr.

Ils restent immobiles, côte à côte, sous le ciel de lit. Quelques canards cancanent dans la douve, et leurs criaillements irascibles résonnent entre les arbres. Une voiture démarre et s'éloigne. Frank se tourne sur le côté et enfouit le visage entre le menton et le cou d'Ingrid. Ses joues picotent déjà, alors qu'il venait de se raser quand il est venu la chercher à Sølvgade. Sa main se fraie un chemin sous le chemisier d'Ingrid et se pose sur son ventre, large et chaude comme toujours.

Peut-être n'a-t-il pas saisi la situation aussi pleinement qu'elle. Peut-être ne l'a-t-il pas encore appréciée. Elle est obligée de l'aider. Il prendra trop de temps à lâcher prise si elle attend qu'il tire lui-même les conséquences, et peut-être en viendra-t-il à se trahir si la pression devient trop violente. Lise ne doit jamais soupçonner qu'il y a quelque chose qu'il a sacrifié à cause d'elle. Chasser Frank, refuser d'être sa croix serait le dernier geste de fierté de Lise. C'est pourquoi Ingrid va être obligée de l'aider, mais elle ne peut pas le faire d'un seul coup. Elle est obligée de laisser se faner et se flétrir ce qu'il y a entre eux, de laisser le vide s'insinuer, pour que, à un moment, il se rende compte lui-même que c'est terminé.

Il marmonne quelque chose contre son cou, mais elle n'entend pas ce qu'il dit, elle sent seulement la chaleur de son souffle contre la peau. Elle se tourne doucement sur le côté et prend son visage entre ses mains, comme si c'était elle l'aînée pleine d'expérience. « Que dis-tu ? » Le visage de Frank est indistinct dans la nuit qui commence à tomber, mais elle peut voir ses yeux, et son regard. « Je croyais que nous avions le temps. Je m'étais habitué à le croire », dit-il à voix basse, et avec peine. Elle acquiesce. « Je le croyais aussi », répond-elle.

C'est vrai. Elle le voit, maintenant. Mais seulement maintenant. Si on vit avec une idée, il est difficile de l'analyser. On en connaît seulement l'intérieur, son écho, quand tous les sentiments et toutes les impressions résonnent sous sa coupole. Elle aussi, elle a vécu avec cette idée qu'ils avaient le temps. Ils ont fait la même chose, chacun de son côté, sans en parler. Sans y penser, elle a vécu dans l'hypothèse, non, dans l'attente que Frank finisse par quitter Lise, un jour. Pour elle, c'est toujours le cas. Le fait que ce jour ne viendra pas est encore trop neuf, trop irréel. C'est encore quelque chose qu'elle a perçu comme dans un rêve où tout serait clair et détaillé. Il lui est encore impossible de le percevoir. Là, dans la pénombre, à côté de Frank, elle vit encore dans l'espoir. Celui-ci l'enveloppe comme les circonvolutions d'un coquillage. L'espoir que ce jour viendra. Qu'il s'agit seulement de laisser le temps au temps.

Elle s'est trompée, non sur lui, mais sur elle-même. Il a attendu trop longtemps, mais elle croyait qu'elle n'attendait pas. Que c'était déjà bien comme ça. Qu'il y a toujours un prix à payer, et que le prix, c'était ça. Elle croyait s'être libérée, et que la plus grande liberté n'était pas d'espérer sans cesse. Elle croyait que l'intimité entre eux était d'autant plus intense parce qu'ils avaient seulement cet instant, cette heure, ce jour ou cette nuit qu'ils arrachaient en cachette à la vie régulière de Frank. Elle croyait héroïquement que c'était l'ardeur et la profondeur dans leurs contacts, parce qu'ils ne vivaient pas dans une perspective habituelle, avec le panier à linge commun, les vacances à date fixe et les noces d'argent. Elle se racontait que c'était plus réel et plus fort de ne jamais trouver le coton-tige usagé de l'autre derrière le sèche-linge.

Et, cet été, cela aurait fait huit ans. C'est déjà difficile à comprendre. C'est déjà incompréhensible de voir combien elle a ignoré ses espoirs, de voir à quel point elle s'est moquée d'elle-même, et son étonnement est la première faille. Dans quelques jours, ou dans quelques semaines, l'évidence va jaillir totalement, et elle pourra se dire ce que Berthe, Georg et tout le monde ne manquera pas de dire. Bien sûr qu'elle ne pouvait pas continuer à attendre. Et, bien sûr, elle a attendu. Elle pense à ce que Georg a dit hier soir à propos de Frank. Il n'en avait vraiment pas besoin.

Elle ignore combien de temps elle et Frank sont restés ainsi, front contre front, quand elle entend au loin un son assourdi et, l'instant d'après, elle reconnaît la sonnerie de son téléphone portable. Elle se dégage du bras de Frank et bondit du lit. C'est un réflexe, et cela l'agace. Elle a le sentiment d'être à la traîne et négligente quand elle ne répond pas immédiatement. Elle pourrait laisser sonner, elle pourrait se dire que, en cet instant, il y a des choses plus importantes en jeu. Oui mais, si c'était Jonas ? Elle fouille fébrilement dans son sac, ouvre brusquement le clapet du portable et elle appuie si fort sur le pictogramme vert que l'on croirait qu'elle tente d'enfoncer une punaise dans un mur de béton.

« Allô ! » Elle parle bien trop fort. « Oui, bonjour Ingrid, c'est Sven. J'ai essayé de t'appeler, mais tu ne réponds pas. » Elle va à la fenêtre et s'assied sur le gros rebord. « Je ne suis pas à la maison. » Les nénuphars de la douve sont désormais bleu-gris dans les dernières lueurs du jour. « Ah bon… Eh bien, j'appelle parce que nous avons eu une sorte de conseil de famille, Anders et moi. Tu ne lui as pas encore parlé, n'est-ce pas ? » Elle se raidit. Évidemment. Elle aurait déjà dû appeler Anders hier. Pourquoi ne lui a-t-elle pas téléphoné ? Encore une fois, Sven a pris les devants, encore une fois, elle est laissée avec ce sentiment d'avoir failli. « Non, je ne lui ai pas parlé, comme tu le sais. » C'est une manière glaciale d'exprimer la chose, et Anders a dû sentir le froid l'atteindre jusqu'à Strandboulevarden. « Écoute, Ingrid, nous avons longuement discuté, Anders et moi, et nous avons un plan, une proposition. Nous en avons également parlé à Jonas. Il est là, juste à côté. » Elle déglutit. « Et quelle est la teneur de cette proposition ? »

Elle entend Frank qui se lève et qui met ses chaussures, le très léger tintement des pièces et des clefs dans la poche de sa veste, la porte que l'on ouvre doucement. « Eh bien… Il faut que nous essayions tous de penser autrement dans cette situation. C'est également valable pour Jonas, et c'est valable pour toi aussi, ma chère. Et nous en sommes arrivés à la conclusion que Jonas a besoin de changer d'air. Anders a évoqué la chose avec Birgitta, Olivia et Oscar, et tout le monde pense que Jonas devrait aller habiter à Stockholm. Après ce qui est arrivé, cela lui donnera une chance de recommencer à zéro, et de ne pas se sentir stigmatisé. »

Ingrid aperçoit une silhouette dans la pénombre, de l'autre côté de la douve. « Et son collège, alors ? » Elle reconnaît la démarche de Frank. « Il y a des tas de collèges et de lycées à Stockholm. » Le visage de Frank est éclairé par la flamme d'un briquet. Et lui qui avait cessé de fumer. « Lycées ? » Elle se lève du rebord de la fenêtre et se place devant le lit vide. « Oui, il faut bien que ce soit un arrangement durable. » On voit où ils étaient allongés, elle et Frank. « Il faut que j'y réfléchisse, dit-elle. — Oui, naturellement. Réfléchis-y », dit Sven d'un ton encourageant. Ils se disent au revoir. L'écran du téléphone brille encore quelques secondes dans le creux du couvre-lit.

Ils s'arrêtent près du petit poste d'accostage où vient aborder le ferry d'Ærø. L'eau noire du bassin se soulève comme un souffle imperceptible sous les reflets brisés des lampadaires. Ils sont allés dîner à Svendborg, dans un restaurant que l'on a recommandé à Frank. Ensuite, ils se sont promenés le long des quais. Tout est comme d'habitude, lorsqu'ils ont passé la soirée dans une ville où les a conduits le travail de Frank. Le côté rare et agréable du moment passé ensemble est accentué par ce sentiment d'oisiveté du touriste qui erre au hasard. Ils vont jusqu'à une passerelle. Au bout de celle-ci, ils lèvent la tête pour discerner les constellations au-dessus de Tåsinge. Elle a presque oublié que, ce soir, ce n'est pas comme d'habitude.

Elle n'a cessé d'y penser pendant le dîner. Ils ont évoqué de bon cœur le sujet de Jonas, c'était important, bien entendu, et Frank a dit que Sven et Anders avaient peut-être raison. Elle a dit qu'Anders aurait tout de même pu l'appeler au lieu de faire faire ses commissions par Sven. Elle a failli se fâcher. Pendant des années, elle avait été la seule à tenir tête au garçon et voilà que dès qu'il avait donné des coups de pied à un garçon de son âge, on intervenait parce que la grande crainte, c'était qu'il ne devait pas se sentir *stigmatisé*. Nom d'une pipe. Frank a répondu calmement que la défense des principes soutenus par Ingrid n'avait pas eu l'effet qu'elle avait escompté. Elle lui a demandé ce qui, à son avis, se serait passé si elle s'était montrée aussi molle que le père et le grand-père du garçon. Il l'a dévisagée de son regard sérieux.

Elle était sur le point de lui dire que c'était lui, le bourgeois, l'industriel, qui aurait dû tenir bon sur les principes et lui laisser, à elle, le rôle du laisser-aller. À la place, elle lui a demandé s'il se rappelait combien de fois elle avait été contrainte de lui poser un lapin ces dernières années, parce que Jonas, une fois de plus, avait été impossible. « Il y a autre chose, a-t-il dit avec un sourire. J'ai bien conscience que tu t'es sentie très seule, mais il y a autre chose. Tu vas être obligée de te demander ce qui vaut mieux pour lui. Il n'est pas adulte, Ingrid, pas encore. Et tu sais aussi bien que moi que, avec les enfants, la justice n'entre pas en ligne de compte. »

Ils sont restés un moment sans rien dire. Cela a été une de leurs forces, de pouvoir rester ainsi tout le temps qu'il fallait, le regard plongé dans celui de l'autre. Elle n'avait jamais connu ça, même avec Anders. Elle n'a jamais été aussi longtemps proche physiquement de quelqu'un qu'elle ne l'a été avec Anders, mais s'il ne baissait pas les yeux, elle le faisait. Ils ne pouvaient se regarder aussi profondément dans les yeux, comme c'est le cas avec Frank. Avec Anders, quelque chose en eux s'esquivait, et derrière sa propre timidité, Ingrid devinait ce qu'Anders sentait peut-être dans les moments de silence de leurs tête-à-tête. Une découverte inattendue et embarrassante, à savoir que la confiance entre eux avait des manques. Découvrir qu'ils ne pouvaient saisir l'autre, même si chacun d'eux faisait un effort et tendait la main. Découvrir que, dans les trous d'air de la conversation, ils se retrouvaient soudain à brasser du vide, comme s'il s'agissait d'un gros ballon dont on tentait de s'emparer chacun de son côté. Mais ça veut dire quoi, « se regarder profondément dans les yeux » ? Ça veut dire *voir*, rien de plus. Voir l'autre. Voir l'autre en train de voir celui et ce que l'on est.

Pendant qu'ils étaient face à face au restaurant, elle l'a vu voir sa vie à elle, seule avec son fils, ce grand garçon. Seule avec la responsabilité, les principes et la fatigue déconcertante. Ce flottement perpétuel entre obstination et le sentiment d'échec et de trahison. Elle a vu Frank. Elle l'a vu dans son cadre, chez lui, avec Lise, avec ses fils adultes, une histoire sans heurts apparents. L'un de ses fils est avocat, l'autre travaille à Bruxelles pour la Commission européenne. Frank est tellement fier d'eux. Lui, il n'a pas fait d'études, même s'il en avait l'envie et la capacité. Il était écrit qu'il devait reprendre l'entreprise de son père près de ses sous et terrifié par les sentiments, et sa révolte se traduisit par une volonté de la faire changer et croître au point de la rendre méconnaissable. Il a multiplié la valeur de l'entreprise, ses fils ont fait des études supérieures, ce sont des pères de famille établis, et qui n'ont jamais vu un commissariat de l'intérieur.

Il a tout réussi. Son ultime sentiment de succès sera d'apprendre à ses petits-enfants à fabriquer un cerf-volant et d'éplucher les oranges pour sa femme, quand les doigts de cette dernière ne voudront plus obéir. Il recouvrira d'un châle ses épaules voûtées, il poussera son fauteuil roulant le long de la mer dans le soleil de l'après-midi, tout s'achèvera comme il se doit. Il aura relevé les défis, il aura supporté les fardeaux, il aura su en tirer le meilleur et aura pris le reste comme il venait. Ce point caché entre eux restera quelque chose de dur, de vain et qui n'aura jamais fleuri, quant au reste, il sera tout ce que l'on peut espérer d'une vie. La solidarité loyale des liens durables, toute la tendresse fanée mais profondément innocente de maintes années.

Au fil des ans, Ingrid est parfois parvenue à le faire parler de ses deux fils. Elle s'est intéressée à eux sans les avoir jamais rencontrés, ce qui l'a fait se sentir comme un ange gardien qui cheminait à leur côté en souriant. Quand il en parlait, c'était quelquefois comme s'il oubliait qui elle était, mais dès qu'il y repensait, il redevenait pudique d'une manière vulnérable. Cette petite retenue prudente paraissait presque choquante à Ingrid, comme si, malgré tout, il y avait quelque chose chez lui qu'elle ne devait pas approcher trop longtemps. Ce sera bizarre de ne plus suivre ce qui se passe dans la vie de Frank. Même si, à chaque fois, il devait abandonner temporairement cette vie pour rencontrer Ingrid, elle, de son côté, elle a mis le nez dehors et y a jeté un œil.

La seule chose qu'elle n'a jamais vue en face, c'est Lise. Dans les petites choses qu'il mentionnait, elle a toujours le dos tourné. Lise était tabou. Il la protégeait en ne disant rien d'elle, et Ingrid devinait que cela aurait été équivalent à commettre l'adultère dans le lit conjugal. Elle a vu plusieurs fois des photos des deux garçons, parce qu'elle les lui avait demandées, mais elle pourrait croiser Lise en ville sans le savoir. Peut-être est-ce déjà arrivé. C'est d'ailleurs cela qu'elle craint plus que la solitude. Tomber nez à nez avec Frank dans la rue, être obligée de s'arrêter, de trouver un prétexte, d'hésiter, parce que ce serait trop étrange de passer comme ça l'un à côté de l'autre.

À ce moment-là, il ne l'aura peut-être pas oubliée, elle lui sera cependant un peu étrangère, et cela l'aidera, lui. Il y aura déjà longtemps qu'il sera seul avec le souvenir de son désir. Cela ne lui sera pas si facile de trouver chez elle de quoi se raccrocher. Il suffira que la coiffure d'Ingrid soit différente de celle dont il avait le souvenir. Le désir appartiendra au passé et, bien sûr, il en ira de même pour elle. Peut-être Frank aura-t-il changé, lui aussi. Elle n'arrive pas à se représenter la situation vue de ses propres yeux, mais perçue à travers le regard de Frank. Comme c'est bizarre.

C'est peut-être parce qu'il a une vie sur laquelle il peut retomber. Dans son histoire à lui, elle, Ingrid, sera un chapitre clos, et le souvenir de son désir ressemblera au souvenir d'un violent mal de dent, insensible et enkysté, irrévocable aussi. Et pour elle, quand tout cela deviendra-t-il donc aussi une histoire ? Combien de temps avant qu'elle la perçoive dans son intégralité et puisse dire : « Oui, c'était Frank » ? Nous nous sommes connus pendant presque huit ans, mais je ne l'ai pas vu longtemps. J'étais sa maîtresse, jusqu'à ce que sa femme tombe malade. Il venait l'après-midi une ou deux fois par semaine. Parfois, nous faisions des voyages ensemble.

Elle a des photos, pas beaucoup, mais suffisamment pour voir le temps qui passe. Les preuves sont là. Elle pourrait le faire chanter, si cela était son genre, mais qu'exigerait-elle? L'impossible ou l'exorbitant? Qu'obtiendrait-elle en envoyant à Lise un paquet de photos? La même chose qu'avait déclenchée Ellen en surgissant, tel un diable de sa boîte, avec une photo de Georg? De toute façon, d'ici peu, Lise sera dans l'incapacité de marcher, et de partir, comme Berthe l'avait fait. Elle va devoir se contenter de tourner en rond, chez elle, comme Ada dans son grand appartement, jusqu'au moment où vient l'aide-ménagère. Il va falloir faire venir un menuisier pour enlever le seuil des portes, pour qu'elle ait une liberté de mouvement, au moins à l'intérieur. Mais Frank ne la quittera jamais.

Sa vie secrète avec Ingrid était pure tant que Lise avait assez de forces pour soutenir sa fierté. D'une manière curieuse, cette vie était pure parce qu'il était obligé de s'esquiver et de se dérober pour voir sa maîtresse. Ingrid s'en rend compte seulement maintenant. Cette dérobade, ce vol était aussi impeccable qu'indéfendable, mais il ne pourra plus jamais venir à Sølvgade et coucher avec elle tout en ayant à l'esprit qu'il a laissé sa femme invalide et désemparée. Et ce, même si elle ne veut plus le voir. Il s'installera sur son paillasson ou se retirera dans un monastère sur une île grecque, mais il ne touchera plus jamais Ingrid, même avec un bâton.

Il faut qu'elle s'arrête là. Il faut qu'elle empêche son esprit de continuer sur cette pente-là. C'est moche, cette suite dans les idées, alors qu'elle est sur une passerelle au bord de la baie de Svendborg, dans les bras d'un homme qu'elle aime et qu'elle est pourtant obligée d'abandonner. Être obligée de se faire froide et distance, pas tout de suite, mais peu à peu, comme lorsque l'hiver arrive. Elle va résister à la tentation pendant des mois, mais, à l'automne, quand le figuier va se débarrasser de ses lourdes feuilles grasses, un soir, elle ne pourra plus s'en empêcher. Elle sortira une boîte à chaussures précise de l'étagère de la penderie, elle contemplera le nom gravé sur le couvercle.

Elle n'a jamais eu de chaussures aussi chères et munies de talons aussi hauts. Il les lui avait achetées à Barcelone, elle faisait alors une demi-tête de plus que lui et, visiblement, c'était excitant. Elle n'a plus les chaussures, mais elle a gardé la boîte. C'est devenu son archive amoureuse, qui déborde de photos de leurs escapades et de leurs voyages. Sur l'une d'elles, elle tourne le dos à Frank, vêtue seulement de ses chaussures neuves, devant une porte-fenêtre qui donne sur les ramblas. Son cul a six ans de moins, et, au fond, on ne peut pas voir que c'est elle. On voit seulement pourquoi l'homme qui la regardait a dû prendre son appareil photo, et l'on perçoit aussi une tendresse affectueuse, une forme de recueillement chez Frank à la vue des fesses d'Ingrid, à contre-jour, dans le cadre de la porte ouverte, sur le fond des feuilles des ramblas. Et il y a de l'affection dans le fait de rester immobile assez longtemps pour qu'il puisse prendre sa photo. Anonyme comme une fille d'un port et à la fois bien elle, et à lui.

Ils avaient pris le funiculaire pour monter à Montjuïc. Elle voulait lui montrer le pavillon de Mies van der Rohe pour l'Exposition universelle de 1929. Il avait dit que cela ressemblait à une maison individuelle de luxe, mais elle avait bien vu qu'il se sentait simplement acculé dans un coin. Il avait continué à prendre des photos d'elle pendant qu'elle lui expliquait pourquoi ce pavillon de verre, de travertin et de marbre vert constituait l'un des paradigmes de l'architecture du vingtième siècle. Sur les photos, elle marche seule le long des surfaces horizontales du pavillon, saisie dans un geste ou dans un mot qui déforme ses traits jusqu'à la rendre méconnaissable.

A-t-elle vraiment cet air-là quand elle parle ? Elle a l'impression de ressembler à l'un de ces fous que l'on voit parfois en train de débattre avec l'air et le vent. Il l'observe à travers l'objectif tandis qu'elle livre ses explications, mais il ne reste que le regard de Frank. Sur une photo, elle regarde en dehors du cadre avec une expression qu'elle ne reconnaît pas, comme un somnambule qui rêve les yeux ouverts. Le pavillon n'est pas non plus une maison où l'on pourrait habiter. Il est lui aussi un rêve éveillé, un poème de pierre et de verre. Une ébauche de quelque chose qui ne fut jamais aussi idéal que ce premier exemple parfaitement équilibré, voué à être imité.

Elle va fouiller dans sa boîte à chaussures et contempler la photo où il est à la terrasse de l'hôtel Hassler en train de lire le *Herald Tribune*, avec la tête de celui qui est le président du monde. Ou bien la photo d'elle dans une église baroque délabrée à Vilnius, avec les protège-oreilles de son chapeau en peau de lapin qui flottent à la hauteur de ses joues souriantes. Ou celle encore qu'ils ont fait prendre par un serveur devant Cipriani, dans West Broadway, où ils avaient partagé un énorme homard du Maine sous le store jaune. Au cours de leurs huit années, ils n'en ont peut-être passé qu'une seule ensemble, mais ils ont fait l'amour plus souvent et dans de bien plus nombreuses villes que tant de gens. C'est ce qu'elle pourra se dire quand, un soir d'automne, avec ses lunettes de lecture, elle regardera la boîte à chaussures sur ses genoux.

Elle pourra aussi accrocher les photos sur les murs de la chambre de Jonas. C'est vrai, la chambre va être vide maintenant, puisqu'elle doit penser à ce qui est le mieux pour lui, plutôt qu'à ce qui est juste et raté. Elle pourrait la transformer en un *Frank & Ingrid Memorial.* N'y aurait-il pas là une belle ironie de l'histoire ? Là où sa responsabilité n'a pas suffi, elle pourrait entretenir le souvenir du naufrage de son amour. Comment, cela paraît trop amer ? Elle n'aura pas d'amertume. Elle ne veut pas, parce qu'il ne le faut pas. Tout le monde dit qu'il ne faut pas être amer, tout le monde dit ne pas l'être, tous ceux qui sont assez célèbres pour être interviewés sur leurs échecs et leurs chagrins. Non, je ne regrette rien. Oui, je referais la même chose. Oui, mais, et si elle a des regrets ? Et si l'amertume s'installe à mesure que le temps passe et l'éloigne de Frank ? Et si jamais elle en concluait qu'elle aurait fait un autre choix, si quelqu'un avait eu une boule de cristal à côté d'eux sur le ferry rapide entre Århus et Odden ?

Ils sont calmes mais pas muets pendant qu'ils regagnent la voiture. Ce n'est encore qu'une triste perspective, pas le drame même. Elle rallume son portable et elle écoute la voix féminine de la messagerie automatique, cette voix qui a l'air toujours si angoissée, comme si elle était embauchée à l'essai. « Nombre de nouveaux messages : un. Premier message reçu… » Elle tient Frank par la main tandis qu'ils marchent le long du quai. Le regard de Frank croise brièvement le sien, et elle pense à ce qu'il a dit pendant le dîner. Il a raison, la justice n'entre pas en ligne de compte. Anders n'a pas mérité d'être celui qui va se charger de sauver Jonas, mais peut-être est-il celui qui en est capable.

« Bonjour, Ingrid », dit Ada de ce ton d'une froideur distinguée, avec juste ce qu'il faut d'amabilité, avec lequel elle parle toujours au téléphone. Elle demande à Ingrid si elle a envie de passer prendre le thé demain matin. Elle est en train de trier quelques tiroirs et elle a trouvé des choses de Per qui l'intéresseront peut-être. « Vous étiez très liés, tous les deux », ajoute Ada, comme si c'était là quelque chose dont elle tenait à informer Ingrid. Ingrid regarde sa montre, il est dix heures passées. Même si Ada est probablement encore debout, comme hier soir, Ingrid se dit qu'elle ne peut pas appeler maintenant. Frank lui a demandé de conduire. Il a presque bu toute la bouteille de chambolle et s'installe confortablement dans le siège du passager. Elle appuie plusieurs fois en vain du pied gauche avant de s'habituer à la boîte automatique de la Jaguar.

En quelques minutes, ils sont sortis de la ville. Les arbres qui bordent la route surgissent dans l'obscurité, inquiétants dans le faisceau des phares. Elle pourrait aussi foncer contre un arbre. Être une Elvira Madigan moderne qui se charge de l'affaire plutôt que de s'en remettre à son amant ? N'était-ce pas à l'hôtel du port qu'elle et Sixten Sparre ont passé leur dernière nuit avant d'aller dans le bois de l'autre côté ? Elle ne parviendra jamais à amener Frank à lui tirer une balle dans le front, il préférera mourir en premier, et elle se retrouve au point de départ. Une fois encore, ses pensées partent en tous sens, d'une manière frivole. Ce n'est pas encore réel. Elle a déjà perçu leur histoire dans toute son étendue, mais elle ne sent rien. Est-ce donc ce que l'on ressent juste avant de mourir ?

Une voiture qui vient en face fait des appels de phares rageurs, elle passe en feux de croisement et l'obscurité se resserre, à peine écartée par les faisceaux lumineux devant eux, sur le goudron. Elle sent la main de Frank qui se pose sur son genou et, peu après, elle a envie qu'elle reste là. Ce n'est pas encore réel. La main de Frank l'est, comme son désir. Il remonte l'ourlet de sa robe au-dessus du genou afin de pouvoir lui caresser la cuisse. Ce sera leur première nuit d'adieu. D'autres suivront, à intervalle toujours plus grand. À chaque fois, elle se dira qu'il n'a jamais été si proche, à chaque fois, elle sera plus proche du moment où elle fermera la porte derrière lui pour la dernière fois.

Il y a six mois, ils ont passé un week-end dans la maison d'Ada à Tversted. Frank venait directement d'une réunion à Hambourg, et ils se retrouvèrent devant la gare d'Århus. C'était au début septembre, et cela faisait exactement sept ans et un mois qu'ils s'étaient rencontrés. Quand elle songe à cette heure de l'après-midi, en remontant vers le Limfjord puis vers le nord-ouest, elle ne trouve pas de meilleure image pour illustrer la fraîcheur du mot « heureux », un mot vain, en soi. Ils ne se parlèrent guère, ils n'étaient qu'un homme et une femme en voiture, en chemin, et pourtant parfaitement apaisés. Le ciel au-dessus de l'autoroute était d'un bleu layette comme du tissu éponge délavé, les nuages légers à l'ouest formaient comme une visière pour se protéger du soleil, de sorte que sa lumière tombait de manière indirecte et douce sur le vaste paysage vide.

Au rond-point avant Hirtshals, là où l'autoroute prend

fin, ils prirent la nationale en direction de l'est. Le soleil bas derrière eux brûlait le goudron et l'herbe des prés, les murs chaulés des fermes éparses les éblouissaient presque, abritées par les pins regroupés en troupes battues par les vents. Ingrid ne pouvait savoir qu'elle s'approchait du zénith alors qu'ils étaient là, côte à côte, à écouter l'autoradio. Que cette heure où tout devant eux brillait comme l'or et le miel était le point culminant, l'instant exemplaire qui resterait indépassable.

À la hauteur de l'Uggerby, ils tournèrent dans le chemin qu'Ingrid a emprunté à tous les âges de son existence et dont elle connaît chaque poteau et chaque creux. Le chemin de terre longe quelques vieux terrains avec des maisons de vacances en planches goudronnées et se termine dans les hautes herbes et les élymes des sables. La maison d'Ada est cachée par une rangée de pins entourée d'églantiers. Les églantiers sautaient aux yeux avec leurs points rouge vif au milieu du jaune et du vert fané. Un silence complet régnait quand ils descendirent de voiture. Les seuls bruits venaient de la brise légère dans les cimes des pins et du moteur de la voiture qui refroidissait. Elle se fraya un chemin à travers les herbes, Frank la suivit avec les bagages. Elle s'approcha d'un des vieux arbres fruitiers devant la maison. Elle sourit à Frank après avoir trouvé ce qu'elle cherchait. Un vieil ouvre-bouteille était accroché à une branche près du tronc. Il restera là où Per l'a laissé, car la branche a poussé, elle s'est allongée et ramifiée, et l'on serait obligé de la casser pour mettre la main sur le décapsuleur rouillé.

C'est une maison en bois noire comme les autres, avec de l'herbe sur le toit, des fenêtres peintes en blanc et un auvent. Berthe l'a reprise depuis que l'infarctus a cloué Ada à son fauteuil roulant, mais, avec le temps, Ingrid est la seule à venir. La maison est telle que Per et Ada l'ont décorée avec cette modernité d'autrefois, en grande série, un peu faible et raisonnable. Berthe n'y a ajouté qu'une thermos Stelton d'un rouge effronté et une cheminée de chez Silvan pour suppléer le vieux poêle Morsø. Sinon, il y a des chaises en pin peintes au pistolet, une lampe PH sur la table à manger, deux fauteuils safari en toile brute et un lit de bateau avec ses cuivres et sa couverture passée. La bourgeoisie délicate d'Esplanaden n'est jamais arrivée à Tversted ; de toute évidence, même Per et Ada avaient besoin d'échapper de temps en temps à tout leur style.

Il se fait seulement sentir dans le choix d'affiches d'art jaunies, rapportées de Paris et accrochées avec des punaises, Morandi, Soulages et Picasso, bien sûr. Combien de fois Ingrid n'a-t-elle pas lu les noms et les adresses des musées et des galeries, composés en caractères romains raffinés, de sorte que même les heures d'ouverture ont un je-ne-sais-quoi d'intellectuel. Des mois et des heures des années soixante, quand Ingrid était une petite fille à Sydhavnen. À l'époque, Per et Ada voyageaient en wagon-lit et descendaient le matin à la gare du Nord avec le sentiment plein d'espoir d'être enfin arrivés dans le monde.

Comme d'habitude, cela sentait le sous-bois et la souris quand Frank et Ingrid pénétrèrent dans la maison. C'est une expression d'Ada, elle la prononçait chaque été, quand ils ouvraient la porte après le long voyage. « Le sous-bois et la souris. » Ils n'avaient pas encore de voiture et le voyage durait une journée entière, d'abord le train jusqu'à Aalborg, puis le car. Per faisait la lecture à Ingrid pendant qu'ils traversaient la campagne et elle aurait bien aimé que cela dure. Ada se métamorphosait quand ils descendaient de l'autocar et parcouraient le bout de chemin, chargés de leurs sacs à dos et de leurs valises. C'était comme si elle s'écaillait, comme si elle perdait quelque chose de raide et de guindé, elle commençait à rire de toutes ses dents au lieu de sourire du bout de ses lèvres maquillées. Il lui plaisait de jouer à la paysanne pendant quelques semaines, de déambuler en bottes de caoutchouc ou en sabots, avec un foulard bariolé noué autour de la tête.

À mesure qu'elle grandissait, Ingrid eut l'impression qu'Ada jouait un rôle. Per l'aimait bien comme ça et Ingrid le voyait parfois la prendre dans ses bras, sans prévenir. Cela n'arrivait jamais quand il y avait du monde et, d'une manière générale, le contact physique n'était pas quelque chose qu'elle associait à eux. Ada devenait aussi une grand-mère plus gentille et plus attentive, là-bas, à la campagne. Une fois adulte, Ingrid s'est demandé si Ada n'essayait pas de rattraper ce qu'elle avait négligé, et de donner à sa petite-fille ce dont Berthe avait toujours été privée.

Frank regarda autour de lui. Elle faillit faire un commentaire ironique sur la décoration, comme pour l'excuser, mais se retint. Il fallait la prendre comme elle venait. Une porte à deux battants donnait sur une terrasse recouverte de dalles de béton. Les joints étaient envahis par les herbes, la porte était coincée et elle dut appuyer avec l'épaule pour l'ouvrir. Frank sortit les fauteuils safari au soleil. Les dossiers piqués par l'humidité grincèrent quand ils s'assirent. Une abeille atterrit lourdement à leurs pieds, elle rampa un peu sur les dalles chauffées par le soleil. « Elle n'en peut plus », dit Frank. Ils restèrent sans rien dire à regarder l'abeille mourante. Ingrid se rappela qu'elle et Anders s'étaient installés de la même manière, à la même heure, le soir qui avait précédé sa rencontre avec Frank sur le ferry d'Odden. Elle le lui dit. Il tendit la main et lui caressa la joue en la dévisageant. « Je t'aime », dit-il doucement.

Elle fit un mouvement de la tête en direction du pré qui commençait à l'endroit où le jardin cédait imperceptiblement la place aux longues herbes brillantes. « Là-bas, c'est la mer », dit-elle. La première dune se dressait à l'arrière-plan, avec les élymes des sables ondoyantes et sa crête sinueuse et changeante qui se détachait clairement dans les derniers rayons du soleil. « Oui, là-bas, c'est la mer », reprit-il, comme si Ingrid avait dit quelque chose de remarquable.

Le lendemain, ils allèrent à Hjørring. Avec leur chariot dans le supermarché Føtex, au milieu des couples qui faisaient leurs courses, personne n'aurait pu deviner qu'elle était sa maîtresse secrète. Ils étudièrent les étiquettes des vins et des produits, ils comparèrent les salades en faisant la fine bouche, et hésitèrent entre une culotte de bœuf et un paquet de côtes premières, comme tout le monde. Il essaya une épouvantable paire de lunettes de soleil miroirs pour la faire rire et même s'il y avait quantité de torchons à la maison, elle en acheta un paquet pour la forme. Ensuite, ils déposèrent les sacs dans la voiture et firent une petite promenade. Elle ne se rappelait pas quand elle était venue à Hjørring pour la dernière fois. D'ailleurs, elle ne se souvenait plus de la ville. Adulte, elle s'était demandé pourquoi Ada avait acheté une maison secondaire si près de sa ville natale alors qu'elle ne cessait de se vanter de n'y avoir jamais remis les pieds. Peut-être était-ce vrai, peut-être Ada évitait-elle d'y aller, mais il lui avait tout de même fallu posséder un lopin de terre non loin.

Ils se promenèrent dans les ruelles et arrivèrent à Sankt Catharinæ Kirke. Ils firent le tour du bâtiment blanchi à la chaux, mais elle ne put trouver la maison où Erik Hvidbjerg avait habité avec sa ravissante jeune épouse et leur petite fille. Avait-elle été démolie ? Elle dit qu'elle demanderait à Ada, mais elle ne lui avait jamais posé la question. Ils trouvèrent sa tombe au cimetière, un peu plus haut. Une pierre de granit avec des lettres en cuivre qui commençaient à se couvrir de vert-de-gris. *Me Erik Hvidbjerg, Avocat, 1904-1989.* À côté, une pierre plus petite et un peu plus sombre. *Helga Hvidbjerg, née Poulsen, 1922-1973.* Il y avait un bouquet presque frais sur le tapis de plantes persistantes entre les tombes.

Ingrid avait trente ans l'année de la mort de son grand-père, et elle ne l'avait jamais vu. Elle n'avait même jamais su la date précise de sa mort. C'était sûrement un enfant de son second mariage qui avait déposé le bouquet. Peut-être la fille qui avait ouvert la porte à Berthe et qui l'avait conduite à son père dans le jardin.

Dans l'après-midi, Ingrid et Frank firent un tour au bord de la mer du Nord. Il faisait gris, avec des nuages bas, et les vagues étaient grosses et écumeuses. Quand elles s'arquaient l'instant avant de s'abattre, leur intérieur était une éclaircie émeraude veinée d'algues. Ingrid leur trouvait des allures d'animaux cabrés au ventre clair et au dos gris-bleu ou violet foncé. Le vent avait forci, les brisants étaient si violents qu'ils s'entendaient à peine, mais il est vrai qu'ils ne parlaient guère. La plage était jonchée de morceaux de bois flotté et d'emballages plastiques, et Frank trouva une vieille bouteille au fond épais et avec de jolies bulles d'air. Par un petit miracle, elle n'avait pas été brisée par le choc des vagues. La joue de Frank était humide et collante de sel quand elle l'embrassa pour le remercier.

La bouteille est toujours là où elle l'a posée, sur le rebord de la fenêtre à côté de la porte de la terrasse. Ils avaient dû se pencher dans le vent et plisser les yeux. Au loin, la plage et les dunes de devant se dissipaient dans la brume formée par la poussière d'écume des brisants. On aurait voulu marcher là sans fin. Ingrid ignorait si cette idée était triste ou prometteuse.

Ils sont épaule contre épaule, ils ont chaud, ils sont essoufflés, et ils regardent l'acajou du ciel de lit. Il a commencé à dire en plaisantant qu'il lui faudra bientôt s'abonner au Viagra, mais, pour l'instant, ça va encore très bien, merci. Comme toujours lorsqu'il a bien fait l'amour, elle se sent lourde et légère à la fois, assoupie et parfaitement réveillée. Elle sent les doigts de Frank qui jouent avec ses cheveux, leur légère pression sur son cuir chevelu. Sa voix se casse un peu : « Pourquoi ne t'es-tu pas décidé plus tôt ? » Elle ne quitte pas des yeux les veines flammées dans les panneaux en forme de caisson du ciel de lit.

« À la quitter ? »

Elle ne répond pas, elle ne veut pas faire semblant quand il prétend ne pas comprendre. Elle pense à ce week-end à Tversted. Il aurait tout aussi bien pu prendre sa décision à ce moment-là, et s'il l'avait fait… Il ne dit rien, et elle croit que c'est parce qu'il ne veut pas, mais il se met à parler. Il ne lui a jamais raconté cette histoire. Il avait quarante-deux ans, Ingrid fait le calcul, c'était donc au début des années quatre-vingt. Elle avait alors à peine vingt ans et n'avait pas encore rencontré Anders, et elle n'avait aucune envie de rencontrer quelqu'un, du moins, pas dans cet esprit-là, en pensant à un avenir. Elle ne pouvait rêver qu'elle quitterait un jour son mari pour un homme tellement plus âgé, ni que les choses se passeraient ainsi.

À cette époque, Frank et Lise ne s'étaient pas encore installés en ville. Ils habitaient une villa à Hørsholm avec leurs garçons quand il avait rencontré Cecilie. Elle était infirmière de nuit au service des hospitalisations de longue durée, où son père avait passé les derniers mois de sa vie. Frank allait le voir presque chaque après-midi en rentrant de son travail. Au début, il ne l'avait pas remarquée, car elle n'attirait pas l'attention. Elle avait dix ans de moins que lui, elle n'était pas très grande, mais jolie, en y regardant à deux fois.

« Tu n'as pas besoin de la décrire », dit Ingrid. Elle ramasse la couette par terre et s'en emmitoufle. Il se lève et va entrouvrir la fenêtre. Quand il s'en retourne, elle se dit que l'âge lui va bien. Son ampleur masculine peut bien faire compenser sa peau un peu flasque. Il est plus proche des soixante-dix que des soixante ans, mais elle l'aime bien comme il est. Avec un cachet de temps à autre, il aurait pu continuer à la faire crier jusqu'à quatre-vingts ans passés. À ce moment-là, elle en aurait eu soixante, c'est ça, la perspective. C'est ça, qu'elle va perdre. Dix, quinze ans de plus avec un homme qui sait ce qu'il doit lui faire pour la laisser dans l'état où elle est maintenant, et pour la faire se sentir à la fois vidée et parfaitement comblée, entière.

C'est ça. Il sait comment faire en sorte pour qu'elle se sente entière. Elle le regarde au moment où il ramasse son boxer par terre. Les plis sur l'estomac, la peau de la poitrine un peu lâche, les poils blancs qui frisottent. Il enfile un T-shirt et revient au lit. « Raconte », dit-elle en tapant impatiemment du talon sur le matelas, avec un air faussement puéril. Elle se tourne sur le côté. Il s'assied sur le bord du lit et lui caresse les cheveux. « Tu es sûre ? » Elle lui prend la main et la tient un instant.

Si son père dormait quand il arrivait, il allait voir Cecilie dans le réduit derrière une paroi vitrée où elle se postait. Les premières fois, il lui demandait comment s'était passée la journée de son père puis, peu à peu, cela s'était mué en conversations. Il y avait un contact. Frank regarde Ingrid et, pour une fois, il doit se forcer à ne pas baisser les yeux. « C'était ça l'étonnant, même si, en soi, ça ne l'était pas. » Ils parlaient de leurs vies respectives. Elle avait déjà été mariée, mais son mari était mort quelques années auparavant. Elle en parlait d'une manière simple et résignée, et il devinait comment elle contemplait le chagrin de l'autre côté d'un gouffre dont elle s'était extirpée lentement, en se concentrant pour mettre un pied devant l'autre.

Il en était venu à l'admirer, cependant admiration n'est pas le mot idoine. Ni respect. Il avait découvert qu'il avait simplement envie d'être près d'elle. Il l'avait découvert quand son père était mort, quelques mois plus tard. On l'avait appelé de l'hôpital un matin, très tôt, mais il était arrivé trop tard. Il avait demandé à l'infirmière qui l'avait accueilli si Cecilie était en service et il avait senti lui-même que sa question était déplacée. Elle était partie une demi-heure plus tôt. Il était resté quelques minutes près de son père pour un dernier adieu, mais c'était à elle qu'il avait pensé.

Naturellement, elle avait été étonnée quand il était venu dans le service, un soir où il la savait de garde. Elle lui avait présenté ses condoléances et lui avait dit que cela avait été agréable de discuter avec lui. Il avait dit qu'il aimerait la voir. Il se rappelle qu'elle avait eu un sourire d'incompréhension. Mais elle était là, avait-elle répliqué. Ailleurs, avait-il expliqué. Il était tard, il n'y avait personne dans le couloir ni dans la petite pièce et il s'était dit qu'il devait l'embrasser, maintenant. Elle l'avait laissé faire, mais sans plus. Comme l'objet d'une initiative dont elle n'était pas responsable. Sa réaction n'avait été ni un encouragement ni un rejet, ni embarrassante, d'ailleurs, et elle avait accepté de le revoir un jour. Quelque chose en lui avait rompu les amarres et l'avait poussé vers l'inconnu. C'était sûrement lié à la mort de son père, à tous les sentiments confus du moment, mais il y avait aussi Cecilie. Non pas une de ses qualités, il s'agissait d'elle, point final. Il n'avait jamais rencontré quelqu'un d'aussi lucide et d'aussi impérieusement présent que Cecilie. Il n'avait qu'une envie : être là où elle était.

« Je n'avais jamais rien ressenti de pareil, dit-il, et je ne l'ai ressenti qu'une seule fois depuis. » Il tend la main vers le visage d'Ingrid, mais elle écarte la tête. « Qu'est-ce qui s'est passé ? » demande-t-elle. Il laisse retomber la main entre eux. « Je suis parti. J'ai quitté Lise et les enfants. Je n'y ai même pas réfléchi. Je savais que c'était ce que je devais faire. Et là, ça a été la catastrophe. Tu ne peux pas imaginer. » Il s'allonge à côté d'elle. Elle lui tourne le dos et sent la main de Frank qui cherche sa hanche sous la couette. Elle contemple le pied du lit, la porte et la poignée pendant qu'il raconte.

Il avait habité chez un ami en attendant de trouver un appartement à louer. Il avait également vu Cecilie, une seule fois, mais pas chez elle. Ils s'étaient retrouvés en ville et s'étaient promenés. Il lui avait présenté la situation. Il était à elle si elle voulait de lui. Cecilie avait répondu qu'ils avaient besoin de temps, tous les deux. Là encore, ce n'était ni un encouragement, ni un rejet. Il lui avait demandé s'il pouvait lui téléphoner. Elle lui avait demandé d'attendre. Entre-temps, il avait essayé de faire son travail et d'être présent pour les enfants. Ils venaient passer la nuit chez lui et il faisait son possible pour que l'appartement aux meubles étrangers ressemble à une maison. Même s'ils étaient trop grands pour ça, il leur faisait la lecture à haute voix, chacun sur son matelas dans le salon, muet et accablé.

Quand ils n'étaient pas là, il téléphonait à Lise. Il essayait de s'expliquer le plus délicatement possible. Elle pleurait, la plupart du temps, et il se sentait comme un bourreau. Un salaud qui n'était même pas capable de faire correctement son boulot. Cecilie l'avait appelé un mois plus tard. Lise était venue la trouver à l'hôpital et avait fait une scène. Frank avait eu assez mauvaise conscience pour tout avouer. Cecilie lui avait annoncé calmement qu'ils ne pouvaient pas se revoir, ni plus tard ni même dans un an. Les semaines suivantes, il s'était rendu compte à quel point il s'était emporté quand il avait tout chamboulé à cause d'une femme qu'il avait à peine touchée. Et il avait commencé à se demander si sa rencontre avec Cecilie n'avait pas été autre chose que le facteur déclencheur qui mettait au jour ce qu'il avait refoulé pendant des années. Mais c'était tellement hypothétique et faible de s'interpréter ainsi. En outre, les conséquences de sa crise mystérieuse étaient patentes autour de lui. Pleurs, douleur, malheur et culpabilité.

Ingrid s'assied dans le lit et se tourne vers lui. « Je n'avais plus le courage, dit-il. Avec le temps, c'est devenu une chose dont nous ne parlions plus. Lise a dû se dire que puisque c'était arrivé une fois, cela pouvait recommencer, mais nous avons fait comme si rien ne s'était jamais passé. Elle donnait l'impression de m'avoir pardonné, mais je ne pouvais pas me pardonner. Ce n'étaient pas seulement elle et les garçons que j'avais trahis. Et j'ai porté en moi cette honte cachée. Je n'avais pas tenu la distance. Et quand je t'ai rencontrée... » Ingrid secoue la tête. « N'en dis pas plus. »

Elle se lève et va dans la salle de bains. Elle ouvre la fenêtre, entre dans la cabine de douche, ouvre le jet et règle la température jusqu'à ce qu'elle soit aussi chaude qu'elle peut le supporter. Il n'a pas besoin d'en dire davantage. Elle ferme les yeux et croise les bras sur sa poitrine.

Il quitte sa famille à cause d'une femme qu'il a seulement embrassée, et encore, une seule fois. Ça, elle peut le comprendre. Elle reconnaît le désespoir, l'idée d'un grand changement. L'accélération du courage que donne l'acte, dès que l'on a fait le premier pas. Était-il retourné chez lui les oreilles basses parce que, en fait, il n'y avait rien à trouver chez la mélancolique Cecilie ? Elle n'y croit pas, même s'il a presque réussi à en donner l'impression. Elle veut bien croire au facteur déclencheur, la mise au jour de quelque chose de refoulé. Quelque chose dans sa vie passée, ou simplement le vide, là où il aurait dû y avoir quelque chose. Mais dans ce cas, elle ne comprend pas pourquoi il s'est tu pendant huit ans. Elle aimerait bien. Elle-même, elle a tout laissé tomber, parce qu'elle voulait tout.

A-t-il pris peur ? Elle ne le croit pas. Il est trop bon au lit pour ressembler à quelqu'un qui brûle seulement ses vaisseaux pour un mirage de chasteté. Mais alors, qu'est-ce qu'il essaie de lui raconter avec cette histoire ? C'est évident qu'il ment quand il laisse entendre son angoisse de ne pas oser aller jusqu'au bout. La peur de faire une nouvelle fois du mal à sa famille. Enfin quoi, on ne lit pas des histoires pour s'endormir à un avocat et à un fonctionnaire de la Commission européenne. Les enfants ne risquent pas un traumatisme sentimental, et la question de la culpabilité avait donc bien faibli, de plus, elle l'attendait à Sølvgade. Il n'avait qu'à toper là. Alors, quelle est l'explication ? Sa lâcheté ? Elle ne l'accepte pas, c'est un faux aveu, elle le sait. Il n'est pas lâche, ni aussi innocent qu'il veut le paraître.

Elle coupe le jet et reste là, entre les carreaux émaillés de la cabine de douche. Elle sent les gouttes qui glissent sur sa peau et l'air frais sur les pores béants et brûlants. Quand elles commencent à se refermer, elle attrape un des peignoirs blancs accrochés pour les clients. Elle en serre la ceinture et se frotte les cheveux. Le miroir au-dessus du lavabo est couvert de buée. Elle est sur le point d'ouvrir une brèche de visibilité, mais elle arrête sa main en chemin. Elle n'a pas envie d'être vue en ce moment précis, même dans son reflet.

Elle ferme le couvercle des toilettes et s'assied. Elle reste là, penchée en avant, bras croisés, les mains dissimulées dans les grandes manches du peignoir. La vérité est tellement simple qu'elle ne lui était pas encore venue à l'esprit. Si Frank avait voulu partir, il serait parti. Il n'est pas parti parce qu'il ne le voulait pas. Il a cru qu'il le voulait, peut-être le croit-il encore, et il lui sera de plus en plus facile de se considérer si noble, si coupable et si romantique, maintenant que son bon vieux sens du devoir a de nouveau la possibilité de se raccrocher à quelque chose. Elle ne doute pas qu'il croyait à ses paroles quand il disait qu'il l'aimait. Seulement, cela n'a pas eu de conséquences importantes. Pour lui, ça suffisait.

Et puis, qui dit qu'il devait réagir comme elle? Quelqu'un l'a-t-il jamais dit? Certains s'en vont parce qu'ils aiment quelqu'un d'autre, certains aiment quelqu'un d'autre et restent. Elle lui a rendu les choses bien plus faciles en divorçant d'Anders et, bien entendu, cela a constitué un défi, non pas tant à son désir qu'à son sens bourgeois de la justice. Il a pensé qu'il devrait partir, qu'il devrait le vouloir, mais le diagnostic de Lise, si tragique soit-il, arrive comme un soulagement.

Ingrid contemple les joints entre les carreaux de la salle de bains qui lui font penser au filet dans lequel le trapéziste plonge après son numéro. Il y rebondit, il y retombe une fois encore et, une fois de plus, il saisit le bord du filet, fait une galipette arrière et retombe dans la sciure, souriant et bras écartés. Elle entend une voiture qui passe sur la nationale entre Nyborg et Svendborg. Le sommier grince dans la chambre. Frank l'attend, mais elle va rester là encore un peu et sentir l'air froid sur ses chevilles.

DIMANCHE

« Au revoir. » Frank se tourne sur son siège et se penche en avant. Ingrid pose une main sur son épaule, ils s'embrassent. « Au revoir. » Elle prend son sac sur la banquette arrière et descend de voiture. Elle se baisse pour croiser son regard une dernière fois. C'est comme à chaque au revoir, un baiser, un regard, un sourire. Elle claque la portière et reste là pendant qu'il déboîte et file dans Sølvgade. Il ralentit au feu à la hauteur d'Øster Voldgade, celui-ci passe au vert et, quelques secondes plus tard, il a tourné à droite.

C'est vrai, ils vont se revoir. Ils vont se revoir quelques fois, pendant quelques semaines ou quelques mois, une sorte de liquidation douce, mais, en fait, leur relation est déjà derrière eux. Il pense certainement la même chose alors qu'il est en train de rouler vers Østerport. Ils n'en ont plus parlé. Il dormait quand elle est sortie de la salle de bains et, ce matin, cela semblait être un rêve. Ils ont pris le petit déjeuner dans un petit salon jaune aux motifs chinois, puis ils se sont promenés dans le parc. Ils en auront fait, des promenades. Elle a dit qu'elle aimerait être rentrée avant le déjeuner. Elle regarde sa montre. Ils ont à peine été absents vingt-quatre heures, et tout est changé.

Il a plu en ville, le ciel est lourd comme le mur qui entoure Kongens Have et des gouttes tombent des branches du figuier. Elle s'arrête sur le paillasson après avoir ouvert la porte de l'appartement et regarde un moment à l'intérieur. Soudain, elle ne peut franchir le seuil. Elle jette le sac dans l'entrée et referme à clef. Une fois redescendue dans la cour, elle prend son portable, appuie sur « contacts », puis Anders. Elle y a pensé tout le temps sur le chemin du retour. Il faut qu'ils se parlent. Il n'est pas normal que son père fasse l'intermédiaire entre eux. Si Anders veut avoir Jonas à Stockholm, il n'a qu'à le lui dire lui-même.

Que lui a dit Sven ? Que lui a raconté Jonas ? Elle m'a frappé, c'est la première fois. Je n'ai pas réussi à la joindre quand ils m'ont permis de donner un coup de téléphone, au poste de Station City. Comme toujours, elle était au boulot. Toi aussi, tu as essayé ? Elle est sûrement partie en week-end avec Frank. Elle est souvent partie. Il était là quand je suis passé prendre des affaires, hier matin. Je crois que ça l'arrangera vachement si je venais habiter avec vous. C'est vrai ? Je peux ? C'est super. Je sais que tu n'aimes pas que je dise ça, mais je ne peux plus la supporter.

« *Birgitta.* » Elle dit son nom comme si c'était un ordre ou, au moins, un défi. Ou, simplement, est-ce que cela sonne comme ça en suédois ? Voyons un peu ce que tu vaux face à moi. Moi, ça va, je me sens bien, et tu as intérêt à être okay toi aussi si jamais nous deux on doit discuter. Ingrid n'a jamais rencontré Birgitta, mais elle l'imagine dans toute sa douceur pratique, sûre d'elle, sur son terrain, avec un jeans élimé et un vieux T-shirt qui porte le nom d'une équipe de base-ball suffisamment inconnue. Mère et jeune fille, simple et parfaitement d'attaque.

« Oui, bonjour, c'est Ingrid. » Là, il s'agit de ne pas demander tout de suite à parler à Anders. Réussir à échanger quelques mots sympa pour qu'elles n'aient pas l'impression d'avoir été obligées de se creuser la tête pour meubler le vide entre elles. « Bonjour, Ingrid. Un instant... » Pas de quoi s'inquiéter. Soit le combiné lui brûle les mains, là-bas, à Söder, soit ils attendaient son coup de fil. Pas de blabla aujourd'hui entre l'ex et la numéro deux. Birgitta s'éloigne alors qu'elle appelle Anders.

Le téléphone est sûrement dans la cuisine. Ingrid entend un jet d'eau dans un évier en métal et le ressort d'un grille-pain qui saute. La voix grêle d'une petite fille vient se joindre à celle de Birgitta, « *Papa, Papa !* ». Ce doit être Olivia. Peut-être Anders est-il en train de se raser dans la salle de bains. Non, c'est dimanche, il ne se rase pas. C'est un dimanche matin banal dans sa nouvelle vie, ils étaient dans la cuisine, ils ont discuté autour de leurs corn flakes et du beurre de cacahouètes, contents de ne pas devoir quitter la maison à toute allure. Un dimanche tout à fait ordinaire, où le téléphone sonne soudain, où une voix leur rappelle que Papa a eu une autre vie. Mais il en faut davantage pour désarçonner Birgitta. Une autre vie ? Mais bien sûr. Après tout, nous sommes des êtres humains.

Ingrid fait le tour du figuier pendant qu'elle attend. Son téléphone portable émet d'un monde dont elle n'a plus les clefs. Jonas va bientôt être trop grand pour les moments en famille du dimanche. Il rentrera à la maison alors qu'ils seront en train de prendre le thé et de lire les suppléments des journaux, mais ce n'est pas l'enfance terminée de Jonas qui la rend nostalgique. D'ailleurs, elle n'est pas nostalgique, mais elle ressent une perte. Une cassure, car, après huit ans, elle ne peut pas prétendre qu'elle est elle-même d'une manière pleine et entière. Tant que chaque adieu avec Frank n'était que temporaire, un détour jusqu'aux retrouvailles suivantes, elle pouvait s'imaginer que la privation de l'harmonie familiale du dimanche était un choix. Que, malgré tout, le prix était prévisible en regard du bénéfice, et que l'absence ne faisait qu'affûter le plaisir. Maintenant, il ne reste que l'absence, et les années écoulées ressemblent à une parenthèse entre ce « maintenant » et la porte qu'elle a fermée derrière elle pour toujours.

Les branches de l'arbre luisent d'humidité. Peut-être un des voisins est-il à sa fenêtre et se demande pourquoi Ingrid Dreyer est en train de téléphoner dans la cour de l'immeuble. Elle ne pourrait expliquer ce sentiment d'abandon qui la prend en pensant au temps passé, à cette impression de précarité et de froideur depuis l'époque où, dans le Helsingør de ses treize ans, elle se faisait un devoir de ne pas participer aux banalités conciliantes de la vie sociale. Elle n'était pas plus solitaire, mais seule quand, dix ans plus tard, elle rentrait à vélo de l'École d'architecture. Au milieu de la circulation dense sur le Dronning Louises Bro, la vue de jeunes femmes à peine plus âgées qu'elle avec un petit bonhomme sur le porte-bagages pouvait la ravir, car personne ne l'attendait à Elmegade. Même le silence était intéressant et quand, pendant quelques mois, elle a parcouru Rome en tous sens afin d'étudier les églises romanes, c'était Per et la mort, et non les altérations inextricables de l'existence qui pouvaient l'oppresser.

« Bonjour, Ingrid. C'est bien que tu appelles. » Soudain, il est là, si familier, et si lointain. « Je te dérange ? » Elle a l'air trop timide. On a allumé la télé juste à côté. Birgitta a mis Olivia et son petit frère dans le canapé pour regarder Cartoon Network. Les voix follement excitées et la musique tumultueuse forment un paravent sonore bienveillant entre le nouveau monde d'Anders et son tête-à-tête avec l'ancien. Si Ingrid n'avait pas rencontré Frank, Anders n'aurait probablement jamais rencontré Birgitta, mais leur monde, là-bas, à Stockholm, apparaît cependant tellement indiscutable et complet, tout simplement parce qu'il *existe encore*.

« Non, bien sûr que non, j'ai d'ailleurs essayé de te joindre. C'est vraiment épouvantable, Ingrid. Je suis terriblement secoué. Notre propre fils. Qu'est-ce que nous avons fait de travers ? Je sens que c'est ma faute. Je n'étais pas assez ferme quand il le fallait. » C'en est presque trop. Son humanitarisme exagéré, tous ses boniments sur l'enfant compétent se sont envolés. Mais il oublie que, pendant presque huit ans, il n'a cessé d'osciller entre le relâchement et la discipline. « Ce n'est pas ta faute, Anders. Nous ne sommes ni meilleurs ni pires que tant de parents. »

Elle a sûrement raison sur ce point, mais c'est comme si, soudain, ils avaient échangé les rôles. Elle n'aurait pas cru entendre un jour Anders parler de faute. Quelle divine surprise de l'entendre avancer toutes ces choses qu'elle n'aurait pas imaginées chez lui. Ingrid doit avouer qu'elle n'est pas seulement désarmée dans ses préjugés négatifs, mais qu'elle est également un peu déçue. Pense-t-il vraiment ce qu'il dit ? Naturellement, il est possible qu'il gonfle son examen de conscience redoutable afin de la devancer, ou de faire de la surenchère.

« En tout cas, tu étais bien meilleure que moi, dit-il. J'aurais dû être bien plus proche de lui ces dernières années. » Il a raison, mais que dire ? Oui, Anders, tu t'es comporté en père de pacotille en disparaissant ainsi de la vie du gamin, au lieu d'être le totem contre lequel il pouvait lever la jambe, au lieu d'être l'aune qui lui aurait permis de s'orienter dans ce monde. Ingrid ne trouve pas ses mots parce que Anders, d'un geste aimable et désarmant, a déjà tout pris sur lui.

« Sven m'a téléphoné hier soir », dit-elle. Il faut qu'ils aillent droit au but. C'est déjà assez pénible d'être obligée de l'appeler chez lui un dimanche, et elle n'éprouve aucune satisfaction à l'entendre reconnaître qu'il a échoué en tant que père de Jonas. « Je sais », dit Anders. Visiblement, Anders et Sven se parlent matin et soir. Si seulement, pendant qu'il était encore temps, il avait été aussi impliqué que son *papa* tellement actif. « Tu aurais pu appeler toi-même. » Elle ne peut pas s'en empêcher. « Mais j'ai essayé. Tu ne me crois pas ? » Il retourne la balle si durement qu'elle choisit de la laisser passer.

« J'ai réfléchi à tout ça, Anders, et je pense que vous avez raison. » En fait, elle n'a pas réfléchi, d'ailleurs, ce n'est pas nécessaire. Elle sait qu'ils ont raison. Elle l'a su dès hier soir. Elle a échoué. En tant que mère, elle est au bout du rouleau, et il n'y a aucune raison de faire durer le supplice avec de l'amour-propre illusoire. Je vais leur montrer ! Une lionne n'abandonne jamais ! Je ne m'en sors jamais mieux que par vent contraire ! La vérité est qu'elle ne sait pas comment s'en sortir. En tout cas, pas face au recel, à la consommation rampante de hasch, aux coups et blessures. Elle n'a pas rempli sa tâche, elle ne l'a pas voulu, pas suffisamment. Quoi qu'il en soit, ce sera mieux pour Jonas de finir de grandir chez Anders. Et au fond, peu importe qu'elle le voie en face, avec soulagement, ou seule dans son coin, avec honte.

« Je suis heureux que tu le voies comme ça. » Maintenant, il faut qu'il se mette à la féliciter. C'est presque insupportable. « La question n'est pas de savoir si… » La communication est coupée. Elle regarde son téléphone et parvient juste à voir l'icône de la batterie qui clignote, désespérément vide, avant que l'écran ne s'éteigne. Le téléphone n'a pas été rechargé depuis Stockholm. Elle le range dans sa poche et sort de la cour. Au fond, c'est peut-être mieux qu'elle n'ait pas eu la possibilité de chercher noise à Anders. Le message principal est passé, il ne reste plus qu'à l'exécuter. Une camionnette de déménagement, un billet d'avion, un formulaire pour la Sécu et une étreinte tardive, bien trop tardive, en guise d'adieu. On se reverra quand tu seras grand et raisonnable. Je t'aime, Jonas. Est-ce que cela te servira à quelque chose ?

Elle passe devant Sankt Pauls Kirke, qui se dresse, hésitante entre ses références byzantines et sa mélancolie copenhagoise de brique rouge. Elle s'assied un moment sur son banc favori, même si, en vérité, il fait trop froid. Il y a de la lumière aux fenêtres de l'autre côté de la place, derrière les arbres nus. La cloche sonne la demi-heure. Un bruit familier pour ceux qui habitent autour de l'église. Les soirs sans vent, lorsque la circulation s'est calmée, elle entend la cloche jusque dans sa cour. Il lui semble soudain que c'est comme d'avoir de la compagnie.

En chemin vers Esplanaden, elle entre dans un bistrot et demande s'ils ont un téléphone. Elle ne veut pas débarquer sans prévenir. Le barman lui désigne un des coins reculés de l'établissement, où une machine à sous clignote dans la pénombre. Il n'y a qu'un seul client au bar, un vieux monsieur avec une casquette rabattue sur son visage d'un bleu violacé. Ingrid décroche le combiné et insère une pièce de cinq couronnes. Quand elle se retourne, elle voit le vieil homme qui l'observe. Il ne détourne pas la tête comme on pourrait l'attendre, et, pendant quelques secondes, ils se dévisagent sans ciller d'un regard atone. Elle tourne le dos au bar quand elle entend un bruit sourd, suivi d'une toux étouffée et du « Allô-ô-ô » d'Ada. Ada a conservé le vieil appareil à cadran, et même si ce dernier est désormais muni d'une collerette blanche avec des chiffres d'une taille normalement destinée aux affiches, elle parvient à s'exprimer comme si c'était une faveur insigne d'avoir accès à son oreille.

De toute évidence, elle a oublié le message laissé la veille au soir. Maintenant? Mais oui, bien sûr, quel plaisir, Ingrid n'a qu'à passer. Quand il s'agit de compagnie, Ada ne se fait pas prier. C'est venu avec l'âge et avec sa mobilité réduite. Elle est contente que quelqu'un se soucie d'elle, et elle ne cherche pas à dissimuler sa reconnaissance. Même le Somalien timide qui lave l'escalier est invité à prendre le thé. Et même si elles habitent si près l'une de l'autre, Ingrid ne l'a pas vue depuis Noël, et ce n'est pas parce qu'elle n'a pas le temps. Si Ada ne l'avait pas appelée hier, Ingrid n'aurait pas pensé à lui rendre visite. Où serait-elle allée ? Peut-être dans un café lire les journaux, peut-être à une séance de ciné l'après-midi. À ses yeux, il n'y a personne qu'elle peut appeler ainsi, au pied levé, sinon Berthe, et, bien sûr, Ada.

Le vieux monsieur du bar lui fait un signe de tête et porte la main à la visière de sa casquette quand elle s'en va. Il a sûrement prévu de passer une bonne partie de son dimanche ici, derrière les vitres en verre fumé qui donnent sur ce bout de rue vide et de voitures garées. La ville s'est métamorphosée depuis qu'il avait l'âge d'Ingrid, mais il a changé, lui aussi. Curieusement, seul son regard est le même, se dit Ingrid, oui, il est resté le même qu'à l'époque où il était jeune. Au fil des ans, ses souvenirs et ses espérances ont de moins en moins d'importance, mais que peut-il y faire ?

Vieillir n'apporte aucune sagesse, mais il y a l'autorité de l'irrémédiable, et c'est le souvenir des meilleures années. Cette brève période où l'on faisait un avec son temps, dans un échange sans heurts, actif et plein d'espoirs. Ingrid suppose que les meilleures années du vieux monsieur remontent au début des années soixante, quand elle-même dormait dans un landau derrière un immeuble de Sydhavnen. Enfant, il a connu la guerre, a trente ans, il a connu un boom avec un nuage atomique menaçant. L'après-guerre engourdi, où la vie devenait moderne et facile, menée par le jazz mesuré et élégant de la radio. Et maintenant, il traîne là avec sa bière. Peut-être sa femme est-elle décédée, peut-être a-t-il simplement besoin de sortir chaque jour, même s'il ne va plus pointer nulle part. Peut-être a-t-il fait le long trajet en bus depuis Bispebjerg ou le nord-ouest de la ville, rien que pour se retrouver dans un quartier où il s'est jadis bien amusé. Il ne reste presque plus aucune des vieilles boutiques, et le dernier visage connu a sans doute disparu également, mais les rues l'attirent quand même. Malgré tout, c'était là qu'il était jeune et qu'il dominait la situation.

Ce temps où l'on ne sait pas encore que cela ne peut pas aller mieux. Peut-être pense-t-il à cela quand il suit du regard la femme entre deux âges qui est entrée pour téléphoner. Elle passe derrière les vitres teintées, et elle disparaît. Peut-être se dit-il aussi qu'elle a passé le moment où les possibles sont encore nombreux, et où l'on est pleinement en mesure de les saisir. On devrait le dire aux jeunes, mais ils n'écoutent pas. Ce qu'il y a de mieux avec les meilleures années, c'est que l'on croit que ça va aller mieux. Que les choses vont être non seulement différentes, mais meilleures, infiniment meilleures. Ingrid se dit que le vieux monsieur le croyait sans doute. Peut-être a-t-il une fille. Elle l'espère. Une personne qui lui tiendra la main quand viendra le temps, une personne assez âgée pour être proche de son âge à lui. Une personne qui était assez jeune pour ne pas fuir au moment où elle croyait encore qu'elle n'aurait jamais besoin de se mettre à l'ordinateur.

Ingrid pense à Jonas tandis qu'elle poursuit son chemin à travers les rues désertes en ce dimanche. Elle pense aussi à Frank. Si Lise n'était pas malade, s'il avait mis sérieusement à exécution sa décision de quitter sa femme, et avec Jonas qui va partir à Stockholm, ils auraient pu vivre ensemble. Mais c'est une chimère, et elle la chasse, comme on balaie la toile d'araignée dans laquelle on a pu se prendre. À quoi bon ? Peu après, elle arrive à Esplanaden. Il y a encore *Hvidbjerg & Weincke* sur l'interphone, tant d'années après. Ada ne l'a jamais fait modifier. Elle n'a pas davantage pris le nom de Per quand, à l'époque, elle s'est éprise de lui et a quitté le grand-père d'Ingrid.

Un bourdonnement indique à Ingrid qu'elle peut pousser la porte aux carreaux biseautés et pénétrer dans l'entrée respectable. Quand elle arrive au premier étage, la porte de l'appartement est entrouverte et, au moment précis où elle l'ouvre, Ada vient l'accueillir dans son fauteuil roulant, la main levée dans un geste théâtral, qui fait vaguement penser à celui d'un chasseur. Ingrid a presque l'impression de voir la plume de faisan, même si ce n'est pas un chapeau qu'Ada a sur la tête, mais un foulard en soie bariolé. C'était le geste de bienvenue de Per, mais Ada l'avait déjà adopté autrefois, et il fallait avoir connu Per pour savoir quel était le modèle d'Ada. Désormais, le salut se fait du fauteuil roulant, mais il n'en reste pas moins qu'il faut naturellement continuer à avoir du style. « Bonjour, ma chérie, tu as une mine splendide ! C'est gentil à toi de passer ainsi. »

Elle a eu le temps de se maquiller les lèvres et les yeux, son teint est d'un brunâtre qui vire au bilieux, et ses joues rappellent une effigie de Madame Tussaud. Ingrid doit discrètement effacer les traces laissées par les bises d'Ada. Ada a la vue qui baisse peu à peu, le fard turquoise donne à la peau de ses paupières des airs d'iguane, son rouge à lèvres n'a rien à envier à celui d'un Pierrot, le tout en contraste brutal avec la tenue de jogging grise et les pantoufles en peau de mouton. Est-ce l'aide-ménagère qui n'a pas le temps de l'aider à s'habiller, ou préfère-t-elle cette tenue décontractée, puisque, de toute façon, elle n'a pas le choix ? Elle a laissé aller son corps et son visage ressemble à une parodie grossière, mais ce n'est que logique. Aussi loin qu'Ingrid s'en souvienne, Ada n'a fait qu'un avec son masque. Elle note qu'il y a de la poudre sur le haut de sa tenue ample. Puis Ada fait demi-tour et passe la porte à deux battants de la bibliothèque, puis dans le salon avec le bow-window. Elle a réussi à faire prendre une bûche dans le poêle suédois. Elle a dû utiliser la quasi-totalité d'un paquet de Zip, car ça empeste le pétrole dans toute la pièce.

Ada a dressé la petite table dans le bow-window d'où l'on a la vue sur Kastellet, l'église anglaise et le baraquement du musée de la Résistance. Elle a sorti son service Wagenfeld et elle sert le thé dans les tasses sphériques et minces comme du papier. Sa main tremble un peu, mais elle parvient à ne pas en verser à côté. En revanche, la propreté de la vaisselle Bauhaus n'est pas à la hauteur de son modernisme épuré. On croirait qu'Ada a briqué les tasses avec de la graisse de canard, mais cela fait partie du charme de la maison, sans doute. Dès qu'Ada disparaît pour chercher des biscuits, Ingrid partage son thé entre les jacinthes du rebord de la fenêtre et s'empresse d'essuyer la tasse avec sa serviette.

Elle contemple un moment le vase chinois qui sert de pied de lampe. Comme lorsqu'elle était enfant, elle rêve qu'elle n'est que la silhouette stylisée d'un bateau, un simple trait de pinceau, qui descend le fleuve Jaune. Elle laisse son regard glisser sur la pièce. Rien n'a changé, et c'est justement ça le changement. Si, entre-temps, quelque chose de nouveau avait fait son apparition, si quelque chose avait disparu, cela aurait été comme si la même vie continuait, stable dans ses fluctuations modérées. Désormais, le cadre inchangé fait comme un rappel patiné de tout ce qui n'est plus. Ada tourne en rond dans les coulisses fanées comme un acteur qui aurait dû quitter la scène depuis longtemps, parce qu'il n'y a plus de pages dans son manuscrit. Elle est devenue un gardien en tenue de jogging, si l'on veut, et elle le sait elle-même. La dernière fois qu'Ingrid est venue, Ada s'est soudain tournée vers elle. « Pourquoi est-ce que je ne meurs pas ? » a-t-elle demandé doucement. Ingrid a été tellement prise au dépourvu qu'elle a haussé les épaules en guise de réponse, ce qui les a fait rire toutes les deux.

Ada réapparaît. Elle a posé un plateau sur les bras du fauteuil roulant. À côté d'un bol avec des biscuits à la cannelle, il y a une enveloppe jaunie. « Je les ai trouvées dans le secrétaire quand je cherchais de vieilles coupures de presse », dit Ada en regardant Ingrid. Elle marque un temps d'arrêt. « Les quoi ? » demande Ingrid. Ada parle-t-elle des biscuits ? Ada lui tend l'enveloppe. Celle-ci contient un tas de petites photos en noir et blanc légèrement sous-exposées. Ingrid les observe une à une.

La première montre le buste en bronze d'une femme réduite à une masse primitive mais expressive où le front, les pommettes et le nez ne sont que des bourrelets bourgeonnants. « Matisse, dit Ada. — Oui, oui, on le voit bien », répond Ingrid qui essaie de masquer son agacement. Elle songe que Berthe ne peut pas s'empêcher de faire la leçon, elle aussi. Ça doit être un truc héréditaire.

Et elle, fait-elle pareil ? « Per l'estimait beaucoup comme sculpteur, ajoute Ada. Comme tu le sais, il avait ses lubies. »

Sur les clichés suivants, on voit Per devant la fontaine de Trevi, le Panthéon et l'obélisque avec les quatre fontaines aux lions de la Piazza del Popolo. Il est tour à tour en compagnie d'un homme du même âge et d'une jeune femme aux cheveux blonds avec des lunettes de soleil. « Ce sont les amis avec qui il était à Kandesterderne pendant l'été où je l'ai rencontré », dit Ada. Sur une des photos, il est seul à une table de café, penché sur un carnet. Ingrid reconnaît la façade en travertin de Canova. Combien de fois ne s'est-elle pas attablée sous le store en regardant les gens passer sur la place, à la nuit tombante ?

La dernière photo montre une jeune femme appuyée sur un coussin en kilim. Son regard a l'air voilé, mais on ne saurait dire si c'est à cause de la lumière qui se reflète dans ses prunelles, ou si la photo est un peu floue. Ingrid devine de quelle manière Ada est en train de l'observer, puis elle reconnaît la femme. « J'étais en ville avec Erik, dit Ada. Il attendait à l'hôtel d'Angleterre. Aucun de nous ne soupçonnait ce qui allait se passer. Ni Per. J'étais belle, n'est-ce pas ? »

Ingrid sourit et acquiesce. Ingrid reprend la photo d'Ada, qui a alors trente ans. « Erik devait être très amoureux de toi, dit-elle. — Oui, il l'était, répond Ada. Et puis, nous allions bien ensemble, tant que ça a duré. Attends, j'ai une autre photo. » Elle se dirige déjà vers la pièce d'à côté. Ingrid croise le regard de la jeune Ada. Les paupières baissées la rendent mélancolique, comme si c'était un fardeau d'être l'objet de tant de désir.

Comme si elle n'avait aucune influence sur les forces que pouvait déchaîner sa simple vue.

« T'ai-je jamais parlé d'Erik ? »

Ingrid lève la tête, et un demi-siècle vient soudain de passer. La main d'Ada, déformée par la goutte, tient maladroitement une autre photo, encadrée cette fois. Ingrid hoche la tête. « Non, c'est vrai, je n'en ai jamais parlé. » Ada s'approche et lui tend la photo. « Avril 1938. Nous sortons tout juste de l'église », dit-elle. Et elle se met à raconter.

Ada n'a jamais parlé de sa jeunesse, avant Berthe, avant Per. Au moment où tout a commencé. Elle a envie de parler, cela vient tout seul. C'est quelque chose qui doit être raconté pendant qu'il est encore temps, se dit Ingrid qui, pour une fois, n'est pas pressée. Elle essaie de se rappeler quand elle était avec Ada sans être obligée de se dire qu'elle avait quelque chose à faire, ou que quelqu'un l'attendait. Peut-être était-ce pendant les étés à Tversted. Cela ne risque pas de se reproduire de sitôt, elles deux, ensemble, et avec tout le temps qu'il faut.

Ada ne fut pas une mariée en blanc. Elle ne se voyait pas comme telle. Et ce n'était pas leur genre de prêter tant d'attention à ces choses-là. Elle porte une robe étroite et sombre, Erik est en costume croisé gris anthracite. Les cheveux d'Erik sont peignés en arrière, ceux d'Ada ondulent sous un chapeau audacieux. Elle est grande pour son époque. Avec des talons, elle est aussi grande que lui, mais cela ne le gênait pas, sa largeur d'épaules compensait la taille d'Ada. Son visage anguleux est déjà ridé, il a la trentaine bien sonnée. Un homme. Il n'y avait pas eu d'autres prétendants sérieux, mais sa taille n'était pas ce qui effrayait les garçons. Elle les intimidait par son rire et ses manières hautaines qui leur faisaient comprendre qu'elle n'était pas à sa place ici, où la cigogne l'avait malencontreusement perdue. Où le vent d'Ouest aplatissait les haies de sorbiers, ne laissant que les bestiaux.

Elle adorait les prés, les dunes et la mer. C'était la ville qu'elle ne supportait pas, et les gens. Les petites vitres par lesquelles on voyait tout ça, le monde et le vent. Elle aimait chevaucher sur la plage et à travers les plantations. Elle montait à cheval depuis l'enfance et son père lui en avait offert un pour sa confirmation. Il était gardé dans une ferme, à Lønstrup. Rien ne lui plaisait plus qu'aller là-bas, panser son cheval et passer un moment dans le corps de logis avec le fermier et sa femme. Elle préférait leur compagnie à celle des dindes niaises de sa classe. Quand elle ne montait pas à cheval, elle travaillait son piano. Elle avait suivi des cours à Hjørring jusqu'à son entrée au lycée, mais comme son professeur ne pouvait plus rien lui apprendre, elle avait continué chez un professeur du Conservatoire, à Aalborg. Elle s'y rendait en train une fois par semaine. Quelle liberté de marcher dans le vacarme de la circulation entre la gare et Boulevarden, où habitait le professeur. C'était un peu comme les rares fois où elle était allée à Copenhague, mais mieux encore, car elle était seule.

Elle rencontra Erik à la société de musique de chambre, il jouait du violon. Il avait la manie de fermer les yeux. Elle trouvait ça comique de fermer les yeux en jouant. On pouvait fort bien regarder les choses, même si la musique était invisible. Ottesen, à Aalborg, fermait aussi les yeux lorsqu'il lui montrait comment elle devait utiliser la pédale dans un nocturne de Chopin. Il se balançait d'avant en arrière, comme s'il se trouvait sur la scène du Musikverein ou de la salle Pleyel, et non dans sa salle de séjour, à un jet de pierre du pont de Nørresundby. Ada ne pouvait souffrir la sensiblerie qui puait la province, cependant, Erik commença à venir prendre le thé de quatre heures ou le café du soir. Elle découvrit qu'il connaissait son père, mais, la première fois, ce fut elle qui l'invita, curieuse de voir comment il allait se tenir.

La sœur d'Ada s'était mariée l'année précédente avec un homme qui avait hérité d'un domaine près de Randers, et il était dans l'air qu'Ada ferait bien de commencer à envisager comment elle comptait descendre des grands chevaux sur lesquels elle était montée. On ne le lui dit pas de manière aussi explicite, mais son père avait plusieurs fois mentionné que, dans la vie, les possibles n'étaient pas inépuisables, et sa mère lui posait des questions avec une prudence infinie chaque fois qu'un mollasson avait pris son courage à deux mains pour lui courir après avec des fleurs ou des chocolats. En pure perte, et, peu à peu, les tentatives s'étaient espacées. Mais comment voulaient-ils qu'elle préférât l'un ou l'autre, quand tous lui parlaient comme si elle n'avait jamais ouvert un journal ?

Ce fut donc le branle-bas quand, d'un ton dégagé, elle annonça à sa mère qu'Erik Hvidbjerg venait prendre le thé Elle faillit presque se mettre au lit d'énervement, tant sa mère chercha fébrilement à paraître naturelle au cours des heures qui précédaient la venue d'Erik. Et quant au vase chinois bleu, il devait trôner sur le manteau de la cheminée. Normalement, on le cachait, car sa mère craignait que le chat ne saute dessus. Quand on sonna à la porte, Ada en profita pour remettre le vase à sa place, dans la vitrine du bureau de son père. Comme celui-ci rentra à la maison pendant qu'ils prenaient le thé, cela parut un coup monté, et, au cours du dîner, on parla sans fard des projets d'avenir d'Erik Hvidbjerg. Elle fut obligée de quitter la table en prétextant une migraine pour ne plus les entendre. Mais elle finit par capituler. Elle fut aussi surprise que tout le monde.

C'était un homme, elle ne pouvait pas l'expliquer

autrement. Aussi simple que ça. Un vrai homme, le premier à prêter attention à elle et à attendre quelque chose d'elle. Elle ignorait ce que c'était, mais cela avait à voir avec les possibles de l'existence. Contrairement à ce que disait son père, ils lui paraissaient inépuisables dès qu'elle était avec Erik. Ce n'était pas qu'ils bavardaient beaucoup, mais il écoutait quand elle disait quelque chose et lui demandait son avis sur toutes sortes de questions, alors que personne d'autre ne se souciait de l'entendre. Lui, il était du genre taciturne, et ils se retrouvaient dans la musique. Schumann, Brahms et, parfois, la musique française. La musique s'ouvrait autour d'eux en excluant les autres.

Cela prit fin alors qu'ils étaient fiancés. Pendant une promenade, son cheval fut effrayé par un troupeau de daims, la jeta à terre et elle tomba sur le poignet gauche. La main fut rafistolée et plâtrée selon toutes les règles de l'art, mais c'en était fini du piano. Ottesen se contenta de l'observer et de hocher la tête lorsqu'elle vint pour son cours, après que son plâtre eut été ôté. Elle l'avait bien senti et entendu lorsqu'elle avait essayé de travailler et, une fois dans le train qui la ramenait à Hjørring, elle se répéta ce qu'Ottesen avait dit. Il avait eu des projets pour elle. Il l'avait déjà encouragée plusieurs fois à se présenter au Conservatoire. Il était certain qu'elle y aurait été prise. Ses parents étaient d'ailleurs plutôt bien disposés sur le sujet, mais Ada les soupçonnait d'avoir accepté n'importe quoi puisque, de toute façon, elle allait se marier.

Elle regardait le paysage battu par les vents et, au début, elle ne prêta pas attention à la femme entre deux âges en face d'elle dans le compartiment. Elle était vêtue d'un tailleur-pantalon élégant et ne portait pas de chapeau, ce qui lui donnait l'air plus jeune qu'elle ne devait l'être. Lorsque leurs regards se croisèrent enfin, Ada fut convaincue de l'avoir déjà vue. La femme lui sourit et elles se mirent à discuter. Elle savait très bien qu'Ada était la fille du docteur Thomsen. Elle s'appelait Martha et elle était infirmière anesthésiste à l'hôpital. Elle avait vu Ada au fil des ans, quand elle accompagnait le médecin-chef. Mais Ada ne l'avait vue qu'en uniforme, ajouta Martha pour prévenir tout sentiment de gêne. Elle l'invita à lui dire « tu ». C'était la première fois qu'Ada tutoyait un adulte qui n'était pas membre de sa famille, mais elle aussi était une adulte désormais, elle ne s'y était pas encore habituée. À cette époque, le trajet en train entre Aalborg et Hjørring durait suffisamment longtemps pour que l'on parvienne à raconter pas mal de choses sur soi, si on le souhaitait. Et là, avec ses rêves de pianiste brisés, ce fut un soulagement. Quand elles descendirent du train, Ada avait l'impression d'avoir tout confié à Martha. Oui, elle avait même laissé échapper ses rêves dans le compartiment d'un brun jaunâtre qui sentait le fer et le tabac.

Martha parla d'elle également. Elle avait grandi à Berlin, son père était allemand. Et c'était là qu'elle avait passé sa jeunesse, dans les années vingt. Martha parla de Berlin, des gens de théâtre et des écrivains qu'elle avait connus. Après la mort de son père, sa mère était revenue à Hjørring, d'où elle était originaire, et Martha l'avait suivie. Son frère était resté en Allemagne, ajouta-t-elle en marquant un temps d'arrêt. Elle avait vu tant de choses, poursuivit-elle, comme si elle ne souhaitait pas insister sur ce frère.

Martha était célibataire et vivait au dernier étage d'un immeuble blanc dans Jernbanegade. La rue descendait vers la gare et, du petit balcon, on voyait les trains qui venaient du sud. L'appartement ressemblait à une bulle de nostalgie qui se serait échappée du vaste monde et qui, par les caprices du hasard, aurait atterri là. Les meubles de Martha étaient en tubes d'acier, chez elle, tout était moderne d'une façon naturelle et carrée, sans superflu ni fioritures. Il y avait des bibliothèques partout, même dans l'entrée, entre elles, des dessins et des photos encadrés, des photos d'un genre qu'Ada n'avait jamais vu. Impressions d'un monde moderne plus vif et réel que l'idylle provinciale répétitive où elle avait grandi. Martha lui prêta des livres et Ada les inhala en un soir, l'un après l'autre, qu'ils soient en danois ou en allemand. Elle avait été bonne en allemand au lycée. Elle avait été bonne en tout, mais sans saisir la portée de toutes ces connaissances dont on la gavait, comme une poupée de chiffon gentiment posée sur un coussin brodé en attendant de passer sa robe de mariée.

Elle ne parla à personne de Martha, même si elle la voyait presque tous les jours. Sans y réfléchir, elle veillait à ne pas laisser traîner les livres. Une fois, une seule, elle en avait oublié un dans le salon qui donnait sur le jardin, où se trouvait le piano à queue. Erik le prit et le feuilleta. Ils jouaient encore de la musique, même si sa main gauche n'était plus ce qu'elle avait été. Il continuait de sortir le violon de son étui et elle n'aurait pas voulu se passer de leur contact silencieux, main gauche ou non. Joueraient-ils encore ensemble après de nombreuses années de mariage ?

Erik sourit. Il ignorait que Bertolt Brecht avait également écrit des poèmes. Elle lui prit le livre des mains et lut des textes à haute voix. Il l'observa et la complimenta pour sa prononciation. Quand elle lui dit qui lui avait prêté le livre, il eut une expression grave. Cette femme ne l'intéressait pas. C'était la première fois qu'il disait que quelqu'un ou quelque chose ne l'intéressait pas, et il y avait une froideur inattendue dans la manière dont il avait prononcé « cette femme ». Ada sourit et expliqua que Brecht n'était pas un nazi, mais que, au contraire, il avait fui Hitler, Erik devait bien le savoir. Il n'y avait jamais eu de dissentiment entre eux, et elle ne voulut plus y penser. Après tout, ils allaient se marier.

Ce furent les livres et les discussions avec Martha qui mirent Ada sur la piste de quelque chose qu'elle ignorait posséder en elle. Un sentiment inconnu quand elle regardait dans le vague, avec les livres de Brecht, Werfel ou Mann sur les genoux. Tous leurs mots lui laissaient étrangement une impression de non-dit. Et elle devait elle-même trouver les mots pour cela. Dans son lit, la nuit, elle les guettait à mesure qu'ils pointaient furtivement au bout de son stylo, cadeau d'un oncle pour sa confirmation. Quand elle acheta des cahiers de rédaction chez le papetier, ce fut presque comme si elle demandait quelque chose de défendu. Elle ne sut pas pourquoi.

Elle ne montra pas ses gribouillages à Erik. Seule Martha eut le droit de lire ses premiers essais de poèmes hautement romantiques. Ce fut elle qui l'encouragea et la poussa à se débarrasser des fioritures les plus criardes de sa jeune poésie. Elle lui dit qu'elle avait du talent. Comment pouvait-elle le voir ? Martha sourit. Ce n'était pas difficile, tout le monde commençait à écrire comme on croyait qu'il fallait écrire. Cela ne donnait rien. Si Ada ne cessait d'imiter ses modèles, elle n'y parviendrait pas, et, en fin de compte, il resterait seulement ce qu'elle ne pourrait pas renier, car ce serait à elle. Ada n'était pas sûre d'avoir compris, mais elle continua de remplir un cahier après l'autre.

Quelques jours avant le mariage, Erik et Ada prirent l'auto avant de faire une promenade à pied. Ils suivirent le bord d'un paysage antédiluvien et tourmenté, regardèrent la rivière sinueuse et le bétail qui broutait sur les coteaux. Erik dit que cela ressemblait à une Suisse en miniature. Elle n'avait jamais franchi les frontières du pays. Ils parlèrent de tous les endroits qu'ils visiteraient ensemble. Il la tenait par la taille et c'était agréable de marcher ainsi sur le sentier tortueux, enlacée, presque portée, tandis que le vent soufflait dans sa jupe et dans les arbres bas et torturés. Il lui dit qu'il y avait quelque chose dont ils avaient besoin de parler. Elle le dévisagea, il avait l'air tellement sérieux. C'était à propos de son amie, l'infirmière, précisa-t-il. Ada se raidit et il faillit la lâcher, puis il la tint par les épaules. Il était obligé de lui demander de cesser tout contact. Mais pourquoi donc ? Il hésita un instant avant de répondre. Elle trouverait sans peine de nombreuses personnes qui admiraient ce qui se passait en Allemagne, mais il n'en faisait pas partie. Ada protesta et prit la défense de Martha, mais il se contenta de la dévisager. Il n'avait pas choisi qu'il en soit ainsi, répondit-il, et le ton de sa voix indiquait clairement que, pour lui, le sujet était clos.

Elle y pensa sans cesse pendant les préparatifs de la noce. Martha sentit que quelque chose clochait et lorsque Ada finit par lui répéter ce qu'Erik avait dit, son amie resta longtemps à la fenêtre à regarder la gare au bout de la rue. Le fiancé d'Ada avait raison. « Mon frère, dit-elle, n'est pas comme moi. » Ada lui demanda ce qu'elle voulait dire. Martha sourit et posa la main sur sa joue. C'était la première fois qu'elles avaient un contact physique. « Disons que son Allemagne n'est pas la mienne. »

Ada n'avait jamais songé à son amie en relation avec leur environnement provincial. Martha avait été l'exception. Le cadre modeste de son existence ne faisait que souligner à quel point elle était suprêmement étrangère, comme si, sous son uniforme d'infirmière, elle appartenait encore au Berlin des années vingt. Ce fut une personne autrement isolée qu'elle aperçut au milieu des invités dans l'église Sankt Catharinæ, le samedi suivant. Martha était seule sur un des bancs du fond tandis qu'Erik conduisait Ada vers la sortie, et que l'organiste s'efforçait de l'emporter vers une idée plus haute et plus libre de ce que peut être la vie.

Après le mariage, ils s'installèrent dans la maison derrière l'église. La première fois qu'Ada fit le tour des pièces, elle ne parvint presque pas à croire que tout cela était à elle. Elle s'affaira à décorer leur foyer, grisée à l'idée que c'était elle qui prenait toutes les décisions. Le soir, elle était épuisée d'avoir eu à choisir les rideaux, les tissus d'ameublement et les papiers peints, mais Erik était satisfait de tout ce qu'elle avait trouvé et la félicitait pour son bon goût. Elle ignorait jusqu'alors qu'elle avait du goût. Il était tellement calme, et elle se sentait adulte quand leurs regards se croisaient.

Elle ne vit pas son amie, pensa à peine à elle, et quand elle y songeait, elle avait toujours mauvaise conscience en se disant qu'il était si facile d'obéir à Erik. Un jour, elle apprit par hasard que Martha avait quitté la ville, mais on aurait tout aussi bien pu lui parler d'une personne qu'elle avait connue dans sa tendre enfance. Il y avait tant à faire que c'est seulement plusieurs mois après la noce, une fois recouverts tous les meubles hérités, une fois que le peintre eut tapissé la dernière pièce qu'elle ressortit son stylo et ses cahiers.

C'était une soirée fraîche de la fin de l'été, Erik était sorti. Ils avaient déjà leurs habitudes, mais cela ne faisait que renforcer le sentiment de mener une vie qui était pleinement la leur. Les parents d'Erik étaient décédés, heureusement d'ailleurs, car elle ne se serait pas vue jouer le rôle de la gentille belle-fille. Il lui suffisait déjà d'être la fille, et elle voyait ses parents juste assez pour que cela ne paraisse pas gênant. Ils ne s'étaient jamais souciés d'elle. Sa mère n'avait été qu'une ombre douce et paisible, quant à son père, il aurait aussi bien pu être son oncle. Ce soir-là, elle passa de pièce en pièce dans sa maison silencieuse, avec les cahiers dans ses bras. Elle n'arrivait pas à décider si elle allait s'asseoir au secrétaire de la salle de séjour ou à la longue table de la salle à manger, ou encore dans le bureau d'Erik. Pour finir, elle s'installa sur les marches de l'escalier en pierre devant la véranda. Il faisait presque nuit, mais elle voyait juste assez pour voir les mots se former sur les pages blanches à la lueur du salon, où les lampes étaient allumées pour personne.

Elle revit Martha une seule fois, lorsque, au printemps suivant, elle fit un tour à Aalborg. C'était au début de sa grossesse, mais l'on ne voyait encore rien. Elle pensa à ces nombreux après-midi où elle était descendue du train avec ses partitions sous le bras. Là, une nouvelle vie commençait sous son manteau. Elle était venue faire les boutiques en ville, mais s'était sentie mal et avait dû ressortir dans la rue. Elle avait des nausées et, alors que le goût répugnant remontait dans sa bouche, quelqu'un l'avait soudain prise gentiment par le bras. C'était Martha qui lui souriait, mais d'un sourire différent du souvenir d'Ada, avec un rouge à lèvres rouge foncé et un chapeau de paille au vernis noir qui dissimulait son chignon.

Martha habitait non loin dans un immeuble moderne qui donnait sur le fjord. Ada s'assit dans un canapé et contempla les nuages de fumée qui sortaient des cheminées de l'usine de ciment, pendant que Martha préparait le thé. Cela lui parut étrange de répondre ainsi aux questions sur elle-même dans la pièce vide et inconnue. Martha posa un plateau sur la table basse devant le canapé. Au lieu de s'asseoir dans un fauteuil, elle se plaça à l'autre bout du canapé. Ada écrivait-elle encore ? Il lui fallait promettre de continuer, elle avait l'étoffe d'un écrivain. Elles se dévisagèrent et sourirent.

À ce moment-là, on introduisit une clef dans la porte de l'appartement. Martha se leva brusquement et Ada se redressa en voyant la femme qui s'arrêta sur le seuil du salon. Elle avait l'âge de Martha, les cheveux coiffés d'une manière similaire, mais plus foncés, et elle était loin d'être aussi jolie. Martha eut l'air gênée en faisant les présentations, et Ada déclara qu'elle devait veiller à prendre son train. Elle avait entendu dire que des femmes vivaient de cette manière, mais n'avait jamais soupçonné que Martha en fît partie. Erik avait dû être au courant. Elle pensa à toutes les fois où elle avait parlé de livres avec Martha dans le petit salon qui donnait sur la gare. Elle n'arrivait pas à accepter que son amie plus âgée la perçût autrement. Elle tenta de se voir avec les yeux d'Erik, comme s'ils se trouvaient dans le visage harmonieux et intelligent de Martha. Mais, au fait, comment Erik la voyait-il ?

Lorsque son ventre commença à grossir, ce fut comme si Erik ne la voyait plus. Il se montrait tendre et attentionné, mais ils ne se touchaient presque plus et, après la naissance, ce fut elle qui n'en avait plus envie. Au début, le petit glouton était encore une partie d'elle-même, et tétait fermement. Ada allaitait l'enfant toute la journée, même si les femmes de la famille lui conseillaient de le faire à heures fixes. Dès que la petite poussait le moindre cri, elle lui donnait le sein, et elle avait continué pendant des mois, bien plus longtemps que les mères autour d'elle. Plus tard, elle fut un peu embarrassée d'avoir allaité un enfant si grand. Elle se justifia en disant que c'était agréable, mais cela n'expliquait pas tout.

Elle se servit de son bébé rose pour faire tampon. Personne ne devait la déranger quand elle donnait le sein à sa fille affamée. À mesure qu'elle introduisit Erik dans son cercle enchanté, tous les échanges passèrent par le biais de la petite, tous les sentiments, tous les contacts. Si elle voulait lui dire quelque chose, elle le disait à la troisième personne en s'adressant à Berthe, et elle utilisa leur fille quand elle cherchait à le punir, ou lorsqu'elle voulait le récompenser par une petite marque de tendresse.

Erik fut une déception. À l'époque, elle n'aurait pas pu le dire aussi simplement, mais lorsqu'elle y songe, il est évident qu'elle a dû s'en apercevoir dès le début. Certes, c'était un homme, mais un homme terriblement silencieux et terriblement carré, quand il finissait par ouvrir la bouche. Tellement conformiste, tellement régulier qu'elle aurait pu s'en servir comme équerre, disait-elle à ses anciennes camarades de classe qui avaient également eu des enfants. Elles avaient toutes épousé des jeunes gens sérieux, et elles avaient toutes des raisons de se plaindre. Ada se rendit compte qu'elle était prisonnière de ce qu'elle avait cherché à fuir à tout prix. Elle se vit de l'extérieur, elle vit ses amies et leurs enfants, et elle vit cela avec le regard de Martha. À la fois avec le regard d'un homme, et celui d'une femme.

Elles étaient encore jeunes et jolies, mais leurs visages frais de demoiselles avaient commencé à se figer avec ce masque légèrement offensé, suffisant et mesquin qu'Ada avait toujours méprisé chez leurs mères. Elle voyait bien comment la tendance à se transformer en matrones dominatrices devait pousser leurs maris à se demander ce qu'étaient devenus cet attrait du premier jour, cette légèreté et ce je-ne-sais-quoi indéfinissable. N'était-ce donc qu'une atmosphère fugace et infondée de mystère féminin ? Qui n'avait pas su se montrer intéressante et muette entre les lilas au fond du jardin, tandis que toutes les autres crânaient bruyamment à table ? Qui n'avait pas pensé à contempler rêveusement des horizons insoupçonnés tandis qu'un nigaud quelconque lui murmurait fidélité à sa mignonne petite oreille ? Toutes ces roses, toutes ces bagues et tous ces mots doux n'avaient bien entendu été qu'un moyen de coucher, comme on dit de nos jours, cependant, le désir compréhensible des jeunes messieurs avait semé l'idée dans leurs petites têtes qu'elles devaient absolument avoir une famille et s'en occuper. Comme si, autrement, la vie aurait été vide et terrifiante. Autrement. Pour Ada, cet autrement devint irrésistible.

Lorsque Berthe fut enfin sevrée, à presque deux ans, Ada cessa de s'intéresser à sa fille. Elle ne le comprit pas sur le moment et le devoir resta si longtemps associé à ses sentiments premiers qu'il ressembla à un sentiment. Pourtant, son affection maternelle prit une dimension volontaire. Ada était furieuse contre elle-même parce qu'elle ne pouvait donner davantage mais, au fil des mois, elle fut d'autant plus fâchée contre sa mauvaise conscience. Il y avait d'ailleurs quelque chose de grotesque dans l'amour pataud et envahissant de Berthe. Heureusement, Erik adorait tant la petite fille qu'elle se sentait parfaitement superflue. Ce fut un soulagement de les observer à distance, quand il rentrait le soir, quand il se roulait dans l'herbe avec elle et la laissait jouer avec ses lunettes. Ada n'avait pas besoin d'être là, et le petit pincement au cœur rivalisait avec le plaisir de disparaître vraiment.

Ils avaient embauché une jeune fille à la maison pour qu'Ada ait un peu plus de temps pour elle, comme elle disait, même si, au fond, il ne s'agissait pas d'elle. Oui, elle s'oubliait quand elle était penchée sur ses cahiers dans la petite chambre sous les combles qu'elle avait meublée avec une table, une chaise et une vieille sultane. Elle oubliait aussi Berthe, et elle oubliait Erik, Martha, Hjørring, uniquement préoccupée par la manière dont les tentacules tortueux des lettres happaient les mots l'un après l'autre. Erik ne lui demanda pas comment elle passait le temps dans sa cellule d'ermite. Elle aurait d'ailleurs trouvé cela envahissant, toutefois, son manque de curiosité ne fit que la rendre encore plus froide. Il était trop terre-à-terre, trop avocat pour comprendre le changement qui se produisait en elle. Pour lui, elle n'était que la charmante épouse au goût infaillible, la mère consciencieuse, quoiqu'un peu distante et rêveuse, de sa fille. Il avait cessé de venir la trouver, il avait su, peu à peu, que ce serait vain. Après la naissance, elle avait proposé qu'ils fassent chambre à part, pour que la petite ne le réveille pas au beau milieu de la nuit, mais ils n'avaient pas changé cet arrangement une fois que le berceau de Berthe était passé dans la chambre d'enfant.

Entre-temps, la guerre était arrivée, mais, dans le souvenir d'Ada, c'était seulement un train de passage qui faisait un peu plus de vacarme que d'habitude. Derrière les rideaux opaques de la défense passive, la haine muette à l'encontre des soldats occupants se muait en une aversion générale à l'égard de tout ce qui était étranger. Elle pensait parfois à Martha. Son Allemagne n'existait plus, mais elle, où était-elle donc passée ? Ada songea à prendre contact avec elle, mais cela ne se fit jamais et, aujourd'hui encore, elle ne sait pas ce qu'est devenue son amie littéraire.

Personne n'en savait rien quand, quelques années après la Libération, elle fit ses débuts de poète. Elle s'était abonnée à une nouvelle revue littéraire et, quand Berthe eut huit ans, elle envoya une poignée de poèmes à la rédaction, à Copenhague. Elle s'était arrangée pour les mettre au propre avec la machine à écrire dans le bureau d'Erik, cela lui avait pris des heures, car elle n'avait jamais essayé de taper à la machine. Elle adressa ses poèmes sous le pseudonyme de Martha Grubbe. Il lui avait semblé juste de partager équitablement entre son ancienne amie et la furie indomptable de J. P. Jacobsen. Elle eut des frissons quand, quelques semaines plus tard, il y eut une lettre pour Martha Grubbe dans la boîte postale à la gare qu'elle avait prise à cet effet. Elle s'assit sur un banc dans le coin le plus reculé de la poste et déchira l'enveloppe avec son doigt.

La lettre était signée Thorkild Bjørnvig. Elle avait vu

sa photo dans le journal, elle avait entendu sa voix à la radio, et elle se l'imagina tout en lisant sa lettre. Il disait que ses poèmes montraient du talent et qu'ils étaient étonnamment bien venus, surtout de la part d'une débutante. On se réjouissait de les publier dans un prochain numéro et si, un jour, elle passait à Copenhague, il serait ravi de la rencontrer. En rentrant à la maison, Ada fut un peu ennuyée par son pseudonyme. Il aurait été intéressant de déjeuner avec Thorkild Bjørnvig la prochaine fois qu'elle irait à Copenhague, mais elle ne pouvait envisager de le voir sous une fausse identité. Martha Grubbe devait se résigner à n'être qu'un fantôme. Elle n'existait que dans la petite chambre sous les combles où elle écrivait, mais disparaissait sans laisser de trace chaque fois qu'Ada levait les yeux, parce qu'elle cherchait un mot.

Erik aurait certainement été fier que les poèmes d'Ada soient pris dans une revue de Copenhague, et ce n'était pas lui qui la tracassait, c'étaient les rédacteurs de *Heretica.* Si seulement ils savaient que les poèmes intenses et un peu osés de Martha Grubbe étaient écrits par l'épouse rangée d'un avocat, sous les combles de sa belle maison. Thorkild Bjørnvig et la débutante de Hjørring se mirent à correspondre et, peu à peu, il apparut que la personne qui se cachait derrière les poèmes l'intéressait vivement. Elle devait faire attention pour paraître au fait des références littéraires dont le lettré parsemait ses courriers, en même temps, elle lui donnait des informations au goutte-à-goutte, ce qui ne faisait que renforcer sa curiosité. Martha Grubbe avait grandi à Berlin, où son père avait été diplomate, mais ses parents étaient morts avant la guerre, et elle avait vécu chez une tante à Hjørring pendant qu'elle allait au lycée. À un moment, Bjørnvig avoua qu'il avait essayé d'obtenir des informations sur elle, sans succès. La boîte postale et le nom à la fois biblique et aux échos littéraires lui donnaient le sentiment que Martha Grubbe n'était peut-être pas tout à fait celle qu'elle prétendait être. Comme il est intelligent, se dit Ada.

Elle avait fêté ses trente ans et sentait que la jeunesse la quittait lentement. Les années à venir se présentaient telle une suite infinie de répétitions, comme dans un palais des glaces où l'on ne cesse jamais de passer par la même porte. Rien que d'y penser la rendait malade d'ennui, mais il y avait également autre chose qui ne portait pas de nom, un quelque chose qui lui coupait parfois le souffle, comme un abîme qui s'ouvrait sous son quotidien solide. Elle pouvait mourir ainsi sans être arrivée nulle part. Mais, au fait, où voulait-elle donc aller ?

Avec Erik, ils allaient à Copenhague deux fois par an. Ils allaient au Kongelige Teater et au restaurant et, un hiver, il lui acheta un manteau de fourrure chez A. C. Bang, identique à ceux portés par les bourgeoises qui se dandinaient comme des autruches vaniteuses. Ils étaient également partis à Londres, à Paris et au lac de Garde, mais elle n'avait jamais pleinement savouré ces voyages. Elle avait l'impression de n'être pas tout à fait arrivée qu'il fallait déjà repartir. Il y avait un écran qui se dressait devant tout cet inconnu, cet étranger, et contre lequel elle se cognait le nez, toujours à l'extérieur. Erik savait se conduire en homme du monde, mais se rendre à la capitale avec lui était un supplice. Ce n'était pas seulement le silence qui lui donnait l'impression de ne pas être tout à fait présente, ni l'intimité inhabituelle et pénible dans le double lit de l'hôtel d'Angleterre. Elle restait à la fenêtre et baissait les yeux sur les tramways, les voitures et les parapluies, elle n'était pas là. La foule passait sur Kongens Nytorv sans elle, comme si elle n'existait pas.

Comme les années précédentes, ils passèrent leurs vacances à Kandestederne. Erik avait réservé des chambres à l'un des petits hôtels des bains pour tout le mois de juillet. Il arriverait une semaine plus tard, quand il pourrait fermer le cabinet. Ada partit avec Berthe et sa mère. Comme toujours, le propriétaire de l'hôtel attendait à la gare à côté de sa Ford. Il attacha les valises sur la galerie et les conduisit en évitant les ornières du chemin qui menait à la mer. Ada adorait ce trajet, elle frissonnait en apercevant Råbjerg Mile, éclatant et désertique. Le plus merveilleux, c'était l'arrivée, les premières retrouvailles avec le petit groupe d'hôtels et de maisons et ce ridicule moulin en miniature perché au sommet d'une dune, si pittoresque et gratuit. Les Copenhagois en vacances en raffolaient, même s'il n'avait jamais moulu le moindre grain de blé, car, dans les environs, hormis la bruyère et l'élyme des sables, il poussait juste assez d'herbe pour quelques bestiaux.

Il était toujours passionnant de découvrir qui était descendu à l'hôtel et, cette année-là, la clientèle était un peu plus animée que d'habitude. Le soir, les silhouettes vêtues de blanc allaient en groupes souriants jusqu'à Djævlebakken, où la mer se dressait devant eux comme un mur, et où le soleil se couchait avec le plus de majesté. Après le dîner, on passait des disques sur l'électrophone et l'on dansait dans le salon. Elle disait bonne nuit à sa mère et regagnait sans bruit sa chambre où Berthe dormait avec ses joues rouges et une jambe par-dessus la couette. Elle se couchait et contemplait le plafond en biais tout en écoutant la musique et les voix qui montaient.

Les jours se ressemblaient. Ils allaient s'étendre sur la plage, ils prenaient le thé ou un chocolat dans le jardin et regardaient le coucher du soleil. Avec sa mère, elle pouvait converser sans prêter attention à ce dont elles parlaient. Les phrases venaient d'elles-mêmes, elles avaient trait aux petites choses, au développement de Berthe, à la décoration de la maison, aux petits événements de la journée qui, au fil des heures, donnaient lieu à des commentaires sympathiques ou à des soucis tout aussi sympathiques. Berthe adorait sa grand-mère, ce qui était en soi un soulagement et, pendant que ces deux-là se tenaient compagnie, Ada avait le temps de lire un livre. Un matin, elle laissa Berthe et sa mère sur la plage. Elle dit qu'elle avait mal dormi et qu'elle rentrait à l'hôtel, même si le déjeuner n'était servi que dans plus d'une heure.

Après avoir grimpé sur une dune, elle s'arrêta et les observa au milieu des estivants. Sa mère ressemblait à un enfant difforme, assise ainsi dans le sable, raide, les jambes tendues devant elle, en train de regarder la plage, à l'instant précis où Berthe revenait en courant avec une poignée d'algues dans la main. Elles se faisaient de grands signes et lorsque Berthe arriva près d'elle, sa grand-mère écarta les bras, se moquant d'être mouillée. Ada songea qu'elle aurait aimé être en mesure d'en faire autant. Elle se rappelle clairement qu'elle le pensait déjà avant de rencontrer Per. Mais pour quoi faire ? Accepter

Berthe, cet amour inconditionnel. Elle a l'impression qu'elle la préférait en la voyant de loin, luisante et bronzée. Heureuse, avec du sable dans ses cheveux décolorés par le soleil. Bien sûr, elle aimait sa fille, ce n'était pas la question. Cependant, elle se sentait tellement épuisée, tellement rongée intérieurement quand elles n'étaient que toutes les deux, face aux joies, aux questions et aux besoins élémentaires de l'enfant.

Au lieu de monter tout de suite dans sa chambre, elle s'installa au salon. Il n'y avait personne. Les fenêtres étaient ouvertes, le vent soulevait les rideaux et lui lançait des souffles frais. Il y avait quelques livres et revues sur la table basse devant le canapé, et elle reconnut la couverture du dernier numéro de *Heretica.* On avait encore pris une poignée de ses poèmes quelques mois plus tôt. Elle ouvrit la revue et trouva le nom de Martha Grubbe dans la table des matières. *Poèmes.* C'était tout. On n'en disait pas trop. Pendant un instant, elle eut vraiment l'impression de voir le nom de quelqu'un d'autre. Qui, parmi les estivants, lisait donc *Heretica,* et qui avait donc pu lire les poèmes de Martha Grubbe ?

Elle monta se reposer dans sa chambre. Ce soleil était presque trop fort, il tapait sur les dunes et la mer au point qu'il était impossible d'y échapper, à la fois espoir et exigence. Elle préférait rester seule dans la pénombre de la chambre à laisser vagabonder son esprit, et elle fut agacée d'entendre la voix claire de Berthe dans l'escalier. Dans la salle à manger, elle observa les gens, sans parvenir à deviner à qui appartenait le numéro de *Heretica.* Il avait disparu, elle avait juste eu le temps de jeter un coup d'œil dans le salon en descendant déjeuner.

L'hôtel était complet, les voix animées s'entremêlaient. Ada se dit qu'elles devaient avoir l'air bien tristes et timides, la petite fille bien élevée et les deux femmes, l'une âgée et l'autre encore jeune, à leur table du coin, et qui échangeaient seulement des remarques banales entrecoupées de longs silences. Peut-être est-ce dans le tumulte des chaises tirées après le déjeuner qu'elle le découvrit. Soudain, elle aperçut *Heretica* dans les bras d'une silhouette dégingandée et gesticulante, vêtue d'un pantalon en lin et d'un polo de tennis blancs. Au sommet de ce corps tout en longueur et presque tremblant, un visage étroit et souriant, avec des cheveux noirs et lisses, censés être peignés en arrière mais qui n'avaient de cesse de retomber devant les yeux ou d'être le jouet de la brise ferme.

Il parlait à un autre jeune homme et à une jeune femme, il augmentait fébrilement la portée de ses paroles par de grands gestes, sans se soucier de la cigarette coincée entre ses doigts délicats. En le voyant, elle fut étonnée de ne lui avoir pas prêté attention plus tôt. Il y avait quelque chose de singulier chez cet être nerveux et rieur, avec son cou mince comme celui d'un oiseau et ses cheveux noirs un peu trop longs. Il aurait pu être un baron français dégénéré, mais l'on entendait clairement à son accent un peu traînant que Per venait de Copenhague. Ses amis l'appelèrent et Ada le vit trotter et les rattraper dans les dunes, à la fois gauche et élégant. Comment était-ce possible ?

On sonne. Ingrid regarde Ada. « Tu attends quelqu'un ? » Ada hausse les épaules. « Je n'ai pas la moindre idée de qui ça peut être », répond-elle avant de passer dans l'entrée. Ingrid reste au salon à regarder les douves couvertes d'herbe de Kastellet, elle entend Ada qui décroche l'interphone. « Allô-ô-ô ? Ah mais, bonjour, ma chérie. Comme c'est gentil ! Je suis avec Ingrid. » Ingrid entend claquer la porte de l'immeuble. Elle reconnaît les pas un peu lourds de Berthe dans l'escalier. Cette réunion spontanée de femmes solitaires n'était pas ce qu'elle avait en tête, mais elle ne peut pas se permettre de partir tout de suite.

Elle se lève et va dans l'entrée au moment où Berthe arrive sur le palier, légèrement essoufflée. Berthe n'a pas l'air ravie non plus, elle ne s'attendait sans doute pas à ça. « Bonjour, dit-elle avant d'embrasser d'abord Ada. — Quelle surprise que vous veniez *toutes les deux*, dit Ada. — Ça va depuis hier? demande Ingrid en faisant la bise à Berthe. — Accroche ton manteau, dit Ada. Où étiez-vous donc, hier? » Berthe accroche son manteau dans l'entrée, à côté de celui d'Ingrid. « Chez

Georg, dit Ingrid. — Ah bon, Georg », dit Ada, comme si elle devait passer en revue son répertoire intérieur avant de trouver de qui il s'agit. « Comment ça va, Maman ? » demande Berthe, avant de saisir les poignées du fauteuil roulant et de le pousser au salon. « Merci, je peux me débrouiller », dit Ada, qui tend les bras en arrière pour chasser Berthe. D'un geste vif sur les roues, elle les précède. « Ingrid, tu veux bien remettre de l'eau à chauffer et trouver une tasse pour ta mère ? » Berthe devance Ingrid en passant par la bibliothèque et le salon. « Je m'en occupe, Maman », dit-elle, déjà dans le long couloir qui mène à la cuisine.

Ingrid reprend sa place en face d'Ada. « C'est tellement rare, dit Ada en croquant un biscuit à la cannelle. Quel plaisir. » Elle met la main en creux sous sa bouche quand les miettes se mettent à tomber de sa lèvre rouge. « Nous pourrions presque prendre un verre de rhum, n'est-ce pas ? » Elle se tourne à moitié vers la porte du couloir. « Ber-the ! crie-t-elle. Peux-tu avoir la gentillesse d'apporter la bouteille de rhum qui est dans le garde-manger, à côté de la boîte à pain ? Et trois verres ? » Elle sourit à Ingrid. « Oui, c'est Per qui m'a fait découvrir le rhum. Il disait toujours que même le meilleur cognac ne vaut pas un bon verre de rhum. Curieusement, c'est quelque chose qu'il avait appris à Paris… Tu la trouves, Berthe ? » Elle se tourne à nouveau au moment où Berthe apparaît avec un plateau. « Ah, tu l'as trouvée. Mais tu n'avais pas besoin de prendre une nouvelle théière, il y en a déjà une ici. »

Pendant un instant, Berthe a l'air complètement décontenancée. « Pardon, Maman, dit-elle. — Ce n'est pas grave, dit Ada. Viens t'asseoir. » Elle saisit le dos de la chaise au bout de la table, mais n'a pas la force de la tirer. Berthe s'assied entre elles et sert le thé. Ada prend la bouteille de rhum et, d'une main tremblante, elle partage ce qui reste du fond dans les trois petits verres que Berthe a posés sur le plateau. « Alors, si nous trinquions ? » Elle tient le verre serré dans sa main quand elle le lève. « Skål, Maman, dit Berthe d'une voix craintive. — Skål, dit Ingrid. — Skål, les filles. Comme c'est gentil à vous d'avoir pensé à la vieille dame que je suis », dit Ada en vidant son verre à grand bruit.

« Tiens, tu vas voir ce que j'ai pour toi », dit Berthe d'un ton modeste. Et elle se lève énergiquement comme si, d'un seul coup, elle voulait reprendre le dessus. « Ah bon ? Qu'est-ce que ça peut bien être ? » demande Ada. Berthe est déjà presque dans l'entrée. Elle en revient avec un sac plastique de la pharmacie et le pose sur les genoux d'Ada. Ada regarde Berthe avec un sourire figé, sa main disparaît dans le sac et en ressort avec une, deux, trois paires de lunettes en plastique transparent. « Mais qu'est-ce que c'est ? demande-t-elle. — Mais enfin, tu le vois bien. Des lunettes de lecture ! J'ai réussi à les trouver hier, juste avant la fermeture de la pharmacie, dit Berthe avec enthousiasme. — Que veux-tu que j'en fasse ? demande Ada. — Tu ne te souviens pas de m'avoir dit que tu ne trouvais pas tes lunettes ? » insiste Berthe.

Ingrid devine déjà une certaine hésitation, ne serait-ce que parce que Berthe parle si fort. Or une des dernières choses intactes chez Ada, c'est bien son ouïe. « Mais je n'ai jamais dit ça, réplique Ada. — Mais, Maman… Ne m'as-tu pas dit au téléphone que tu ne trouvais pas tes lunettes ? » La voix de Berthe tremble un peu. « Mes lunettes sont dans la table à jouer, là où elles sont toujours rangées. Mais c'est gentil de ta part. » Ada fait un tas des lunettes et le met de côté. « Tu pourrais les répartir à différents endroits de l'appartement, comme ça, tu ne serais jamais prise de court », dit Ingrid d'un ton léger. Quand Ada tourne la tête, Ingrid capte le regard de Berthe et lève les yeux au ciel, mais Berthe décline cette offre silencieuse de solidarité. Elle est livide, elle se concentre pleinement à tenir correctement la soucoupe pendant qu'elle sirote son thé. Ingrid a de la peine pour elle, mais c'est l'une de ces nombreuses fois où Berthe a pitié d'elle-même, et l'on ne peut rien y faire.

« J'étais en train de raconter à Ingrid comment j'ai rencontré Per, dit Ada. Te souviens-tu du dernier été où nous sommes allés à Kandestederne ? » Berthe repose la tasse et secoue la tête. Elle a eu le temps de reprendre ses esprits, sa voix est à nouveau normale. « Je te l'ai déjà dit, Maman. Je n'ai aucun souvenir de ces vacances. J'avais seulement huit ans. » Ada sourit. « Neuf, ma chérie. Tu avais neuf ans. Mais ne chipotons pas. C'est curieux de voir ce que l'on oublie, et ce dont on se souvient. Pendant des années, je ne me souvenais pas non plus de mon enfance, mais ça revient avec l'âge. Attends un peu. Tout revient. »

Elle dit ces mots en mettant ce qu'il faut de pédale forte, songe Ingrid. « Comment Per a-t-il découvert qui était Martha Grubbe ? » demande Ingrid, avant tout pour tirer la conversation du surplace curieux où elle est tombée. Mais dès qu'elle a posé sa question, elle se rend compte soudain que Berthe n'a peut-être guère envie d'entendre parler de cet été où elle a perdu la certitude d'être aimée et désirée.

« Voilà, je vais vous dire ce qui s'est passé », dit Ada.

Au cours des jours suivants, elle garda un œil sur le trio enjoué et elle se surprit à s'impatienter si Per se faisait attendre à leur table réservée dans la salle à manger. De toute évidence, ils appartenaient tous les trois à la haute bourgeoisie, mais leur jargon avait un je-ne-sais-quoi de relâché et d'audacieux auquel elle n'était pas habituée. C'était eux qui dansaient au son du jazz dans le salon quand les autres estivants s'étaient retirés. Si, dans la journée, elle passait près d'eux, elle les entendait parler de choses intéressantes, d'un roman de Hemingway qui venait d'être traduit, d'une pièce d'Ibsen qui avait été jouée la saison précédente, le tout commenté avec cette légèreté doucement souriante. De toute évidence, rien dans ce monde ne pouvait échapper à la rigolade, et Ada dut avouer qu'elle les enviait. Imaginez un peu, être en vacances avec une personne à la fois si intellectuelle et fantaisiste. Elle pensa à son avocat de mari, gentil et taciturne, qui allait bientôt les rejoindre pour entamer son crédit de vacances imparti, aussi irréprochablement poli et attentif envers le personnel de l'hôtel, sa belle-mère et son épouse.

Un après-midi, elle s'installa à l'écart avec un livre, sur le côté de l'hôtel. Une corde à linge avec des draps la cachait du sentier, et elle avait l'impression d'être dans une cellule de monastère, à ciel ouvert. Sa mère avait emmené Berthe faire un tour le long du chemin creux pour voir le paysan qui conduisait ses vaches des prés vers l'intérieur des terres. Ada s'était lancée dans *Crime et châtiment*, mais, en cet instant, elle ne pouvait se résigner à lire. Elle était là, les yeux clos, un doigt coincé au milieu d'un chapitre, le visage tourné vers le soleil. Rien ne bougeait. Seul le vent faisait parfois claquer les draps humides. Elle sursauta quand une voix amicale et toute proche lui demanda si les tourments de Raskolnikov n'étaient pas un peu trop lourds dans la chaleur estivale. Elle leva le nez et vit le visage souriant et malicieux de Per. Elle se servit du livre pour se faire de l'ombre, et pour mieux le distinguer.

« Non, dit-elle, pas lourd, presque trop léger. Comme un gaz léger. » Elle fut étonnée de savoir répondre ainsi, du tac au tac. Elle lui expliqua qu'elle avait hésité devant le Dostoïevski car elle craignait qu'il ne soit trop sombre et monotone, mais, au contraire, la diarrhée verbale fébrile des personnages tourbillonnait dans sa tête, si bien qu'elle devait rassembler ses esprits. Il sourit. Sa poignée de main était plus ferme qu'elle ne l'aurait imaginé en tenant compte de son indocilité dégingandée. Per Weincke. Martha lui avait prêté son premier recueil de poésie quand il était paru pendant la guerre, et elle avait lu les suivants, ainsi que ses traductions de Baudelaire et d'André Gide. C'était donc lui. Ce sourire qui semblait toujours s'excuser lui fit presque craindre qu'il n'eût lu ses pensées. Il alla chercher une chaise longue et il mit un certain temps à la déplier à côté de la sienne. Il fit tout un numéro de cirque, et l'on aurait dit qu'il était d'autant encouragé à tâtonner car elle ne pouvait s'empêcher de rire.

Ils parlèrent écrivains et musique. Les sujets semblaient n'être là que pour qu'ils les abordent. Qu'il était aisé de discuter avec lui, alors qu'elle avait lu ses livres avec tant de sérieux et de respect. Et lui, il fumait tranquillement à côté d'elle, souriant, tandis qu'ils évoquaient Schubert et Ravel, l'esprit allemand et le goût français dans la musique. Elle lui dit qu'elle avait joué du piano, elle lui parla de l'accident de cheval, mais elle s'arrêta là. Il expliqua qu'ils rentraient juste d'Italie. Il décrivit Rome et Florence, et aussi les villes allemandes rasées par les bombes qu'il avait vues du train.

Le soir, Per s'arrêta à leur table pour les saluer. Ses amis restèrent derrière lui. Ada leur serra la main, ils étaient fiancés, elle ne saisit pas leurs noms. Elle fut embarrassée de devoir présenter sa mère. La jeune femme avait un nez retroussé, de fait, elle n'était pas jolie, mais vous regardait comme si elle l'était. Leur amabilité avait quelque chose de tiède, contrairement à celle de Per. Même leur détachement semblait taillé sur mesure et Ada sentit que, à leurs yeux, elle ne devait pas représenter grand-chose. Elle était la trouvaille de Per, et Per était capable d'inventer n'importe quoi. Ada savait déjà comment se comportaient les trois amis entre eux, pourtant, cela l'agaça de ne pas être à leur table. Erik arriverait dans quelques jours et elle serait à jamais renvoyée à sa place de femme d'avocat, pas inintéressante, qui lisait Dostoïevski. Assez gentille, d'ailleurs, mais déjà fanée et sûrement un peu éteinte.

Ada ne savait que dire à sa mère et à Berthe qui lui parlaient des vaches qu'elles avaient suivies jusqu'à l'étable. Per Weincke avait peut-être lu ses poèmes, mais il ne saurait jamais que c'était elle qui les avait écrits. Le soir, sans pouvoir dormir, elle les écouta une nouvelle fois qui passaient leurs disques de jazz. Elle imagina Per, seul, qui regardait danser ses amis. Peut-être dansait-il aussi avec la fiancée de son ami ? Lorsque la musique s'éteignit, elle entendit leurs voix dans la nuit claire, juste sous sa fenêtre, puis plus loin, à mesure qu'ils descendaient vers la plage.

On organisa une excursion à Skagen. Ada se retrouva à côté de Per, tandis que Berthe et sa mère prirent place dans une autre voiture. Ses amis s'appelaient Birgit et Peter. Ils parlèrent d'Italie. Ils semblaient pouvoir aller où ils voulaient et s'absenter aussi longtemps qu'ils le désiraient. Per avait passé un an à Paris avant la guerre. Il habitait dans une chambre de bonne et, à la différence de ses amis fortunés, il avait vécu au jour le jour tout en étudiant à la Sorbonne. Ils parlèrent de Michel-Ange, de sculpture antique et des nouveaux écrivains français. Ada n'avait pas de peine à suivre, mais Michel-Ange appartenait plus à leur monde qu'au sien.

Per avait posé le bras sur le dos de la banquette arrière afin de lui laisser plus de place, il sentait la lavande. Après avoir traversé Skagen et passé le vieux et le nouveau phare, elle prit son courage à deux mains. D'ici peu, elle serait obligée de rejoindre Berthe et sa mère, et elle ne savait pas quand elle aurait à nouveau la possibilité de lui parler. Elle dit qu'elle avait remarqué qu'il lisait *Heretica.* Il sourit. Il avait peut-être lu quelques poèmes qu'une de ses amies avait publiés dans le dernier numéro. Martha Grubbe, ça lui disait quelque chose ? Évidemment ! Elle était le grand mystère du moment. Ada la connaissait-elle ? Elle allait pouvoir lui dire si son amie s'appelait vraiment comme ça. Ce nom était presque trop beau pour être vrai.

Les voitures s'arrêtèrent au même instant. Devant, Berthe s'agitait déjà derrière la vitre, trépignante en attendant qu'Ada la regarde. Per partit en avant avec ses amis, tandis qu'Ada traînait derrière avec la petite main collante de Berthe dans la sienne. Elles devaient s'arrêter sans cesse, car sa mère ne marchait pas vite dans le sable. Quand elles arrivèrent enfin à Grenen, tout le monde était assis en groupes et regardait le banc de sable mouillé. Per, Birgit et Peter fumaient dans leur coin. La mer était calme, l'horizon se perdait dans la brume légère. Lorsque Per les aperçut, il se leva d'un bond et prit la main de Berthe. Il avait roulé le bas de son pantalon jusqu'aux genoux et se plaça avec elle à l'endroit où les vagues se croisent, pour qu'elle ait une jambe dans chaque mer.

Le déjeuner fut pris dans le jardin derrière le Brøndums Hotel, puis l'on visita le musée. Tandis qu'Ada contemplait une des études du *Hip, Hip, hurra* de Krøyer, Per vint la rejoindre. « C'est la seule qui ne participe pas vraiment. » Il désigna la silhouette de Marie Krøyer, qui tourne le dos, au premier plan, au bout de la longue table autour de laquelle les artistes sont réunis, ils lèvent leurs flûtes de champagne, avec des sourires idiots. Il continua jusqu'au grand tableau de Krøyer qui représente la Saint-Jean, où le vent fait dangereusement pencher les flammes du feu vers le côté. Per et Ada contemplèrent les visages rouge brique comme s'ils étaient avec eux. Il désigna Marie, qui est adossée à un bateau à côté du compositeur Alfvén, son futur mari. « Elle est perdue d'avance », dit Per qui tendit la main, comme s'il voulait caresser le visage rêveur et absent qui regarde fixement le feu.

Le reste du groupe regagnait les voitures, mais Per ne bougea pas. Il parla des femmes inclassables de l'époque, de leur solitude, de leur impétuosité, de leur volonté inflexible de se libérer. Des femmes d'Ibsen, qui tombaient dans le doute comme Nora, ou qui sombraient dans les ténèbres, comme Hedda, qui se tirait une balle dans la tête. Comme Ingeborg Stuckenberg, qui avait quitté son poète et ses enfants pour fuir en Nouvelle-Zélande avec le jardinier, et pour finir par s'enfoncer dans le désespoir le plus profond et choisir l'échappatoire empruntée par Hedda. Le jardinier s'était bien procuré un billet de retour, mais seulement pour lui-même. Ada ne savait pas où Per voulait en venir avec ses histoires. Elle craignait qu'il ne l'interrogeât sur Martha Grubbe, cependant, en même temps elle l'espérait. À la fin, elle dit que les voitures attendaient. « Vraiment? » répondit-il avec un sourire étrange.

Une fois rentrés à l'hôtel, Berthe ne cessa de les tanner pour aller à la plage, et sa grand-mère finit par céder. De la fenêtre, Ada les vit franchir les dunes avec leurs peignoirs de bain. Elle ouvrit le cahier et dévissa le bouchon de son stylo, mais elle ne put écrire. Les mots restèrent dans le gros stylo ventru, ils refusèrent de sortir. La conversation avec Per avait mis en branle tant de choses. Soudain, elle ne perçut plus que les mouvements, le mouvement, un trouble semblable à celui de l'eau sur le banc de sable à l'extrémité de la pointe de

Grenen. Tout ce qu'elle voyait, c'était le sourire d'expectative de Per, et ses yeux qui semblaient la désigner à partir d'un point de sa tête à elle.

Le soir, Ada ne se déshabilla pas comme d'habitude. Elle s'assit à la petite table devant la fenêtre et contempla les dernières lumières dans le ciel, jusqu'à ce qu'elle entende que Berthe dormait. Puis, les chaussures à la main, elle se faufila dans le couloir sur la pointe des pieds et ferma doucement la porte. Berthe dormait toujours profondément, qu'elle soit là ou non ne changerait rien. Elle descendit au salon, mais il y avait seulement un couple d'estivants qui lisaient le journal. Elle ne vit Per et ses amis nulle part. Elle était sur le point de remonter dans sa chambre, penaude, quand elle entendit le rire de Birgit dehors. Elle fit le tour de l'hôtel et les trouva sur le terre-plein où débouchait le chemin. Birgit et Peter jouaient au badminton. Per restait spectateur, une cigarette aux lèvres. C'était tout à fait dans leur style de faire du badminton à la nuit tombante, même si elle ne savait pas pourquoi.

Per rit en la voyant, les fiancés se contentèrent d'un petit signe de la main et reprirent leur partie. Il lui demanda si elle voulait se promener avec lui sur la plage. Quand ils passèrent dans les élymes des sables, il lui vint à l'esprit qu'ils suivaient le chemin que Berthe et sa mère avaient emprunté quelques heures plus tôt. D'ici peu, on ne pourrait plus les voir de l'hôtel. Ils marchèrent un moment sans rien dire. Visiblement, la hardiesse mise par Per dans sa proposition de promenade et le oui tout aussi hardi d'Ada les rendaient muets tous les deux. Les dunes n'étaient plus que des ombres, mais ils se voyaient nettement, le sable sous leurs pieds resplendissait de blancheur et l'écume était presque phosphorescente sur la mer mouvante et noire.

Il lui offrit une cigarette, elle déclina. Il tourna le dos au vent et protégea la cigarette de la main jusqu'à ce qu'il parvienne enfin à l'allumer. Il plissa le front dans la brève lueur de la flamme, son visage fin parut plus petit encore lorsqu'il tira une bouffée. Ils s'avancèrent vers la plage. Il lui demanda si elle connaissait bien Martha Grubbe. Avait-elle lu tout ce qu'avait écrit son amie ? Elle répondit qu'elle attendait que les poèmes soient publiés pour les lire. Martha n'était pas du genre à se confier, et elle ne se souciait guère de parler de ses écrivailleries. C'étaient bien plus que des écrivailleries, déclara Per. N'en avait-elle pas conscience ? Ada ne sut pas s'il parlait d'elle ou de Martha.

Il y avait en particulier un de ses derniers poèmes, celui sur les sons de la chauve-souris, qui l'avait marqué, dit-il. Et il se mit à en réciter les premières lignes. Absolument sans la moindre erreur, songea-t-elle avec un étrange sentiment de jubilation, puis il hésita, et elle lui souffla. Il sourit. Elle le connaissait donc ? Ada le regarda sans comprendre. Oui, c'était l'un des poèmes qui n'avaient pas été retenus. Il s'était disputé avec Thorkild à ce sujet, lorsqu'il avait eu la possibilité de lire le manuscrit de son amie. Mais Thorkild considérait qu'il ne s'intégrait pas à l'ensemble. Il s'arrêta et la dévisagea. Bien sûr, Bjørnvig et Per Weincke étaient amis. Et Ada commença à saisir sa bévue.

« Pourquoi ? demanda-t-il avec un sourire. Pourquoi Martha et pas Ada ? » Était-ce son mari qui n'aimait pas qu'elle écrive ? Elle haussa les épaules et s'assit. Le sable était froid. Per s'assit juste à côté d'elle. Il allait quand même finir par s'arrêter de parler. Mais elle était en train de geler ! Il ôta le pull de ses épaules et le posa sur celles d'Ada, comme un manteau. Il était lourd, et agréable à porter. Per la regardait sans la moindre gêne, comme si elle appartenait à une tribu inconnue et qu'elle sortait à l'instant de la jungle.

Elle lui demanda s'il connaissait Peter et Birgit depuis longtemps. Il lui dit qu'ils étaient sa famille. Ils l'avaient sauvé. De quoi, demanda Ada. « De moi-même », répondit Per. Il n'avait rien contre raconter ce qui s'était passé, au contraire, mais il oublia de se demander si elle avait envie d'entendre son histoire. Il s'agissait d'une actrice, et il n'avait jamais éprouvé cela pour personne. Ils avaient été des jumeaux, oui, d'un point de vue intellectuel, mais son ciel s'était révélé un enfer. Il savait qu'elle fréquentait d'autres hommes, mais n'en avait pas la preuve. Chaque soir, il attendait à l'entrée des artistes, ils se disputaient parfois, d'autres fois, elle l'ignorait. Et, quelques jours plus tard, elle pouvait surgir chez lui, débordante de tendresse. Cela l'avait usé, miné et, pour finir, elle avait rompu. C'étaient Birgit et Peter qui l'avaient ramassé et qui l'avaient forcé à les accompagner en Italie.

Ada demanda prudemment comment il se sentait désormais. « Mieux », répondit-il et, de fait, il ressemblait à un convalescent, à la fois innocent et posé. Il lui demanda si elle avait songé à réunir ses poèmes pour en faire un recueil. Elle devait savoir qu'elle bénéficierait de beaucoup d'attention. Elle le remercia. Sur le chemin du retour, leur discussion fut assez décousue. Quand ils approchèrent de l'hôtel, il dit, comme en passant, que Birgit, Peter et lui-même partaient le lendemain. Les lumières de l'hôtel étaient éteintes, il n'y avait qu'une seule lampe allumée dans l'escalier du rez-de-chaussée. Ils s'arrêtèrent pour se dire bonsoir. Il avait été ravi de la rencontrer et, comme il l'avait déjà dit, il serait prêt à.

Il posa un doigt sur sa bouche et la regarda dans les yeux. Puis il tendit la main et lui caressa la joue. Il lui demanda s'il pouvait l'embrasser et, avant qu'elle n'ait le temps de répondre, il joignit le geste à la parole. Ils étaient sur le seuil du salon plongé dans l'obscurité et elle n'avait pas encore compris ce qui lui arrivait qu'il lui sautait dessus. Elle fut tellement stupéfaite que, au début, elle ne résista pas, et elle sortit de sa paralysie uniquement quand il commença à lui pétrir un sein avec brutalité. Cela faisait mal, et elle le repoussa en lui donnant un coup de coude dans le ventre. Il resta planté dans le noir tandis qu'elle grimpait l'escalier quatre à quatre.

Erik arriva deux jours plus tard. Il se pencha vers la petite Berthe qui se précipitait vers lui, il la souleva et la fit tourner en l'air. À cet instant, Ada se demanda ce qui avait bien pu clocher dans son mariage. Pour la première fois depuis des années, elle se faufila dans la chambre d'Erik pendant la nuit. Il crut tout d'abord qu'un client de l'hôtel s'était trompé de chambre. Ils en rirent tous les deux alors qu'elle se lovait contre lui. Elle avait presque oublié la passion théâtrale de Per Weincke et sa main ardente et harcelante. Elle espérait seulement qu'il tiendrait parole avec Martha Grubbe.

Le matin, quand Erik, Berthe et sa mère allaient à la plage, elle écrivait pendant une heure, tandis que les dunes et les petits nuages blancs disparaissaient et ressurgissaient derrière le rideau agité par le vent. Ils croyaient qu'elle dormait jusqu'à midi, mais elle ne percevait pas cela comme de l'infidélité. Martha Grubbe n'était pas faite pour parler à quelqu'un, ni pour regarder les gens dans les yeux. Peu avant la fin des vacances, elle reçut une lettre de Copenhague. Elle fut étonnée par l'écriture si maladroite de Per. Il était désespéré, il implorait son pardon, et ainsi de suite. Il nourrissait pour elle le plus grand respect, la plus grande admiration, et si, un jour, elle passait en ville… Elle déchira la lettre sans la lire jusqu'au bout et parvint à se débarrasser des morceaux avant qu'Erik et sa mère ne descendent pour le petit déjeuner.

À la mi-octobre, Erik lui demanda si elle voulait l'accompagner à Copenhague. Il y avait l'assemblée générale d'une société, et il siégeait dans son conseil d'administration. De fait, Ada n'avait pas envie de quitter Hjørring. Le temps était merveilleux, les arbres avaient pris la couleur des flammes et elle aimait aller dans son jardin et humer l'odeur d'humus de l'automne. Pourtant, elle se laissa convaincre. Erik avait l'air tellement impatient de l'emmener loin du quotidien, et puis, il y avait une première à laquelle elle souhaitait assister.

Elle repensa à Per Weincke pour la première fois depuis plus d'un mois. Même si elle avait jeté sa lettre, elle se souvenait encore de son adresse dans Admiralgade, derrière Nikolaj Kirke. De Kongens Nytorv, cela lui prendrait seulement quelques minutes à pied. Cependant, Copenhague était une grande ville et il était assez improbable qu'elle ait la malchance de tomber nez à nez sur lui. Elle n'avait pas pensé à lui. Il l'avait déçue, mais, ensuite, elle avait considéré que c'était elle qui avait été naïve de croire qu'il serait plus honnête que tant de gens simplement parce qu'il écrivait de jolis poèmes. L'expérience l'avait rendue plus réaliste et lui avait appris à apprécier l'homme droit, dévoué et attentif qu'elle avait eu la chance d'épouser. Ni les poèmes de Per Weincke ni ceux de Martha Grubbe n'avaient leur place dans le quotidien solide, et mieux valait maintenir une séparation entre la vie et la poésie.

Elle tint la main d'Erik lorsqu'ils montèrent dans le taxi à la gare centrale et empruntèrent Nygade et Vimmelskaftet. Elle fut troublée de voir tous ces gens qui se croisaient devant les enseignes, les stores et les vitres des devantures sombres où tout était dédoublé. Elle ne put s'empêcher de penser que Per Weincke se trouvait peut-être dans la foule tandis qu'elle-même était conduite à l'hôtel d'Angleterre.

Il ignorait sa présence à Copenhague et elle ne pouvait davantage savoir où il se trouvait, à moins qu'il ne soit en train d'écrire dans son appartement d'Admiralgade, tandis qu'une cigarette se consumait entre ses doigts. C'était le même soleil d'après-midi qui tombait sur eux, séparés par le tumulte de la ville. Elle songea à ce jour où, enfant, elle contemplait sa maison de poupée, fascinée d'être celle qui voyait tout à la fois. Les poupées du papa et de la maman étaient là, avec leurs jambes raides, dans les fauteuils du salon, et ils ne pouvaient voir la petite Lise au-dessus, et l'inverse était également vrai. Seule Ada les voyait en même temps chacune dans leur pièce, mais c'était aussi un jeu, et il en allait de même lorsqu'elle pensait fugacement à Per Weincke. Elle n'arrivait pas à chasser ces pensées-là. Elles s'étaient installées, comme les fruits de bardane s'accrochent aux vêtements lorsque l'on va dans le jardin. Elle en était presque à regretter de n'être pas restée à la maison, de crainte que ces idées fixes ne viennent gâcher le plaisir du séjour.

Ils allèrent au théâtre et dînèrent au restaurant À Porta et, pendant le dessert, elle se rendit compte qu'elle n'avait pas pensé à Per Weincke de toute la soirée. C'était bien le signe qu'il n'était vraiment plus qu'une pensée passagère, plutôt désagréable. Mais pourquoi ressurgissait-elle maintenant ? Elle se demanda s'il l'avait oubliée, ou si elle existait encore dans sa conscience, souvenir d'un visage pendant une nuit d'été. Il avait emporté quelque chose, non seulement son secret, et elle ne le récupérerait jamais. En revanche, une ombre d'elle-même resterait une part du monde de Per, une infime part secrète, s'il n'avait pas déjà refoulé tout de la femme mariée qu'il avait tripotée.

Ada secoua la tête pour chasser ces pensées et leur danse infernale. Erik lui demanda si elle était fatiguée. Elle acquiesça et lorsqu'il lui retourna son sourire, c'était comme toutes ces fois où elle s'était excusée quand il venait s'asseoir sur le bord de son lit. Il restait toujours un moment, il caressait doucement la couette à l'endroit où il sentait les jambes d'Ada, comme s'il ne voulait que lui dire bonne nuit. Son visage disait la même chose qu'en cet instant. Pas de problème, il comprenait. La seconde floraison de l'été avait fané, ils ne l'avaient pas rapportée à Hjørring. C'était bien naturel, ils n'étaient plus tout à fait jeunes non plus, en tout cas, ils savaient que c'était possible, même après ces longues années. Le silence ne régnait plus entre eux, seulement le calme, et il y avait toujours la musique. Ils avaient recommencé à jouer un peu. Elle le faisait surtout pour lui, et pour qu'ils aient quelque chose en commun. Elle ne pouvait se cacher que cela avait quelque chose de terrible.

Erik était parti quand elle se réveilla. Elle resta allongée à écouter les bruits de la ville. Elle avait trente ans. Ce fait lui apparut comme si elle s'était dit que c'était mardi. Elle n'y avait pas pensé pendant tout l'été. Il y avait un chariot de petit déjeuner pour elle, elle souleva la cloche argentée. Une omelette. Erik savait quoi commander. Elle alla à la fenêtre et contempla Kongens Nytorv. Une femme de trente ans. Elle vit passer des gens, des voitures, des tramways avec leurs antennes dressées et les visages indistincts derrière les vitres. Le vent secoue les arbres de Krinsen et fait tomber les feuilles flétries en poignées folles qui s'éparpillent et jonchent les pavés autour de la statue équestre.

Cela ne changerait pas. Les feuilles continueront de tomber ainsi quand elle aura quarante, cinquante et soixante-dix ans. Nul sentiment dans ce constat, rien à y ajouter, seulement des échos de sa réalité à elle, mais ses yeux resteront les mêmes. Des yeux qui noteront la régularité de l'automne, année après année, quoi qu'elle puisse penser ou ressentir, indépendamment de son corps qui se voûtera graduellement, toujours plus ridé et tassé. Comparaisons du corps, de ses degrés de vie, de jeunesse relative et de disponibilité active. Elle pourrait sûrement écrire quelque chose là-dessus. Peut-être assez pour faire un petit livre. Martha Grubbe recevrait des éloges. Et, une fois encore, on se demanderait qui elle était.

Ada n'alla pas à la galerie Kunstforeningen comme elle l'avait prévu, elle ne fit pas davantage les boutiques. Elle resta derrière le rideau transparent à contempler

Kongens Nytorv. Elle se demanda combien de fois elle avait pu dire qu'elle était vraiment présente, ici et maintenant, et non à quelques mètres ou quelques secondes de distance. Alors qu'elle se posait la question, elle se rendit compte qu'il s'agissait d'une des rares fois où cela lui arrivait.

Elle prit un bain, s'habilla et descendit dans Østergade, elle prit à gauche dans Nikolaj Plads avec son église trop grande, aux contreforts qui lui font comme de larges épaules pour pousser les immeubles alentour. Mais que s'imaginait-elle ? Elle ne pouvait tout de même pas arriver à l'improviste, surtout après qu'il l'avait pelotée. Ne serait-ce pas comme si tout était pardonné ? Bonjour monsieur Weincke, tenez, voilà mon autre sein, ça ne vous tente pas de le tâter, celui-là ? Elle entra chez Fonnesbech, trouva une cabine téléphonique au sous-sol et chercha son nom dans l'annuaire. Il était chez lui. Cela l'encouragea de l'entendre aussi timide.

Il l'attendait à la porte quand elle parvint en haut de l'escalier. Les murs sous les combles étaient tapissés de livres et, de la fenêtre mansardée au-dessus de son bureau, on voyait directement sur les cuivres vert-de-gris de la flèche. Il paraissait encore plus grand dans la pièce basse de plafond, et il était tellement embarrassé qu'il ne savait où se mettre dans son propre appartement. Il se réfugia dans la cuisine minuscule, elle s'assit sur un canapé avec des coussins en kilim. Elle regarda autour d'elle le dos des livres et les moulages en plâtre de têtes grecques. Son bureau était étonnamment bien rangé. Elle l'imaginait noyé sous des manuscrits et des carnets de note, mais il n'y avait qu'une grosse machine à écrire avec un bras lisse et brillant. C'était sur cette machine qu'il avait écrit les recueils de poésie qu'elle avait lus à Hjørring, avec le sentiment de s'y reconnaître.

La porte de la chambre était entrouverte, elle se pencha pour jeter un coup d'œil. Une reproduction de Klee était punaisée sur le mur blanc. Elle se tassa à nouveau sur le canapé lorsqu'il entra et posa les tasses, le pot à lait et le bol de sucre. Le silence entre eux était presque gênant quand il servit le thé avec une solennité exagérée et s'assit en face d'elle sur un pouf en cuir marocain. Ses longues jambes dépassaient comme deux pattes de sauterelle de chaque côté de la tasse qu'il tenait avec affectation.

Il la dévisagea. La nervosité de Per lui avait fait totalement oublier la sienne, mais maintenant qu'il s'apaisait, elle ne savait plus sur quel pied danser. Il n'avait jamais pensé la revoir. Elle non plus. Il sourit. Il n'avait pas été lui-même, il était encore bouleversé. Ada devina qu'il faisait allusion à l'actrice, mais ce n'était pas comme ça qu'elle se souvenait de lui. Souriant et bronzé dans son polo blanc, avec une cigarette insolente au coin des lèvres. Il avait été malheureux qu'elle en fasse les frais. Elle dit que cela ne faisait rien, mais cela sonna bien trop détaché, comme s'il lui avait juste marché sur le pied dans le tramway.

Il y eut un moment de silence. Avait-elle écrit? Cela l'agaça qu'il l'interroge sur ses poèmes, faute de mieux. Il fallait qu'elle publie bientôt un recueil. Elle répondit qu'elle n'en avait pas assez pour faire un livre. « Ça va venir, dit-il avec un sourire. Attends, ne bouge pas. » Il tendit la main vers l'étagère et en tira soudain un appareil photo. « La lumière est fantastique, mais il ne faut pas que tu bouges. Je suis obligé d'utiliser un temps de pause long. » Elle se dit qu'il aurait pu lui demander la permission, mais elle n'osa même pas ciller. Il déclara que son visage avait quelque chose d'archaïque. Elle fut étonnée par la fermeté de ses gestes pour effectuer la mise au point et prendre la photo. Puis il laissa l'appareil reposer sur ses genoux. « Voilà, c'était Martha Grubbe, dit-il. Elle était juste là. »

Il dit qu'il avait pensé à elle. Elle lui rendit son baiser, car elle ne pouvait pas le laisser comme ça, à genoux, devant son propre canapé. C'était comme suivre un scénario écrit d'avance. Ses coussins en kilim grattaient et sentaient le tabac, mais, cette fois, ses mains étaient si timides qu'elle dut les guider.

Elle rentra à Hjørring avec Erik. Ils s'écrivirent des lettres. Per lui parlait des grandes symphonies, de la grande vie qui l'attendait dans toute son étendue. Il les comparait à des oies sauvages, il parlait du sifflement de leurs battements d'ailes communs. C'est drôle, si l'on y repense, mais, à l'époque, elle ne souriait pas. Quelques semaines avant Noël, elle sortit de la maison avec Berthe à la main, comme d'habitude, mais si quelqu'un l'a suivie du regard, ce quelqu'un n'a pas manqué de se demander pourquoi Mme Hvidbjerg avait une si grosse valise dans l'autre main, et pourquoi elle allait dans la direction opposée à celle qu'elle prenait d'habitude.

Berthe se posait les mêmes questions. Ada n'avait pas réfléchi à ce qu'elle pouvait dire à sa fille, tant elle avait été préoccupée par la lettre qui était désormais posée contre la lampe du bureau d'Erik. Elle dit à Berthe qu'elles allaient faire un tour à Copenhague, pour voir le Père Noël au Magasin du Nord. Berthe demanda pourquoi papa ne les accompagnait pas. Ada répondit que papa viendrait plus tard. Que pouvait-on dire à un enfant ?

Dans le train, alors qu'elle contemplait l'hiver avec la tête de Berthe sur ses genoux, elle repensa aux lettres de Per, et à celles qu'elle lui avait envoyées. Cela avait été bien différent que d'écrire des poèmes Chaque fois qu'elle posait la plume sur le papier pour former un mot, c'était comme d'ouvrir une fissure vers la vérité qui se cachait sous le mensonge de sa vie.

Elles ne disent pas un mot. Ingrid essaie de se voir elle-même, de loin, à côté de Berthe et d'Ada. Quel tableau, ces trois femmes dans le bow-window qui donne sur Esplanaden. Elle n'a pas l'impression de voir trois générations, plutôt des stades différents de l'âge, du vieillissement, de l'impuissance. Bien entendu, comparée à sa mère et à sa grand-mère, elle est encore jeune, mais elle a passé le stade où l'éventail des possibles était le plus grand et le plus prometteur. Les possibilités de s'aventurer dans le monde et de trouver des liens durables. Or il ne reste que le vide et le silence autour de ces trois silhouettes, deux qui se tiennent droites, la troisième légèrement tassée dans le reflet atténué de la roue chromée de la chaise roulante. Il faudrait allumer une lampe, l'une d'elles va s'en charger bientôt mais, pour l'instant, elles ne bougent pas. Il n'était pas nécessaire que les choses se passent ainsi, mais, il n'empêche, les cartes ont été jouées. Elles ont été responsables de certaines de ces choses, mais il en reste d'autres sur lesquelles elles n'ont eu aucune influence.

La vérité qui se cache sous le mensonge de sa propre

vie ? Qui est-on ? Ingrid ne sait pas qui est quoi. Peut-être les vérités ne font-elles que se remplacer. Peut-être sont-elles vraies tant qu'elles durent. Et tout ce que l'on ne voit pas, sont-ce des mensonges ou des omissions ? En écoutant Ada parler de son amour et de sa révolte, Ingrid a l'impression de savoir ce que pensait Ada. Ce que Berthe voyait sans doute, elle le voit aussi. Des dimanches, il y a longtemps, dans des compartiments à moitié vides, des dimanches où elle quittait la ville. Les lavabos à la tombée de la nuit, la veilleuse du dortoir.

Berthe lui a raconté qu'elle rencontrait parfois des camarades de classe dans le train. À l'entendre, c'était toute une petite tribu de gamines en uniforme, rejetées et courageuses. Elles jouaient à un jeu d'adresse avec des bagues et des anneaux dans le couloir. Berthe avait tanné Ada pour en obtenir, mais, naturellement, c'était Per qui avait eu pitié d'elle. Un dimanche, elle avait perdu toute sa réserve de bagues avant que le train n'arrive à destination. Le cœur brisé, elle avait écrit à la maison pour en demander d'autres, et elle avait reçu la fameuse réponse d'Ada : « Et tu nous demandes ça à nous, pauvres poètes ! » Il y a de quoi sourire, mais ces bagues et ces anneaux tout bêtes sont cependant devenus un fil rouge dans l'histoire. Tout ce qui reste. Un détail qui en dit long, un détail qui fait venir une petite larme dans le coin de l'œil. Une vérité qui est aussi un mensonge, simplement parce qu'il a survécu aux dépens de tant d'autres choses. Curieux, tout ce dont on se souvient, tout ce que l'on oublie.

Ingrid ne peut déterminer si Ada lui a collé un fardeau avec son histoire, ou si son innocence n'est, malgré tout, que la vérité de l'autre. Cette vérité qui, à côté de celle de Berthe, donne une image complexe et ambiguë et à qui, elle, Ingrid, est la seule à pouvoir rendre justice. Et elle-même ? À l'instar de Berthe, n'a-t-elle fait que répéter le schéma originel d'Ada, fait de désir, de désespoir et d'inconscience égoïste ?

Oui, oui, se dit Ingrid, nous ne sommes que des êtres humains, ne nous jugez pas car chacun a ses raisons, mais excusez-nous si nous sommes des salauds avec nos enfants. Cette explication ne contient-elle pas déjà une attente implicite de pardon ? Et que vaut le pardon s'il tombe à point nommé, et non comme une amnistie inattendue ? N'est-il rien d'autre qu'un colifichet sentimental pour la vanité de celui qui se repent ? Un maillon de plus dans cette chaîne sans fin qu'est leur histoire ? Berthe était de trop, Ingrid aussi et Jonas également. Oui, à l'instant de vérité, il l'était également. C'est ça, la vérité qui se cache derrière les vérités mensongères des trois femmes, la vérité sur leur solitude et leur entêtement.

Ingrid tend la main et allume la lampe chinoise. « C'est bien, dit Ada. Quelqu'un veut-il encore un peu de thé ? » Berthe et Ingrid déclinent. « Dis-moi, demande Ingrid à Ada, quand as-tu découvert exactement que Per était malade ? » Ada la dévisage. C'est un regard inexpressif, un regard de confrontation sous le maquillage irisé de ses paupières. Elle ressemble à un vieux caméléon, vieux de millions d'années. « Mais oui, poursuit Ingrid, tu te souviens bien de ce que tu nous as raconté ce Noël, lorsque tu es venue à Rome, après que Per s'est pendu ? »

Berthe se lève et commence à débarrasser les tasses et les soucoupes. Ingrid pose une main sur son bras. « Tu ne restes pas avec nous ? » Berthe se rassied. « Ah oui…, dit Ada d'un ton réticent. — Moi, poursuit Ingrid, je me souviens que tu as expliqué comment tu avais découvert que Per buvait. Qu'il était — comment dire ? — profondément instable. » Ada s'éclaircit la gorge. « Enfin… Il ne buvait pas tant que ça. Pas plus que bien des gens. Ce n'était pas rare. Surtout chez les artistes. Mais dès que l'on sortait d'un bistrot, on était un alcoolique aux yeux des petits-bourgeois. Tu oublies que, à cette époque, les cafés à la française n'existaient pas. Il fallait aller au bistrot pour rencontrer les gens comme nous. »

Ingrid sourit et hoche la tête. « Je n'oublie rien. Je pense seulement à ce que tu nous as raconté. C'était une nouveauté pour moi d'entendre qu'il était complètement fou. Et que tu étais restée avec lui uniquement parce que tu craignais qu'il ne se suicide. D'ailleurs, maman, je me souviens aussi que cette histoire avait également fait une grande impression sur toi. »

Berthe baisse les yeux sur les tasses qu'elle a empilées sur le plateau. « Ta mémoire te joue des tours, ma chérie », dit Ada. Peut-être ressemble-t-elle à une vieille cocotte avec son fard et son rouge à lèvres, mais elle reste imperturbable. « J'ai sûrement dit que Per était très sensible, peut-être trop sensible pour ce monde, mais fou, non, cela n'a aucun sens. N'oublie pas que tu parles de l'homme de ma vie. » Le regard impassible d'Ada fait douter Ingrid de ses propres souvenirs. « Et toutes tes liaisons, celles que tu racontes dans tes Mémoires, qu'en est-il ? » demande Ingrid. Elle entend qu'elle revient déjà à la charge.

« Ah, ça…, dit Ada avec un sourire forcé. Mais, ma chère enfant, ce n'était qu'un livre. Un roman avec des noms réels. Cela a eu un effet aguichant, tu en conviendras, du reste, les victimes ont eu l'intelligence de ne pas se plaindre. Qui les aurait crues si elles avaient nié ? Et puis, la plupart se sont senties flattées, même si cela a troublé la paix des ménages pendant un moment. Crois-moi, nous nous sommes bien amusés, Per et moi. Comme toujours, il a été mon premier lecteur et mon critique le plus sévère. » Ada s'écarte un peu de la table pour que la lumière de la lampe ne tombe pas directement sur son visage.

« Et ce n'est donc pas toi qui as été obligée d'écrire son dernier recueil de poèmes parce qu'il était trop ivre ou trop fou pour le faire lui-même ? » Ada secoue la tête. « Je ne vois vraiment pas où tu es allée chercher tout ça. » Ingrid se tourne vers Berthe. « Et toi ? Tu ne te rappelles pas non plus ce qu'Ada a dit sur Per, lors de ce Noël à Trastevere ? » Berthe croise brièvement le regard d'Ingrid, puis elle baisse les yeux sur ses mains, pâle comme une écolière qui ne veut surtout pas se mêler d'une affaire. « Mais enfin, c'est moi qui perds la tête ou quoi ? » Ingrid a haussé le ton. Berthe la regarde d'un air terrifié. « Mais personne n'a dit ça. »

Ingrid hoche la tête. « Je ne te comprends pas, maman. Je me souviens pourtant clairement que tu t'es jetée au cou d'Ada, que tu étais bouleversée quand elle nous a confié que l'alcoolisme et la folie de Per avaient transformé son mariage en un martyre, et que cela l'avait obligée à t'envoyer en pension. C'étaient les grandes retrouvailles, et pour que ce ne soit pas un mensonge, elles ont eu lieu le jour de Noël. On aurait vraiment cru que tu trouvais enfin une sorte d'apaisement à te voir servir une bonne raison de pardonner. Et maintenant, voilà que Per n'était pas schizophrène. Ah… Il est seulement schizophrène quand Ada a besoin d'expliquer pourquoi il fallait t'expédier au loin. Mais ça ne sert à rien de le déclarer complètement cinglé quand c'est le grand mythe créateur qui revient sur le tapis. La naissance d'un poète. La grande, la très grande solitude d'Ada, les grands, les très grands sentiments. Tous ces rêves de bourgeoise de province, d'artiste snob qui rêve d'une vie symphonique dans le Parnasse de Copenhague. Ce n'était pas assez chic d'abandonner son mari parce qu'elle avait besoin d'être baisée. C'est une excellente raison, d'ailleurs, mais toi aussi, tu trouves que ça ne serait pas assez chic, pas vrai, maman ? Alors, plutôt dire quelque chose dans le genre “ se trouver soi-même ”, n'est-ce pas ? »

Ada l'écoute, la tête inclinée, avec l'esquisse d'un sourire délicatement souffrant aux coins des lèvres. Berthe prend la main recroquevillée sur l'accoudoir du fauteuil roulant, mais c'est elle qui a les larmes aux yeux. Évidemment, c'est elle. « Mais pourquoi es-tu tellement en colère ? » bafouille-t-elle en refoulant ses sanglots. La question touche Ingrid à un point inattendu.

C'est vrai, pourquoi est-elle tellement en colère ? Parce que, après bientôt huit ans, son amant décide de ne pas quitter sa femme ? Parce que, malgré tout, c'était ce dont elle rêvait ? Parce que c'était la vérité qui se cachait derrière tous ses petits mensonges de liberté et d'indépendance ? Parce qu'elle n'avait pas passé le test suprême en tant que parent et devait regarder en face le fait qu'elle avait raté sa dernière chance de représenter quelque chose pour son fils ? Parce qu'elle a pensé à faire porter le blâme sur Berthe et Ada, et pour toute cette inconscience qui, de toute évidence, est héréditaire ? Parce que, elle aussi, elle n'est qu'une malheureuse victime de tout ça ? Parce que c'est dommage qu'elle n'ait pas compris la tâche que l'on attendait d'elle ? Parce que c'est dommage qu'elle ait engagé sa vie dans une impasse, où elle se retrouve maintenant à se poser la question : mais punaise, que s'est-il passé ?

Ingrid ne sait pas quoi répondre. Aucune d'elles ne semble trouver quoi dire. Trois femmes dans un appartement bien trop grand par un dimanche bien trop gris et bien trop calme. Trois stades d'égocentrisme présomptueux et arrogant. « Merci pour le thé », dit-elle en se levant. Et elle entend Ada qui lui demande : « Tu t'en vas ? » Une fois dans la rue, elle prend à droite. La même promenade que vendredi soir. Elle passe derrière les bœufs vert-de-gris de la fontaine Gefion et d'où l'on a un panorama qui couvre Kastellet, Langelinie, Holmen et la forteresse de Trekroner. La mer est calme et luisante. Il y a beaucoup de promeneurs, seuls avec un chien ou en couples, bras dessus bras dessous. Certains sont à vélo, d'autres courent dans des survêtements moulants et avec des bandeaux qui ramènent les cheveux en arrière.

Elle suit le chemin jusqu'au Langeliniepavillonen. Une fête privée bat son plein. Lorsqu'elle s'arrête sous la terrasse du pavillon, elle voit seulement un homme qui fait un discours près d'une des tables rondes. Un grand-père ou un oncle dans son costume bleu marine. On voit à ses gestes qu'il a donné un ton enjoué à la soirée. Il raconte sûrement une ou deux anecdotes, quelque chose de typique pour l'objet de la fête qui le rend facile à placer et à apprécier. Ingrid se trouve à peu près à l'endroit où elle croit avoir vu Per, le soir où Ada était récompensée pour ses souvenirs réels ou inventés, ses histoires avec des hommes avec qui elle avait peut-être couché.

Plus rien ne fait sens, et Ingrid peut aussi bien considérer qu'Ada a menti sur tout, ou que, en tout cas, elle a tout déformé au point de tout rendre méconnaissable. Il ne lui reste que ce dont elle croit se souvenir. Per était-il schizophrène ? Il ne lui reste que son sourire doux et sa silhouette solitaire, qui avait disparu quand elle était sortie de la salle.

Ingrid s'arrête dans la cour et effleure du doigt un bourgeon à l'extrémité d'une branche du figuier. Il est rassurant de se dire qu'au moins quelque chose se développe comme prévu. Lorsqu'elle est dans l'entrée de l'immeuble sur cour, la lumière est allumée à l'instant où elle tend la main vers l'interrupteur. Elle se prépare à échanger une remarque quelconque avec son voisin du dessus, qui, manifestement, est en train de descendre. Elle ne reconnaît aucune des silhouettes qui surgissent soudain devant elle dans l'escalier.

Ils ont des cheveux noirs et ras et ils portent tous les trois le genre de vêtements que met Jonas. Des vestes à capuche surdimensionnées, des jeans curieusement bouffants et des chaussures de sport d'un blanc éclatant. Elle se demande si elle n'est pas simplement bourrée de préjugés à l'égard des immigrés de deuxième génération, mais quelque chose dans leurs regards l'éclaire sur le caractère de la situation. Elle la comprend dans sa totalité, sans avoir besoin de réfléchir. Il faut qu'elle file. Quand elle se retourne pour descendre l'escalier en courant, la porte de la cour est barrée par un autre type vêtu de ces vêtements de petite frappe. Lui aussi est arabe, le crâne tondu, pour changer, et il semble plus âgé que les autres. Elle est passée devant lui sans s'en apercevoir, dans la pénombre sous l'escalier. Il porte un doigt à ses lèvres d'une manière qu'elle a seulement vu faire dans le genre de films qu'elle éteint rapidement.

« T'es la mère de Jonas ? » demande-t-il à voix basse. Elle se dit qu'elle devrait répondre non. Renier son propre fils. « Il n'habite plus ici », dit-elle. Le tondu hoche la tête d'un air indulgent et sourit. « On va bien voir », dit-il en faisant signe de la tête qu'elle doit remonter les marches. « Qui êtes-vous ? » demande-t-elle du ton le plus impérieux et posé qu'elle peut. Cela ne réussit pas très bien. Le tondu se place devant la porte de la cour avec les bras croisés. Il est grand et musclé comme un héros de film d'action, mais elle n'arrive pas à déterminer s'il a dix-sept, dix-huit ou vingt ans. Il porte une lourde chaîne en or autour du cou. « Est-ce que tu peux te bouger, s'il te plaît ? » dit-elle sans grande conviction. Il la dévisage. Elle tente de sourire. « Tu veux que j'appelle au secours ? »

Elle n'a pas le temps de comprendre d'où il vient mais, l'instant suivant, le tondu pointe sur elle un long couteau à double tranchant. « On monte et on attend », dit-il en agitant le couteau, et en la regardant dans les yeux. Elle est incapable de décrypter son regard. Il a l'air totalement vide, et elle est persuadée que cet homme pourrait lui donner un coup de couteau sans ciller.

Un constat étrange, tant il est factuel. Elle n'a jamais vécu ça. Les situations extrêmes lui ont été épargnées, et elle est étonnée que tout ça soit aussi réel. Ou, plus exactement, d'avoir aussi immédiatement saisi la réalité du fait que quelqu'un lui agite un gros couteau pointu sous le nez. À l'exception de la sécheresse dans sa bouche et du tremblement incontrôlable dans ses jambes, elle fonctionne de manière parfaitement normale. Elle ne va pas s'évanouir. Sa conscience enregistre tout et son intellect interprète à plein régime ce qui lui arrive sous forme de sensations hyperfines. L'odeur de cet homme, l'iris marron de ses yeux, le duvet sombre sur sa lèvre supérieure.

La terreur est un état purement physique. Avec sa tête, elle n'est pas en mesure d'imaginer qu'elle pourrait mourir. C'est seulement un pronostic suffisamment réaliste qu'elle calcule et auquel elle s'adapte au moment où elle commence à monter les marches. Se vider de son sang dans l'entrée de son immeuble n'est pas une chose qu'elle peut envisager sérieusement, ce n'est qu'une éventualité diffuse, qu'elle ne trouve pas moins raisonnable de prendre au sérieux. Comme à n'importe quel autre moment de la journée, sa conscience s'active dans tous les sens, bercée dans sa certitude qu'elle a au moins cent cinquante ans devant elle. Son corps lui dit autre chose. Il l'a toujours fait, mais c'est nouveau qu'il le lui dise sans équivoque. Elle a peur de tomber tant ses jambes tremblent, et elle doit se cramponner à la rampe. Est-ce que son voisin du dessus est chez lui ? Est-il dans son fauteuil en train de lire le journal ?

Les trois types qui la regardent d'un air menaçant devant la porte de son appartement semblent être de l'âge de Jonas, à un ou deux ans près. Deux sont armés de battes de base-ball. Le troisième est tellement frêle, avec de si grands yeux, qu'il pourrait en avoir huit. Il a la tête bandée. Ils n'ont pas tout à fait l'air sûrs d'eux et ils paraissent attendre ce que le tondu va inventer. Ses mains tremblent comme celles d'un alcoolique en état de manque quand elle sort les clefs de sa poche et tente d'en introduire une dans la mince fente de la serrure Yale. Sans y penser, elle enfonce le loquet de sûreté de la serrure en même temps qu'elle pousse la porte.

Elle manque de trébucher sur son sac de voyage qu'elle a jeté dans l'entrée, il y a une éternité de cela. Le tondu l'attrape par le col de son manteau et le lui arrache. Il la tire dans le salon en la tenant fermement par le bras et lance le manteau par terre. Le petit commence à allumer les lumières, le tondu lui dit quelques mots en arabe et elles sont éteintes. Il n'y a pas de rideaux, mais les fenêtres de son salon sont orientées de sorte que l'on ne puisse aucunement la voir de l'extérieur. Ça, naturellement, ils ne peuvent pas le savoir.

Le garçon frêle s'assied dans L'Œuf et se met à le faire pivoter, comme le fait n'importe quel enfant lorsqu'il découvre le fauteuil d'Arne Jacobsen, aussi enveloppant que le repaire d'un ours. Les deux autres restent plantés devant le mur. Elle essaie de capter le regard du petit chaque fois qu'il passe devant elle. Abdel. Le nom lui revient après plusieurs jours d'oubli. Elle le prononce. Il arrête sa rotation et la regarde de ses yeux sérieux d'enfant. « Comment sais-tu comment je m'appelle ? » Il parle danois avec le même accent forcé, haché et presque entêté que son grand frère, ou son cousin. Ou quoi qu'il soit.

« Abdel, répète-t-elle, je tiens à te dire que je suis très malheureuse et confuse de ce que t'a fait Jonas. » Le tondu revient de la cuisine avec une chaise qu'il place au milieu de la pièce. « Ta gueule, dit-il. Enlève tes fringues. » Il tapote nerveusement du doigt le manche du couteau, comme si c'était une baguette de tambour. Ils vont la violer, c'est clair. Ils vont s'y prendre à tour de rôle. Abdel et ses deux copains ont l'air paniqués à cette idée. Peut-être vont-ils se contenter de regarder pendant que le tondu se déchaîne. Ça va faire mal. « Tu te grouilles, espèce de pute ! » Le tondu se rapproche et pointe le couteau vers elle. Elle se déshabille et pose ses vêtements sur la chaise. Elle est en slip, bras croisés, tremblante de froid et de peur. « Tu enlèves tout ! » Elle obéit, il prend les vêtements sur la chaise d'un geste furieux et les balance par la porte ouverte de son bureau. Les trois autres ricanent.

Et puis, elle craque. Elle tombe à genoux, les mains autour du cou, des secousses nerveuses montent de ses poumons et de sa gorge. Les quatre personnes se voilent pour n'être plus que des silhouettes indistinctes devant la fenêtre. « Laissez-moi… Laissez-moi tranquille… », sanglote-t-elle entre ses lèvres raides et grimaçantes, cherchant son souffle. Le tondu met ostensiblement la main sur la hanche, il se penche en avant et la regarde avec attention, comme si elle était une curiosité zoologique. Il dit quelque chose en arabe et les autres se mettent à rire. « Assieds-toi, dit-il. Ou bien est-ce que je dois dire lève-toi ? Ça doit être "lève-toi", puisque t'es déjà à te traîner par terre. » Elle s'assied sur la chaise, les mains posées sur le bas-ventre. « Qu'est-ce que tu croyais ? Que j'allais te violer ? Mais regarde-toi, bordel. Tu crois que j'aurais envie de baiser une vieille salope comme toi ? T'as vu un peu tes nichons ? » Il se tourne vers les autres et dit quelques mots qui les font ricaner une nouvelle fois.

L'un d'eux a ramassé son sac dans l'entrée, il le vide sur le canapé tout en en commentant le contenu. Ça doit être très drôle, car ils ne cessent de rigoler. Le tondu allume la télé. Il envoie Abdel rejoindre les autres sur le canapé et s'installe dans L'Œuf, il zappe tout en gardant un œil sur elle. Ils discutent un peu en arabe et se décident pour un combat de boxe sur Eurosport.

Elle respire plus calmement désormais et, pour la première fois depuis plusieurs minutes, elle pense à nouveau à Jonas. Elle a honte de l'avoir oublié. C'est à lui qu'ils en veulent. Encore heureux qu'il y ait Sven. Encore heureux qu'elle lui ait mis une claque. Encore heureux que Jonas ait ce sentiment d'injustice d'enfant gâté. Elle n'ose pas répéter que Jonas n'habite plus ici. Ils ne la croiront pas ou, pire encore, ils chercheront à lui faire avouer où ils peuvent le trouver, et elle n'est pas sûre de pouvoir tenir le coup. Ils veulent le tuer. Si jamais il arrive, ils le tueront, puis ils se débarrasseront d'elle pour qu'il n'y ait pas de témoin. Personne ne les remarquera quand ils se faufileront dans l'escalier, dans la cour et quand ils sortiront par la porte de l'immeuble.

Mais Jonas va bien se tenir à l'écart. Est-il déjà en route pour Stockholm ou a-t-il l'intention de passer lui dire au revoir, malgré tout ? A-t-il prévu qu'Abdel irait chercher des renforts ? Mais, dans ce cas, comment a-t-il osé venir hier matin ? L'écheveau de ses pensées commence à se démêler à mesure qu'elle désamorce frénétiquement ses questions par des contre-questions, mais elle se calme, elle ne tremble plus autant, et cela fait glisser l'humiliation un peu à l'arrière-plan. Elle pense à Ada et à Berthe. Elle jette un coup d'œil à sa montre. Cela fait moins d'une heure qu'elle les a quittées en pensant que c'était là le moment le plus dramatique de ce dimanche. Combien de temps tout cela va-t-il encore durer ? Elle n'en a pas la moindre idée. Au bout de quelques heures, ils vont bien finir par se fatiguer. Et ensuite ? Vont-ils la faire payer, et que vont-ils lui faire ?

Si on le prend seul, Abdel est certainement un gentil garçon. Il a quelque chose d'abandonné sur sa silhouette frêle et sur son visage aux grands yeux perplexes. Il a les oreilles décollées et ressemble à quelqu'un à qui on va offrir une crème glacée rien que pour adoucir l'expression soucieuse de son visage osseux. Quant aux deux autres, il est écrit destination prison de Vestre Fængsel à l'encre invisible sur leurs traits endurcis, et le tondu, lui, il doit juste en sortir. Il est de profil et regarde tour à tour les bustes luisants des boxeurs et sa silhouette à elle, toute recroquevillée. C'est seulement maintenant qu'elle découvre le tatouage sur son cou. Elle ne voit pas ce qu'il représente. Ce qu'elle voudrait avant tout, c'est être libre.

Abdel et ses deux camarades ne s'intéressent plus à la dame nue sur sa chaise au milieu du salon. Les muscles et les coups les séduisent davantage que ce corps de quarante-huit ans et l'idée d'en faire ce qu'ils veulent. Abdel pourra peut-être être sauvé, quant aux deux autres, il n'y a probablement rien à faire, si ce n'est les enfermer comme des bêtes sauvages à qui l'on jette un morceau de viande crue par-dessus le mur, une fois par jour. Pour elle, il n'y a rien de bon en eux. Il n'y a rien d'autre que des complexes d'infériorité, de l'agressivité insensible et l'intelligence réduite et embrouillée de ceux qui ne sont guère doués. Elle se moque qu'ils soient pris entre deux cultures. Elle se fiche qu'ils soient écartelés entre un modèle familial archaïque et affaibli et la modernité qui offre ses tentations de sexe facile et de bagnoles rapides. Elle souhaite seulement qu'on leur mette les menottes et en être débarrassée à jamais. Dorénavant, elle ne pourra plus croiser un jeune Arabe sans se demander où il cache son couteau. Elle va tous les mettre dans le même sac, et ne va même pas le regretter.

Elle ne sait pas combien de temps dure un combat de boxe, ni combien de temps il reste à celui-ci, mais, d'ici peu, la nuit va tomber. Le tondu va certainement bientôt décider d'allumer la lumière pour mieux pouvoir la garder à l'œil. Les deux boxeurs semblent être près d'un dénouement, à en juger l'excitation du public et du commentateur. La cloche sonne et elle croit entendre que la voix annonce quelque chose à propos d'un dixième round. Un combat de boxe, ça se passe en dix rounds ? Les garçons sont totalement concentrés sur ce qui se passe à l'écran et, pour l'instant, le tondu semble également avoir oublié la mère de Jonas. Il a tourné le fauteuil, si bien que sa tête et ses épaules sont dissimulées par la coquille en cuir. Ça s'agite, les flashs crépitent autour du carré lumineux qu'est le ring.

C'est sa chance, peut-être la seule. Elle se lève doucement. Personne ne s'en aperçoit. Elle se retourne et se baisse, toujours au ralenti, pour ramasser son manteau. Et puis, elle fonce. Ses pieds effleurent le plancher quatre fois, elle est dans l'entrée, elle entend déjà leurs voix et leurs pas, elle tire la poignée et dévale l'escalier. Elle ne sait pas s'ils la suivent, elle ne sent pas le froid alors qu'elle file dans la cour, passe la porte de l'immeuble et sort dans la rue.

Il n'y a ni voitures ni piétons dans la rue. Elle enfile son manteau en courant jusqu'au croisement de Sølvgade Skole, puis elle tourne au coin. Sa voiture est garée un peu plus bas dans Kronprinsessegade, en direction de Nyboder. D'habitude, elle a les clefs dans son manteau et, oui, oui, elles sont bien là, elle ouvre la portière, elle est dans la voiture, elle démarre et, d'un bond, elle déboîte. Elle ne sait toujours pas s'ils sont après elle, elle n'entend rien, mais n'ose pas retourner vers Sølvgade. À la place, elle descend Fredericiagade, prend Store Kongensgade. Elle ne sait pas où elle va.

C'est désagréable de conduire pieds nus, elle a la sensation que ce sont des mains qui appuient maladroitement sur l'accélérateur et l'embrayage, comme si elle était un singe. Il ne s'est pas écoulé deux minutes, elle a l'impression que cela en fait une vingtaine. Elle est arrivée à Kongens Nytorv et à la façade illuminée de l'hôtel d'Angleterre avant que son esprit ne recommence à fonctionner normalement. Sa première pensée va à Arne Jacobsen. Cher Arne Jacobsen, toi qui es au ciel, ou qui devrais l'être si jamais il y a une justice, mille mercis d'avoir poussé le concept de fauteuil à oreilles à l'extrême, au point que le sens de l'orientation et le contrôle de son environnement se perdent dans la coquille en cuir de L'Œuf. Merci, merci, merci. Je te promets de ne plus jamais dire de mal de tes cercles prévisibles et de ton fonctionnalisme pépère. *I love you, Arne,* je t'adore !

Il y a du monde dans Strøget et à l'arrêt de bus devant Magasin. Tout est normal, c'est elle qui est en marge, seulement vêtue de son manteau et de sa Mazda. C'est elle qui n'est pas normale. On n'est plus à sa place, on fait tache dans le paysage, quand on vient d'où elle vient. Où aller ? Halmtorvet, évidemment. Le commissariat de Station City. Comme ça, la boucle sera bouclée. Peut-être sera-t-elle reçue par le même brigadier moustachu qui l'a appelée à Stockholm pour lui annoncer qu'ils avaient arrêté Jonas. Elle n'a pas envie de se retrouver face à lui, d'être la victime, en tout cas, pas avant d'avoir pris un bain et de s'être habillée. Elle n'a pas envie de la tasse en plastique avec un café clair, elle n'a pas envie de la main réconfortante sur son épaule avant qu'il ne commence son rapport.

Elle ne veut pas non plus effrayer une amie et sa famille au milieu des préparatifs du dîner dominical, ni apporter le malaise avec elle dans leur maison chaude et éclairée. Il en va de même avec Georg. Rien que de penser à la compassion de Rebecca suffirait à la faire rester au volant et rouler, rouler et rouler encore dans la ville, toute la soirée. Frank n'est pas davantage une solution, et il ne le serait même pas si Lise était en bonne santé. Car, de toute façon, il a sa vie, et il ne peut pas rappliquer ostensiblement et à toute allure sans éveiller des soupçons. Elle comprend qu'elle n'a qu'un endroit où aller. Après quarante-huit ans, il n'y en a toujours qu'un seul. C'est humiliant de songer que, malgré toute son indépendance, elle n'a pas réussi à s'éloigner davantage.

Elle regarde l'horloge de la voiture. Six heures moins dix. Cela a duré une heure à peine. La peur, l'humiliation, la colère. Bien entendu, le plus probable est qu'ils ne cherchaient qu'à la terroriser, mais tant que l'épreuve a duré, ce n'était pas le moment de faire un calcul de probabilités. Elle était obligée de prévoir le pire, et elle sent encore la carapace dont elle s'était entourée à cet effet, car elle a du mal à inspirer à fond. Elle est en état de choc, elle le sait, elle peut l'observer alors qu'elle continue de conduire comme tout un chacun. Il faut qu'elle lève le pied, il faut que le calme puisse revenir et, ce, dans un endroit protégé. Et il n'y en a qu'un. Même si c'est pénible, même si c'est encore plus douloureux aujourd'hui, elle n'en voit qu'un. Seulement, elle ne peut pas être certaine que, pendant ce temps, Berthe a dit au revoir à Ada, qu'elle est allée à l'arrêt de Store Kongensgade et qu'elle a attendu le bus pour être conduite à travers la ville en transports en commun à la vitesse d'un escargot.

Pourtant, elle y va. De Stormgade, elle passe derrière Tivoli, tourne dans Istedgade jusqu'à Enghave Plads. Bien vite, elle est dans les petites rues bordées de maisonnettes derrière Carlsberg. Effectivement, il n'y a pas de lumière aux fenêtres chez Berthe. Elle laisse le moteur tourner au ralenti, monte le chauffage, prend son portable dans la poche, mais se rappelle que la batterie est vide. Elle envisage ce qu'ils pourraient trouver dans l'appartement qui les mettrait sur la piste de Jonas, mais cela fait des années qu'elle n'a plus de carnet d'adresses. Le numéro de Sven ne figure que sur son portable, et ils ne trouveraient que son adresse mail sur l'ordinateur. De plus, ils ne savent pas que Jonas est chez lui. Pourvu qu'il reste chez son grand-père ce soir.

Elle se tasse dans le siège et contemple les petites maisons basses aux fenêtres éclairées, des gens y vivent, pleinement conscients des dangers et pourtant tout aussi confiants que tout va bien. Que tout ira bien. Elle pense à la cuisine et au salon de Sølvgade, à son bureau, à sa chambre et à la chambre vide de Jonas où il reste tout au plus une rallonge le long du mur. Elle ne peut pas y retourner. Le figuier devra fleurir sans elle. Ce n'est plus sa maison.

Sous la plante de ses pieds, elle sent que cela fait bien longtemps qu'elle n'a passé l'aspirateur dans la voiture et, soudain, elle se souvient du jour où elle a conduit pieds nus. C'était avec Anders, pendant un été passé à Tversted, avant la naissance de Jonas. Ils étaient allés à la plage, un soir. L'autoradio diffusait la retransmission d'un opéra, quelque part en Europe. Ils étaient allongés sur le sable, ils parlaient tandis que *La Flûte enchantée* leur parvenait par les portières ouvertes de la voiture de location. Ils avaient encore tant de choses à se raconter. C'était au mois d'août, et la nuit était tombée rapidement une fois que le soleil s'était couché derrière la mer. Ils avaient regardé la phosphorescence de la mer et s'étaient avancés dans les vagues pour observer les nuages de poussière d'étoiles chaque fois qu'ils bougeaient un bras ou une jambe dans l'eau noire. Ils étaient d'accord, c'était comme nager dans la Voie lactée. Ils savaient que c'était une heure dont ils se souviendraient.

Ensuite, elle les avait ramenés à la maison, conduisant avec la main chaude d'Anders entre ses cuisses. Ils avaient fait l'amour dans le vieux lit d'Ada et de Per, puis étaient restés à contempler les nœuds des boiseries du plafond. Elle ne pouvait savoir qu'un jour elle ferait l'amour dans ce même lit avec un homme nommé Frank. Elle ne savait pas qu'elle vivrait avec Anders suffisamment longtemps, et y croire autant, qu'il en naîtrait un fils. Un petit Jonas, sérieux, aux yeux comme des nœuds dans le bois de pin et au sourire qui voulait tout dire.

Il est dix heures et demie. Elle a pris un bain. Elle a laissé un long message sur le téléphone de Jonas, et elle a parlé à Sven. Elle a enfilé le peignoir de bain de Berthe, elle a mangé sa soupe à la tomate et elle a bu son bourgogne. Elle a pleuré dans les bras de Berthe, et elle s'est ressaisie. Elle a regardé les photos d'un fichier et parmi les cinq premiers jeunes hommes tondus d'origine ethnique étrangère, elle a désigné Cousin Couteau sans hésiter. Il s'est révélé être le grand frère d'Abdel. La police est venue pendant qu'elles étaient attablées dans la petite salle de séjour avec tous les livres et les meubles anciens qu'elle connaît si bien. Deux jeunes gars à l'accent du Jylland, qui l'ont écoutée avec tact et compassion. Pendant qu'ils faisaient leur rapport, une voiture de patrouille est passée dans Sølvgade. La porte de l'appartement était ouverte, mais il n'y avait pas de dégâts ni d'autres traces du passage de quelqu'un. Ils ont proposé d'appeler un serrurier, de faire changer la serrure et de réaliser d'autres jeux de clefs. Ils ont également offert de lui apporter des vêtements et de la reconduire chez elle. Elle a dit oui à tout.

En attendant, elle est restée sur le canapé de Berthe, avec cette dernière qui lui caressait le dos et les cheveux. Elles ont parlé un moment. Berthe a fini par lui dire qu'il fallait qu'elle cesse de se faire des reproches, et Ingrid n'a rien répliqué. Elle lui a demandé comment ça s'était passé avec Ada. « Maman est âgée », a dit Berthe en lui tapotant la main. Georg a téléphoné. « Elle est juste là », a dit Berthe. Il avait essayé plusieurs fois de joindre Ingrid pendant le week-end. Berthe lui a raconté ce qui s'est passé. Elle a baissé le combiné et demandé à Ingrid si elle voulait lui parler. Ingrid a répondu qu'elle l'appellerait un de ces jours. Oui, elle l'appellera. Un de ces jours.

Un des policiers est revenu il y a une heure avec son sac de voyage et les affaires qu'elle voulait. Une fois habillée, le policier a dit qu'ils étaient allés chez Abdel et sa famille. Ils avaient également mis la main sur ses deux camarades, mais les garçons étaient mineurs, il n'y avait donc pas grand-chose à faire, si ce n'est contacter les services sociaux. C'est différent dans le cas du grand frère d'Abdel, c'est une vieille connaissance. Ils savaient où le trouver, et il sera présenté à un juge dans les vingt-quatre heures. Normalement, cela déclenche la détention provisoire et, avec son casier judiciaire, il va sans doute passer quelques mois à la prison de Vestre. Ingrid a demandé s'il y avait des risques qu'il revienne, quand il serait relâché. Le policier a souri, et dit qu'elle ne devait pas s'inquiéter. Ingrid n'a pas su déterminer si c'était seulement de sa part une phrase machinale.

Il lui a demandé si elle était prête. Berthe a proposé de l'accompagner et de passer la nuit chez elle. Elle a dit qu'elle voulait simplement rentrer chez elle. Bien sûr que c'est chez elle. Pourrait-il en être autrement ? Elle a insisté pour prendre sa voiture. Le policier l'a suivie dans la voiture de patrouille. Il l'a accompagnée à l'appartement, lui a tendu le nouveau jeu de clefs et lui a demandé s'il pouvait faire autre chose. Elle a dit non merci, et lui a dit de remercier aussi son collègue.

De la fenêtre de la cuisine, elle le voit passer à côté du figuier, traverser la cour, et sortir de l'immeuble. Un instant plus tard, elle entend claquer la porte. Elle passe dans toutes les pièces et allume la lumière. Après avoir rangé, elle verse une goutte de détersif dans un bol d'eau chaude, et elle essuie tout avec ça. Puis elle passe l'aspirateur, et lave les sols. Après avoir vidé le fond de l'eau brunâtre dans l'évier, essoré la serpillière et l'avoir mise à sécher sur le seau, il est minuit moins quatre. Elle respire un moment l'odeur de savon en paillettes et de plancher de pin humide. Tout a l'air normal. Elle va ouvrir les fenêtres de l'appartement. Puis son regard tombe sur le portable qu'elle a posé sur la table basse à côté du canapé. Elle trouve le chargeur, le branche, et allume son téléphone.

Elle a trois nouveaux messages. Le premier a été laissé à quatorze heures quarante-trois. À ce moment-là, elle était à Hjørring avec Ada, ou étaient-elles déjà arrivées à Kandestederne ? Ada avait-elle découvert qui avait lu ses poèmes dans le salon de l'hôtel ? Le message est de Georg. Il veut seulement dire qu'il est désolé de ce qu'il a dit vendredi. Il a été débordé de travail ces derniers temps. Il faut qu'ils se parlent bientôt. En attendant, il faut qu'elle fasse bien attention à elle.

Le message suivant a été reçu à dix-sept heures onze. C'est Peter. Peter Vissing. Quand il lui parle, elle est nue sur une chaise au milieu de son salon. En face d'elle, un jeune homme tondu avec un tatouage sur le cou est en train de pointer un couteau effilé sur un point entre son menton et sa clavicule. Peter Vissing tient à dire que cela a été très, très agréable de la rencontrer. Une surprise extrêmement plaisante, à vrai dire. D'ailleurs, il appelle pour savoir si elle aurait envie de déjeuner avec lui un de ces jours. Ou prendre un café. Si… Elle l'interrompt au milieu de sa phrase et appuie deux fois sur la touche pour confirmer l'effacement du message.

Il ne reste qu'un message. C'est peut-être Frank ? Est-ce qu'il l'appelle pour lui dire qu'il était content, lui aussi ? Pour lui dire merci ? Merci pour tout ? Ou bien pour dire que les médecins se sont trompés ? Qu'ils ont mélangé les tests de Lise avec ceux d'un autre patient, et qu'elle n'a rien ? Qu'il vient de tout lui dire ? Qu'il est libre, si Ingrid veut de lui ?

Le message a été laissé à vingt-trois heures trente-sept. Elle est en train d'effacer les empreintes et les traces de pieds laissés par Abdel, ses camarades et son grand frère. « Oh, allô ? dit Jonas. Je viens d'apprendre ce qui est arrivé. Je voulais seulement te dire que je suis vachement embêté de tout ça… Ah, le téléphone, c'est pas bon… Il fallait que tu saches que… On se voit bientôt, okay ? »

Elle appuie pour réécouter le message, puis éteint le téléphone. Elle va devant la fenêtre ouverte du salon, elle sent l'air frais. Il n'y a pas de circulation et elle entend clairement l'horloge de Sankt Pauls Kirke. Elle compte les coups.

Composé et achevé d'imprimer
par CPI Firmin Didot
à Mesnil-sur-l'Estrée, le 11 mars 2011
Premier dépôt légal : janvier 2011
Dépôt légal : mars 2011
Numéro d'imprimeur : 104564

ISBN 978-2-07-012528-9/Imprimé en France

184244